AF289222

Aileen Dawe

DESTROY the hidden secrets

(Band 1)

Hinweis:

Bei der DESTROY-Reihe handelt es sich um Liebesromane mit Thriller-Elementen.

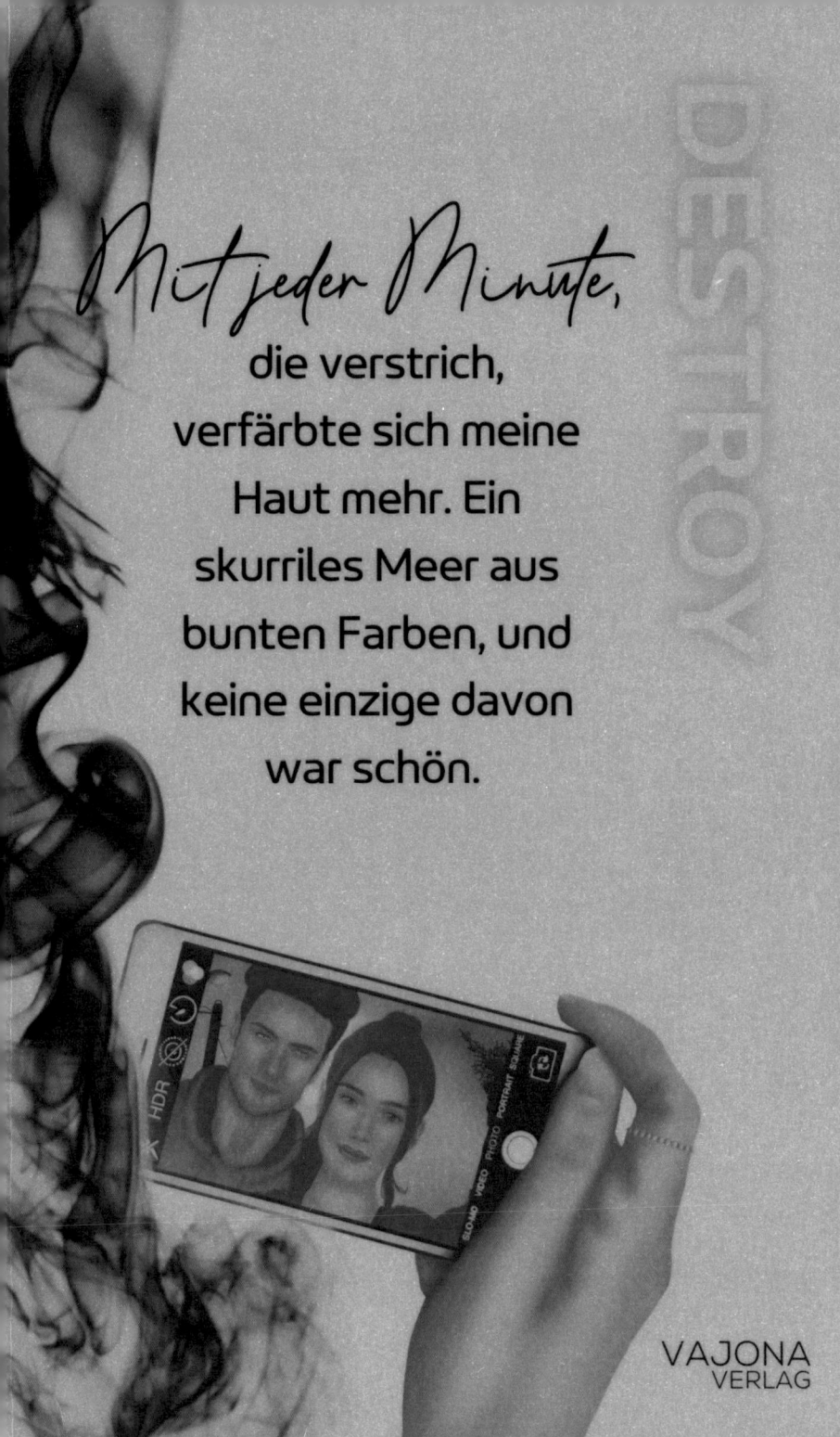

Mit jeder Minute, die verstrich, verfärbte sich meine Haut mehr. Ein skurriles Meer aus bunten Farben, und keine einzige davon war schön.

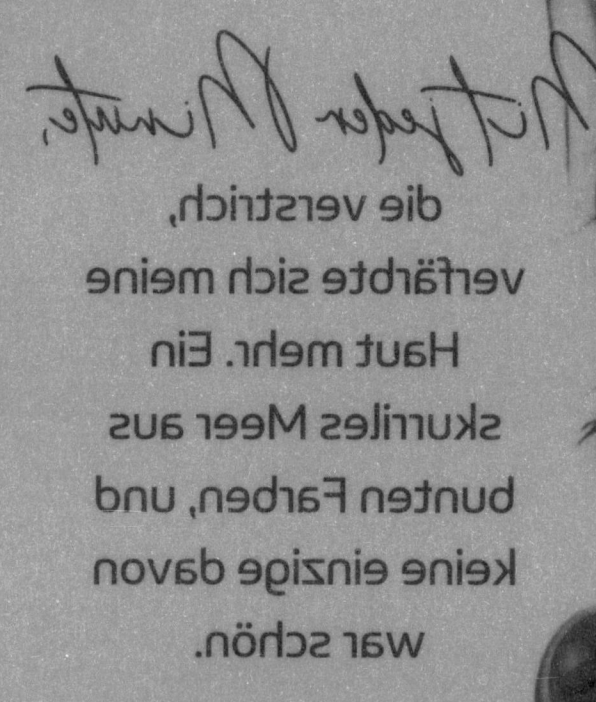

DESTROY

VADONA
VERLAG

AILEEN DAWE

the hidden secrets

ROMAN

VAJONA

Dieser Artikel ist auch als E-Book und Hörbuch erschienen.

DESTROY the hidden secrets

Copyright

© 2023 VAJONA Verlag

Alle Rechte vorbehalten.

info@vajona.de

Das Werk darf – auch teilweise – nur mit Genehmigung des Verlags wieder-
gegeben werden.

KAdruk S.C.

Rapackiego 2

71-467, Szczecin

Gemeinsam mit unseren Partnern und Lieferanten setzt sich der
VAJONA Verlag für eine klimaneutrale Buchproduktion ein.

Lektorat: Désirée Kläschen
Korrektorat: Madeleine Seifert
Umschlaggestaltung: Julia Gröchel unter Verwendung von Motiven von
123rf
Satz: VAJONA Verlag, Oelsnitz

ISBN: 978-3-987180-40-8
VAJONA Verlag

Für Philipp,
weil du mein *Immer* bist.

Prolog

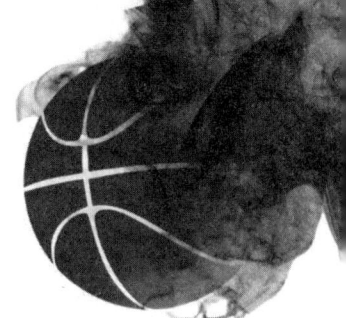

Glas splitterte. Und nicht nur das Glas vor meinen Augen zerbrach, sondern auch etwas tief in mir. Ich riss die Hände hoch, um mein Gesicht vor den feinen Splittern zu schützen. Aber es war zu spät. Einzelne Bruchstücke bohrten sich in meine Haut. Verfingen sich in meinem Haar.

Und von jetzt auf gleich spielte sich alles in Zeitlupe ab. So wie im Film, wenn der liebste Hauptcharakter am Boden lag und kurz davor war, den schlimmsten Moment seines Lebens durchzustehen. Wenn einzelne Szenen vor dem geistigen Auge an ihm vorbeiflogen und das zeigten, was ihn glücklich gemacht und ihn zugleich in sein tiefstes Unglück gestürzt hatte.

Dann dieser Blick, diese Erkenntnis, dass nichts so war, wie es sein sollte oder könnte.

Dass man sich selbst in solch einer Szenerie wiederfinden würde, ist zu dem Zeitpunkt, an dem man den Film schaut, undenkbar. Gebannt auf den Fernseher starrend, mit einer Schale Popcorn in den Händen, die man sich genüsslich auf der Zunge zergehen ließ.

Was hätte ich für solch einen Abend gegeben.

Ein lautes Krachen zerrte mich zurück in das Jetzt. Etwas Hartes traf mich am Arm, bohrte sich schneidend in meine Haut. Ich wimmerte. Doch anstatt zu fliehen, presste ich die Hände nur fester an mein Gesicht.

Der Mensch, den ich mein Leben lang gekannt, den ich zu kennen *geglaubt* hatte, wütete. Er riss alles mit sich, unberechenbar wie ein Tornado, der jede Sekunde seine Richtung wechseln konnte.

Doch auch das schlimmste Unwetter würde vorüberziehen. An diesen Gedanken klammerte ich mich, während der Sturm tobte.

Ich wusste nicht, wie lange ich in dieser Position verharrte. Es nicht wagte, mich zu bewegen. Aber ich spürte, wie sich jeder Muskel in meinem Körper verspannte. Wie mein Kopf schmerzte, während meine Gedanken Karussell fuhren.

Wie ich keine Luft bekam.

Auf einmal wurde es beängstigend still.

Einatmen. Ich spürte die Splitter in meinen Wimpern. Wie sie auf meine Haut rieselten und meine Wange kratzten.

Ausatmen. Langsam ließ ich die Hände sinken. Fasste mir stattdessen an die Schläfe und spürte das dumpfe Pochen in meinem Kopf.

Ein–

Das Knallen der Tür ließ mich zusammenzucken. Ich kauerte in meinem Zimmer auf dem Boden. Meine nackten Zehen bohrten sich in den flauschigen Teppich, den ich immer geliebt hatte und der jetzt mit einem Scherbenmeer übersät war.

Ich war allein. Endlich allein.

Doch als ich aufsah, zerbrach auch der letzte Rest vor meinen Augen. Dort stand *er*, hielt mich mit seinem wutentbrannten Blick gefangen, voller Verrat und Enttäuschung. Darin tobte das Unwetter, wild und unzähmbar, und es drohte erneut aus ihnen herauszubrechen, wenn ich jetzt auch nur die kleinste Regung zeigte.

Ich erlaubte mir nicht einmal mehr zu atmen.

Tief in meinem Herzen hatte ich gewusst, dass dieser Tag kommen würde. Trotzdem hatte ich den Zeitpunkt verpasst, an dem meine Welt zu kippen begann. Es hatte mich so unerwartet getroffen wie ein harter Schlag ins Gesicht. Nicht die mädchenhafte Art einer klatschenden Ohrfeige, sondern die eines groben Kerls. Der ungehobelte, feste Schlag mit der Faust.

Erst als *er* wortlos verschwand, schnappte ich nach Luft. Beugte mich vor. Und als Blut auf die Scherben tropfte, entwich mir ein Keuchen. Etwas zog sich in mir zusammen.

Ich zitterte. Fühlte alles und doch nichts.

Die Splitter schimmerten im Mondlicht, das durch das Fenster fiel. Die Nacht war ruhig, doch in mir herrschte ein einziges Chaos. Die Uhr tickte an der Wand. Mein Herzschlag dagegen stolperte über sich selbst.

So saß ich hier, in einem Meer aus Scherben, und spürte die Angst im ganzen Körper. Während ich versuchte, meinen Puls zu beruhigen, schwirrte mir nur ein Wort durch den Kopf. Fünf Buchstaben, die sich zu einer Frage formten.

Warum?

Haltsuchend hob ich den Blick gen Mond, als könnte ich dort die Antwort finden. Die leise Stimme in mir meldete sich krächzend zu Wort. Erinnerte mich daran, was passiert war. Meine einst heile Welt war zusammen mit dem Glas in seine Einzelteile zersprungen.

Das war er nun, der Wendepunkt in meinem Leben. Ein Augenblick. Der tiefste Punkt. Dann, ganz plötzlich, explodierte der Schmerz in meiner Brust. Es war zu viel.

Und mir entfuhr ein stummer Schrei.

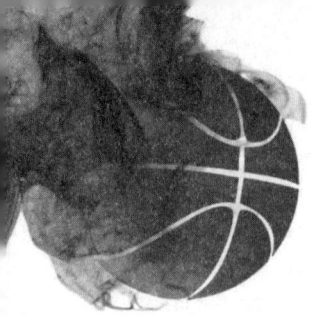

Kapitel 1

Collin

Druck. Ein unauffälliges, einsilbiges Wort. Nur eins von vielen in unserem Wortschatz, mit einer so kurzen und schmerzlosen Aussprache. Aber die Bedeutung, die hinter diesem Wort steckte, war nicht kurz und mitnichten schmerzlos. In Wirklichkeit war es alles andere als das, denn genau dieses eine Wort machte mir das Leben zur Hölle.

Fünf Atemzüge lang erlaubte ich mir, daran zu denken. Egal, wohin ich ging, und egal, was ich tat, das erdrückende Gefühl verfolgte mich. Wie dichte Nebelschwaden, aus denen ich allein niemals herausfinden würde.

Im gleichmäßigen Takt prallten meine Füße auf Asphalt, während ich die Madison Street entlanglief. Vorbei an der Konditorei, die schon immer dort gewesen war und die ich früher beinahe jeden Tag besucht hatte. Aus dem Augenwinkel erkannte ich Mrs Miller, die den ersten Gästen lächelnd ein Stück von ihrem Probierteller reichte. Manchmal fragte ich mich wirklich, ob sie überhaupt jemals nach Hause ging und Zeit mit ihrer Familie verbrachte.

Bei dem Gedanken daran spürte ich ein Stechen in meinem Herzen, nur für den Bruchteil einer Sekunde. Dann erhöhte ich das Tempo. Rannte schneller und konzentrierte mich auf den harten Boden unter den Sohlen. Im Gegensatz zu anderen Menschen mochte ich Gehwege nicht. Die Enge zwischen Zäunen und parkenden Autos hielt mich davon ab, dort zu laufen. All das, was mich bremste. Von mir wurde erwartet, dass ich schnell vorankam.

Deshalb lief ich auf der Straße.

Obwohl wir erst Anfang September hatten, war es kalt. Viel kühler, als es zu dieser Jahreszeit sein sollte. Und der Wind, der mir ins Gesicht peitschte, schnitt wie ein Messer in meine Lungen. Aber genau das war es, was ich so liebte. Die hohe Geschwindigkeit und das Gefühl, zu fliegen.

Das Gefühl, frei zu sein.

Wrecked von den *Imagine Dragons* dröhnte aus meinen Kopfhörern. Ich beschleunigte das Tempo weiter, denn dieses Lied war pure Folter. Ich wollte weg, aber konnte nicht. War gefangen in einem Käfig, der groß genug war, um sich darin bewegen zu können.

Meine Vernunft schrie, dass ich meinen Muskeln eine Pause gönnen sollte. Doch das Ziehen in den Waden und das kontrollierte Pumpen meiner Lunge verrieten, dass ich kurz davor war, es zu fühlen.

Ich streckte die Hand bereits nach diesem Gefühl aus, als meine Kopfhörer plötzlich verstummten. Da war keine Musik mehr, keine Worte, die mich bis ins Mark trafen. Nur noch das gedämpfte Geräusch meiner Schritte auf dem Asphalt.

Mit einem Stöhnen wurde ich langsamer. Zog mir die Hörer vom Kopf und hängte sie mir um den Hals.

Ich war so nah dran gewesen.

Schwungvoll riss ich die Arme nach vorn und stieß dabei geräuschvoll die Luft aus. Im Gegensatz zu eben, ging ich nun langsam weiter. Auch wenn alles in meinem Leben darauf ausgerichtet war, voranzukommen, hatte ich es jetzt nicht mehr eilig.

Ich hatte versagt. Hatte es verloren, weil ich mich hatte ablenken lassen.

Bäume säumten den Rand des Weges und formten sich wie schützende Hände um die Straße. Einzelne Äste bewegten sich sachte im Wind. Fast sah es so aus, als würden die Zweige der

Bäume einander greifen und sich gegenseitig Halt geben. Dieser idyllische Anblick nahm mir etwas von dem schmerzenden Summen, das ich eben noch verspürt hatte.

Ich ging weiter die Straße entlang. Zu beiden Seiten befanden sich Einfamilienhäuser mit gepflegten Vorgärten und Holzveranden, bei denen wahrscheinlich mindestens eine der kleinen Treppenstufen knarrte. Mein Leben lang hatte ich in solch einem Haus gewohnt, aber seit Mom uns verlassen hatte, war nichts mehr so, wie ich es gekannt hatte.

Nicht, wie ich es geliebt hatte.

Jahrelang hatte ich versucht, nach vorn zu sehen. Zu vergessen, was passiert war. Zu verdrängen, was immer noch passierte. Und obwohl Rosehollow ein Ort war, an dem ich alles liebte, war er zugleich auch einer, dem ich für immer den Rücken kehren wollte. Doch mit jedem Tag, den ich blieb, schien die Randkluft unüberwindbarer zu werden.

Ich überquerte gerade die Kreuzung, als ein ohrenbetäubendes Geräusch die Ruhe durchbrach. Quietschende Reifen schrillten durch die klare Luft, und ich hielt inne. Ein knallroter Kleinwagen bremste mitten auf der Straße abrupt ab.

Ich blinzelte. Blinzelte noch mal, bevor ich verwirrt die Augen zusammenkniff.

Eine junge Frau schoss vom Fahrersitz hoch, stieg aus und stieß die Autotür mit einem so lauten Knallen zu, dass spätestens jetzt auch die restlichen Bewohner dieser Straße aus dem Schlaf gerissen wurden.

Ich beobachtete, wie die junge Frau zu ihrem Kofferraum eilte und ihn aufriss, als wäre ein Serienmörder hinter ihr her. Unzählige Dinge segelten heraus und besprenkelten die Straße wie Konfetti eine Geburtstagsfeier.

Für einen Moment riss ich die Augen von ihr los, nur für den Fall, dass ich mir dieses Spektakel einbildete. Aber nein, das passierte gerade wirklich.

Ich blinzelte erneut, bis mein Blick an ihr hängen blieb.

Schlanke Beine steckten in schwarzen Jeans. Und, Herr im Himmel, diese Beine waren endlos. Ihre Jeans betonte ihre schmalen Waden, die in kräftige Schenkel übergingen und durch das Schwarz weiter gestreckt wurden.

Ich wollte sie nicht anstarren, aber … Gott, diese Beine.

Sie hatte einen zierlichen Körperbau, bei dem sich genau an den richtigen Stellen Kurven abzeichneten. Ihre Hüften wiegten sich bei jeder Bewegung und verliefen in eine schmale Taille. Ihre Haut schimmerte in dem leichten Sonnenlicht und kam durch ihr weißes Shirt noch besser zur Geltung.

Ich hätte gehen sollen, doch …

Langes braunes Haar, das in leichten Wellen über eine schmale Schulter fiel, stahl sich in mein Sichtfeld.

Ihre kleine Stupsnase kräuselte sich und ein leises Fluchen drang an meine Ohren, während sie ihre Sachen durchwühlte. Ich konnte mir ein Schmunzeln nicht verkneifen, denn sie sah unglaublich süß dabei aus.

Zu sehr von ihrem Anblick abgelenkt, reagierte ich zu langsam, als plötzlich etwas in meine Richtung flog. Im letzten Moment sprang ich zur Seite. »Fuck!«

Keine Entschuldigung. Kein Lächeln. Nur ein Nichts. Die junge Frau verteilte weiter den Inhalt ihres Kofferraums, als wäre nichts gewesen. Ich hätte vermutlich mit einem Knockout die Straße küssen können und sie hätte mich immer noch nicht bemerkt.

Langsam beugte ich mich herunter, blieb aber wachsam. Dass sie mich ein zweites Mal bewerfen und treffen könnte, schloss ich nicht aus. Ich griff nach dem Teil und drehte es in der Hand, während ich mich wieder aufrichtete. Es war ein Coffee-to-go-Becher. Einer von der Art, wie man sie bei Starbucks kaufen konnte, denn die Aufschrift *O'ahu* und eine Skyline der hawaiianischen Insel zierten die Oberfläche.

Sofort blitzte das Bild von ihr im tropischen Basttröckchen vor meinem geistigen Auge auf, einen Blumenkranz im Haar und

13

eine Blumenkette um den Hals.

Doch die Frau am Kleinwagen war ihrem Wahn so sehr verfallen, dass sie ganz und gar nicht zu dem Bild in meinem Kopf passte. Langsam stellte ich den Kaffeebecher zu ihren restlichen Sachen zurück und wandte mich zum Gehen, nur um doch innezuhalten.

»Verdammte Schildkrötenkacke!«

Kapitel 2

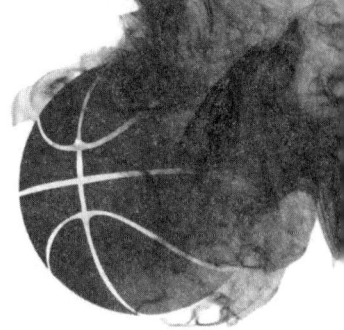

Malia

»Schildkrötenkacke?« Eine tiefe Stimme ertönte neben mir. Der belustigte Unterton darin entging mir nicht, doch ich meinte ein Lächeln herauszuhören. »So süß habe ich noch nie jemanden fluchen hören.«

Ich hielt einen weiteren Fluch zurück.

Mein Start in dieser Stadt war bisher alles andere als gut verlaufen und überhaupt nicht so, wie ich es mir ausgemalt hatte. Die Wohnung, für die ich eine feste Zusage bekommen hatte, war ohne mein Wissen an jemand anderen vermietet worden. Und mir auf Teufel komm raus eine andere Unterkunft zu suchen, war auch mit knapp einer Woche Vorlaufzeit schwieriger als gedacht, gerade zu Beginn eines Semesters. Wie das Zimmer letztendlich aussah, würde ich erst erfahren, wenn ich da war.

Und ich würde definitiv zu spät kommen.

Ein leises Grummeln entwich mir. Wenn ich die Stimme nur lange genug ignorierte, würde sich der Mensch dahinter bestimmt von allein verziehen.

Ich schob die alten Bücher vor mir auseinander, wühlte mich fahrig durch den Karton. Meine wichtigsten Habseligkeiten befanden sich in dieser einen Kiste, die mein Leben zusammenhielt. Ich zerrte an verschiedenen Buchrücken und fand den weichen Stoff meines grauen Lieblingscardigans, den ich während der Fahrt achtlos nach hinten geworfen hatte.

Es musste doch irgendwo sein. Ich konnte es nicht verloren

haben.

Ich *durfte* es nicht verloren haben.

Mit jedem Handgriff wurde meine Kehle enger und die Verzweiflung in mir größer. Je mehr Dinge ich umherschob, desto
intensiver wurde das ungute Gefühl in mir. Ich zog an einem
Buch und – hielt inne.

Meine Finger streiften etwas Raues. Nur flüchtig, aber es
reichte aus, um mich aufseufzen zu lassen. Pure Erleichterung
durchströmte mich, während ich das Band umfasste und für einen
kurzen Moment die Augen schloss.

Ich hatte es nicht zurückgelassen.

Vorsichtig zog ich das geflochtene Armband hervor, das sich
zwischen den Seiten von Jane Austens *Stolz und Vorurteil* ver-
steckt hatte, und hielt es triumphierend in die Höhe.

»Gefunden.«

Jetzt flogen die Bilder wie Geistesblitze durch meinen Kopf.
Ich hatte das Armband als Lesezeichen genutzt, weil ich nichts
anderes griffbereit gehabt hatte.

Ein Eselsohr in eines meiner geliebten Bücher zu knicken, kam
für mich nicht infrage. Ich war immer wieder schockiert darüber,
dass manche Menschen ihre Bücher behandelten, als wären sie
nur leblose Gegenstände. Für mich waren sie so viel mehr. Jede
Geschichte entführte mich in eine andere Welt. Ließ mich so viele
Leben leben, wie ich wollte, und erfüllte mich mit Träumen, die
ich nicht zu träumen wagte.

Nicht mehr.

Das schwarze, schlichte Lederband baumelte vor meiner Nase
und formte das Geflecht einer Blume. Aber jetzt nahm ich etwas,
nein, *jemanden* hinter dem Armband wahr.

Ich starrte auf eine männliche Brust und breite Schultern, von
einem schwarzen T-Shirt verhüllt. Langsam legte ich den Kopf in
den Nacken. Ich erkannte ein kantiges Gesicht und geschwungene, volle Lippen. Kurze, dunkle Bartstoppeln, die in markante
Wangenknochen übergingen und die Sinnlichkeit dieser vollen

Lippen brachen.

Ich schluckte.

Und dann traf mich die Farbe seiner Iriden mit voller Wucht.

Dichte Wimpern umrahmten das faszinierendste Blau, das ich je gesehen hatte. Es war kein dunkles Blau, kein Azur und auch kein Blaugrau. Es war ein strahlendes Eisblau. Eines, das an die Gefahren eines Gletschers erinnerte. An die Freiheit des Himmels. An die Weiten des Meeres.

An die Unendlichkeit des Horizonts.

In diesen Augen drohte man sich selbst zu verlieren, wenn man nur lange genug hineinsah.

Wenn *ich* lange genug hineinsah.

Ein Gefühl durchströmte mich, als wollte sich der Himmel mit der Erde duellieren.

Und ich war irgendwo dazwischen.

»Das ganze Fluchen wegen eines Zopfgummis?«

Ich blinzelte, als seine Worte zu mir durchdrangen. Jetzt, in Verbindung mit diesem Gesicht und diesen atemberaubend schönen Augen, merkte ich erst, wie rauchig seine Stimme klang. Es war eine von jenen, deren Summen alle Frauenherzen in Sekundenschnelle schmelzen ließ.

Das Lächeln war immer noch in mein Gesicht gepflastert, als ich seine gerunzelte Stirn und die Brauen wahrnahm. Sie verschwanden beinahe unter dem dunkelbraunen Haar, so hoch, wie er sie zog.

Meine Mundwinkel sanken hinab. »Das ist ein Armband«, grummelte ich leise und band es mir um das Handgelenk.

»Ein Armband?«

»Ein Armband.« Zur Bestätigung hielt ich die Hand hoch. Mittlerweile hatte es seine besten Tage zwar hinter sich und keinen materiellen Wert mehr, aber mir bedeutete es immer noch die Welt. Es war das Einzige, das mir von *ihm* geblieben war.

Aus der Zeit *davor*.

»Okay, du … hast ein ganz schönes Chaos angerichtet, um es

zu finden.« Der Typ fuhr sich erst durchs Haar und deutete dann an mir vorbei. »Hier sieht es aus, als wäre ein Wirbelsturm durch die Straße gefegt.« Mit einem einzigen Schritt trat er an den Kofferraum heran, der weitaus mehr Unordnung beherbergte, als ich in Erinnerung hatte.

Und bevor ich reagieren konnte, stand der junge Mann so dicht bei mir, dass mein Herz ins Stolpern geriet. Auf einmal nahm ich jedes Detail an ihm wahr. Seine sonnengeküsste Haut. Wie ihm vereinzelte Strähnen in die Stirn fielen, seine Lider sich senkten und seine Lippen sich leicht öffneten. Er war mir nah. *Zu* nah.

Ein Fremder betatscht deine Sachen, Malia. Tu was!

Meine Vernunft trommelte ungeduldig mit den Fingern. *Los jetzt. Mach etwas. Irgendetwas!*

Aber meine Beine bewegten sich nicht. Stattdessen starrte ich nur auf seine Hände und ließ zu, dass er meine Sachen anfasste. Alles, was mir wichtig war.

»Hier.« Plötzlich griff er nach meinem Cardigan und hielt ihn mir auffordernd hin. »Du zitterst.«

Zögernd nahm ich ihm den Cardigan ab und fixierte das weiche Knäuel in meinen Händen. Dabei fuhr ich unauffällig über das Armband, wich endlich einen Schritt zurück. Distanz war gut. Mehr Raum zum Denken. Dass ich nicht aufgrund der kühlen Temperaturen zitterte, behielt ich für mich.

Der Typ lächelte leicht, während er mit präzisen Handgriffen die Bücher im Karton stapelte.

Ich musterte ihn stumm. Nahm die Kopfhörer wahr, die locker um seinen Nacken hingen, sein schlichtes T-Shirt, die Lauf-Shorts und Sneakers.

Wenn ich ihn so ansah, fröstelte ich vielleicht doch.

Ich warf mir den warmen Stoff über die Schultern. Von der weichen Baumwolle umhüllt, entspannten sich nicht nur meine Muskeln, auch in mir wurde es angenehm ruhig. Ein Gefühl, das ich die letzten Wochen nicht oft verspürt hatte. Ich schlang die

Arme um die Taille in der Hoffnung, es irgendwie festhalten zu können.

»Du solltest dich an die Temperaturen gewöhnen. Gerade zu dieser Jahreszeit kann es auch mal schnell ungemütlich werden«, sagte der Typ, als könnte er meine Gedanken lesen. Woher wusste er, dass ich das erste Mal in Virginia war? War ich so durchschaubar?

»Ich habe eine lange Fahrt hinter mir«, gestand ich leise.

Er schnaubte belustigt. »Dafür hast du noch viel Energie.«

»Ich habe etwas gesucht.«

»Ist das die charmante Umschreibung für ›Ich wollte dich erschlagen‹?«

»Wie bitte?« Ungläubig starrte ich ihn an.

»Du warst so in Gedanken, dass du deine Sachen wie eine Ballmaschine um dich geworfen hast.« Mit dem Kopf deutete er nach links.

Jetzt war ich diejenige, die die Stirn runzelte. Langsam spähte ich an ihm vorbei, entdeckte verstreute Dinge auf dem grauen Asphalt. Überall auf der Straße waren Klamotten verteilt.

Meine Klamotten.

Schnell schickte ich ein Stoßgebet zum Himmel, dass ich in meiner Verzweiflung nicht auch noch meine Unterwäsche auf den Gehweg geschmissen hatte.

»Chaos ist nur eine Illusion der Ordnung«, hörte ich mich sagen. Großartig, jetzt zitierte ich schon Jerome Anders, einen Philosophen.

»Ach wirklich?« Der Typ fuhr amüsiert zu mir herum.

Und als ich an seinem Grinsen hängen blieb, drängte das für einen Moment alles andere in den Hintergrund.

Weshalb ich gegangen war. Warum ich hier war. Was ich vergessen wollte.

Wen ich vergessen wollte.

Es war nicht irgendein Grinsen, das strahlend weiße Zähne entblößte, sondern eines, das feine Grübchen in seinen Wangen erschienen ließ.

Und diese Grübchen raubten mir den Atem. Brachten meine Welt für kurze Zeit zum Stillstand, bevor sie sich weiterdrehte, als wäre nichts gewesen.

Ich konnte regelrecht spüren, wie mir die Röte in die Wangen schoss. Die Finger hatte ich mittlerweile so in meine Seiten gekrallt, dass ich vermutlich blaue Flecken davontragen würde.

Ohne etwas zu erwidern, befahl ich meinem Körper, sich zu bewegen. Beinahe mechanisch sammelte ich meine Sachen von der Straße auf und ging zum Wagen zurück. Mit einem dumpfen Geräusch ließ ich all das, was mich an zu Hause erinnerte, in den Kofferraum fallen. Ich betrat den Gehweg und wandte mich wieder dem jungen Mann zu, der weiter meine Sachen sortierte. Ich ließ es immer noch geschehen. Verfolgte seine flinken Handgriffe, mit denen er ein Buch nach dem anderen in der Kiste stapelte.

»Bleibst du länger in Rosehollow?«

Aus dem Augenwinkel bemerkte ich seinen Blick. Ich jedoch konnte meinen nicht von den Büchern losreißen. Sie waren alt. Doch manchmal konnte man selbst aus etwas Altem Neues gewinnen. Ich schöpfte aus ihnen Kraft, die mir in den letzten Jahren, besonders aber in den letzten Wochen genommen worden war.

»Kann man so sagen.« Ich zog den weichen Stoff meines grauen Cardigans enger um mich. Die wenigen Kleidungsstücke, die ich besaß, waren allesamt schlicht und überwiegend in dunklen Farben. Meine Kleidung war unauffällig, schon immer gewesen. Doch jetzt war sie mir noch mehr von Nutzen. Sie würde es mir leicht machen, in der Menge unterzutauchen. Genau das war es, was ich wollte. Ich wollte mich vor *ihm* verstecken.

Und hier, am anderen Ende des Landes, hatte ich die Chance dazu.

Ein leises Räuspern riss mich aus meinen Gedanken.

»Das Chaos wurde erfolgreich eingedämmt.« Mit einer ausladenden Handbewegung deutete der Fremde auf den Kofferraum.

»Das hättest du nicht tun müssen«, erwiderte ich leise, war ihm insgeheim jedoch dafür dankbar. In meiner jetzigen Verfassung hätte ich noch nicht einmal diese simplen Handgriffe koordinieren können.

Der Typ zuckte mit den Schultern. »Ich weiß. Aber du sahst aus, als könntest du eine helfende Hand brauchen.«

»Einen Retter in der Not?«

»Wenn du es so nennen möchtest.« Er schmunzelte. »Kommst du klar?«

Ich nickte mechanisch und schloss dabei den Kofferraum. »Danke. Für deine Hilfe.«

»Ich habe zu danken. Dafür, dass du mich nicht ausgeknockt hast, meine ich.« Er verkniff sich ein Grinsen. Ich hingegen schnaubte leise, während wir aneinander vorbeigingen.

So nah, dass ich mir einbildete, einen Hauch von Granatapfel riechen zu können, obwohl der Typ am Joggen gewesen sein musste. Trotzdem vernahm ich diesen Duft, der mich an zu Hause erinnerte. An meine Familie. All das, was ich hatte zurücklassen müssen.

Beinahe schwerfällig zog ich die Autotür auf. Gott, wie ich Mom und Charlie vermisste …

»Ich hoffe, das nächste Mal bewirfst du mich nicht wieder mit einem Kaffeebecher«, sagte der Typ über den Wagen hinweg.

Unsere Blicke trafen sich. Hielten einander einen Herzschlag zu lang fest. Erst als seine Lippen sich teilten, erinnerte ich mich daran zu sprechen.

»Ich kann für nichts garantieren.«

Ohne eine Antwort abzuwarten, rutschte ich auf den Sitz und war kurz davor, die Tür zu schließen. Doch dann erreichte mich ein Laut, der meine Haut in ein prickelndes Meer verwandelte.

Es war sein Lachen. »Ich werde dir keinen Grund liefern. Versprochen.«

Für den Bruchteil einer Sekunde erlaubte ich mir, den Klang nachhallen zu lassen. Dann zog ich die Tür ins Schloss. Erstickte mit diesem Geräusch den Funken, der eben über meine Haut gehuscht war, und startete den Motor.

Kaum hatte ich den Blinker gesetzt und den Wagen wieder ins Rollen gebracht, erinnerte mich die Stille im Innenraum meines Fahrzeugs daran, dass ich die Musikanlage ausgeschaltet hatte. Ich hätte es nicht ertragen, wenn mein Unterbewusstsein das erdrückende Gefühl der Angst mit meinem Lieblingslied verbunden hätte.

Eine Hand am Lenkrad, streckte ich die andere zur Anlage. Plötzlich ließ mich ein lautes Klopfen zusammenzucken. Ich riss den Kopf herum und erkannte eine Silhouette an der Beifahrerseite. Es war der blauäugige Fremde. Neben meinem Wagen.

Und er rannte.

Mein Blick schnellte zu der Anzeige im Armaturenbrett. Ich war gerade erst losgefahren, aber …

Wie konnte jemand so schnell rennen?

Perplex betätigte ich den Schalter und ließ das Fenster herunter. Ich hätte anhalten können, aber mein Autopilot war dazu gerade nicht in der Lage. Und irgendwie …

Mein Herz machte einen Satz.

»Verrate mir wenigstens deinen Namen, damit ich eine Chance habe, dich zu finden!« Diese Bitte glich beinahe einem Flehen. Zusammen mit seinem Grinsen brachte sie alles um mich herum für einen Moment zum Stillstand, obwohl ein Haus nach dem nächsten an meinen Augenwinkeln vorbeizog.

Fassungslos achtete ich wieder auf den Verkehr, war kurz unfähig, etwas zu erwidern. Dann lächelte ich. Überrascht von dem, was er gerade tat.

Überrascht von dem Gefühl, das er in mir auslöste.

»Malia. Ich heiße Malia.« Unsere Blicke verhakten sich ineinander, dann betätigte ich den Schalter erneut. Einen Wimpernschlag später übte ich etwas mehr Druck auf das Gaspedal aus und fuhr an ihm vorbei.

Im Rückspiegel erkannte ich, wie das Grinsen in seinem Gesicht breiter und er immer kleiner wurde, je weiter ich mich von ihm entfernte.

Mit einem leichten Kopfschütteln machte ich mein Lieblingslied an und sang den Song leise mit. Manchmal war es nur ein Moment von vielen, der die Macht dazu hatte, einen holprigen Anfang in einen guten zu verwandeln.

Ich merkte nicht einmal, dass ich es die ganze Fahrt über nicht schaffte, das Lächeln von meinen Lippen zu lösen.

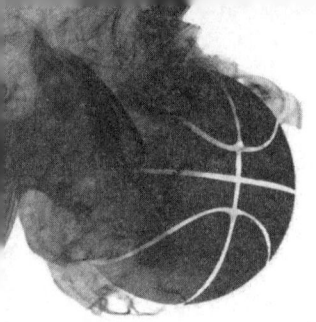

Kapitel 3

Malia

Das musste ein verdammter Scherz sein. Vor mir ragte ein mediterranes Haus im Toskana-Stil in die Höhe. Skeptisch wanderte mein Blick zwischen dem Gebäude und dem Zettel hin und her, den ich vor ein paar Tagen mit der Adresse versehen hatte. Die Notiz bestand aus wirren Worten und schnell gekritzelten Buchstaben, die kaum leserlich aneinandergereiht waren.

Ich war nicht chaotisch, im Gegenteil. Mein Alltag war immer bis ins kleinste Detail durchgeplant gewesen. Aber seitdem ich beschlossen hatte, mein altes Leben hinter mir zu lassen, hatte sich etwas verändert. Es war beinahe so, als hätte ich mit dieser Entscheidung an einem Rad gedreht, das nun *mich* veränderte.

Szenen der letzten Tage wiederholten sich vor meinem geistigen Auge. Der enttäuschte Blick von Kian, während ich meine Sachen gepackt und mein Leben in dem Kofferraum verstaut hatte, verfolgte mich wie ein dunkler Schatten.

Ich kaute auf der Unterlippe, als mich ein Rascheln zurück in die Realität holte. Schnell schob ich das erdrückende Gefühl beiseite und ermahnte mich selbst.

Ich sollte dankbar sein. Es gehörte eine große Portion Glück dazu, dass ich innerhalb weniger Tage nach meinem Fauxpas mit der Wohnung zum zweiten Mal ein bezahlbares Zimmer gefunden hatte. Aber die Angst vorhin, dass ich mein Armband vergessen haben könnte, hatte mich in ein Nervenbündel verwandelt. Beim letzten Mal hatte es Tage gedauert, bis ich das Gefühl wieder losgeworden war. Ohne dieses Armband an meinem Handgelenk würde es noch länger dauern.

Ich konzentrierte mich darauf, den Buchstabensalat in meiner Hand zu entziffern. Baker Street 223. Die großen Ziffern neben der Haustür bedeuteten nur eins – ich war hier richtig.

Ein Kribbeln breitete sich in meinem Nacken aus. Ich musste den Drang unterdrücken, mit der Hand darüber zu fahren, um das Gefühl dadurch wegzuwischen. Denn es würde nicht weggehen. Das Traurige daran war, dass es für immer bleiben würde, denn die Erinnerungen hatten sich in meinem Kopf verankert wie eine Narbe auf der Haut. Zwar hatte ich mich damit abgefunden, aber manchmal fühlte es sich immer noch viel zu real an.

Unsicher griff ich den Riemen meines schwarzen Rucksacks. Spähte erst nach links, dann nach rechts, und schob mir nervös den Cardigan zurück auf die Schulter.

Augen zu und durch.

Der Weg durch den Vorgarten war mit großen Steinen gepflastert, die mit ihrer hellen Nuance einen schönen Kontrast zum Grün der Rasenfläche bildeten und den mediterranen Stil des Hauses aufgriffen. Verschiedene Pflanzen, die einen orientalischen Duft verströmten, säumten den Pfad und schmiegten sich an die weiße Holzveranda. Als ich die Treppe erreichte, entlockte mir das Knarren ein Schmunzeln. Nichts war perfekt, auch wenn es den Anschein hatte.

Auf der rechten Seite bemerkte ich eine Hollywoodschaukel, auf der sich eine Decke befand. Am liebsten hätte ich es mir dort sofort gemütlich gemacht, denn die Welt um sich herum auszublenden, schien mir an diesem Ort einfach.

An der Klingel blieb ich unschlüssig stehen. *Morrison* war in Großbuchstaben auf das goldene Schild graviert. Ich hob die Hand, kurz davor, den Kopf zu drücken, doch eine unsichtbare Barriere hielt mich ab. Ich atmete tief ein. Füllte meine Lungen mit Luft, nur um sie im nächsten Moment mit einem leisen

Zischen auszustoßen. Ich war zu weit gekommen, um jetzt einen Rückzieher zu machen.

Plötzlich wurde mir die Tür vor der Nase aufgerissen, die Entscheidung augenblicklich abgenommen.

Eine junge Frau, die vermutlich in meinem Alter war, streckte den Kopf heraus. »Du musst Malia Evans sein!« Blonde Korkenzieherlocken umrahmten ihr freundliches Gesicht und hüpften bei jeder Bewegung auf und ab. »Ich bin Jolie. Jolie Rae Morrison.« Ihr strahlendes Lächeln war so breit, dass ihre haselnussbraunen Augen mitlächelten. Ich konnte nicht anders, als es zu erwidern.

»Hi Jolie … Rae.« Ich sprach ihren Namen holpriger aus, als ich es beabsichtigt hatte, aber es schien sie nicht zu stören.

Jolie war ungefähr so groß wie ich. Mit meinen ein Meter und dreiundsechzig hatte ich eine durchschnittliche Körpergröße, aber Jolie wirkte durch ihre Erscheinung viel größer, als sie war. Sie trug weiße Jeans und eine strahlend rote Bluse, die an der Taille eng anlag und locker ihre Hüften umspielte.

»Hast du gut hergefunden? Komm rein.« Sie machte eine einladende Handbewegung und zog die Tür auf, damit ich eintreten konnte. »Ich war gerade noch am Aufräumen, also ignoriere bitte das Chaos.«

Ich nickte leicht. Chaos hatte ich heute schon einiges gehabt, also würde mir ein bisschen mehr oder weniger nichts ausmachen. Trotzdem stand ich dem Ganzen misstrauisch gegenüber. Irgendwo musste es einen Haken geben.

Wahrscheinlich würde ich die nächsten Wochen unter einer Kellertreppe hausen wie Harry Potter bei den Dursleys.

Jolie zog die Tür weiter auf.

Und mir klappte schon die Kinnlade herunter, noch bevor ich die Schwelle übertreten hatte. Der Eingangsbereich war nicht groß, er war riesig. Von meinem Standpunkt aus starrte ich erst auf eine Treppe an der rechten Seite, deren Geländer auf eine eingezogene Decke führte. Sie bedeckte einen Teil des Foyers und war zeitgleich der Boden der nächsten Etage.

Heilige Schildkrötenkacke, wo war ich hier gelandet?

Dieses Haus könnte glatt der Serie *Revenge* entsprungen sein, wenn Victoria Grayson gleich auf der Empore auftauchen würde. Hätte mir heute Morgen jemand gesagt, was mein neues Zuhause sein würde, hätte ich denjenigen so lange ausgelacht, bis er mich zur nächsten Therapiestunde geschleppt hätte. Und wahrscheinlich hätte ich selbst dann nicht aufgehört zu lachen.

Helle Wände in cremefarbenen Nuancen hüllten mich in ihre Wärme. Weißer Stuck zierte die Decke und wechselte sich mit der glatten Wand ab, bis hin zum Mittelpunkt des Raumes, der kreisartig von der opulenten Kunst umrahmt wurde. Ein Kronleuchter mit gläsernen Kristallen fing das Tageslicht auf, das von bodenlangen Fenstern in den Raum hineingeworfen wurde, und brach es in tausende Lichtpunkte.

Das konnte nur ein Traum sein.

»Wow«, war das Einzige, was ich herausbrachte.

»Manchmal setze ich mich einfach hier hin und beobachte dieses Lichtspiel.« Jolies Stimme war leise. Verlor sich zwischen meinem Staunen und ihren Erinnerungen, ehe sie mir bedeutete, ihr zu folgen. »Komm, ich zeige dir dein Zimmer.«

Ich brauchte zwei Herzschläge lang, um mich aus meiner Starre zu lösen. Von wegen Chaos. Das hier war der Himmel in vier Wänden. Ich würde vermutlich noch eine Weile brauchen, mit diesen ganzen Eindrücken klarzukommen.

Zögerlich folgte ich Jolie zur Treppe. Das Geländer aus Metallstäben wand sich kunstvoll nach oben. Sachte ließ ich die Hand daran entlanggleiten, während ich Jolie in das erste Stockwerk folgte.

»Das ist mein Zimmer.« Sie deutete auf eine angelehnte Tür. Ich ging ihr hinterher, doch die Kristalle des Kronleuchters reflektierten das Tageslicht und blendeten mich. Automatisch wich ich dem Funkeln aus und sah nun zu der Stelle im Erdgeschoss, an der ich eben noch gestanden hatte. Von dieser Empore hatte man eine perfekte Sicht auf die Haustür.

Plötzlich schossen mir Bilder von einer reichen Familie in den Kopf, die hier leben mochte.

Vor meinem geistigen Auge drehte sich ein Schlüssel im Schloss. Im nächsten Moment öffnete sich die Tür und ein Mann in einem Anzug betrat den Eingangsbereich. Sein Blick schweifte umher, bevor ein lautes Poltern seine Aufmerksamkeit auf sich zog.

Ein schönes, strahlendes Lächeln legte sich auf seine Lippen, als er in die Hocke ging und sich kurz darauf ein kleines Mädchen in seine Arme warf. Ihr helles Lachen erfüllte den Raum. Er hob sie hoch und wirbelte sie herum. Der quietschvergnügte Laut füllte den Eingangsbereich mit Leben, genauso wie mein Herz. Ich lächelte.

Doch dann lösten sich die beiden langsam in dunkle Schatten auf. Sie verblassten, bis dort nichts mehr war als die Haustür.

Gott, ich sollte vielleicht nicht so viel Zeit mit meinen Büchern verbringen.

»Hier ist das Bad und dort drüben ist dein Reich«, drang Jolies Stimme zu mir durch. Mit einem kaum merklichen Kopfschütteln schob ich das, was ich gesehen hatte, gedanklich in die nächste Schublade. Jolie öffnete mir bereits lächelnd die Tür. »Voilà.«

Ich betrat das Zimmer und kam aus dem Staunen nicht mehr raus. Das dunkelbraune Parkett bildete einen schönen Kontrast zu den weiß gehaltenen Wänden, an denen links drei Bilder hingen. Darunter stand ein dunkelgrüner Ohrensessel mit Hocker, beides in Sonnenlicht getaucht. Gegenüber, direkt unter dem großen Fenster, befand sich ein Schreibtisch. Aber das, was mein Herz wirklich höherschlagen ließ, war der hintere Teil des Zimmers, der durch einen Rundbogen getrennt wurde.

»Heilige Schildkrötenkacke«, murmelte ich, während ich auf das Bett zuging. Die Seiten waren von dunklen Bücherregalen umgeben, die bis an die hohe Decke reichten.

Und je näher ich kam, desto mehr begriff ich. Innerhalb von fünf Minuten fiel mir zum zweiten Mal die Kinnlade herunter, weil ich einen klassischen Roman nach dem nächsten entdeckte. Ich war umgeben von den größten Liebesgeschichten aller Zeiten.

»Schildkrötenkacke?« Ich hörte Jolies Schmunzeln, aber ich konnte mich nicht von den Regalen abwenden. Fassungslos starrte ich auf die Buchrücken. Entweder war ich tot und im Himmel oder jemand erlaubte sich einen gewaltigen Scherz mit mir. »Du kannst natürlich alles umstellen und anders dekorieren, wenn …«

»Es ist perfekt.« Ich zog ein Buch aus dem Regal. Shakespeares *Romeo und Julia* prangte auf dem Cover. Ehrfürchtig strich ich über die erhabenen Buchstaben und spähte zu Jolie. »Wieso ist so ein Zimmer kurz vor Semesterbeginn frei?«

Sie überging meine Frage mit einem Räuspern und deutete stattdessen nach oben. »Es gibt noch eine weitere Etage, die habe ich allerdings für mich beansprucht.«

Behutsam stellte ich das Buch zurück und ging durch den Raum, der viel größer war, als ich angenommen hatte. Dabei bemerkte ich Jolies abwesenden Blick, der an der Wand haftete.

»Die Bilder sind wunderschön«, sagte ich leise und entlockte Jolie damit ein leichtes Lächeln.

»Möchtest du einen Kaffee? Oder Tee? Wir können dann alles Weitere bequatschen. Und wenn du möchtest, zeige ich dir noch ein wenig die Stadt. Es sei denn, du willst dich ausruhen. Die Fahrt war sicherlich anstrengend.«

»Kaffee klingt verlockend.« Obwohl ich mich nach Schlaf sehnte und dieses große Bett mehr als einladend auf mich wirkte, nickte ich zustimmend.

In mehr als vierzig Stunden Fahrt war ich einmal durch die Vereinigten Staaten gefahren und hatte nicht nur viel Zeit im Auto verbracht, sondern mir die Nächte in durchgelegenen Betten von heruntergekommenen Motels um die Ohren schlagen müssen. Ich war müde und erschöpft, dennoch fühlte ich mich wacher denn je. Aber was noch viel wichtiger war … Hier könnte ich mich endlich wieder sicher fühlen.

Ich folgte Jolie aus dem Zimmer und die Treppe hinunter, einmal quer durch die Eingangshalle. Währenddessen versuchte ich die vielen Details dieses schönen Hauses in mich aufzunehmen.

»Trinkst du deinen Kaffee mit Milch?«, fragte Jolie mich über die Schulter hinweg.

»Je mehr Milch, desto besser.«

»Ein Latte-Macchiato-Mädchen.«

»Genau.« In der Küche zog ich mir einen Stuhl von der Kochinsel heran. Eine *Kochinsel*. Ich konnte das leise Schnauben nicht unterdrücken, was mir einen fragenden Blick von Jolie einbrachte. Müde ließ ich mich auf den Stuhl sinken. »Ich hatte mich auf eine kleine Wohnung eingestellt, in der man sich gerade einmal um sich selbst drehen kann. Eher eine Art Schuhkarton und nicht … so was. Dieses Haus übertrifft alles.« Ich gestikulierte mit den Händen und schloss damit den Raum ein.

Jolie lächelte leicht, während sie zwei Gläser aus dem Regal nahm und sie unter den Kaffeevollautomaten stellte. Mit einem Knopfdruck fing die Maschine an, die Gläser zu füllen und dabei herrlich aromatischen Duft zu verbreiten.

»Das Haus gehört meinen Eltern. Aber wie man unschwer erkennen kann, sind sie nicht da.«

»Was ist mit ihnen?«, fragte ich vorsichtig.

»Sie leben in New York.«

»Wow. Die Stadt steht auf meiner Bucket List.«

»Bucket List?« Jolie schob mir ein Milchgetränk samt Löffel herüber.

»Eine Liste mit Dingen, die du in deinem Leben einmal gemacht haben willst. Oder in diesem Fall ein Ort, den ich unbedingt einmal besuchen möchte.«

»Bei einem Besuch stimme ich dir zu. New York muss man gesehen haben, aber dort zu leben wünsche ich keinem.«

»Klingt, als sprichst du aus Erfahrung.« Ich löffelte den Schaum von meinem Latte und genoss, wie er auf meiner Zunge zerging.

Jolie nickte. »Ich habe den Sommer bei meinen Eltern verbracht, aber das reicht mir auch für die nächsten Jahre. Die ersten Tage waren toll. Alles war neu und es gibt so viel zu entdecken, aber nach einer Woche ... Ach, keine Ahnung. Es war laut, überall und zu jeder Tageszeit etwas los. Und ich schwöre dir, ich habe jedes Mal Todesängste durchgestanden, wenn ich eine Straße überqueren musste. Du weißt nie, wer gerade am Steuer schläft und mal eben so über deine Füße rollt. Und in New York gibt es viele Straßen. Sehr viele.« Jolie schüttelte sich, als würde sie diese Erinnerung noch einmal durchleben. »Es hat mich wahnsinnig gemacht.«

Ich stieß ein Lachen aus. Die Vorstellung, wie Jolie am Straßenrand mit sich selbst haderte, passte überhaupt nicht zu dem Bild, das ich vor mir hatte. »Du machst mir die Stadt alles andere als schmackhaft.«

Jolie stand mit dem Rücken zu mir und hantierte mit Geschirr. »Die Stadt ist toll, versteh mich nicht falsch, aber sie ist auch viel zu überladen. Es ist alles so ... anonym.« Sie drehte sich um und stellte mir einen Teller vor die Nase, auf dem ein Stück Kuchen platziert war. »Du magst hoffentlich Carrot Cake?«

»Ist es nicht etwas zu früh für Kuchen?«

»Glaub mir, für Mrs Millers Carrot Cake ist es nie zu früh.« Jolie schwang ihre Gabel und stach in ihr Kuchenstück. Das genüssliche Stöhnen, das ihren ersten Bissen begleitete, verlieh ihren Worten Nachdruck. Dann deutete sie mit der Gabel auf mich. »Wir werden gute Freundinnen.«

Ich ließ Jolies Worte auf mich wirken. Für sie schien es so selbstverständlich, mich bei sich zu haben, dass sich Zuversicht in mir ausbreitete. In diesem Augenblick fing ich an, ihr zu glauben. Auf das zu vertrauen, was sie mir versprach.

»Ich nehme dich beim Wort.« Lächelnd nahm ich den ersten Bissen und *Grundgütiger*, dieser Kuchen war der Himmel auf Erden.

»Möchtest du Sirup in deinen Latte?« Jolie zauberte eine Flasche hervor und hielt sie in die Höhe.

»Ich glaube, ich habe mich gerade in dich verliebt.« Ich seufzte leise und schlug mir im nächsten Moment die Hand vor den Mund. Keine Sekunde später brachen wir beide in Lachen aus.

Kapitel 4

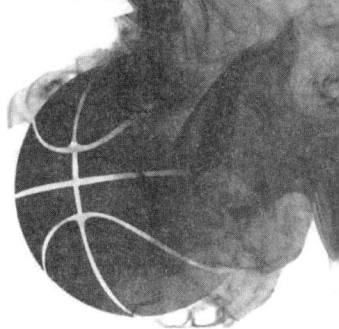

Collin

»Donovan!« Die Stimme von Coach Westfield donnerte durch die Halle. Mit gerunzelter Stirn drehte ich mich um und fand ihn an den Bänken stehend. Sein Tonfall war Aufforderung genug. Ich passte den Ball zu Wren und joggte an den Spielfeldrand, wo ich mir mein Handtuch von der Bank schnappte und mir damit über Gesicht und Nacken wischte.

»Was gibt's, Coach?« Ich hängte mir das Handtuch um den Hals und umfasste die Enden mit beiden Händen. Entgegen meinen Erwartungen blickte Coach Westfield nicht auf, sondern starrte weiter auf das Klemmbrett. Unwillkürlich festigte sich mein Griff um die Baumwolle.

»Du bist heute nicht bei der Sache, Junge. Du musst dich mehr konzentrieren.« Der Coach blätterte eine Seite um. Das schneidende Geräusch, das dabei entstand, nahm ich nur zu deutlich wahr. »Das ist deine letzte Saison.«

Wir wechselten einen Blick.

Und dann musst du dich entscheiden, beendete ich den Satz in Gedanken, der unausgesprochen zwischen uns hing.

Ich liebte Basketball. Es war nicht nur der Sport an sich, sondern auch das Gefühl, das er in mir auslöste. Das Geräusch, wenn der Ball den Boden berührte. Die Konzentration kurz vor dem Wurf. Das Knistern, wenn der Ball durch die Luft flog.

Und das überwältigende Gefühl, wenn ich traf.

Ich liebte Basketball von ganzem Herzen. Alles daran. Und trotzdem sah ich mich selbst nicht auf dem Spielfeld, wenn ich an meine Zukunft dachte.

Play-offs. Meisterschaft. NBA. Das war der Plan, den mein Vater sich für meine Zukunft ausmalte. Und für seine. Er tat alles, um die Steine, die mir den Weg versperrten, schnellstmöglich zu sprengen. Dabei schreckte er vor nichts zurück. Buchstäblich vor gar nichts.

Eine hochgezogene Braue erinnerte mich daran, dass ich immer noch vor Coach Westfield stand. Ich räusperte mich. »Ja, Sir.«

Er presste die Lippen aufeinander. Dann ließ er das Klemmbrett sinken und zog die Cap in die Stirn. »Ab mit dir unter die Dusche, Donovan. Du stinkst.«

Fuck.

Ich öffnete den Mund und setzte zu einer Erwiderung an. »Coach, das Training –«

»… ist für dich heute beendet.« Er wandte sich von mir ab und ließ mich ohne ein weiteres Wort stehen. Stattdessen schrillte ein lauter Pfiff durch die Halle. »Was steht ihr so rum? Wir sind hier nicht bei einer eurer dämlichen Partys, sondern beim Training! Schnappt euch einen Ball und ab zur Drei-Punkte-Linie mit euch. Wer nicht trifft, darf zehn Sprints nacheinander machen!«

Erst jetzt begriff ich, dass es in der ganzen Halle verdammt still geworden war. Anscheinend hatte jeder versucht, das Gespräch zwischen Coach Westfield und mir zu verfolgen. Es war kurz gewesen, aber mein schockierter Blick musste Bände gesprochen haben.

Kaum ertönte ein weiterer, energischer Pfiff, fingen alle an, sich wie auf Knopfdruck zu bewegen. Nur ich blieb wie angewurzelt an Ort und Stelle stehen. Zog mir mit einem kräftigen Ruck das Handtuch vom Hals und stieß die angehaltene Luft aus.

»Alles klar?« Wren kam mit besorgter Miene auf mich zu.

Ich nickte mechanisch. »Bestens.«

Natürlich war es das nicht, aber das musste ich nicht aussprechen. Mein bester Freund wusste, wann ich log. Doch jetzt blieb mir nichts anderes übrig, als die Entscheidung von Coach Westfield hinzunehmen.

Wren klopfte mir auf die Schulter, bevor er meinen Kopf zu sich heranzog und wir uns für einen kurzen Moment an der Stirn berührten. Dann schnappte Wren sich einen Ball aus der Halterung und dribbelte ihn zur Drei-Punkte-Linie.

Diese Geste kam nicht oft zum Einsatz. Eigentlich nur dann, wenn Worte überflüssig waren. Wren und ich waren schon als Kinder ein Herz und eine Seele gewesen. Die meisten in Rosehollow hatten uns für Brüder gehalten und taten es vermutlich noch. Und irgendwie hatten sie recht. Wren war mein Bruder. Seit dem Tag, an dem ich ihm mit voller Absicht einen Ball an den Kopf geworfen hatte, waren wir unzertrennlich.

Ich blickte von Wren zum Korb, unter dem Blaine stand. Er dribbelte den Ball von der einen Hand zur anderen. Dann setzte er zum Sprung an und beförderte ihn in einer Drehung in den Korb.

Ich kannte die Art, wie Blaine diesen Spielzug ausführte. Früher hatten wir diesen Wurf ständig geübt, bis er mit seinen Eltern wegziehen musste. Ich hatte nichts aus dieser Zeit missen wollen, denn aus Freunden war ein Team geworden.

Doch davon war nichts mehr übrig. Jetzt waren wir nur noch zwei Fremde, die in einem Team spielten. Dennoch hatte diese Freundschaft sich nicht still und heimlich verabschiedet, sondern mit einem lauten Knall.

Denn Blaine war der Einzige, der mein Geheimnis kannte.

Und irgendwann nach seiner Rückkehr hatte er genau daraus ein Spiel gemacht, das ich nicht gewinnen konnte.

Als könnte er meine Gedanken lesen, zog er wissend einen Mundwinkel nach oben. Ein ohrenbetäubender Wortwechsel entstand, ohne auch nur ein einziges Wort davon auszusprechen.

Obwohl Blaine genau wusste, dass ich *diesen* Ball nie in der Hand haben würde, spielte er ihn nun in meine Richtung. Ich fing ihn auf. Doch anstatt ihn wieder abzuspielen, ließ ich ihn fallen. Kehrte meinem Team den Rücken und spürte Blaines stechenden Blick selbst dann noch im Nacken, als ich die Halle schon längst verlassen hatte.

In der Kabine schlug ich erst gegen den Spind und riss anschließend dessen Tür auf. Mit einem dumpfen Aufprall ließ ich meine Sporttasche auf die Bank fallen und zog mir die durchgeschwitzten Trainingsklamotten vom Körper.

Der Coach hatte recht, denn ich *war* nicht bei der Sache. Meine Gedanken kreisten ständig um einen Menschen, den ich einfach nicht mehr aus dem Kopf bekam.

Malia.

Es war Tage her. Und ich ertappte mich beinahe stündlich dabei, wie ich nach ihr Ausschau hielt oder bei jeder fremden Stimme hoffte, es wäre ihre.

Ein Handtuch um die Hüfte geschlungen, ging ich zur Dusche. Dort hängte ich es an den Haken, drehte den Hahn auf und schloss die Augen. Gnadenlos prasselte das Wasser in meinen Nacken.

Was auch immer Malia in dem Moment dazu bewegt hatte, völlig neben der Spur ihren Kofferraum zu durchwühlen, hatte etwas in mir verändert. Auf einmal hatte ich alles versuchen wollen, um mit ihr ins Gespräch zu kommen. Ich Idiot hatte sogar ihre Sachen angefasst, ohne auf ihre Zustimmung zu warten.

Und als Malia dabei gewesen war, genauso aus meinem Leben zu verschwinden, wie sie kurz vorher darin aufgetaucht war, traf es mich wie ein Blitz. Plötzlich war da etwas in mir aufgeglüht, wofür ich hatte kämpfen wollen.

Und ich wollte es noch immer.

Die graue Betonwand formte sich vor meinen Augen und erinnerte mich daran, dass ich in der Dusche stand und Malia unauffindbar war. Schnaubend lehnte ich die Stirn gegen die Wand. Ich war tatsächlich einem Wagen hinterhergerannt und alles, was ich hatte, war ihr Name.

Ich zog den Kopf zurück. Schmetterte stattdessen die Hand gegen die Duschwand. Ich wusste, dass ich Malia vergessen musste, aber ich wollte es nicht.

Verdammt, ich wollte es ganz und gar nicht.

»Fuck!« Ich stemmte beide Hände gegen die kühle Oberfläche, erkannte die Gänsehaut auf meinen Armen. Verwirrt zog ich die Brauen zusammen. Ich hatte nicht einmal gemerkt, wann das Wasser kalt geworden war. Lautes Stimmengewirr und das Knallen von Türen rissen mich vollständig aus den Gedanken, während die Spinde in der Umkleide einer nach dem anderen aufgezogen wurden.

Ich wischte mir über das Gesicht und stellte gerade das Wasser ab, als Mitch und Gavin auch schon den Duschraum betraten.

»Donovan! Bist du heute Abend bei meiner Party dabei? Wir schießen uns so richtig ab.« Mitch grinste und ahmte eine Trinkbewegung nach.

Vollidiot. Er wusste ganz genau, dass ich keinen Alkohol trank. Dennoch zwang ich mir ein halbherziges Grinsen auf die Lippen und schlang mir das Handtuch um die Hüfte.

»Mal sehen«, war das Einzige, das ich erwiderte, ehe ich den Duschraum verließ. Denn mich beschlich die leise Vorahnung, dass ich heute nicht zum Feiern in der Lage sein würde.

Energisch stieß ich die Haustür hinter mir zu. Und mit diesem Geräusch erstickte ich das letzte bisschen Freiheit in mir. Die dunkle Einrichtung und das gedimmte Licht erdrückten mich schon Sekunden, nachdem die Tür ins Schloss gefallen war. Ich wollte überall sein, nur nicht hier.

Und dennoch kehrte ich ständig an diesen Ort zurück.

Ich schob die Hände in die Hosentaschen, während ich im Hausflur verharrte. Wie ein unerwünschter Gast, der ich in gewisser Weise auch war. Obwohl das Haus von Jonathan Grant Donovan jahrelang ebenso mein Zuhause gewesen war, fühlte sich hier nichts nach zu Hause an. Dieses Anwesen glich einer Hülle, das von verblassten Erinnerungen aufrecht gehalten wurde.

Angespannt ballte ich die Hände in den Taschen zu Fäusten, als laute Schritte von dem Parkett widerhallten. Kurz darauf bog mein Vater um die Ecke und richtete sich die Krawatte.

Ich schnaubte leise. Selbst abends um acht trug er einen beschissenen Anzug. Ich hatte diesen Mann noch nie in etwas anderem gesehen.

»In mein Büro. Sofort«, befahl er.

Ich biss die Zähne aufeinander und folgte ihm durch den Flur. Ignorierte die Bilder an der Wand, die mich jedes Mal verspotteten, wenn ich an ihnen vorbeiging. Sie erinnerten mich an eine Zeit, die ich vermisste.

Weil ich sie geliebt hatte.

Aber statt umzukehren, zwang ich mich dazu, einen Fuß vor den anderen zu setzen. Entfernte mich weiter von der Haustür. Und mit jedem Schritt nahm ich mir selbst die einzige Möglichkeit, von diesem Ort zu flüchten.

Der lange Korridor mündete in das geräumige Wohnzimmer. Von dort aus führten zwei Treppenstufen in die Lounge herunter, ausgestattet mit schwarzen Polstermöbeln, einem Kamin und einem großen Fernseher.

Alles in diesem Haus war *er*. Dominant, düster und massiv. Von der hellen Einrichtung, die Mom einst so gemocht hatte, war nichts mehr übrig.

Genauso wenig wie von ihr.

Mein Vater steuerte auf die Tür am anderen Ende des Zimmers zu und schloss sie auf. Seitdem sein Büro verwüstet worden war, verriegelte er es immer. Selbst dann, wenn er nur einmal durch das Haus ging, um mich einzufangen und in den Käfig zu sperren, den er eigenhändig für mich geschmiedet hatte.

Langsam ging ich ihm hinterher. Die Wände seines Büros waren mit dunklen Holzregalen bestückt, auf denen verschiedene Pokale glänzten. *Meine* Pokale, die meinem Vater mehr bedeuteten als alles andere.

Er öffnete den Knopf seines Sakkos und setzte sich hinter den großen Marmortisch. Neben Papieren, Akten und ungeöffneten Briefen stand ein Glas mit brauner Flüssigkeit, das er in die Hand nahm. Bourbon.

Das wusste ich, weil er nichts anderes trank.

Ich blieb stehen, die Tür direkt in meinem Rücken. Und obwohl mein Vater saß, sah er mich mit seiner herablassenden Art von oben hinab an. »Schließ die Tür.«

Alles in mir sträubte sich dagegen. Dennoch gehorchte ich und drückte die Tür hinter mir zu.

Er schwenkte die Flüssigkeit in dem Glas umher. In seinen Augen blitzte dieser seltsame Ausdruck auf, als wäre dieses Gespräch etwas Geschäftliches. Nichts Persönliches. »Mir ist zu Ohren gekommen, dass du heute frühzeitig vom Training entlassen wurdest.«

Wie überraschend.

Ich versuchte keine Regung zu zeigen, während ich mich auf das Glas in seinen Händen konzentrierte.

»Hast du dazu etwas zu sagen?« Die Stimme meines Vaters brachte mich dazu, von dem Glas aufzusehen. Seine stechend grünen Augen bohrten sich in meine, während seine Hand schließlich verharrte.

Ich erwiderte nichts. Zählte stattdessen das Ticken der Uhr an der Wand.

Eine volle Minute starrten wir uns an, ehe mein Vater sich erhob und sein Sakko schloss.

Großer Gott, er war zu Hause. *Zu Hause.* Und trotzdem war er nur darauf bedacht, Etikette zu wahren.

Mit langsamen Schritten kam er auf mich zu. Blieb dicht vor mir stehen. Auch wenn ich mit meinen ein Meter und achtundachtzig schon ziemlich groß war, war mein Vater noch ein ganzes Stück größer als ich.

Er vergrub eine Hand in seiner Tasche, während er das Glas leerte, ohne den Blick von mir abzuwenden. Dann trat er an den Barschrank und holte den Dekanter hervor.

Ich bemühte mich, mir nichts anmerken zu lassen, als er sich nicht nur mit einem, sondern mit zwei Gläsern zu mir umdrehte. Auffordernd hielt er mir eins hin.

Aber anstatt es zu nehmen, ignorierte ich das Glas in seinen Händen. Mein Vater war genau so, wie er aussah. Rücksichtslos und voller Zorn. Ein furchteinflößender Mann, vor dem alle das Weite suchten, wenn sie in sein Visier gerieten. Zu Recht. Er machte nichts ohne Hintergedanken. In dieser Hinsicht war er ziemlich berechenbar.

»Wenn ich dir meinen guten Bourbon anbiete, solltest du zugreifen, mein Sohn.« Mein Vater funkelte mich eindringlich an.

Langsam zog ich die Hand aus der Tasche und nahm ihm das Glas ab. Sein Mundwinkel zuckte, während er darauf wartete, dass ich einen Schluck trank.

Er wusste genau, wie sehr ich dieses Zeug hasste.

»Was hat den alten Mann dazu veranlasst, dein Training zu beenden?«, fragte mein Vater weiter und zog dabei die Brauen hoch. Dass er so ruhig war, war mir nicht geheuer.

»Das weißt du wahrscheinlich besser als ich«, erwiderte ich. Er saß schließlich im Vorstand der *Violet Hill Edens*.

»Ich will es von dir hören.« Ungeduldig schwenkte Vater die braune Flüssigkeit umher. Ich konnte regelrecht beobachten, wie sich die Zornesfalte in seine Stirn grub.

»Ich war nicht bei der Sache«, gab ich schließlich zu. Es brachte nichts, ihn anzulügen. Alles, was Basketball betraf, analysierte er bis ins kleinste Detail.

»Nicht bei der Sache.« Seine Stimme wurde leiser, die Augen formten sich zu Schlitzen. »Der Junge war nicht bei der Sache«, murmelte er in sein Glas und setzte es erneut an.

»Das ist mein letztes Jahr am College. Ich —«

Plötzlich stand mein Vater so dicht vor mir, dass mir die Worte im Hals stecken blieben. »Dein letztes Jahr. Und du hast es immer noch nicht geschafft, einen Talentsucher auf deine Seite zu ziehen.«

Mein Vater fixierte mich, während seine Kiefer mahlten. Erst als ich das Holz in meinem Rücken spürte, merkte ich, dass ich zurückgewichen war. Ich hob das Glas an die Lippen und drehte mich von ihm weg. Ging zur Pokalwand, ohne einen Schluck zu nehmen.

Er durfte mir nicht zu nahekommen.

Angespannt starrte ich auf einen der Pokale. Feine Kratzer zogen sich über das Metall. Mein Vater hatte alles versucht, um sie von der Oberfläche zu polieren und die Dellen herauszubekommen. Aber was einmal kaputt war, konnte man nicht mehr so schnell reparieren. Unebenheiten konnte man nicht einfach verwischen und so tun, als wäre nie etwas gewesen.

Seine Silhouette spiegelte sich verzerrt in der Oberfläche wider. Dennoch registrierte ich, wie er seine Faust öffnete und schloss, während er das Glas erneut an die Lippen setzte. Dann schlenderte er auf mich zu. Ich blieb wachsam, bis er in meinem Augenwinkel auftauchte und beinahe andächtig an einer der Auszeichnungen entlangstrich. »Das ist nur der Anfang, Junge. Wir werden dein Training anpassen und weitere Einheiten einplanen.«

Fuck, was? Ich *lebte* praktisch in dieser Halle. »Ich kann nicht noch mehr trainieren. Ich habe Vorlesungen. Klausuren. Abschlussprüfungen.«

»Abschlussprüfungen.« Vater lachte auf. »Glaubst du etwa immer noch an diesen Schwachsinn? Du musst nur bestehen, mehr nicht.«

»Ich will —«

»Du strebst eine Basketballkarriere in der NBA an, mit oder ohne Abschluss«, unterbrach mich mein Vater scharf. »Niemand wird sich dafür interessieren, was du studiert hast.«

Du strebst meine Basketballkarriere in der NBA an.

Doch ich hielt die Worte zurück, die mir bereits auf der Zunge lagen.

Mein Vater schien das Zögern zu bemerken und trat an mich heran. In seine Stirn hatten sich erneut Falten gegraben. »Was ist wichtiger als die NBA, Collin?«

Alles.

»Nichts«, knirschte ich mit zusammengebissenen Zähnen und wich zurück. In diesem Büro fühlte ich mich gefangen wie in einem Käfig. Mein Vater war der Löwe.

Und ich war seine Beute.

An der Tür war ich der Freiheit zumindest einen Schritt näher. Ich beobachtete ihn, wie er sich gegen den Tisch lehnte und das Glas endgültig leerte.

»Konzentration. Schnelligkeit. Präzision. Das ist alles, was ich von dir verlange«, donnerte seine Stimme plötzlich durch den Raum.

Ich konnte ein Schnauben nicht unterdrücken und trat zur Seite, um das fürchterliche Zeug in meiner Hand endlich wieder loszuwerden. »Ich gebe mein Bestes.«

»Dein Bestes ist nicht genug!« Mein Vater schleuderte mir die Worte entgegen. Und nicht nur die. Das Glas raste so schnell auf mich zu, dass ich nur noch den Arm hochriss und den Kopf einzog.

Mit einem lauten Scheppern zerbrach es dicht hinter mir an der Tür. Für einen Moment war ich wie erstarrt. Das Klirren hallte mir immer noch in den Ohren, während die Scherben auf den Boden fielen. Als ich den Arm senkte, rieselten einzelne Splitter von meinem Pullover.

»Dad —«

»Die NBA erlaubt keine Fehler. Keinen einzigen.« Er wurde mit jeder Silbe leiser, die Bedeutung dahinter lauter.

Meine Stimme dagegen klang brüchig. »Jeder macht Fehler.«

»*Du* machst Fehler. Weil du schwach bist.«

Ich ballte eine Hand zur Faust. Spürte, wie sich die Nägel in mein Fleisch gruben, während sein sengender Blick meine Haut nahezu verbrannte.

»Ich bin nicht schwach«, presste ich hervor.

Vater lachte. Es war ein hässliches, grollendes Lachen. »Du bist schwach. Genauso schwach wie deine Mut—«

»Wag es ja nicht.« Jetzt war ich derjenige, dessen Stimme an Kraft gewann. Ich konnte regelrecht beobachten, wie sein Gesicht ein ungesundes Rot annahm. Mit seiner breiten Statur und dem wilden Ausdruck wirkte er wie ein hungriges Tier.

Er brauchte nur drei lange Schritte, um vor mir stehen zu bleiben und mir einen Hieb gegen die Schulter zu verpassen. »Du bist schwach.«

»Ich bin nicht —«

Plötzlich packte Vater mich am Kragen. »NBA, Collin. N. B. A.«

Und so schnell wie er mich gepackt hatte, ließ er mich wieder los. Ich zog den Pullover herunter, der mir in diesen Sekunden eng um den Hals gerutscht war.

Doch das erdrückende Gefühl blieb.

»NBA«, wiederholte ich tonlos.

»Konzentration.« Mein Vater richtete sich auf und fixierte mich. Auf einmal schnellten seine Hände hoch und packten mich erneut. »Schnelligkeit.« Die Ader an seinem Hals pochte. Das Glas unter unseren Füßen knirschte. Und ich zählte die Sekunden mit jedem Ticken der Uhr. Plötzlich schmetterte Vater mich gegen die Tür. Mein Rücken prallte gegen kühles Holz, während sich die metallene Klinke in meine Seite bohrte. Dieser Schmerz kam so unerwartet, dass er mir die Luft aus dem Lungenflügel presste. Ich ächzte, als das Gesicht meines Vaters ganz nah an meinem auftauchte. »Präzision.«

»Fuck.«

43

»Hast du das verstanden?«

Ein Ruck durchfuhr mich. Meine Seite pochte vor Schmerz, während sich die Klinke weiter zwischen meine Rippen grub.

Als ich nicht antwortete, fasste mein Vater mir an die Kehle. Drückte so fest zu, dass er mir die Luft abschnürte. Nicht zu fest, dass die Spuren für jeden sichtbar sein würden.

Ich zerrte an seiner Hand. »Dad«, keuchte ich. »Lass –«

»Hast du verstanden?« Er spuckte mir die Worte förmlich ins Gesicht.

Ich nickte, spürte mit jeder Bewegung, wie sich seine Finger mehr gegen meine Kehle drückten. »Ja.«

»Sag es.« Zwei Worte, die zu einem Zischen einer verdammten Schlange wurden.

Ich brauchte all meine Kraft, all den restlichen Sauerstoff in meiner Lunge, um zu antworten. »Ich habe es verstanden.«

Und mit einem Mal ließ Vater mich los. Strich seinen Anzug glatt und richtete seinen Kragen. Ich schnappte nach Luft. Hustete. Und als er sich von mir abwandte, zögerte ich nicht. Ich riss die Tür auf und stürzte aus dem Büro. Doch als ich Schritte von oben hörte, zwang ich mich dazu, meine letzte Selbstbeherrschung zusammenzukratzen.

Sie war zu Hause.

Obwohl alles in mir rennen wollte, raus aus diesem Haus, fort aus dieser Stadt und so weit wie möglich weg von meinem Vater, ging ich langsam. Für den Fall, dass sie gleich vor mir stehen würde. Sie ahnte nichts von alldem, und das sollte so bleiben. Ich hatte bereits eine eigene Wohnung, die mich zumindest etwas von ihm abschirmte. Trotzdem musste ich ständig in dieses Haus zurückkehren. Aus Angst, sie könnte sonst die Nächste sein.

Doch solange ich da war, würde er *ihr* nichts tun.

Und dieser Gedanke hielt mich aufrecht.

Kapitel 5

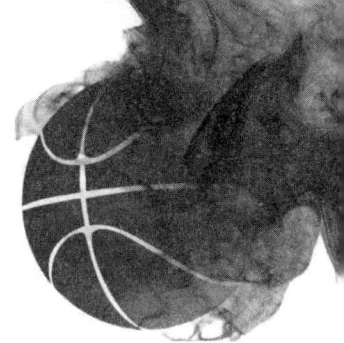

Malia

Er sah mich aus dunklen Iriden an, das kantige Gesicht von schwarzen Locken umrahmt. Mit halb gesenkten Lidern musterte er mich, von oben bis unten und zurück, bis er an meinem Gesicht hängen blieb. Langsam neigte er den Kopf, den Mund zu einer schmalen Linie verzogen.

In diesem Moment war er mir so nahe, dass meine Augen zu brennen begannen. Ich blinzelte die Tränen weg und mit ihnen all das Gefühlschaos, das in mir tobte, und schluckte.

Ich wollte schreien, aber meine Stimme blieb stumm. Ich wollte rennen, aber meine Beine bewegten sich nicht. Ich wollte fliehen, aber er *ließ es nicht zu.*

Und so stand ich hier. In einem Meer aus Scherben, und blickte meiner Angst direkt ins Gesicht.

Atme, Malia. Atme.

Ich wachte auf. Sog tief die Luft ein, mit dem Gefühl, sonst an diesem Traum zu ersticken. Mein Herz hämmerte mir unaufhaltsam gegen die Brust. Ich griff an mein Handgelenk. Dort ertastete ich das raue Band und spürte die einzelnen Fasern. Sanft strich ich die Form nach, bis meine Finger die Blume umschlossen. Mein Armband. Mein Anker.

Er war nicht mehr bei mir – und doch immer.

Mit einem Stöhnen drückte ich mich von der weichen Matratze

hoch. Auf meinem Bauch lag ein aufgeschlagenes Buch, das mit einem dumpfen Geräusch von mir herunterrutschte.

Ich war es gewohnt, diese Träume zu haben. Aber ich hatte gehofft, dass sie nicht mehr so intensiv sein würden, wenn ich *ihn* nicht mehr um mich hatte.

Ich hatte mich geirrt.

Meine Schläfe pochte. Vorsichtig fuhr ich über die empfindliche, glatte Haut. Zog mit den Fingern kleine Kreise über die Narbe, die sich dort gebildet hatte. Erst nachdem der Schmerz einigermaßen erträglich wurde, ließ ich die Hand sinken und griff stattdessen in das Laken unter mir. Meine Bettwäsche war klamm, genauso wie meine Klamotten.

Ich ließ den Kopf zurück ins Kissen fallen. Starrte mehrere Minuten lang an die Decke, bevor ich die Luft in einem leisen Zischen ausstieß. Ich richtete mich erneut auf, schwang die Beine über die Bettkante und stand auf. Dann riss ich den Bezug vom Bett.

Die Stadt war schöner, als ich es mir vorgestellt hatte. Es war nicht nur das malerische Bild dieses Ortes, in das ich mich immer mehr verliebte, sondern auch das Gefühl, das Rosehollow in mir auslöste. Ich fühlte mich wohl. Ich fühlte mich leicht. Beinahe so wie früher.

Jolie hatte es binnen weniger Stunden geschafft, sich in mein Herz zu schleichen. Als wir am ersten Tag zusammen in der Küche gesessen hatten, hatte sie mir von der *Violet Hill University of Modern Sciences and Arts* erzählt und davon, dass sie Kunstwissenschaften studierte. Wir hatten so viel geredet, dass wir bis spät in die Nacht Wein getrunken hatten.

Seitdem waren zwei Wochen vergangen. Zwei Wochen, in denen ich Tag für Tag die leeren Seiten in meinem Buch mit neuen Kapiteln füllte.

Die letzten Tage war es mir leichtgefallen, jeden Morgen aufzustehen und mich auf den Weg zur Uni zu machen. Heute allerdings fühlte ich mich wie gerädert, denn den Traum spürte ich immer noch bis in die Knochen. Als wäre das nicht genug gewesen, hatte mich das Wasser in der Dusche eiskalt erwischt. Im wahrsten Sinne des Wortes.

So schön dieses Haus auch war, irgendetwas blockierte die Warmwasserleitung, doch bis der Handwerker kam, würde es dauern. Und verdammt, eine eiskalte Dusche am Morgen war wirklich das Letzte. Mich fröstelte es schon bei dem Gedanken daran, was mich die nächsten Tage erwarten würde.

Mit der Schulter drückte ich gegen die große Tür und trat aus der literarischen Fakultät heraus. Ich wollte meine Leidenschaft zum Beruf machen, aber Literaturwissenschaften zu studieren, erforderte eine Menge Bücher.

Und die musste ich tragen.

Bereits jetzt stapelten sich die Aufgaben in meinen Kursen bis ins Unermessliche. Ich musste mehr aufholen, als ich angenommen hatte. Mich von meiner alten Umgebung und auch von meiner alten Universität zu lösen, war ein gewaltiger Schritt gewesen, der mich einiges an Kraft gekostet hatte und vermutlich noch einiges an Nerven kosten würde.

Kians wehmütiger Gesichtsausdruck blitzte wie eine Mahnung vor meinem geistigen Auge auf und machte mir noch einmal deutlich bewusst, wozu mich meine Angst getrieben hatte. Ich war in Virginia, meine Familie lebte in Kalifornien. Noch mehr Distanz hätte ich nicht zwischen uns bringen können. Allein der Gedanke daran versetzte mir einen Stich. Schon vermisste ich all das, was ich hatte zurücklassen müssen, noch ein Stückchen mehr.

Als könnte ich damit all die Erinnerungen beiseiteschieben, beschleunigte ich meine Schritte, die nun entschlossen klangen und auf seltsame Weise auch aggressiv.

Von Weitem erspähte ich Jolie, die auf ihrem Smartphone herumtippte. Eilig setzte ich einen Fuß vor den anderen. Plötzlich rempelte mich jemand an, woraufhin eines der vielen Bücher in meinen Armen herunterfiel. Ganz klasse.

Ich raffte die Bücher auf einer Seite zusammen und wollte gerade nach dem heruntergefallenen greifen, als eine weitere Hand in meinem Sichtfeld auftauchte.

Meine Augen schnellten hoch zu der Person, zu der sie gehörte. Braune Iriden, so klar wie Whiskey. Ein Typ. Ein leichter Bartschatten lag auf seinen markanten Zügen und seine blonden Haare waren so lang, dass er sie zu einem Man Bun zusammengefasst hatte. Der Typ griff nach dem Buch und hielt es mir hin.

»Danke.« Zögerlich nahm ich es entgegen und richtete mich auf. Er tat es mir gleich und überragte mich um einiges. Unweigerlich legte ich den Kopf in den Nacken.

»Gern geschehen, Schönheit.«

Der Typ blickte mir eine Sekunde länger in die Augen, als er musste, ehe er an mir vorbeiging und seinen Weg fortsetzte.

Ich konnte nicht anders, als mich noch einmal umzudrehen.

»*Schönheit*. Gerade heute«, murmelte ich und überbrückte dann die letzten Meter zu Jolie. »Hey«, begrüßte ich sie. Selbst bei dieser einen Silbe fiel mir auf, wie atemlos ich klang.

Anscheinend bemerkte es auch Jolie, denn sie musterte mich skeptisch. »Du siehst aus, als wärst du die Bibliothek selbst. Bist du gerannt?«

Ich erwiderte nichts, sondern ging langsam weiter. Jolie steckte ihr Smartphone in die Tasche und schloss sich mir an. Ihre blonden Locken sprangen auf und ab, während wir den mit hellen Steinen gepflasterten Weg entlanggingen. Ich schielte zu ihr. Die goldene Lederjacke und die dunkelrote Jeans schmiegten sich so eng an ihren Körper, dass man denken könnte, sie wäre hineingenäht worden. Ihre Garderobe bestand aus so vielen Einzelstücken, bei denen ich mich ständig fragte, wo sie die nur herbekam.

Wenn ich uns so verglich, wirkten wir wie Tag und Nacht.

Sie mit ihren blonden, schulterlangen Locken und einem auffälligen Stil. Ich mit dunklem Haar, in schwarzen Jeans, meinem

Cardigan und einem weißen Shirt. Das einzig Farbige an mir waren meine Wangen, die mittlerweile vermutlich überreifen Tomaten glichen.

»Hast du immer so viele Bücher dabei?«, fragte Jolie.

Ich pustete mir eine Strähne aus dem Gesicht und umklammerte die Bücher fester. »Ich habe mehr aufzuarbeiten als gedacht.«

Ein Gebäude nach dem anderen zog an meinen Augenwinkeln vorbei. Die *Violet Hill University* hatte ihren ganz eigenen Charme. Etwas abgelegen vom Zentrum Rosehollows zogen sich mehrere Bauten wie eine eigene kleine Stadt über ein weitläufiges Gelände, das auf dem *Violet Hill* lag. Deswegen vermutlich auch der Name der Uni.

Zwischen den einzelnen Gebäuden befanden sich viele Grünflächen mit groß gewachsenen Bäumen. Runde Tische aus Stein verteilten sich auf dem Grün und waren mit passenden Bänken und Stühlen bestückt.

Ich wich einigen Studierenden aus, die an uns vorbei hasteten, vermutlich um nicht zu spät zu ihren Vorlesungen zu kommen. An der *Violet Hill* musste man sich nicht für einen einzigen Studiengang entscheiden, sondern hatte die Möglichkeit, fachübergreifend zu studieren.

Bei der Vielzahl von Studiengängen und der dazugehörigen Anzahl an Fakultäten war es also kein Wunder, dass zwischen manchen Vorlesungen nur wenig Zeit blieb. Der Zeitumkehrer von Hermine Granger wäre wirklich von Vorteil.

Wir passierten die Fakultät für Kunstwissenschaften. Das Gebäude imponierte mir mit seiner hellen Steinfassade und ähnelte mit den großen Fenstern und Türen beinahe einem Schloss. Es war so unglaublich schön, dass ich glaubte, in einer ganz anderen Welt angekommen zu sein.

»Vielleicht sollte ich zur Abwechslung etwas Künstlerisches belegen«, scherzte ich und schob eines der Bücher in den Stapel zurück, das fast herausrutschte.

Jolie grinste mich von der Seite an. »Dann müsstest du auf jeden Fall nicht so viele Bücher mit dir rumschleppen.«

»Jolie, warte!« Eine Brünette in grauen Jeans, einem hellen Oberteil und einer roten Lederjacke stieg gerade die letzte Treppenstufe der künstlerischen Fakultät hinab. Sie kam geradewegs auf uns zu.

»Lex.« Schon ging Jolie der Brünetten entgegen und zog sie in eine Umarmung.

Ich musterte die Fremde. Langes, glattes Haar umrahmte ein herzförmiges Gesicht und bewegte sich sacht in der leichten Brise. Aber es war nicht der seidige Glanz ihrer braunen Mähne, der meine Aufmerksamkeit auf sich zog, sondern ihre Augen, die sich wie zwei Edelsteine von der elfenbeinfarbenen Haut abhoben.

Das eine Auge war so grün wie ein Smaragd, das andere wiederum so blau wie ein Aquamarin, der im Licht schimmerte. Diese unterschiedlichen Farben waren faszinierend.

Genauso wie das Eisblau jener Augen, die ich einfach nicht aus dem Kopf bekam. Ich erinnerte mich an die dazugehörige tiefe, rauchige Stimme und daran, wie sich der Klang seines Lachens wie ein Pfeil in mein Herz gebohrt hatte.

Seit dieser Begegnung war kein einziger Tag vergangen, an dem ich nicht an ihn gedacht hatte. An den jungen Mann, dessen Namen ich nicht einmal kannte. Kein Tag, an dem ich nicht hoffte, dass er nach mir suchen und mich finden würde.

Die Brünette sah irritiert zu mir herüber. Als ich begriff, dass ich sie die ganze Zeit über angestarrt hatte, schoss mir die Hitze auf die Wangen. Verlegen biss ich mir auf die Unterlippe. Jetzt war mein neues Ich nicht nur chaotisch, sondern auch noch ein Freak.

»Malia?« Jolies Stimme lenkte meine Aufmerksamkeit auf sie. »Das ist Alexis. Lex, das ist Malia, meine Mitbewohnerin.«

»Oh, bitte, Jolie. Alexis hat mich nur meine Großmutter genannt.« Die Brünette drückte sich an Jolie vorbei, ehe sie mich in eine kurze, aber entschlossene Umarmung zog. Völlig überrumpelt ließ ich es geschehen und festigte den Griff um die Bücher. »Nenn mich bitte Lexie.«

Sie warf Jolie einen mörderischen Blick zu, die abwehrend die Hände hob. Das entlockte mir ein Schmunzeln.

Lexie war ein Stück größer als ich und raubte einem mit ihrer Präsenz den Atem. Ihr Selbstbewusstsein war beinahe greifbar, aber auf eine angenehme Weise. Irgendetwas sagte mir, dass sie für diejenigen, die ihr am Herzen lagen, die Welt auf den Kopf stellen würde, wenn sie es müsste. Das machte sie mir sympathisch.

»Du hast Heterochromie.« Und schon stieß ich mir gedanklich gegen die Stirn. Die Worte hatten meine Lippen schneller verlassen, als ich darüber hatte nachdenken können. Lexies Brauen schossen in die Höhe.

»Heterowas? Natürlich steht sie auf Männer!« Jolie wedelte mit der Hand, als wäre es das Selbstverständlichste auf der Welt.

»Jolie«, mahnte Lexie leise.

»Sie könnte gar nicht ohne —«

»Jolie Rae!«

»… jemanden, den sie herumkommandieren kann. Lass mich aussprechen.« Jolie verschränkte die Arme vor der Brust.

Ich biss mir auf die Unterlippe und verkniff mir das Schmunzeln, während ich dem kurzen Wortgefecht der beiden folgte. Lexie und ich wechselten einen Blick. Dieser genügte, um das Eis zwischen uns brechen zu hören. Kurz darauf lachten wir los.

»Was ist? Warum lacht ihr?«, fragte Jolie.

»Du solltest mehr lesen.« Lexie deutete auf die Bücher in meinen Armen, während ich mein Grinsen hinter dem Stapel zu verbergen versuchte.

»Hey!« Jolie zog einen Schmollmund. »Ihr kennt euch gerade wie lange? Zwei Minuten? Und schon verschwört ihr euch gegen mich. Das ist nicht fair.«

Ich nahm das oberste Buch vom Stapel und hielt es ihr auffordernd hin. »Vielleicht solltest du eher in einen meiner Kurse wechseln.«

Sie nahm es mir zögernd aus der Hand und las den Titel. »Moby Dick – ich soll ein ganzes Buch über einen Wal lesen? Vergiss es.«

Sie warf es so schwungvoll auf den Stapel zurück, dass ich das zusätzliche Gewicht instinktiv auszubalancieren versuchte. Dann machte Jolie auf dem Absatz kehrt und ließ uns ohne ein weiteres Wort stehen.

Mit einem Schmunzeln legte Lexie einen Arm um mich. »Ich glaube, ich fange jetzt schon an, dich zu mögen.«

»Danke, gleichfalls.« Ich grinste sie an und nickte dann in die Richtung, in die Jolie gerade verschwunden war. »Eigentlich sollte ich sie mitnehmen.«

»Keine Sorge, spätestens auf dem Parkplatz sehen wir sie wieder. Jolie würde niemals freiwillig zu Fuß nach Hause gehen.« Lexie schnaubte belustigt und streckte auffordernd die Hände aus. »Ich nehm dir was ab.«

Ohne auf eine Antwort von mir zu warten, schnappte sie sich die Hälfte meiner Bücher. Anscheinend sah ich genauso überladen aus, wie ich mich fühlte.

»Danke.«

»Warte erst mal ab, bis du hörst, was ich als Gegenleistung erwarte.«

»Gegenleistung?«, fragte ich irritiert.

»Das war ein Scherz.« Lexie stupste mich mit der Schulter an und sofort entspannte ich mich ein wenig. Wir machten uns auf den Weg zum Campus-Parkplatz, wo Jolie bereits, wie von Lexie vorausgesagt, an meinem Wagen lehnte. Die Nase gekräuselt und die Unterlippe in den Mund gezogen, war sie wieder mit ihrem Smartphone beschäftigt. »Schreibst du mit deinem Lover oder warum siehst du so aus, als würdest du gleich deine Lippe abbeißen?«

Jolie funkelte Lexie böse an. »Ich hab wenigstens einen.«

»Wie bitte? Wieso erfahre ich das erst jetzt?« Perplex wartete ich darauf, dass Jolie diese Enthüllung weiter ausführte, doch sie wandte sich nur grinsend ab. Ich hakte nicht nach, sondern zückte nach kurzem Zögern meinen Schlüssel, als Lexie mir die Bücher reichte. »Danke. Die werde ich heute Abend brauchen.«

»Das soll wohl ein Scherz sein.« Jolie verschränkte die Arme vor der Brust. »Heute machen wir einen Mädelsabend.«

»Ich wollte wirklich —«

»Es ist Freitagabend«, quengelte Jolie.

Ich seufzte, während mein Blick zwischen den beiden hin und her sprang. Die zwei Edelsteinaugen und eine schmollende Jolie machten es mir nicht leicht.

Ganze zehn Sekunden blieb ich standhaft. Dann knickte ich ein. »Ich besorge den Wein.«

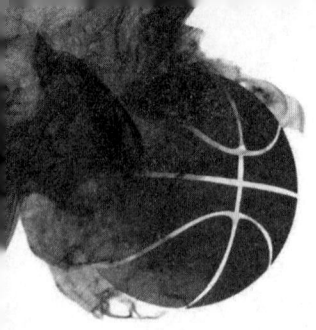

Kapitel 6

Collin

Ich wusste nicht, wie ich diesen Montag überstehen sollte. Mein Körper schmerzte bei jeder Bewegung, sogar das Atmen tat weh. Meine Lungen verlangten nach Sauerstoff, den ich ihnen nicht geben konnte, ohne noch mehr Schmerzen zu haben. Ein beschissener Kreislauf, der mir deutlich vor Augen führte, dass ich gefangen war.

Wren öffnete die Tür zum *Coffee & Break*. Sofort stieg mir der warme Duft von frisch gebrühtem Kaffee in die Nase. Jede Faser meines Körpers verlangte nach dem koffeinhaltigen Glück und machte mir allzu bewusst, wie müde ich war. Nicht weil ich zu wenig geschlafen hatte, sondern weil mich das Leben mit einem erfolgsbesessenen Vater, wie ich ihn hatte, aussaugte.

Ich betrat das Café, die Sporttasche in der Hand. Würde ich sie mir umhängen, würde sie gegen die Prellung in meiner Seite drücken. Und das war definitiv mehr, als ich heute ertragen konnte.

Ich fixierte den Bestelltresen, während ich mich durch die Gästeschar schob. Für ein Campus Café war das *Coffee & Break* wirklich schön eingerichtet. Nichts war zusammengewürfelt, sondern bis ins kleinste Detail aufeinander abgestimmt.

Mr Harrison, ein alter Mann in den Sechzigern und unser Dekan, legte viel Wert darauf, dass sich auch das Café am Campus von der besten Seite zeigte, und investierte jährlich eine Stange Geld, um diesen Eindruck aufrecht zu erhalten.

Runde Holztische mit braunen Ledersesseln und Bänken bestimmten die Einrichtung, während Holzregale an den Wänden prangten. In ihnen standen alte Kaffeemühlen, die dem ganzen Raum etwas Uriges verliehen. Die Plätze an den deckenhohen Fenstern waren mit Abstand am beliebtesten. Von dort aus konnte man nicht nur den Trubel draußen beobachten, sondern hatte eine fantastische Aussicht auf die schlossartigen Gebäude der *Violet Hill.*

»Hey, Süßer. Dasselbe wie immer?« Kacey, eine hübsche Blondine aus dem Senior Year, hatte die Arme auf die Kaffeetheke gestützt. Ihre üppigen Brüste pressten sich aufreizend zusammen. Kacey war sich dessen mehr als bewusst und setzte ihre Vorzüge nur zu gern ein. Auch jetzt zierte ein wissendes Lächeln ihre Lippen.

Ich war nicht der Aufreißer, für den mich alle hielten. Vielmehr wurde ich zu einem gemacht. Während meiner Zeit an der *Violet Hill* gab es mehr Gerüchte über mich, als ich zählen konnte, aber es scherte mich nicht wirklich. Wenn man im Basketballteam spielte, war das Gerede so etwas wie ein Pickel in der Pubertät. Man musste es in Kauf nehmen. Solange meine Freunde wussten, wer ich wirklich war, war mir der Rest scheißegal.

Wren hingegen grinste Kacey an und musterte sie von ihrem Bauchnabelpiercing, das sich unter ihrem Oberteil abzeichnete, über ihren Ausschnitt bis zu ihrem Gesicht. »Wie immer.«

Die beiden waren schon so oft miteinander im Bett gelandet, dass ich den Überblick verloren hatte. Trotzdem wäre es übertrieben, das zwischen den beiden als Freundschaft Plus zu bezeichnen. Es war einfach nur ein Plus, aber manchmal glaubte ich, dass Kacey sich etwas anderes wünschte.

Wren ließ sich allerdings nie auf etwas Festes ein.

Er lehnte sich gegen den Tresen, ehe er sein Smartphone zückte und darauf herumtippte. »Kommst du nachher mit ins *Outback Inn?*«

»Klar.« Abwesend sah ich mich im Café um, bis ein Lachen an

der Treppe meine Aufmerksamkeit auf sich zog. Lange braune Haare stahlen sich in mein Sichtfeld. »Ich gehe schon mal«, sagte ich zu Wren. Dieser brummte nur, während ich mich schon in Bewegung setzte und mich dann durch das Café schob. Einen halben Meter vor ihr stellte ich die Sporttasche ab. »Hast du es heute doch noch aus dem Bett geschafft?«

Gavin und Jake fixierten mich, Lexie drehte sich um. Ihr Lachen erstarb in dem Moment, in dem sie mich erkannte. »Es ist nun mal nicht jeder so ein Freak wie du und steht freiwillig um fünf Uhr auf.«

»Ich habe dir vier Nachrichten geschickt. Und einmal angerufen.«

»Und ich habe geschlafen.« Sie verdrehte die Augen und verschränkte die Arme vor der Brust.

Bevor ich etwas erwidern konnte, tauchte Jolie neben mir auf und pikste mich in die Seite. »Wie viele Herzen hast du diesen Sommer gebrochen?«

Ich presste die Zähne aufeinander, weil sie mir mit dieser simplen Geste ein Brennen durch meine Lungen schickte, und zwang mir ein Grinsen auf die Lippen.

»Ein Gentleman genießt und schweigt.« Ich umarmte Jolie. Den ganzen Sommer über hatte ich sie nicht gesehen, aber mit ihr war unsere Clique wieder vollständig.

»Was du nicht sagst.« Jolie verzog den Mund zu einem Schmunzeln. Lexie hingegen starrte mich an, als wäre ich der größte Vollidiot auf Erden. Sie wusste genau, was ich diesen Sommer wirklich getan hatte, genau genommen an einem Abend.

Unwillkürlich ballte ich die Hand zu einer Faust, während die Erinnerungen mich einholten.

Erst hatte mein Vater die Kontrolle verloren. Später hatte *ich* die Kontrolle verloren.

Ich hatte getrunken, weil ich wütend gewesen war. Auf ihn. Auf die Welt und irgendwie auch auf mich selbst. Eine wirklich schlechte Ausrede dafür, dass ich Alkohol sonst vehement ablehnte. Nicht, weil ich ein Problem damit hatte, sondern weil ich es schlichtweg nicht mochte. Weder das betäubende Gefühl noch die verzerrte Wahrnehmung, die ein Resultat dessen war.

Denn damit verlor man immer ein Stück seiner selbst. Ich hatte mich an diesem Abend verloren. Hatte mich, nachdem mein Vater gegangen war, an seinem Bourbon bedient, der mir viel zu schnell zu Kopf gestiegen war. Wider Erwarten hatte ich die Wut und die Verzweiflung dadurch nicht verdrängen, nicht vergessen können. Stattdessen war sie mit jedem weiteren Schluck gewachsen.

Bis ich es nicht mehr ausgehalten und schließlich jeden einzelnen Pokal aus dem Regal gerissen hatte.

Lexie war diejenige gewesen, die mich zwischen all dem Ruhm und völlig neben der Spur gefunden hatte.

Bis heute wusste sie nichts von dem Grund.

Als ob Wren geahnt hätte, dass ich nicht näher darauf eingehen wollte, tauchte er in meinem Augenwinkel auf und erlöste mich von Lexies stummen Vorwürfen, indem er mir einen Kaffee in die Hand drückte. Wortlos dankte ich meinem besten Freund, der nun verschwörerisch in die Runde grinste. »Kacey kommt auch ins *Outback Inn*.«

Keine Sekunde später verpasste Jolie ihm einen Hieb gegen die Schulter, als er seinen Ich-werde-heute-flachgelegt-Blick in sein Gesicht pflasterte. »Das ist so typisch. Hör auf, mit deinem Schlafzimmerblick durch die Gegend zu gucken, sonst rennen uns die Frauen hier gleich die Türen ein.«

»Wärst du eine von ihnen?« Wren wackelte mit den Brauen. Ich schnaubte belustigt, ehe ich einen Schluck von meinem Kaffee nahm.

So war es immer. Die beiden feixten und flirteten so offensichtlich miteinander, dass man denken könnte, sie würden bald miteinander im Bett landen. Aber ich wusste es besser. Das zwischen ihnen war nicht mehr als ein belangloser Flirt, und das würde sich auch in Zukunft nicht ändern.

Während Wren und Jolie über den heutigen Abend und das

Outback Inn redeten, konzentrierte ich mich wieder auf Lexie. Irgendetwas stimmte nicht.

»Lex?« Ich musterte sie, aber sie schüttelte kaum merklich den Kopf. Andere würden es wahrscheinlich als Desinteresse interpretieren, ich hingegen erkannte die Lüge hinter diesem Schleier.

Vorsichtig legte ich einen Finger unter Lexies Kinn und drückte es sachte hoch. Ich musste ihre Augen sehen, die mir so viel mehr verrieten, als sie jemals zugeben würde. Doch wie fast jedes Mal wich sie mir auch jetzt aus. Über die Jahre hinweg hatte sie diesen eisernen Willen perfektioniert, nur über sich zu reden, wenn sie es wollte. Sie war die Art Mensch, die alles mit sich selbst ausmachte.

»Aaah, da ist sie ja!« Jolies freudiges Quietschen holte mich zurück in das *C&B*. Sie strahlte erst mich an und dann so eindringlich an mir vorbei, dass ich leise aufstöhnte. Wen auch immer sie anlächelte, die Antwort lautete *Nein*. Ich hatte ihre Verkupplungsversuche so was von satt.

»Bitte nicht schon wieder.« Ich senkte die Stimme, damit nur Jolie es hören konnte. »Ich dachte, du hast aus dem letzten Mal gelernt.«

»Keine Vorurteile mehr«, zischte sie und hob dabei warnend einen Zeigefinger.

»Ich habe keine —«

»Fuck, mich hat's erwischt. Ich glaube, ich bin verliebt.« Wren lehnte sich überrascht gegen das Treppengeländer und legte einen Fuß über den anderen.

Irritiert runzelte ich die Stirn. Wren und Liebe waren ein Unterschied wie Sonnenstrahlen und Regenwolken. Sie schafften es selten, sich zusammen zu zeigen, und wenn es doch passierte, verweilte dieses Bild nur kurz.

Entweder hatte die Frau hinter mir eine noch größere Oberweite als Kacey oder sie stand in Dessous mitten im Café. Letzteres würde ich durchaus begrüßen, denn das würde auf dem Campus zur Abwechslung mal für anderen Gesprächsstoff sorgen als mein angebliches Liebesleben. Zumindest für die nächsten paar Tage.

Jolie winkte jemanden heran, während ich Lexie beobachtete. Wenn es um fremde Menschen ging, hatte sie so etwas wie ein Radar, das ausschlug, sobald jemand nicht zu uns passte.

Zu meiner Überraschung schlich sich ein zartes Lächeln auf ihre Lippen. Ich wartete etwas. Nur für den Fall, dass der Kaffee seine Wirkung verfehlte oder ich meine Umgebung durch den Schmerz in meiner Seite nur noch verschwommen wahrnehmen konnte.

Doch Lexie lächelte. Es passierte sowieso schon selten, dass jemand ihre Mauern durchbrach. Aber wenn sie so drauf war wie noch vor ein paar Minuten, war sie wie die schwarze Festung bei *Game of Thrones*. Jeder, der passieren wollte, musste sich einem Verhör unterziehen.

Neugierig folgte ich ihrem Blick.

Und von jetzt auf gleich vergaß ich alles.

Die Sorge. Den Kummer. Sogar den Schmerz, der in meiner Seite pochte.

Ein dunkles Augenpaar starrte mich an. Braune Iriden, an die ich seit zwei Wochen ununterbrochen gedacht hatte. An die ich ein paar Sekunden *nicht* gedacht hatte.

Energie schoss durch meine Adern. Mir wurde warm. Mir wurde kalt. Ich war außer Atem, obwohl ich nicht rannte. Hatte das Gefühl voranzukommen, obwohl ich mich nicht bewegte. Und alles, was ich in diesem Moment spürte, war mein Herz, das in einem immer schneller werdenden Rhythmus gegen meine Brust hämmerte.

»Darf ich euch meine neue Mitbewohnerin vorstellen?« Jolie drückte sie an sich.

Ich schluckte.

Es war nur ein Wort, das meine Lippen verließ, aber es fühlte sich an, als würde ich der Welt eine ganze Geschichte erzählen.

»Malia.«

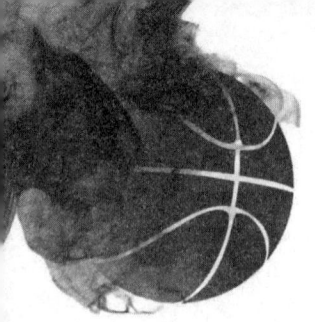

Kapitel 7

Malia

Seine Stimme war nur ein Hauchen, das Wort beinahe lautlos. So leise, dass ich für den Bruchteil eines Moments zweifelte, ob es überhaupt eines war. Fünf Buchstaben, die er aneinanderreihte und zu meinem Namen formte, ihn liebkoste, als wäre er das Kostbarste, das seit langer Zeit seine Lippen verlassen hatte.

Er trat näher an mich heran, so nah, dass ich meinen Kopf in den Nacken legen musste. Und beinahe in derselben Sekunde zog mich das Eisblau seiner Augen in die Tiefe.

Seitdem wir uns das erste Mal begegnet waren, hatte ich mich jeden Tag gefragt, wie es sein würde, erneut in dieses Blau zu blicken. Nicht in meinen Gedanken oder Träumen, sondern von Angesicht zu Angesicht.

Aber womit ich nicht gerechnet hatte, war das Gefühl, das es in mir auslösen würde. Es war Ruhe. Eine innere Ruhe, als wäre ich endlich angekommen.

Und das hier, mitten in einem Café, umgeben von Fremden, von Freunden, verwirrten Blicken, unausgesprochenen Fragen.

»Ähm …, ihr kennt euch?« Jolie riss mich aus den Tiefen zurück in den Trubel.

Plötzlich trat *er* einen Schritt zurück und fuhr sich mit der Hand durch das Gesicht. Die Stille, die Jolies Frage nach sich zog, war erdrückend. Ich spürte, wie meine Wangen heiß wurden.

»Ja, ich … Wir …«, setzte er an, doch seine Stimme brach.

Wir waren uns einmal begegnet. Einmal.

Aber es fühlte sich an, als würde ich ihn ewig kennen.

»Flüchtig.« Ich klang viel zu schrill. Viel zu unsicher, und das bei einem einzigen Wort.

»Alter, das sah grad aber alles andere als flüchtig aus.« Der blonde Mann, eine jüngere Version von Chris Hemsworth, pfiff anerkennend und klopfte sich rhythmisch auf sein Herz. Dann stieß er sich vom Geländer ab.

Wo ist das Loch im Erdboden, wenn man es braucht?

Nervös knetete ich mir die Hände und deutete zum Dunkelhaarigen. »Er hat mir geholfen. An dem Tag, als ich hier angekommen bin.«

»Geholfen.« Chris wackelte mit den Brauen.

»Halt die Klappe«, zischte Jolie.

»Komm schon, das ist doch nur ein Code fürs Rummachen.«

»Wren!« Jolie pfefferte eine Zeitschrift, die sie von dem Tisch neben sich gegriffen hatte, auf seinen Kopf. »So was sagt man nicht.«

»Aber —« Chris, der anscheinend Wren hieß, lachte und hob schützend den Arm, weil Jolie nach der nächsten Zeitschrift griff und drei weitere Male auf ihn eindrosch. Für den Bruchteil einer Sekunde hatte ich sogar Angst, dass Jolie nicht Wren, sondern mich treffen würde, so weit, wie sie ausholte. Würde sein Lachen nicht den Raum erfüllen, könnte man meinen, dass die beiden wirklich miteinander stritten.

Unwillkürlich spannte ich mich an. Ein streitendes Pärchen. Ein wunderschöner Mann, der ziemlich verzweifelt wirkte. Zwei verschiedenfarbige Edelsteinaugen, die man einfach nicht ignorieren konnte. Und ich.

Wir mussten ein urkomisches Bild abgeben. Aus einer Ecke hörte ich ein Kichern, hier und da nahm ich Getuschel hinter vorgehaltener Hand wahr.

Ich krallte die Linke in den Riemen meines Rucksacks, vergrub die Rechte in der tiefen Tasche meines Cardigans, während mein Blick an *ihm* hängen blieb.

Ein bitterer Ausdruck legte sich auf seine Züge. Wahrscheinlich ein Spiegelbild meiner selbst.

Ihn so zu sehen, ihn jetzt zu sehen, raubte mir das letzte bisschen Fassung, das ich aufbringen konnte.

Mein Brustkorb hob und senkte sich schneller, als ich · es beabsichtigte, und ich ballte die Hand in meiner Tasche zu einer Faust. Meine Nägel bohrten sich in meine Haut, und obwohl ich Schmerzen hasste, machten sie meine aufkommende Panik erträglicher. Ich versuchte, mit meinen Fingerspitzen das Armband zu erreichen. Es klappte nicht.

Es war nicht nur das *Wann* unseres Wiedersehens, mit dem ich nicht gerechnet hatte, sondern auch das *Wie*. Ich fühlte mich ausgeliefert. Nackt und wie ein offenes Buch.

»Komm.« Lexie tauchte auf einmal vor mir auf. Ich spürte, wie sie den Arm um mich legte, ehe sie mich von den anderen wegschob. »Wir holen uns einen Kaffee.«

Mit jedem Schritt, den sie zwischen die neugierigen Blicke und uns brachte, verschwand die Schwere, die sich auf mich gelegt hatte, ein bisschen mehr.

Hatte Lexie meine ansteigende Panik bemerkt oder wollte sie selbst nur aus der Situation flüchten? Ihr Timing war jedenfalls perfekt.

Leicht neigte ich den Kopf zu Lex und dankte ihr im Stillen. Als hätte sie mich gehört, drückte sie meinen Arm.

Während ich mich von ihr wegschieben ließ, spähte ich über die Schulter, zurück zu ihm. Er verschränkte die Hände im Nacken und blickte uns beinahe fassungslos nach, während Jolie und Wren weiter miteinander kabbelten und sich ein Wortgefecht lieferten, dessen Worte teilweise immer noch zu hören waren.

»Ich wusste nicht, dass du Collin kennst.« Lexie durchbrach unser Schweigen, als wir an dem Bestelltresen angekommen waren.

Ich versicherte mich, dass die anderen uns nicht hören konnten, und musterte schuldbewusst den Boden.

»Gott, Lexie. Es tut mir leid, ich wusste nicht, dass er dein Freund ist. Ich wusste bis eben noch nicht einmal, wie er heißt, und wir haben nicht …« Ich nestelte an meinen Fingern herum. »Ich war an dem Tag etwas neben der Spur. Er hat mir wirklich geholfen. Mehr nicht.«

Lexie lehnte sich gegen die Kaffeetheke. Sie sagte nichts und lächelte nicht. Ich kam mir unendlich klein vor. Nicht nur wegen unseres Größenunterschieds, den ich deutlich spürte, sondern auch wegen der Unnahbarkeit, die sie ausstrahlte.

Plötzlich zuckten ihre Mundwinkel, ganz leicht nur, aber es war ein Zucken. Keine Sekunde später prustete sie los.

»Oh, Malia.« Lexie lachte das schönste Lachen, das mir heute begegnet war. »Collin ist nicht mein Freund. Er ist mein Bruder.«

Ein Herzschlag.

Zwei Herzschläge.

Ich fixierte ihre Edelsteinaugen, das eine so grün wie ein Smaragd, das andere so blau wie ein Aquamarin.

Und dann überrollte es mich wie aus dem Nichts.

Ihre Iris war eisblau. Iriden in solch einer Intensität hatte ich noch nie zuvor gesehen, aber in Rosehollow liefen mir gleich zwei Menschen mit dieser Augenfarbe über den Weg. »Er ist dein Bruder?«

»Ja, er ist mein Bruder.«

Erdboden, tu dich auf.

Ich stützte mich mit beiden Händen auf dem Tresen vor mir ab. »Er hat dich so angesehen.«

»Das machen Geschwister halt manchmal. Sich ansehen, miteinander reden, sich streiten.« Ehe ich etwas darauf erwidern konnte, suchte Lexie die Aufmerksamkeit der Barista, die sich uns nur widerspenstig näherte.

»Was darf's sein?« Die Barista klang so genervt, dass nur noch die Kaugummiblase vor ihrem Mund fehlte. Einfach alles an ihr signalisierte mir, dass wir gerade mehr als unerwünscht waren.

63

Lexie ließ sich davon nicht beirren und bestellte einen Kaffee. Schwarz und ohne alles. Mich schüttelte es allein bei der Vorstellung, dass sie dieses Zeug pur hinunterkippen würde.

»Und du?« Die Blondine tippte mit ihren pinken Fingernägeln ungeduldig auf die Tischplatte.

»Einen Latte, bitte. Mit Sirup.« Ich zog meinen Kaffeebecher hervor, stellte ihn auf die Theke und drehte lächelnd den Deckel ab.

Blondie hingegen zog nur eine Braue in die Höhe. »Welchen?«

»Karamell?« Es klang mehr wie eine Frage, aber die Barista wandte sich schon von uns ab und bereitete unsere Getränke zu. Ich kramte in der Zeit nach einem Fünfdollarschein und legte ihn auf den Tisch. »Geht auf mich.«

Lexie lächelte mich an. »Danke.«

Schon kam die Barista mit unseren Getränken zurück. Sie stellte uns die beiden Kaffeebecher mit solch einem Schwung hin, dass die schwarze Flüssigkeit überschwappte und den Tisch benetzte. Dabei fixierte sie Lexie und funkelte sie regelrecht an. Keiner von beiden sagte etwas, aber ich könnte schwören, dass sie sich ein stummes Wortgefecht lieferten.

Die Barista riss mehrere Servietten aus einer Halterung und pfefferte sie vor Lexie in die Kaffeepfütze. Dann kehrte Blondie uns ohne ein weiteres Wort den Rücken, schnappte sich ihr Smartphone und verschwand in einem der hinteren Räume, die nur für Angestellte bestimmt waren. Die Dollarnote blieb unangetastet.

Nur langsam nahm ich den Kaffeebecher vom Tresen. »Was war das gerade?«

»*Das* war Kacey.« Lexie wischte den Kaffee sowohl von ihrem Becher als auch vom Tresen und warf die Servietten in den neben ihr stehenden Mülleimer. »Sie mag mich nicht sonderlich.«

Ich schnaubte leise. »Hat man gar nicht gemerkt.«

Lexie winkte ab. Ihr Umgang mit der vorigen Situation entlockte mir ein Grinsen. Ob sie immer so gelassen war?

»Danke«, sagte ich schließlich, als wir uns etwas von dem Tresen entfernt hatten.

Lexie nippte an ihrem Kaffee. »Wofür?«

»Du hast gesehen, dass es mir nicht gut ging.«

Sie musterte mich und zuckte dann mit den Schultern. »Ich habe gar nichts gesehen. Ich wollte mir nur einen Kaffee holen.« Wie um ihre Aussage zu unterstreichen, nahm sie einen weiteren Schluck der schwarzen Brühe. »Und vielleicht brauchte ich einen Schutzschild wegen Kacey.« Lexie zwinkerte mir zu und wollte sich gerade auf den Weg zu den anderen machen, als sie mitten in der Bewegung innehielt. »Ich werde dich ein anderes Mal nach dieser Sache zwischen dir und meinem Bruder fragen.«

Damit ließ Lexie mich stehen und steuerte die Richtung an, aus der wir vorhin gekommen waren. Sie bewegte sich so entschlossen durch das Café, dass ich an Ort und Stelle verharrte und die Menschen um sie herum beobachtete. Lexie zog die Aufmerksamkeit von wirklich jedem auf sich.

Ein plötzliches Vibrieren riss mich aus den Gedanken. Mit einer schnellen Bewegung drehte ich den Deckel auf den Becher und zog mein Smartphone aus der Hosentasche. Ich blieb kurz an Kians Namen hängen, bevor ich die Uhrzeit wahrnahm, die den nächsten Schock durch meine Adern jagte.

Ich war viel zu spät dran.

Mit einem Fluchen schaltete ich den Anruf stumm und stopfte das Smartphone zurück in die Hosentasche, was im Gehen gar nicht so einfach war. Hektisch riss ich die Tür auf und verließ das Café. Die gähnende Leere auf den Grünflächen machte mir zu deutlich, *wie* spät ich dran war. Die ersten Vorlesungen hatten bereits begonnen.

Auch wenn ich es hasste, fing ich zu joggen an. Doch mit jeder meiner Bewegungen schwappte der Kaffee im Becher gefährlich hin und her. Hatte ich den Deckel richtig zugedreht? Ich wurde wieder langsamer. Zerrte so fest daran, dass ich ihn später wahrscheinlich nicht mehr aufbekommen würde. Und als ich wieder hochsah, stöhnte ich innerlich auf. Diese Universität war schön, aber bei der Konzeption hatte anscheinend niemand eine zu spät kommende Studentin mit einer Vorliebe für Kaffee berücksichtigt. Hätten die gepflasterten Wege wirklich so viele Kurven beinhalten müssen?

Obwohl ich wusste, dass es nicht gern gesehen war, kürzte ich spontan über den Kies ab. Beinahe im selben Augenblick überkam mich ein unwohles Gefühl. Ich schob es darauf, dass ich mich immer an Regeln hielt und sie nie brach.

Das hier war eine Ausnahme.

Um mich von meinem schlechten Gewissen abzulenken, konzentrierte ich mich auf den Kies, der laut unter meinen Schritten knirschte.

Aber der Kies knirschte schneller, als ich lief. Unwillkürlich krallte ich die Finger fester um den Kaffeebecher. Die freie Hand presste ich an den Hals, versuchte den Kloß darin irgendwie zu lösen. Doch als das Geräusch immer lauter wurde, auf einmal viel zu nah war, setzte mein Verstand aus. Ich bremste ab. Holte in der Drehung aus. Und ehe ich begriff, was ich tat, flog der Kaffeebecher bereits aus meiner Hand.

»*Fuck*«, hörte ich ein Fluchen.

Mir klappte die Kinnlade herunter. Ich keuchte und schlug mir die Hände vor den Mund. Alles passierte gleichzeitig, während der Becher durch die Luft segelte und schließlich mit einem dumpfen Geräusch im Kies landete. Entsetzt starrte ich Collin an, der im letzten Moment zur Seite ausweichen konnte.

Unsere Blicke trafen aufeinander und es war, als bewege sich der Himmel im freien Fall auf die Erde zu. Ich konnte mich nicht rühren, gelähmt vor Angst und zu geschockt von dem, was ich gerade getan hatte.

Schließlich war es Collins Lachen, das die Stille durchbrach. »Schon wieder?«

Ich blinzelte, während er ein paar Schritte zurückging und den Becher aufhob.

»Verdammt, der ist sogar noch voll. Willst du mich umbringen?« Collin stieß ein weiteres Lachen aus, während er den Becher vom Kies befreite und auf mich zu ging.

»Es ...« Meine Stimme versagte.

»Das wird hoffentlich nicht zu unserer Standardbegrüßung.« Collin konnte sich das Grinsen nicht verkneifen, während ich die Worte auszusprechen versuchte, den Mund aber nur öffnete und schloss. Wie ein bescheuerter Fisch. »Malia? Alles okay?«

»Es tut mir so leid, Collin.« Auf einmal sprudelten die Worte so schnell heraus, dass ich mir erschrocken an die Stirn fasste.

»Ich schätze, das habe ich verdient. Schließlich habe ich mich noch nicht einmal selbst vorstellen können.« Er rieb sich den Nacken. »Du kannst echt gut werfen.«

»Ich –« Ich räusperte mich leise. Verdammte Schildkrötenkacke. »Ich kann eigentlich gar nicht werfen.«

Collin zog schmunzelnd die Brauen hoch. »Wenn ich das glauben soll, musst du überzeugender daneben werfen.«

Langsam entspannte ich mich wieder. »Das war wirklich keine Absicht.«

Jetzt grinste er amüsiert. Durch das schwarze Langarmshirt, das sich an seinen Oberkörper schmiegte, leuchteten seine Iriden noch intensiver. Langsam hielt er mir den Becher hin, den ich ihm nach kurzem Zögern abnahm.

»Du bist einfach gegangen.« Er vergrub die Hände in den Hosentaschen seiner hellblauen Jeans.

»Ich habe eine Vorlesung und komme zu spät.« Gott, wieso klang meine Stimme wie das hilflose Fiepen einer Maus?

»Wo musst du hin?«

»In die literarische Fakultät.« Ich strich abwesend über mein Armband und versuchte mich auf meine Atmung zu konzentrieren. Ehe ich begriff, was Collin vorhatte, ging er an mir vorbei. »Du musst nicht –«

67

»Ich würde aber gern«, unterbrach er mich und lief langsam rückwärts weiter, als würde er mir die Chance geben wollen, etwas dagegen einzuwenden.

Ich tat es nicht. Nickte stattdessen zögerlich und schloss zu ihm auf. Unsere Schritte auf dem Kies waren das einzige Geräusch, bis seine tiefe Stimme das Schweigen durchbrach.

»Wieso habe ich dich die letzten Wochen kein einziges Mal gesehen?«

»Ich war viel in der Bibliothek.« Das entsprach zumindest der Wahrheit.

»Waren dir die vielen Bücher aus deinem Kofferraum nicht genug?«

»›Genug‹ und ›Bücher‹ stehen in keiner Verbindung«, erwiderte ich sofort und war genau darüber überrascht. Ich hatte beinahe geklungen wie früher.

Aber eben nur beinahe.

Collin senkte grinsend den Kopf. So, dass ihm einzelne Strähnen in die Stirn fielen. Weil er mich beim Beobachten erwischte, konzentrierte ich mich anschließend etwas zu sehr auf das Gebäude, in dem meine Vorlesung stattfand.

Je länger wir nebeneinander her gingen, desto mehr verließ mich die Entschlossenheit, die ich ihm eben noch entgegengeschleudert hatte. Stattdessen drängte sich die innere Unruhe, mit der ich seit Monaten lebte, wieder in den Vordergrund. Doch es brauchte nur ein Wort – und meine Rastlosigkeit verschwamm.

»Malia …« Collins Stimme war nur ein Kratzen. Und dennoch war sie wie ein Licht, zu dem meine Augen unbewusst wanderten. »Ich habe dich gesucht, aber du warst wie vom Erdboden verschluckt. Dabei warst du die ganze Zeit hier. Und dann auch noch bei Jolie.« Er wischte sich einmal durch das Gesicht, bevor er den Kopf schüttelte. »Wieso bin ich da nicht selbst drauf gekommen?«

Während Collin mich musterte, konnte ich nur daran denken, wie er dieses eine Wort, meinen *Namen*, ausgesprochen hatte. Die

Verletzlichkeit, die darin mitgeschwungen hatte, wiegte mich immer noch sanft in ihren Armen.

»Vielleicht, weil es nicht so viele Zufälle auf einmal gibt?«, erwiderte ich leise.

Collin lachte auf. »Heißt das etwa, du hast den Kaffeebecher doch absichtlich nach mir geworfen?«

Sofort versteckte ich das Gesicht hinter besagtem Kaffeebecher. »Es war keine –«

Ich brach ab, weil der Becher etwas zur Seite gedrückt wurde und mit ihm meine Hand. Obwohl Collin mich nicht berührte, jagte er mir mit dieser Geste ein Kribbeln in die Fingerspitzen.

»Ich weiß.« Er hatte einen Mundwinkel hochgezogen und hielt meinen Blick einen Herzschlag zu lang fest, ehe er wieder nach vorn sah. Den restlichen Weg über verbrachten wir schweigend. In Gedanken fragte ich eine Sache nach der anderen, keine Frage davon stellte ich.

An der Treppe der literarischen Fakultät angekommen, nahm ich zwei Stufen, während Collin am Treppenabsatz stehen blieb.

»Danke.« Kaum hatte ich das Wort ausgesprochen, verschwamm das *Wofür* in meinem Kopf. Denn während ich ihn musterte, wurde mir bewusst, dass es mir mit ihm an meiner Seite erstaunlich leichtgefallen war, meine Angst einfach Angst sein zu lassen und sie für einige Momente zu vergessen.

»Wann hast du heute Schluss?« Collin vergrub die Hände in den Hosentaschen. Aber schon bevor die Bedeutung seiner Worte zu mir durchgedrungen war, verkniff er sich das Schmunzeln. »Auf die Gefahr hin, dass du mich ein drittes Mal bewirfst, würde ich dich gerne abholen.«

»Du willst mich abholen?«

»Ich habe zwei Wochen auf diesen Tag gewartet.«

Ich spürte, wie meine Wangen heiß wurden. Seitdem ich ihm begegnet war, hatte ich gehofft, dass es ihm vielleicht genauso gegangen war wie mir. Dass er an mich gedacht hatte, so wie ich an ihn hatte denken müssen.

Und bei seinen Worten konnte ich nichts gegen das Kribbeln machen, das sich in meiner Bauchgegend ausbreitete.

Ich umfasste den Kaffeebecher mit beiden Händen. Strich mit dem Daumen über das Band an meinem Handgelenk, während ich darauf wartete, dass mein Verstand protestierte.

Aber alles, was ich hörte, war mein Herz.

Und für diesen Moment erlaubte ich mir, in Collins Augen abzutauchen. So lange, bis ich das Gefühl hatte, nicht mehr genügend Kraft zu haben, um allein nach Luft schnappen zu können.

Es waren Grübchen, die mich an die Oberfläche zurückholten und mich daran erinnerten, dass Collin auf meine Antwort wartete. Das Einzige, wozu ich imstande war, war ein zaghaftes Nicken. »Um drei.«

Seine Lippen formten sich zu einem Lächeln, während er sich rückwärts von der Treppe entfernte. »Ich werde da sein.«

Es war nur ein Bruchteil einer Sekunde, auf den ich lange gewartet hatte und der doch viel zu schnell verstrich. Dennoch hatte er genug Kraft, um die Wolkenmauer meiner Gedanken aufbrechen zu lassen.

Ich lief immer noch vor dem weg, was passiert war. Trotzdem musste ich versuchen, endlich in der Gegenwart anzukommen.

Kapitel 8

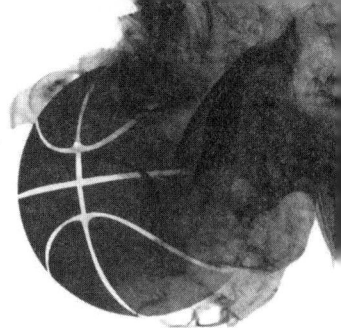

Collin

Ich starrte auf die Verfärbung meiner Haut. Mittlerweile war sie nicht mehr tiefblau und violett, sondern schimmerte in einer Mischung aus Gelb und Grün. Aber auch wenn die Farben in den nächsten Tagen verblassen würden, wog das, wofür sie standen, immer schwerer.

Früher hatte ich nie verstanden, wieso Mom uns verlassen hatte. Mittlerweile tat ich es. Mein Vater hatte sie dazu getrieben. Jeder Schlag war wie ein brennendes Eisen gewesen, das er ihr in die Seele gerammt hatte. Er hatte sie gebrochen.

Und jetzt tat er alles dafür, um mich zu brechen.

Als ich Schritte auf dem Flur hörte, zog ich das Trikot in einer schnellen Bewegung hinunter und begann meine Schuhe zu schnüren. Nie hatte ich jemals ein Wort darüber verloren, und das würde sich auch heute nicht ändern.

Aus dem Augenwinkel erkannte ich Wren, der die Spielerkabine betrat. Wortlos ließ er seine Sporttasche auf die Bank fallen und zog sich den Pullover über den Kopf. Ich spürte seine stumme Aufforderung, ihn anzusehen. Ich tat es nicht. Stattdessen richtete ich mich auf und öffnete meinen Spind. Kaum hatte ich Handtuch und Wasserflasche in der Hand, drückte Wren diesen zu und schob sich mit verschränkten Armen davor.

Ich atmete geräuschvoll aus. »Spuck's schon aus.«

»Erzähl mir von ihr.« Er taxierte mich. »Abgesehen davon, dass sie Jolies Mitbewohnerin ist – wer ist sie?«

»Da gibt's nichts zu erzählen. Ich kenne sie kaum«, antwortete ich. Wren zog auffordernd die Brauen nach oben. Ich hätte wissen müssen, dass er sich nicht mit dieser lahmen Ausrede abspeisen lassen würde. »Malia hat vor zwei Wochen einfach vor mir gestanden, ungefähr so wie heute.«

Wrens Brauen wanderten noch höher. »Und weiter?«

»Nichts weiter.« Mit der freien Hand prüfte ich den Sitz meiner Schuhe und schlug einmal gegen jeden Fuß. Eine Macke, die ich mir mit den Jahren angewöhnt hatte. Als ich mich wieder aufrichtete, blitzte Malias Gesicht vor meinem geistigen Auge auf.

Nachdem sie realisiert hatte, dass sie diesen verdammten Kaffeebecher schon wieder nach mir geworfen hatte, hatte sie mich angestarrt wie ein Reh im Scheinwerferlicht. Und obwohl sie so erschrocken ausgesehen hatte, hätte ich am liebsten die Zeit angehalten, denn ihre Augen … Ihre Augen waren so klar gewesen, dass ich mich für immer in ihnen hatte verlieren wollen.

Wrens Lachen holte mich zurück in die Spielerkabine. Irritiert wartete ich darauf, dass er sich wieder einkriegte. Es passierte nicht. Stattdessen zeigte er auf sein Gesicht, deutete aber mit einem Kopfnicken zu mir. »Du hast da was.« Ich schnaubte und wischte mir über den Mund, doch Wren schüttelte lachend den Kopf. »Du grinst wie ein Idiot.«

Ich fuhr mir ein weiteres Mal übers Gesicht. Meine Mundwinkel waren tatsächlich angehoben und meine Lippen nicht zu einer schmalen Linie zusammengepresst, wie in den meisten Fällen, wenn wir unter uns waren. Wren lachte erneut, ich fixierte ihn genervt. »Okay, ich grinse. Na und?«

»Das ist nicht nur irgendein Grinsen.«

»Was sollte es sonst sein?«

»Es schreit förmlich nach diesem Mädchen.«

»Ich kenne sie kaum«, wiederholte ich meine Worte von eben.

Wren musterte mich und machte dann einen Schritt auf mich zu. Langsam legte er mir die Hand auf die Schulter. »Du hast nicht gesehen, was ich gesehen habe, Kumpel.« Er wartete einen

Moment, ehe er fortfuhr. »Du hast sie angesehen, als wäre sie *alles*.«

Das letzte Wort war beinahe nur ein Flüstern. Wren hielt meinen Blick fest, bevor er mir die Schulter drückte und sich abwandte. Mechanisch stellte ich die Wasserflasche ab und schlang mir das Handtuch um den Nacken.

Es hatte mich völlig aus der Bahn geworfen, dass Malia so plötzlich vor mir gestanden hatte. Von jetzt auf gleich hatte ich alles vergessen, nichts gedacht, nur gefühlt. Ich hatte endlich wieder *atmen* können, und das, obwohl ich sie erst zweimal gesehen hatte. Zweimal. Beide Male hätte ich fast einen Kaffeebecher an den Kopf bekommen.

»Sie hat mir fast ein blaues Auge verpasst.« Ich lächelte bei der Erinnerung.

Wren, der sich gerade die Wasserflasche an den Mund gesetzt hatte, verschluckte sich. Er hustete und röchelte so laut, dass ich kurz davor war, ihm auf den Rücken zu klopfen, aber er winkte ab. Wasser tropfte auf den Boden und benetzte seine Shorts, während ich die Finger in das Handtuch krallte. Fahrig wischte Wren sich den Mund ab. »Sprechen wir von demselben Mädchen? Das schüchterne, hübsche Mädchen, das am liebsten aus dem *C&B* gerannt wäre? Was sie letztendlich auch getan hat.« Die letzten Worte murmelte er, während er sich die Hand am Trikot abwischte und die Wasserflasche zudrehte.

Ich presste die Lippen aufeinander und nickte.

»Okay.« Wren dehnte das Wort, fuhr sich durch die Haare und steuerte auf die Tür zu. Ich verharrte einige Sekunden, ehe ich mir meine Wasserflasche schnappte und ihm aus der Kabine folgte.

Die Halle war noch leer. Wie so oft waren Wren und ich die Ersten beim Training. Schweigend gingen wir auf die Bänke zu, neben der die Halterung mit den Basketbällen bereitstand.

»Was hat sie davon abgehalten?«, fragte Wren schließlich.

Ich zuckte mit den Schultern. »Nichts.«

»Was meinst du mit ›nichts‹?«

»Ich bin ausgewichen.«

Wren starrte mich sekundenlang an, bevor er ferngesteuert seine Sachen ablegte. Erst als ich mir das Handtuch vom Hals zog und es zusammen mit der Wasserflasche auf die Bank legte, hörte ich Wren schnauben. »Dein Charme muss grauenhaft sein.«

Langsam richtete ich mich auf und unterdrückte den Drang, ihm noch einmal einen Ball an den Kopf zu werfen, ganz wie früher. Gegen das Zucken meiner Mundwinkel konnte ich jedoch nicht viel ausrichten.

Wren klopfte mir grinsend auf die Schulter, bevor er an mir vorbeiging und anfing, sich warm zu laufen.

Immer wieder wanderte mein Blick von der Doppeltür der literarischen Fakultät zu meinem Smartphone, während ich an der Wand lehnte. Die kalte Steinfassade drückte sich in meine Seite, und auch wenn der Druck das Pochen provozierte, kühlte er das Brennen unter meiner Haut.

Ich mahlte mit den Kiefern und versuchte, mich nicht auf den Schmerz zu konzentrieren. Stattdessen echoten Wrens Worte in meinem Kopf, worauf mir ein leises Schnauben entwich. Er hatte mich binnen Sekunden durchschaut. Manchmal hatte ich das Gefühl, dass er mich besser kannte als ich mich selbst, und dennoch kannte er einen schwerwiegenden Teil meines Lebens nicht. Wenn es nach mir ginge, würde er diese eine Seite auch niemals zu Gesicht bekommen.

Ich sah von dem mittlerweile schwarzen Display auf. Genau da trat Malia aus der Tür hinaus, in ihren Armen hielt sie mehrere Bücher fest umklammert. Ein Lächeln stahl sich mir auf die Lippen. Schwarze Jeans schmiegten sich eng an ihren Körper, zusammen mit der grauen Strickjacke, die ich bereits kannte, und einem hellen Shirt. Selbst in dieser schlichten Kleidung war sie wunderschön.

Ich schob das Smartphone in die Gesäßtasche, ignorierte das Stechen in der Seite und stieß mich von der kühlen Mauer ab. »Hey.«

Malia zuckte kaum merklich zusammen, bevor ich die Überraschung in ihren Augen erkannte. »Collin. Du bist hier.«

»Sag nicht, du hast an mir gezweifelt.« Ich schob die Hände in die Hosentaschen.

Sie strich sich die Haare nach vorn, sodass sie ihr auf einer Seite über die Schulter fielen. »Nach dem, was heute Morgen passiert ist, war ich mir nicht ganz sicher.«

Wie aufs Stichwort wanderte mein Blick zu den Büchern in ihren Armen, bevor ich langsam an ihr vorbeispähte. »Wo ist dein Kaffeebecher?«

Sie schnaubte leise. »Im Rucksack. Du bist in Sicherheit.«

»Ein drittes Mal würde mein Ego, glaube ich, nicht verkraften.«

»Collin —«

»Ich weiß.« Der Wind wehte ihr eine Strähne ins Gesicht und umspielte die leichte Röte, die sich auf ihre Wangen schlich. Ich konnte nicht anders, als sie anzusehen.

»Ich … Es tut mir leid, aber Jolie wartet im *C&B*. Und sie will … Antworten.« Malia verzog den Mund und kräuselte dabei so süß die Nase, dass ich mir ein Schmunzeln nicht verkneifen konnte.

»Antworten, hm?«

Malia nickte.

»Dann wollen wir Jolie nicht zu lange warten lassen.« Ich machte eine auffordernde Geste, der Malia mit einem zögerlichen Lächeln auf den Lippen folgte. Wir waren bereits ein paar Meter gegangen, als sie die Bücher in ihren Armen auf einer Seite zusammenraffte und die freie Hand in den Riemen ihres Rucksacks hakte. »Ist er schwer?«, fragte ich sie.

»Wie bitte?«

Ich deutete auf ihren Rücken. »Dein Rucksack.«

»Nein, schon okay.«

Sie trug vier Bücher auf den Armen und wahrscheinlich ein Dutzend weitere in ihrem Rucksack. »Wie viele Bücher hast du dabei?«

»Fünf oder sechs«, erwiderte sie nach kurzem Zögern.

Ich wartete ein paar Sekunden ab, zählte dann schnell eins und eins zusammen. »Du hast die in deinen Armen nicht mitgezählt, oder?«

Als sie die Lippen zu einer schmalen Linie zusammenpresste, streckte ich Malia die Hand hin, auf die sie erst starrte und dann ignorierte. »Collin, du musst nicht —«

»Gib schon her.« Der warme Unterton in meiner Stimme überraschte mich, denn der war eigentlich nur für Lexie reserviert. Als Malia immer noch zögerte, griff ich vorsichtig in die Schnalle des Rucksacks. »Ich renne damit schon nicht weg«, schob ich leiser hinterher und hob ihn an. Beinahe im selben Augenblick hörte ich Malia seufzen, weshalb ich sie stumm dazu aufforderte, sich die Riemen von den Schultern zu streifen.

»Danke«, sagte sie leise.

Ich schulterte den Rucksack auf der Seite, die nicht schmerzte. »Hast du immer so viele Bücher dabei?«

»Das hat Literatur so an sich.« Wie um ihre Aussage zu unterstreichen, musterte sie die Bände in ihren Armen und drückte sie fester an sich. Ich dagegen bewunderte ihren Mund, auf dem sich ein so strahlendes Lächeln zeigte, dass ich für einen Moment vergaß, was sie gerade gesagt hatte. Bisher hatte sie zwar immer wieder leicht gelächelt, aber das … das gerade raubte mir schier den Atem.

Ich räusperte mich leise, um den wachsenden Kloß in meinem Hals zu lösen. »Für das erste Semester sieht dein Studiengang nach einem Haufen Arbeit aus.«

»Ich bin im dritten Semester«, korrigierte sie mich.

»Du hast gewechselt?«

Sie nickte kurz. »Aus Santa Cruz, Kalifornien.«

»Kalifornien«, wiederholte ich überrascht und versuchte das

Gefühl hinunterzuschlucken, das sich bei ihren Worten an die Oberfläche bahnte. »Ganz schön weite Reise nach Virginia …«

Malia hatte genau das gemacht, wonach sich alles in mir sehnte. Sie war einmal quer durch das Land gefahren. Und ich schaffte es noch nicht einmal, aus diesem Bundesstaat herauszukommen, geschweige denn aus dieser Stadt.

»Du hältst mich für verrückt, oder?«

»Nein«, sagte ich sofort. Doch dann haderte ich mit mir, unentschlossen, was ich sagen sollte. Was ich sagen *wollte*. Aber ich entschied mich für die Wahrheit. Eine etwas verpackte Wahrheit. »Vielleicht bin ich ein bisschen neidisch. Ich würde gern einmal an die Westküste.«

»Wirklich?«

»Klar. Santa Cruz hat einen der besten Strände zum Surfen.« Selbst aus dem Augenwinkel konnte ich das traurige Lächeln auf ihren Lippen erkennen. »Habe ich zumindest gehört.«

Malia nickte abwesend. »Die Wellen sind fantastisch.«

»Klingt, als sprichst du aus Erfahrung.«

»Ich bin dort aufgewachsen, das ist alles«, antwortete Malia leise. »Kannst du surfen?«

»Nein. Ich würde es gern können.«

Ich wich mehreren Kommilitonen aus, die den Weg entlanghasteten. Mit einem Nicken grüßte ich Scott, ein Spieler aus meinem Team, der ein paar Meter weiter in Richtung der künstlerischen Fakultät an uns vorbei rauschte. Und obwohl alles um uns herum hektisch war, bewegten Malia und ich uns in einem ruhigen Einklang über den Campus. Ich genoss dieses Gefühl auch dann noch, als das *C&B* in Sichtweite kam.

»Wann sind die Wellen in Santa Cruz am besten?«, fragte ich Malia.

»Früh morgens.«

Ihre schnelle Antwort bestärkte meine Vermutung und entlockte mir ein Schmunzeln. »Erwischt.«

»Wobei?«

»In diesen zwei Worten lag Begeisterung.«

»Begeisterung?«

»Ich kann nicht surfen, *du* schon.«

Malia starrte so vehement auf den Boden, dass ich fast an meiner eigenen Behauptung gezweifelt hätte. Doch dann nahmen ihre Wangen erneut den zarten Rosaton an. »Vielleicht ein bisschen.«

Ihre Stimme war leise. Für meinen Geschmack etwas zu leise, doch ich brauchte nur einen weiteren Moment, um es zu kapieren.

»Du bist auch noch richtig gut, oder?«, fragte ich überrascht. Als sie die Lippen aufeinanderpresste und damit ein Grinsen verbarg, stieß ich ein Lachen aus. »Das nennt man dann wohl die größte Untertreibung des Jahrhunderts.«

Das wiederum entlockte ihr ein leises Lachen. Oder war es ein Kichern? Gott, es war eines der schönsten Geräusche, das ich jemals gehört hatte. Ich ertappte mich sogar dabei, wie ich den Atem anhielt, um jeden einzelnen Klang dieses Lachens in meinen Erinnerungen abspeichern zu können.

»Für mich ist Surfen wie Fahrradfahren für andere. Ich bin mit dem Board großgeworden.« Malia versuchte diese Tatsache mit ihren Worten hinunterzuspielen. Doch selbst in ihrem Profil erkannte ich den wehmütigen Ausdruck, der sich auf ihren Gesichtszügen abzeichnete.

»Vermisst du es?«, fragte ich leise.

Ehe sie reagieren konnte, trat ein blonder Lockenkopf aus dem *C&B* heraus und steuerte geradewegs auf uns zu. Jolie wedelte mit ihrem Smartphone herum. »Malia, endlich! Ich wollte dich gerade anrufen.«

»Hey.« Ein warmes Lächeln begleitete Malias Begrüßung, doch Jolies Aufmerksamkeit lag schon ganz bei mir.

»So eine Überraschung, Collin.«

Ich unterdrückte das Schnauben und grinste stattdessen. »Lange nicht gesehen.«

»Stimmt. Seit heute Morgen nicht mehr. Du warst auf einmal verschwunden.« Jolie wandte sich an Malia. »*Du* übrigens auch.«

Sie schob sich eine Strähne hinter das Ohr. »Ich war spät dran.«

»Erzähl keinen Quatsch. Du bist die Pünktlichkeit in Person.«

»Und *du* bist die Neugierde in Person«, warf ich dazwischen.

»Kommt schon«, quengelte Jolie. »Was habe ich verpasst?«

»Gar nichts«, erwiderte Malia sofort.

Jolie verschränkte die Arme vor der Brust. »Zuerst verschwindet ihr beide spurlos und dann taucht ihr zusammen wieder auf. Sorry, aber das sieht nicht nach ›gar nichts‹ aus.«

Ich lachte auf. »Jolie.«

»Du trägst ihren Rucksack.« Mit einem Nicken deutete sie auf meine Schulter.

»Darf ich Malias Tasche nicht tragen?«

Für den Bruchteil einer Sekunde blitzte es in Jolies Augen auf, bevor sie die Hand mit einer fordernden Bewegung in meine Richtung streckte. »Das dürfen nur Freundinnen.«

»Okay.« Ich zog den Rucksack von der Schulter und hielt ihn ihr hin. Sie ergriff ihn und kaum ließ ich los, sauste ihr Arm in Richtung Boden, bevor sie sich fing und das Gleichgewicht wiederfand.

»O Gott, ist der schwer«, krächzte Jolie, während sie den Rucksack mit beiden Händen umfasste und sich vor den Bauch hievte. Dann starrte sie entgeistert auf die Bücher in Malias Armen und krümmte dabei den Rücken ungesund nach hinten. »Hast du die Bibliothek ausgeraubt? So viele Bücher braucht doch kein Mensch.«

»Das kann ich nicht mit ansehen.« Damit griff ich nach dem Rucksack.

»Wollte sowieso nur testen, ob du mir auch hilfst.« Jolie pustete die Wangen auf. Kaum hatte ich die Schnalle des Rucksacks umfasst, ließ Jolie ihn auch schon los und trat blitzschnell einen Schritt nach hinten. Sofort spannte ich den Arm an und streckte ihn mit der Tasche in der Hand aus, bevor ich ihn langsam zu mir heranzog. »Angeber«, brummte Jolie und zückte ihr Smartphone.

Ich lachte auf und schulterte Malias Rucksack. »Wohin darf ich dir deine Tasche tragen?«

»Nach Hause bitte«, antwortete Jolie für Malia und ging auf ihr Smartphone starrend voran.

»Die Frau ist unfassbar.« Malias Stimme ging in einem Murmeln unter, weil sie das Gesicht in ihrer freien Hand vergrub.

»Immerhin hat sie ›bitte‹ gesagt.« Ich wartete, bis Malia die Hand von ihrem Gesicht genommen hatte. Im Gegensatz zu vorhin gingen wir jetzt noch langsamer über den Campus.

»Du hast recht«, hörte ich Malia nach einigen Sekunden sagen.

»Womit?«

»Ich vermisse das Surfen. Und ich vermisse meine Familie.« Ihre Stimme wurde mit jedem Wort leiser, und genau das verlieh ihrer Aussage ein noch größeres Gewicht.

Ich hielt die Worte zurück, obwohl ich so viel und doch nichts zu sagen hatte. In diesem Punkt hatten wir etwas gemeinsam. Ich vermisste auch etwas. Nicht meine Familie, die nur noch aus einem Scherbenhaufen bestand, sondern *eine* Familie. Zwar hatte ich immer noch Lexie und sie bedeutete mir die Welt, aber das, was ich als Familie bezeichnete, schloss mehr als nur einen Menschen ein. Und das konnten wir einander allein nicht geben.

»Malia! Kommst du?« Jolies Stimme schallte zu uns.

Ich räusperte mich und beobachtete Jolie, die gerade durch das metallene Tor in Richtung Parkplatz verschwand. »Da hat es anscheinend jemand ganz schön eilig.«

»Und wenn wir zu Hause sind, ist sie schneller wieder weg, als ich ›Schildkrötenkacke‹ sagen kann.« Malia stieß geräuschvoll den Atem aus und blieb vor dem Tor stehen.

Ich schmunzelte bei dem Begriff, der ihr so leicht von der Zunge ging, und reichte ihr den Rucksack. »Soll ich ihn dir nicht doch noch zum Auto bringen?«

»Nein, ist schon okay. Du hast ihn schon viel zu lange getragen.« Mit roten Wangen schulterte Malia sich den Rucksack und umklammerte die Bücher in ihrem Arm fester. »Es tut mir leid.«

»Was tut dir leid?«

»Du hast dir das heute wahrscheinlich anders vorgestellt.«

»Ich habe mir nichts vorgestellt. Du hast Zeit mit mir verbracht«, erwiderte ich und schob die Hände in die Hosentaschen. »Es gibt nichts, wofür du dich entschuldigen müsstest.«

»Okay«, sagte sie leise. »Dann … Danke.«

»Ich hoffe, wir sehen uns, Malia.« Erst als unsere Blicke sich erneut gefunden hatten, machte ich langsam einen Schritt zurück. Dann noch einen. Als sie nach kurzem Zögern endlich lächelte, drehte sie sich um, genauso wie ich. Aber ich ging nicht, ohne noch einmal über die Schulter zu spähen. Und in diesem Moment formten sich auch meine Mundwinkel zu einem Lächeln.

Malia hatte sich ebenfalls nach mir umgesehen.

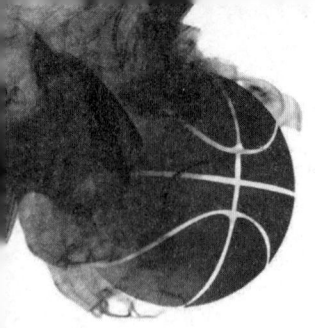

Kapitel 9

Malia

Ton fiel in einem schmatzenden Geräusch auf den Boden. Ich verzog den Mund. Riss den Blick von der körnigen Masse hoch zu Jolie, die im Gegensatz zu mir bestens mit diesem Material zurechtkam. Die Zungenspitze leicht herausgestreckt, konzentrierte Jolie sich auf die Skulptur vor sich, die immer mehr Form annahm. Ich war die Einzige in diesem Raum, die nichts, absolut nichts zustande brachte.

Als könnte Jolie meine Verzweiflung spüren, musterte sie mein *... Etwas.* Ihre Augen wanderten von meinen Händen zu meinem Gesicht und wieder zurück. »Brauchst du Hilfe?«

Ich betrachtete das, was sich auf meinem Tisch formte. Oder besser gesagt, was sich nicht formte. Es bröselte vielmehr vor sich hin. »Dem hier ist nicht mehr zu helfen.«

»Du musst mehr Wasser benutzen. Sonst kannst du den Ton nicht formen.«

Ich starrte auf die unangetastete Schale vor mir, die ich völlig vergessen hatte. Anscheinend hatte ich noch nicht einmal die Grundlagen für diesen Kurs verinnerlicht. »Warum bin ich noch mal hier?«

Jolie griff nach dem Modellierwerkzeug, mit dem sie die ersten Feinheiten in den Ton einarbeitete. »Du wolltest einen Kurs mit mir zusammen belegen.«

»Ich hatte eher an Kunstgeschichte gedacht und nicht an ... so was.« Ich machte eine Handbewegung und schleuderte dabei kleine Tonstücke von mir.

»Plastisches Gestalten macht Spaß, du wirst schon sehen.« Jolie wischte sich die Hand an dem Kittel ab, den sie zum Schutz ihrer dunkelroten Jeans und ihres cremefarbenen Off-Shoulder-Oberteils trug.

»Ich glaube kaum«, murmelte ich und fuhr mir mit dem Handrücken über die Stirn. Ich hatte noch nicht einmal die grobe Modellierung hinter mir, geschweige denn überhaupt eine Idee. Ich fühlte mich schlichtweg … fehl am Platz.

Mit einem leisen Seufzen benetzte ich die Fingerspitzen mit Wasser und legte die Hand an den Ton, in dem Versuch, irgendeine Art von *Bewegung* – das Thema dieser Arbeit – in die Masse zu bringen. Vorsichtig glitten meine Hände an dem kühlen Material entlang, das durch das Wasser an meiner Haut erweichte und unter dem Druck meiner Finger nachgab. Aber anstatt es zu einer Rundung zu formen, wie Jolie das getan hatte, strich ich den Ton zu einer glatten Fläche.

Plötzlich knallte eine Tür. Mein Puls schnellte in die Höhe. Langsam sah ich auf. Jolie arbeitete mit einer Engelsgeduld an ihrer Skulptur. Ich hingegen wurde unruhig. Anscheinend war ich damit allein, denn all meine Kommilitonen konzentrierten sich ebenso auf die Werke vor sich.

Nervös nagte ich an der Unterlippe. Mich trennten tausende Meilen von meiner Vergangenheit und dennoch schreckte ich bei jedem Geräusch auf, das mich an diesen Abend erinnerte. Dieser eine Abend, der mein Leben um hundertachtzig Grad gedreht hatte und seitdem die Richtung bestimmte, in die ich mich bewegte.

Immer noch angespannt wandte ich mich der Drehscheibe zu. Blinzelte ein paar Mal, während ich auf die frisch eingedrückte Delle im Ton starrte, und stöhnte im nächsten Moment genervt auf. »Im Ernst, hättest du mich nicht wenigstens in den Kurs für Anfänger stecken können?«

Jolie presste grinsend die Lippen aufeinander. »Das *ist* der

Anfängerkurs.«

Ich grummelte nur, während ich den Ton vom Boden aufsammelte und auf den Tisch knallte.

Ich hatte das *C&B* noch nie so voll gesehen. Mit dem Becher in der Hand und sichtlich angespannt folgte ich Jolie durch das Café. Kurz vor der Treppe blieb sie so abrupt stehen, dass ich gegen sie lief und beinahe meinen Kaffee über sie verschüttet hätte. »Jolie!«

Sie zog ihr Smartphone aus der Tasche und drehte sich zu mir um. »Hi, Dad«, sagte sie mit einem strahlenden Lächeln ins Telefon.

Ich hingegen starrte sie mit offenem Mund an. Hatte sie überhaupt mitbekommen, dass sie gerade einer Kaffeedusche entkommen war?

»Lexie wartet oben«, formte Jolie tonlos mit den Lippen und nickte in Richtung Lounge. Doch bevor sie sich abwandte, zupfte sie etwas aus meinem Haar und hielt es mir anschließend vor die Nase.

Sofort kämmte ich mir mit der freien Hand durch die Mähne. Getrockneter Ton rieselte an mir hinab, weshalb ich meine Jeans gleich mit abklopfte.

Jolie lachte geräuschlos und drückte dann plötzlich den Rücken durch. »Ja, Dad. Bin noch dran.« Sie streckte mir die Zunge raus und hielt sich dann das Ohr zu.

Ich verkniff mir das Grinsen und ging hoch. Lexie saß zwar mit dem Rücken zu mir, aber ihr langes, glattes Haar fiel mir sofort ins Auge. Einen Atemzug lang geriet ich ins Stocken, denn entgegen meiner Erwartung war sie nicht allein. Mehrere Typen, *vier* um genau zu sein, saßen mit ihr zusammen an unserem Tisch. Nach dem Desaster vom letzten Mal war ich kurz davor, kehrtzumachen, doch ich reagierte zu langsam.

Einer von ihnen bemerkte mich.

Keine Sekunde später verhakten sich eisblaue Augen mit meinen und rissen mich in eine Tiefe hinab, aus der ich nicht mehr auftauchen wollte.

Ich hätte wissen müssen, dass ich ihm früher oder später wiederbegegnen würde. Hätte wissen müssen, was diese Begegnung in mir auslöste. Aber hier stand ich nun, vollkommen erschüttert von dem Gefühl, das er in mir weckte, und ließ mich durch seinen Blick halten.

Auf einmal spürte ich eine Hand an meinem Arm.

»Komm schon, Süße, du hältst den Verkehr auf.« Jolie drückte mich sanft voran. Völlig verwirrt ließ ich es zu. Ich hatte nicht gemerkt, dass ich stehen geblieben war, geschweige denn *wann*.

Als wir vor dem Tisch anhielten, holte Jolie theatralisch Luft und zeigte nacheinander auf die beiden Männer, die ich nicht kannte. »Malia, das sind Gavin und Jake.« Beide hoben grüßend die Hand. »Und das ist —«

Bevor Jolie ausreden konnte, stand Chris Hemsworth alias Wren auf und griff nach meiner Hand. Ehe ich reagieren konnte, hauchte er mir einen leichten Kuss auf den Handrücken. »Ich bin Wren. Wir hatten schon einmal das Vergnügen.«

»Begrüßt du alle so?« Irritiert legte ich den Kopf in den Nacken, um ihn besser ansehen zu können. Collin war schon groß, aber Wren war noch größer. Wahrscheinlich über einen Meter und neunzig. Mit seinen blonden, etwas längeren Haaren und seinen markanten Gesichtszügen erinnerte er mich wirklich an Chris Hemsworth. Nur hatte Wren stahlgraue Augen.

Heilige Schildkrötenkacke, wieso hatten eigentlich alle in Rose-hollow so einen intensiven Blick?

Als Wren ein Lachen ausstieß, bildeten sich kleine Fältchen um das Stahlgrau. »Nur schöne Frauen wie dich.«

»Wren«, zischte Jolie von der Seite, aber ich hörte das Schmun-zeln in ihrer Stimme. Wren lachte erneut und zog mich so schnell in eine Umarmung, dass mir für einen Wimpernschlag die Luft wegblieb. Unwillkürlich spannte ich mich an, ehe ich seine

Umarmung etwas unbeholfen erwiderte. Langsam löste ich die Hände, die ich zu Fäusten geballt hatte und …

Moment, wo –

Ein Kaffeebecher tauchte in meinem Augenwinkel auf. *Mein* Kaffeebecher, den ich eben noch in der Hand gehalten hatte. Als Wren mich losließ, entdeckte ich Collin, der auf einmal neben mir stand. »Ich dachte, es wäre besser, ihn dir abzunehmen.«

»Danke.« Vorsichtig nahm ich den Becher entgegen und schielte unsicher zum Tisch. Jolie ließ sich grinsend auf einen Ledersessel neben Wren plumpsen. Zögernd setzte ich mich zwischen ihn und Lexie, die leicht schmunzelte. Collin ging um den Tisch herum und ließ sich wieder auf den Platz neben Lexie fallen. Die beiden nun direkt nebeneinander sitzen zu sehen, machte mir ihre Ähnlichkeit deutlich bewusst.

Jolie verwickelte Lexie sofort in eine Diskussion über irgendeinen Kurs. Ich konnte dem Gespräch nicht lange folgen, aber nach dem, was ich mitbekommen hatte, war ich mir sicher, dass der Kurs um Meilen besser war als der, in den Jolie mich geschleppt hatte.

Wren war mittlerweile mit seinem Smartphone beschäftigt, genauso wie der Typ mit dem roten Haar. Jake. Mein Blick blieb an dem anderen Typen haften, den Jolie mir als Gavin vorgestellt hatte. Mit seinen schwarzen Locken und seiner olivfarbenen Haut erinnerte er mich an …

»Wir müssen Malia das Leben außerhalb des Campus zeigen.« Bei meinem Namen wurde ich hellhörig. Jolie rutschte auf dem Sessel bis zur Kante vor. »Wie wäre es mit Tanzen?«

Sofort verdrehte Wren die Augen. »Bitte nicht.«

»Heute?«, fragte Collin.

Jolie riss die Hände zur Seite. »Es ist fast Wochenende.«

»Es ist Mittwoch«, entgegnete Lexie trocken.

»Kommt schon, wir waren so lange nicht mehr aus.«

Ich löffelte den Schaum von meinem Latte, während die anderen diskutierten. Wren zog die Brauen hoch und fing erneut an, auf seinem Smartphone zu tippen. Doch Jolie stieß ihn gegen die Schulter. »Hilf mir.«

»Ich bin der falsche Ansprechpartner.«

»Malia?«

Ich verschluckte mich beinahe. »Hm?«

Jolie hüpfte auf dem Sessel auf und ab. »Hilf mir!«

Unsicher spähte ich zu den anderen, dann ließ ich langsam die Hände sinken. »Warst du nicht erst gestern aus?«

Wrens Blick schnellte zu mir, ehe er in die Runde strahlte und mit dem Daumen auf mich deutete. »Ich mag sie.«

»Du sollst mir helfen und nicht in den Rücken fallen.« Jolie ließ sich zurück in den Sessel sinken und verschränkte die Arme vor der Brust. »Eine tolle Mitbewohnerin bist du.«

»Hör auf zu schmollen«, ermahnte Lexie Jolie.

»Ihr seid langweilig, allesamt«, brummte sie nur.

Collins Präsenz spürte ich schon, noch bevor ich ihn ansah. Er nahm den Raum ein, indem er mich auf seine ganz eigene Art und Weise anlächelte. Keine Sekunde später wurden meine Wangen so heiß, dass ich den Blickkontakt abbrach. Die Stille, die sich über uns alle ausgebreitet hatte, drückte auf mein Gewissen. Bis mir plötzlich eine Idee kam, die Jolie vielleicht besänftigen würde. »Vielleicht eher ein Filmabend?«

Erst reagierte sie nicht. Dann jedoch saß sie auf einmal kerzengerade im Sessel und biss sich auf die Unterlippe, ehe sie erwartungsvoll in die Runde blickte.

Collin lachte auf, während er sich die Stirn rieb. Lexie verkniff sich das Schmunzeln und schnipste eine kleine Milchpackung zu Wren. Der wiederum fing sie lässig auf und wandte sich grinsend an mich. »Sag mir bitte erst, was für einen Filmgeschmack du hast.«

»*Marvel?*« Meine Aussage klang eher nach einer Frage, aber verfehlte anscheinend keinesfalls seine Wirkung. Zwei Sekunden vergingen, bevor Wren die Hand hob und mich zu einem High five aufforderte. Als ich einschlug, quietschte Jolie auf und klatschte in die Hände. Währenddessen versuchte ich das verräterische Kribbeln meiner Haut zu ignorieren.

»Fehlt was?« Jolie inspizierte die Kochinsel, auf der wir alle möglichen Snacks und Getränke ausgebreitet hatten.

»Die Sportmannschaft, die du damit verpflegen willst.«

»Ist schon unterwegs.«

»Was meinst du damit?«, fragte ich alarmiert. Anstatt mir zu antworten, grinste Jolie nur und wandte sich ab. »Jolie?«

Beunruhigt ging ich ihr hinterher, stoppte aber im Türrahmen, als mein Smartphone in der Hosentasche zu vibrieren anfing. Zwei Sekunden lang schloss ich die Augen. Mittlerweile hatte ich aufgehört zu zählen, wie oft Kian mich die letzten Tage über zu erreichen versucht hatte. Jedes verdammte Mal hatte ich dieses Telefon einfach klingeln lassen, obwohl ich mir nichts sehnlicher wünschte, als seine Stimme zu hören. Und obwohl ich mit ihm reden *wollte*, konnte ich nicht. Kian würde alle Hebel in Bewegung setzen, um mich zurück nach Hause zu holen. Ich wusste, dass ich beim Klang seiner Stimme einknicken würde. Und *er* wusste das auch.

Aber die Sehnsucht nach zu Hause war unerträglich. Ich vermisste den salzigen Geruch in der Nase, das tosende Brechen der Wellen, den Sand unter den Füßen. Meine Mom und Charlie. Ich vermisste meinen besten Freund. Nur wegen diesem ziehenden, sehnenden Gefühl gab ich nach und zog das Smartphone aus der Tasche.

Und hätte es am liebsten fallen gelassen.

Es war nicht Kian, der mir von dem leuchtenden Display entgegenlächelte, sondern ein anderes Gesicht. Eines, das mir so vertraut war wie mein eigenes. Ein Keuchen entwich mir.

Alec.

Er konnte mich nicht anrufen, er ... Mein Puls beschleunigte sich so sehr, dass mir schwindelig wurde. Plötzlich drückte sich dieses Gefühl auf meine Brust. Ich fasste mir an die Kehle, versuchte zu atmen, aber der Sauerstoff wollte nicht in meine Lungen.

Seitdem ich gegangen war, hatte ich mir kein einziges Bild mehr von ihm angesehen, weil die Angst in mir ins Unermessliche gewachsen war. Die Angst davor, alles erneut durchleben zu müssen. Alles noch einmal zu *fühlen*.

Und jetzt holte es mich in einer rasenden Geschwindigkeit ein.

Ich bemerkte noch, wie meine Hand zu zittern begann, bevor die Erinnerungen wie tausende Nadeln auf mich einstachen. Und obwohl ich nichts fühlen wollte, spürte ich mit jedem Summen meines Smartphones, wie sich die Splitter erneut in mein Fleisch fraßen.

Auf einmal stand ich nicht mehr in der Küche, sondern in meinem alten Zimmer. Wo eben noch Luft gewesen war, sah ich nun olivfarbene Haut, schwarz gelocktes Haar und symmetrisch geformte Lippen, mit von Natur aus nach unten gezogenen Mundwinkeln. Alec stand so dicht vor mir, dass ich seinen warmen Atem spüren konnte. Es hatte mich nie gestört, wenn er mir so nah gewesen war, aber in diesem Augenblick brannte die Hitze seines Atems wie Feuer auf meiner Haut. Dunkelbraune Augen, in denen ich trotz des fehlenden Lächelns immer Zuneigung gefunden hatte, bohrten sich in meine.

Doch in ihnen spiegelte sich nichts anderes als Wut. Der Griff um meinen Arm verstärkte sich, als Alec mich zurückstieß und im nächsten Moment wieder an sich riss, beinahe im Einklang mit meinem Herzschlag. Eine wirre Komposition voller Hass und Verzweiflung. Erneut stieß Alec mich weg und riss mich zu sich, anscheinend unentschlossen, was er fühlen sollte. Mein Herz wummerte mir in den Ohren, während er mich so sehr anbrüllte, dass sein Speichel meine Haut benetzte. »Hast du Angst vor mir?«

Ich schüttelte den Kopf, die Sicht von Tränen verschleiert. Verzweifelt versuchte ich sie wegzublinzeln, bevor sie meine Lüge aufdecken konnten, aber Alec zerrte so sehr an meinem Arm, dass ich vor Schmerz wimmerte. Immer wieder schüttelte Alec mich, sein Gesicht vor Anspannung zu einer Fratze verzerrt. Und vielleicht, vielleicht war er derjenige, der meine Tränen mit jedem Reißen aus meinen Augen befreite.

Heiß rannen sie mir die Wangen hinab, als befänden sie sich in einem Wettlauf mit der Zeit. Als dürften sie sich nur wenige Sekunden zeigen, bevor sie für immer verschwinden würden. Eine nach der anderen, heiß, kalt, salzig, entfloh meinen Augen.

Und es hörte einfach nicht mehr auf.

Nägel kratzten über meine Haut, bevor Alec mir einen kräftigen Stoß verpasste. Und obwohl ich mein Gleichgewicht verlor, wiegte ich mich in Sicherheit. Ich wusste, dass er mich festhalten würde. Er würde mich auffangen, bevor ich fallen konnte. So war es immer gewesen und so würde es immer sein. Ich vertraute ihm bedingungslos, auch jetzt.

Aber wenn man jemandem sein Vertrauen schenkt, wird man früher oder später enttäuscht.

Dieses Mal hielt Alec mich nicht fest. Er ließ mich fallen, als gehörte ich nicht zu ihm oder er zu mir. Ich taumelte, stolperte und fiel rücklings auf den Boden, ohne die geringste Chance, meinen Sturz abzufangen. Noch bevor mir der Schmerz die Luft aus den Lungen pressen konnte, fegte Alec alles von meinem Schreibtisch, zerrte Bücher aus den Regalen. Buchrücken knackten. Ich riss die Arme hoch, um mein Gesicht zu schützen, rollte mich auf dem Boden zusammen. Es war so unerträglich laut. Und dennoch war alles, was ich hörte, mein Herz. Dieses Geräusch war das schlimmste von allen.

Denn ich hörte, wie es brach.

»Malia?«

Eine Stimme holte mich in die Gegenwart zurück. Ich blinzelte. Starrte weitere Sekunden lang auf das schwarze Display, bevor ich das Smartphone in die Tasche meines Hoodies stopfte. Dankbar und dennoch um Fassung ringend, presste ich die

Lippen aufeinander und sah auf. Zwei Meter von mir entfernt stand Collin. Und obwohl die Angst mich noch immer im Griff hatte, schwirrte mir nur eine Frage durch den Kopf.

Wie lange steht er schon dort?

»Ist alles okay?« Collins Stimme kam nur verzerrt bei mir an. Er machte einen Schritt auf mich zu, ich machte drei Schritte zurück. Punkte flimmerten vor meinen Augen und seine Silhouette verschwamm. Mechanisch bewegte ich den Kopf und hoffte, dass es ausreichte, um als ein bejahendes Nicken durchzugehen. Immer noch besser, als gar nicht zu reagieren.

Collin kam näher. »Bist du sicher? Du —«

Ich riss die Hände hoch und hielt sie abwehrend vor mich. »Alles okay.«

Sofort hielt er inne. Und nur einen Wimpernschlag später schämte ich mich für diese Reaktion. Collins Blick huschte von meinem Gesicht zu meinen Händen und zurück. Erst jetzt begriff ich, dass sie zitterten. Um genau das zu verbergen, senkte ich sie hektisch und klammerte sie stattdessen an die Marmorplatte. Konzentrierte mich allein auf den Druck, der zwischen meinen Fingerspitzen und der kalten Oberfläche entstand. Die sich ändernde Intensität war das Einzige, das mir in diesem Moment Halt gab.

»Du bist ganz blass.« Collin hatte nicht wissen können, dass er mit diesen Worten mitten ins Schwarze traf. Wie sehr er traf, hätte *ich* nicht ahnen können. Denn ich *war* blass. Nicht mehr ich, nicht mehr ganz, seit … »Malia.«

»Hm?« Ein kleiner Laut, unnatürlich hoch, aber mehr brachte ich nicht heraus.

»Sieh mich an.« Collins tiefe, rauchige Stimme strich wie ein warmer Schauer über meine Haut. Collin musste dicht vor mir stehen, denn auf einmal starrte ich auf weiße Sneakers und eine blaue, verwaschene Jeans. »Bitte, sieh mich an.«

Eine Woge seines Dufts erreichte mich, eine Mischung aus Duschgel und seinem ganz eigenen Geruch. Ich schloss die

Augen. Wenn ich jetzt den Kopf heben würde, würde er *alles* sehen. Ich konnte mich nirgends verstecken.

Collin bat mich nicht noch einmal. Stattdessen berührte er mich, ohne mich zu berühren. Sein Finger schwebte unter meinem Kinn, das knisternde Gefühl zwischen unserer Haut war das Einzige, das uns verband. Und obwohl es noch nicht einmal sichtbar war, spürte ich die wachsende Energie, die sich dort sammelte. Sie brachte mich dazu, die Augen zu öffnen. Den Kopf zu heben.

Aber kurz bevor sich unsere Blicke treffen konnten, polterte Jolie in die Küche. »Lasst euch nicht stören«, zwitscherte sie und zog ein paar Teller aus dem Schrank.

Ich starrte auf Collins Brust. So lange, bis die Bedeutung von Jolies Worten in mein Innerstes drang. Dachte Jolie etwa, wir würden …

Instinktiv drückte ich mich noch dichter an die Kochinsel und trat einen Schritt zur Seite, darauf bedacht, Collin nicht zu nahe zu kommen. Nicht *noch* näher. Ich stürzte regelrecht von ihm weg und zog die nächstgelegene Schublade auf. Erkannte Besteck und fing an, darin herumzuwühlen.

»Was machst du da?«, fragte Jolie verwundert.

Mich ablenken.

»Besteck raussuchen.« Das furchtbare Klirren, das ich veranstaltete, war das einzige Geräusch in der Küche. In dieser Stille war es ohrenbetäubend laut, aber ich empfand es als gerade richtig. Es übertönte meine Gedanken. Keinen einzigen davon wollte ich hören.

Eine Berührung an meinem Unterarm ließ mich zusammenzucken. Jolie lächelte vorsichtig. »Wir haben nur Fingerfood, Malia.«

Weil ich das Besteck losließ, ging ihre Stimme in einem weiteren Klirren unter. Ich wich zurück. Vor Jolie, ihrer Berührung und meinen Gedanken, die unaufhörlich auf mich einprasselten. Die Kante der Kochinsel bohrte sich mir stechend in die

Seite. Presste mir mit einem Zischen das letzte bisschen Luft aus den Lungen.

Ich wollte doch nur atmen.

»Ich gehe kurz raus.« Ohne aufzublicken, eilte ich aus der Küche, direkt auf die Haustür zu. Ein Gedanke jagte den nächsten, ohne dass ich überhaupt die Möglichkeit hatte, einen davon zu Ende zu denken. Mein Kopf war ein einziges, verheddertes Knäuel.

Kaum füllte kühle Luft meine Lungen, machte sich die Erschöpfung in mir breit. Als hätte jemand von jetzt auf gleich den Stecker gezogen, mir all meine Energie ausgesaugt.

Und dieser Jemand war Alec.

Nur schleppend ging ich auf die hölzerne Schaukel zu und ließ mich auf sie sinken, bevor ich das Gesicht in den Händen vergrub.

Ich war so weit gekommen. Ich hatte alles zurückgelassen. Jeden, den ich liebte. Aber ein Anruf hatte genügt, um mich an den schlimmsten Abend meines Lebens zu erinnern.

Hast du jetzt Angst vor mir?, hallte Alecs Gebrüll in meinen Gedanken wider.

Ich hatte es nicht gewagt zu antworten. Stattdessen war ich auf dem Boden zurückgerutscht, so weit von ihm weg, wie es ging, bis ich mit dem Kopf an die Bettkante gestoßen war. Und während sich mein Leben in einen Scherbenhaufen verwandelt hatte, hatte sich ein einziges Wort in Dauerschleife in meinen Gedanken abgespielt.

Ja.

Mit einem lauten Zischen atmete ich aus, ehe ich ein Bein unter das andere zog und mich leicht hin und her wiegte. Die Finger grub ich haltsuchend in die flauschige Decke neben mir.

Es war eine einzige Entscheidung gewesen. Eine unüberlegte Entscheidung, die wochenlange Arbeit zunichtegemacht hatte. Aber egal wie schnell ich laufen würde, *er* würde mich immer einholen. Es gab nun mal keine Taste, mit der ich die Erinnerungen aus meinem Gedächtnis löschen oder seine Taten ungeschehen machen konnte. Ein unerwünschtes Für-immer, an das mein Herz unausweichlich gebunden war.

Und damit musste ich leben.

»Ist hier noch frei?«, ertönte es neben mir.

Ich sah auf. Direkt in eisblaue Augen.

Kapitel 10

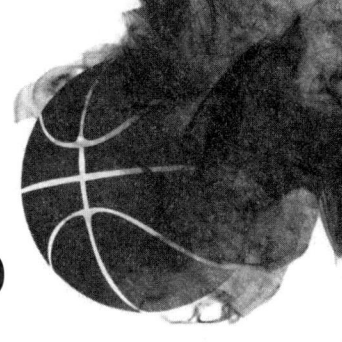

Collin

Ich vergrub die Hände in den Taschen meines Hoodies. Schon vorhin hatte ich schmunzeln müssen, weil wir beide einen ähnlichen trugen, doch jetzt musterte ich Malia nur. Für einen Moment wirkte sie so überrascht, dass ich versucht war, einfach wieder ins Haus zurückzugehen und sie in Ruhe zu lassen. Bis Malia die Hand von der Decke nahm und an ihrem Armband herumnestelte. Ich konnte nichts gegen das leichte Lächeln machen, das in diesem Augenblick an meinen Mundwinkeln zuckte.

Es war *das* Armband.

Obwohl es heute nicht so kühl war wie die letzten Tage, zitterte Malia immer noch leicht. Langsam griff ich nach der Decke und legte sie über ihre Schultern. Dann setzte ich mich neben sie. Allein durch mein Gewicht gab ich der Schaukel etwas Schwung, weshalb Malia für den Bruchteil einer Sekunde den Kontakt zum Boden verlor.

»Sorry.«

»Danke«, sagte sie im gleichen Moment und schlang die Decke fester um sich. Malia zog das andere Bein ebenfalls auf das Holz und winkelte es an. Umfasste es mit beiden Händen und bettete ihr Kinn auf dem Knie. Sie machte sich immer kleiner. Es fehlte nicht mehr viel und sie würde von der Decke verschluckt werden.

Ich lehnte mich zurück und verschränkte die Hände locker ineinander. Malia wirkte so zerbrechlich, so verletzlich, dass ich sie

95

am liebsten einfach in die Arme ziehen würde. Dennoch sagte mir irgendetwas, dass es besser wäre, es nicht zu tun. Deshalb war das Einzige, was ich tat, der Schaukel etwas Schwung zu geben. Uns hin und her zu wiegen in einem Takt, der anscheinend für uns beide vorherbestimmt war.

Der Himmel war sternenklar. Um uns herum dufteten die Blumen und hinter uns im Haus war all das, was mir wichtig war. Meine Freunde. Lexie. Alles, was ich hatte und noch mehr, was ich brauchte. Das Einzige, was mir fehlte, war eine richtige Familie. Ein Vater, der auch wirklich einer war.

Mom.

Die Erinnerungen an uns als Ganzes waren mittlerweile so weit weg, dass es sich beinahe wie ein anderes Leben anfühlte. Es gab Tage, an denen ich mich nur dunkel an ihren Duft und ihre Stimme erinnern konnte. An sie als Mensch. Als würde sich mit jedem weiteren Tag, den ich lebte und sie nicht, ein neuer Schleier darüberlegen, bis ich die Erinnerung irgendwann gar nicht mehr zu fassen bekommen würde. Manchmal überkam mich sogar die Angst, dass die damit verbundene Vertrautheit ebenso verblassen könnte.

»Manchmal erdrückt es mich.« Malias Stimme riss mich aus meinen Gedanken. Sie hatte den Kopf immer noch auf dem Knie gebettet, aber dieses Mal lag ihr Blick klar auf mir. Mehrere Herzschläge hielten wir einander fest, ohne uns zu berühren, ehe sie die Augen langsam schloss. Genau diesen Moment versuchte ich mir einzuprägen. Ihre dichten Wimpern, ihre kleine Nase. Die vollen Lippen, die zu einem traurigen Lächeln verzogen waren. »Ich vermisse meine Familie.«

Ich vermisse eine *Familie.*

Aber anstatt irgendetwas von diesem Gedanken zu erwähnen, schluckte ich ihn herunter.

»Kannst du sie nicht besuchen?«, fragte ich Malia stattdessen. Ich würde alles dafür tun, Mom besuchen zu können.

»Doch natürlich, aber —« Malia stieß den Atem aus.

Sie hatte erwähnt, dass sie aus Santa Cruz hierher gewechselt war. Zugegeben, Kalifornien war nicht gerade um die Ecke und ich war mir nicht sicher, ob auch ihre Familie dort lebte. Aber wenn Malia sie für ein Wochenende sehen wollte, würde es den Aufwand wert sein. »Wozu gibt es Flüge?«

Malia antwortete nicht, sondern starrte in die Ferne. Und mit einem Mal schien sie gedanklich so weit weg von hier zu sein, dass ich ihr diese Ruhe lassen wollte.

»Einmal zu gehen war schon schwer genug. Ein zweites Mal würde ich nicht ertragen.« Die plötzliche Ehrlichkeit in ihren Worten ließ mich aufhorchen, doch das darauffolgende Seufzen versetzte mir einen Stich.

Ich würde niemals wissen können, wie verletzlich diese Wunde war. Ob sie bereits verheilt oder doch nur mit einer dünnen Schicht überzogen war, die jeden Moment aufzureißen drohte.

Doch selbst wenn die Wunde längst vernarbt wäre, konnte sie immer noch wehtun. Manchmal waren Phantomschmerzen sogar viel stärker als der Augenblick, der die Ursache für den intensiven Schmerz war. Denn sich einzubilden, etwas sei noch da, obwohl es nicht mehr existierte, machte die Erkenntnis darüber zu dem Dolch, der direkt ins Herz stieß.

»Es tut mir leid, das interessiert dich wahrscheinlich gar nicht.« Malia drehte sich von mir weg, doch genau da prallte etwas mit einem dumpfen Geräusch auf das Holz. Sofort fuhr sie herum. Es war ihr Smartphone.

Ich bückte mich danach. Sie tat es ebenfalls. Doch kurz bevor unsere Hände sich berühren konnten, erstarrte sie.

Denn jetzt konnte ich den feuchten Schimmer in ihren braunen Augen erkennen.

»Malia …«, setzte ich an, doch sie brachte mich mit einem flehenden Ausdruck zum Schweigen. Langsam griff ich nach dem heruntergefallenen Telefon und hielt es ihr hin. Sie nahm es wortlos entgegen. »Wäre ich hier, wenn es mich nicht interessieren würde? Wenn du mich nicht interessieren würdest?«

Ich war mir nicht sicher, ob sie überhaupt bemerkte, dass ihre Lippen sich teilten. Dass sie damit alles sagte, ohne auch nur ein einziges Wort zu erwidern. Als hätte sie genau das hören müssen.

Ein lautes Klopfen durchbrach die Stille zwischen uns. Malia blickte an mir vorbei, ich drehte mich ebenfalls um.

Jolie streckte den Kopf zur Tür hinaus. »Wren wird ungeduldig«, flüsterte sie uns mit großen Augen zu.

»Das habe ich gehört«, ertönte es aus dem Haus.

Jolie drückte die Lippen aufeinander und versuchte damit, ihren Vorwand hinunterzuspielen. »Er will es nicht zugeben.«

»Hör auf, mich als Ausrede zu benutzen.« Wrens Stimme kam näher, bis er sich schließlich an Jolie vorbei drückte und zu Malia und mir auf die Veranda trat.

Jolie kapitulierte. »Okay, okay. *Ich* werde ungeduldig.«

»Du bist es schon längst«, erwiderte Wren trocken.

»Ist ja gut.« Jolie lehnte sich gegen den Türrahmen und verschränkte die Arme vor der Brust.

»Was geht hier draußen so ab?« Wren schlenderte auf uns zu und vergrub die Hände in den Hosentaschen.

»Eine Party sicher nicht«, grummelte Jolie.

»Mir wurde zwar ein Marvel-Filmabend versprochen, aber romantischen Stunden auf der Veranda bin ich auch nicht abgeneigt.« Wren fokussierte Malia. Bis er für den Bruchteil einer Sekunde zu mir schielte, ein Schmunzeln auf den Lippen.

»Wren«, zischte Jolie von der Tür aus.

»Ich liebe Romantik.« Jetzt grinste Wren.

Ich hingegen schnaubte. »In deinen Träumen vielleicht.«

Beinahe im selben Moment erschien Lexie ebenfalls in der Tür. »Ernsthaft, Leute? Wer soll den ganzen Kram in der Küche essen?«

»Ich«, antworteten Wren und ich zeitgleich, worauf neben mir ein Schnauben ertönte. Ich konnte gerade noch das zarte Lächeln auf Malias Lippen erkennen, bevor es sich wieder verflüchtigte.

»Wenn Gavin seinen Arsch jetzt auch noch her bewegt, brauchen wir nur noch das Essen.« Wren lehnte sich an das Geländer und schlug ein Bein locker über das andere.

Wie aufs Stichwort raschelte es. Lexie stand mit einer Tüte Chips im Türrahmen und griff hinein.

Sofort machte Wren große Augen und streckte die Hand danach aus. Lexie hingegen knisterte demonstrativ mit der Tüte und schob sich dabei genüsslich einen der Chips in den Mund.

»Quäl mich nicht. Teil mit mir!« Wren wackelte mit den Fingern.

»Da drinnen ist genug«, nuschelte Lexie und machte keine Anstalten, ihm entgegen zu kommen. Stattdessen deutete sie ins Haus.

»Aber ich hab Hunger.«

»Ihr könnt ruhig schon anfangen«, sagte Malia leise.

Als hätte sie ihn damit beleidigt, zog Wren schockiert die Hand zurück. »Ich glaube, du hast den Sinn dieses Filmabends noch nicht verstanden, Kleines.«

»Kleines?«

Wren grinste amüsiert. »Tut mir leid, wenn ich dich enttäuschen muss, aber groß bist du nicht.«

»Hey!«, ertönte es von der Tür aus. Jolie hatte die Hände in die Hüfte gestemmt und funkelte Wren an. »Ich bin genauso groß wie Malia.«

»Du bist genauso *klein* wie Malia.«

»*Malia* kann alles hören«, meldete sich Malia und hob dabei die Hand.

Wren zwinkerte ihr zu. »Wir ziehen dich nur auf.«

»*Du* ziehst sie auf«, korrigierte Lexie ihn.

Sofort warf Wren ihr ein schnelles Grinsen zu. Dann wandte er sich wieder an Malia. »Um auf das Wesentliche zurückzukommen – als Einzelgängerin kannst du nur verlieren.«

»Einzelgängerin?«

»Hallo? *Marvel*?«

»Wolverine war lange Zeit Einzelgänger.«

Wren stupste ihr auf die Nase. »Da hast du es. *Lange Zeit.* Schlussendlich hat er gemerkt, dass er im Team besser funktioniert.«

Malia blinzelte erst, ehe sie langsam nickte. »Du hast recht.«

Wren schmunzelte. »Natürlich habe ich recht. Zumindest an diesen Teil solltest du dich lieber schnell gewöhnen.«

»Tuesnicht.« Jolie hustete die Worte in die Hand, woraufhin Wrens Mundwinkel zuckten.

Ich legte die Arme auf den Oberschenkeln ab und beobachtete Malia, die gedankenverloren an ihrem Armband nestelte. »Kriege ich noch fünf Minuten als Einzelgängerin?«

Wren zog sein Smartphone aus der Tasche und checkte vermutlich die Uhrzeit. »Keine Minute länger.«

Malia nickte nur, woraufhin Wren sich vom Geländer abstieß und Jolie und Lexie hinein scheuchte. Natürlich nicht, ohne vorher einmal in die Chipstüte gegriffen zu haben. Ich drückte mich ebenfalls von der Schaukel hoch, um den anderen ins Haus zu folgen.

»Collin?«

Ich spähte erst über die Schulter, bevor ich mich noch einmal ganz zu Malia umdrehte. Sie hob den Kopf, die Arme immer noch um das angewinkelte Bein geschlungen und ihren Körper in die Decke gehüllt.

»Danke«, sagte sie leise.

Ich lächelte leicht. »Immer.«

Kapitel 11

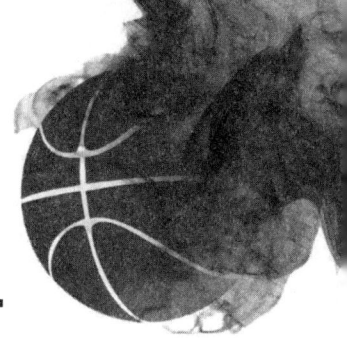

Collin

In einem Duell geht es um eine Vielzahl von Entscheidungen. Ein Für und Wider, das ein Abwägen zwischen Herz und Verstand fordert. Ist man unentschlossen, bewegt man sich im Kreis. Sich diesem Kreislauf zu unterwerfen, sich für und zugleich gegen etwas auszusprechen, gehört unausweichlich dazu.

Denn ohne Entscheidungen gibt es kein Vorankommen.

Ich dribbelte den Ball auf die Drei-Punkte-Linie zu, vor der sich Gavin positioniert hatte. Er hatte seine Arme ausgebreitet und grinste mich an. Durch die gebeugte Haltung balancierte er leicht auf den Zehenspitzen, was ihn zu einem gefährlichen Gegner machte.

Und zu einem noch besseren Trainingspartner, denn er war verdammt schnell. Mit gekonnten Bewegungen drängte er mich von der Linie zurück.

Ich fixierte ihn, während ich aus dem Augenwinkel seine Fuß-stellung beobachtete. Den Ball dribbelte ich von der einen Hand zur anderen, ehe ich mich in der Bewegung drehte und Gavin aus-wich, der gerade vorschnellte. Nun dicht hinter mir, trat er einen Schritt zur Seite. Ich täuschte rechts an, ehe ich zur linken Seite an ihm vorbei dribbelte und zum Sprung ansetzte. Den Ball beför-derte ich direkt in den Korb, hielt mich mit beiden Händen daran fest und spürte kurz darauf wieder festen Boden unter den Füßen.

»Donovan!« Coach Westfield winkte mich vom Spielfeldrand zu sich. Ich nahm den Ball auf und passte ihn zu Gavin, der kurz darauf eine Dribbling-Übung startete. Der Coach nickte mir zu und bedeutete mir, das Video anzusehen, das er eben aufgenommen hatte. Ich ging auf das Stativ zu und beugte mich ein wenig hinunter. Noch einmal verfolgte ich meine Bewegungen auf dem Display, eine hilfreiche Möglichkeit, an der Technik zu feilen. »Das war gut.«

»Deine Fußtechnik war katastrophal«, ertönte es neben mir. Ich brauchte nicht aufzusehen, um zu wissen, dass mein Vater aufgetaucht war. Den herrischen Tonfall würde ich überall erkennen. Ich war nicht ansatzweise überrascht, dass er in der Halle war, sondern eher darüber, dass er sich während des Trainings einmischte.

Ich richtete mich auf. Schnappte mir die Wasserflasche von der Bank und setzte sie an die Lippen. Wasser rann mir die Kehle hinab, als mein Vater die Kamera samt Stativ hochriss. »Sag mir, dass das fehlerfrei war.«

Der Nachhall seiner Stimme machte mir überdeutlich bewusst, dass es in der Halle verdammt still geworden war. Anscheinend war das nicht nur mir aufgefallen, denn ein Pfiff ertönte.

»Weitermachen, sonst gibt's Strafrunden! Für jeden Einzelnen von euch.« Beim letzten Satz bedachte der Coach mich mit einem Blick.

Ich nickte leicht, bevor ich mich meinem Vater zuwandte. »Es war fehlerfrei.«

Mit diesen Worten stellte ich die Wasserflasche ab. Kurz bevor ich mich abwenden konnte, umklammerte er meinen Unterarm. »Du wirst es solange wiederholen, bis *ich* sage, dass es fehlerfrei ist.«

Er taxierte mich, aber sein Ausdruck war nicht mehr nur kalt. Die grünen Iriden erinnerten mich an pures Gift.

Kaum merklich führte mein Vater das Stativ in meine Richtung. Für andere war diese Bewegung vermutlich nicht mehr als ein Zucken, weil das Stativ unhandlich war. Ich hingegen kannte die Bedeutung dahinter besser, als mir lieb war.

Mit zusammengepressten Zähnen konzentrierte ich mich auf seine Augen. Über die Jahre hinweg hatten sich kleine Fältchen um sie gebildet, die sich nun durch die unausgesprochene Wut noch tiefer in seine Haut gruben. Gäbe es den natürlichen Schimmer der Netzhaut nicht, würden die Furchen all das, was seinen Augen Leben einhauchte, restlos auslöschen.

Während wir uns anstarrten, wurde mir bewusst, dass dieser stumme Schlagabtausch die Art Entscheidung mit sich brachte, mit der ich jeden Tag aufs Neue konfrontiert wurde. Ein Kampf, dem ich mich unweigerlich stellen musste, mit weitaus schwerwiegenderen Konsequenzen.

Ein Räuspern neben mir zog meine Aufmerksamkeit auf sich. Coach Westfield deutete auffordernd auf das Spielfeld. »Ab mit dir.«

»Ich bin noch nicht fertig.« Mein Vater verstärkte den Griff um meinen Arm.

»Ich habe nicht den ganzen Tag Zeit«, drängte der Coach. Für den Bruchteil einer Sekunde erkannte ich die Überraschung in den Gesichtszügen meines Vaters, bevor er mich losließ. Coach Westfield deutete erneut auf das Spielfeld, ehe er die Arme verschränkte und sich an meinen Vater wendete. »Soweit ich weiß, trainiere ich dieses Team. Und solange trainiert wird, haben Sie auf diesem Spielfeld nichts zu suchen.«

Diese Karte spielte der Coach selten aus, aber insgeheim war ich ihm dafür dankbar. Obwohl mein Vater im Vorstand der *Edens* saß und erheblich an dem Sponsoring der Mannschaft beteiligt war, stand er in diesem Fall unter dem Coach. Mein Vater hatte schlichtweg kein Recht, hier jemandem etwas vorzuschreiben. Würde er sich jetzt gegen Coach Westfield auflehnen, sei es auch nur mit einem abfälligen Schnauben, müsste er gehen. Und dessen waren sich beide mehr als bewusst.

Mein Vater mahlte mit den Kiefern, ehe er das Stativ mit einem forschen Knacken abstellte und die Kamera gefährlich wackelte.

Ich schnaubte leise, während er sich auf einen Stuhl in der ersten Reihe fallen ließ und die Beine überschlug.

»Donovan!«

Ein Ball flog in meine Richtung. Ich fing ihn auf. Wren fixierte mich und hob abwartend die Brauen. Ohne noch einmal zurückzusehen, dribbelte ich den Ball auf ihn zu und warf einen schnellen Pass. In einer fließenden Drehung bekam ich den Ball zurück. Ich nahm zwei Schritte, sprang und versenkte ihn im Korb.

Ich spürte die Blicke auf mir, während ich die Treppen zur Bibliothek hinaufstieg. Es kam anscheinend nicht ganz so oft vor, dass jemand anderes außer der Sprach- oder Literaturwissenschaftler in diesem Gebäude auftauchte. Wenn ich recht überlegte, konnte ich die Male, in denen ich in der Bibliothek gewesen war, an einer Hand abzählen.

Schon als ich die große, schwere Doppeltür aufdrückte, stieg mir der Geruch von alten Büchern in die Nase. Aus dem Augenwinkel bemerkte ich, wie Mrs Crane, die Bibliothekarin der *Violet Hill*, mich über ihre Brillengläser hinweg musterte.

»Haben Sie sich verlaufen, Mr Donovan?«, fragte sie mich mit spitzer Stimme.

»Ausnahmsweise nicht, Mrs Crane.« Ich musste das Lachen unterdrücken und schmunzelte stattdessen. Schon von Weitem erkannte ich Malia, die zusammen mit Jolie an dem großen Tisch des Hauptsaals saß.

Ich schob die Hände in die Tasche meines hellgrauen Hoodies und setzte mich in Bewegung. Ging vorbei an den hohen Holzregalen, die in verschiedenen Gängen mündeten. Das Obergeschoss, das über zwei Metalltreppen am Eingang erreichbar war, umschloss in einem Halbkreis den Hauptsaal.

Jolie bemerkte mich als Erste. Ein schelmisches Grinsen

schlich sich auf ihre Lippen. Ohne ein Wort der Erklärung packte sie ihre Sachen. »Tut mir leid, ich muss los.«

Malia hob ruckartig den Kopf. »Was? Wieso? Du bist doch gerade erst —«

Ich rutschte neben sie auf den Stuhl. »Hey.«

»Collin.« Überraschung zeichnete sich in Malias Gesicht ab. Am liebsten hätte ich sie darum gebeten, meinen Namen noch einmal zu sagen. Ich war es gewohnt, dass dieser von einem harten Unterton begleitet wurde. Aber bei ihr klang mein Name weich, wie in Watte gepackt.

»Bye, bye, ihr zwei.« Jolie wedelte mit der Hand und verschwand in Richtung Ausgang.

Malia verfolgte ihre raschen Schritte, ehe sie sich wieder mir zuwandte. »Was machst du hier?«

»Ich wollte dich sehen.«

»Und woher wusstest du, wo ich bin?«

»Du hast es mir gesagt.« Ich zuckte mit den Schultern. Als sie nicht reagierte, fuhr ich fort. »Du hast mal erwähnt, dass du viel in der Bibliothek bist. Also hatte ich gehofft, dich auch heute hier zu finden.« Ich senkte die Stimme. »Störe ich?«

»Nein, nein. Gar nicht.« Malia klappte ihr Notizbuch zu und bettete die Hände darauf. Unter ihrem weißen Pullover blitzte ihr Armband hervor, was mich automatisch zum Schmunzeln brachte. »Was ist los?«

»Ich musste gerade an etwas denken.« Auch wenn ich die Unsicherheit in ihrer Stimme deutlich gehört hatte, spannte ich sie auf die Folter. Denn je länger ich meine Gedanken nicht weiter ausführte, desto mehr neigte Malia sich in meine Richtung.

»Collin, das ist nicht fair.«

Ich deutete auf ihr Armband. Bei der Erinnerung daran, wie Malia alles von sich geworfen hatte, konnte ich das Grinsen nicht mehr zurückhalten. »Du hast den ganzen Inhalt deines Kofferraums auf der Straße verteilt.«

Es dauerte etwas, bis die Erkenntnis über Malias Gesicht

105

huschte. Dann vergrub sie es in den Händen. »Das ist nicht witzig.«

»Doch, irgendwie schon.« Ich lachte auf, was mir ein lautes Räuspern von Mrs Crane einbrachte.

»Das wirst du mir ewig vorhalten, oder?« Malia zog die Hände von ihrem Gesicht. Dabei löste sich eine Strähne aus ihrem Zopf.

Ich verschränkte die Hände ineinander, um mich davon abzuhalten, ihr die Strähne hinter das Ohr zu schieben. »Nicht ewig. Versprochen.«

Malia griff nach einem der vor ihr gestapelten Bücher und schob es mir hin. »Hier. Mrs Crane hasst es, wenn man sich über etwas anderes unterhält als über das, was in diesen Büchern steht.« Als ich nicht reagierte, schob Malia das Buch mit Nachdruck zu mir. »Sie versteht keinen Spaß.«

Meine Hand schwebte über dem Buch, worauf Malia ihre zurückzog und eine leere Seite in ihrem Notizbuch aufschlug. Sie stützte das Kinn in die Hand und schirmte sich so von Mrs Crane ab. Erst als Malia den Stift nahm, schielte sie zu mir hoch.

Ohne den Blick von ihr abzuwenden, schlug ich das Buch auf und stellte es vor mir auf den Tisch. Ihre Augen huschten zu dem Einband. Keine zwei Sekunden später fing sie zu grinsen an. »Vielleicht solltest du es umdrehen. Steigert die Glaubwürdigkeit.«

Ich betrachtete die auf dem Kopf stehenden Buchstaben und schnaubte belustigt, während ich das Buch drehte. Dann überflog ich die aufgeschlagene Seite. »Nenn mir dein Lieblingsbuch.«

»Wie bitte?«

»Wenn Mrs Crane darauf besteht, in ihren heiligen Hallen nur über Bücher zu reden, dann machen wir das.«

»Du fragst eine Literaturstudentin nach *einem* Lieblingsbuch?« Ich nickte.

»Du fragst mich wirklich nach einem einzigen Buch.« Fassungslosigkeit zeichnete sich in Malias Gesicht ab, ihre glatte Stirn kräuselte sich. »Das kann ich nicht beantworten.«

Sekunden vergingen, in denen wir beide nichts sagten. Nur ab und zu war das Rascheln von Papier oder leises Gemurmel anderer Studierender zu hören.

Als Malia Minuten später immer noch nichts sagte, schloss ich das Buch wieder und legte es ab. Dann lehnte ich mich vor und zog den Stapel Bücher näher zu ihr heran. »Du denkst zu viel.«

»Ich denke immer viel.«

»Dann hör dieses Mal einfach auf dein Herz«, sagte ich leise.

Malia blickte hoch.

Und brachte meine Welt für einen Moment zum Stillstand.

Ihre Iriden waren nicht einfach nur dunkelbraun, sie waren schokoladenbraun. Und in diesem Winkel erkannte ich goldene Sprenkel darin. Sie erinnerten mich an die Stille in den Bergen. An die Unberechenbarkeit eines Vulkans. An die Kraft eines Erdbebens.

An die Ruhe vor dem Sturm.

Malia blinzelte, bevor sie sich abwandte und mit einem Finger über ihre Lippen strich, die sich in diesem Augenblick teilten. Nur mit Mühe schaffte ich es, mich wieder zurückzulehnen. Malia starrte auf die leeren Seiten des Notizbuchs, als könnte sie dort die Antwort auf meine Frage finden.

»*Verstand und Gefühl* von Jane Austen«, las Malia mir plötzlich ihre Gedanken vor.

Dieses Mal war ich derjenige, der blinzelte. Ich kannte das Buch nicht, aber hatte sie mit diesem Titel nicht genau das gesagt, worum ich sie Minuten zuvor gebeten hatte?

Nicht denken, sondern fühlen.

»Warum genau das?« Meine Stimme klang heiser. Dieser Titel passte einfach viel zu gut. Wenn sie genau den gleichen Widerspruch mit dem Buch verband, den ich beim Basketball in mir trug, musste ich es wissen.

Ich musste es einfach hören.

Malia fixierte einen Punkt hinter mir und atmete geräuschvoll aus. Dabei fiel ihr erneut eine Haarsträhne ins Gesicht, die sie gedankenverloren zurückschob. »Weil es genau darum geht. Um zwei Dinge, die nicht miteinander vereinbar sind und von denen wir immer wieder hoffen, dass sie es irgendwann wären. Der Zwiespalt, wenn wir eine Entscheidung treffen und zwischen Verstand und Gefühl abwägen müssen.«

»Der innere Konflikt.« Ich lächelte, aber wusste, dass es meine Augen nicht erreichte.

Malia nickte. »Manchmal liegt das, was wir tun wollen und das, was wir tun müssen, nah beieinander. Dann haben wir Glück. Aber manchmal führt es auch in zwei ganz unterschiedliche Richtungen«, fuhr sie fort. »Und diesem Konflikt standzuhalten ist eine Herausforderung, der wir uns immer wieder stellen müssen.«

Ich konnte die Augen nicht von Malia losreißen, während sie genau das reflektierte, was ich eben zu ihr gesagt hatte. Was sie gefühlt hatte.

Und was ich fühlte.

»Eine Entscheidung zwischen Herz und Kopf.« Meine Stimme war leise gewesen und doch laut genug, um ihr die Bedeutung dahinter bewusst zu machen. Die Finger an ihren Haarspitzen, nickte Malia langsam.

Und auf einmal teilten wir etwas miteinander, ohne es dem anderen jemals erzählt zu haben. In diesem Moment dachte ich wirklich, dass sie mein Herz schlagen hören konnte. Sie musste es einfach hören, so heftig hämmerte es gegen meine Brust.

Malia wandte den Blick ab. Aber Himmel, ich wollte nicht, dass dieser Moment endete. Ich wollte weiter in diesen schönen Augen versinken, während ich meinen starken Herzschlag spürte.

Der mir sagte, dass ich lebte.

Sieh mich an. Ich krallte die Finger erst in den Oberschenkel, bevor ich die Hand zu einer Faust ballte. *Bitte, sieh mich an.*

»Wie kommt man darauf, beim Fluchen das Wort ›Schildkrötenkacke‹ zu verwenden?« Ich hätte alles sagen können, wirklich alles. Aber mein Hirn hatte sich ausgerechnet die bescheuertste aller Fragen ausgesucht.

Fuck.

Malia riss den Kopf so ruckartig zu mir herum, dass ihre Haare herumwirbelten und eine Mischung aus Vanille und Lavendel zu mir herangetragen wurde. Einige Herzschläge lang schwebte diese Frage zwischen uns, bevor Malia zu lachen anfing.

Und dieses Geräusch schoss direkt in mein Herz.

Es war das erste Mal, dass ich sie lachen sah. So *richtig* lachen sah. Vollkommen ausgelassen und ohne Zurückhaltung. In Gedanken machte ich eine Momentaufnahme von diesem Lachen.

»Ich kenne es nicht anders von Mom. Sie ist auf Hawaii mit Schildkröten aufgewachsen. Irgendwann hat sich das so«, ein Räuspern ertönte neben uns, »durchgesetzt.«

Mrs Crane verschränkte die Arme vor der Brust. »Miss Evans. Entweder Sie konzentrieren sich oder ich muss Sie bitten, Ihre Ablenkung«, Mrs Crane fixierte mich, »nach draußen zu begleiten.«

Malias Wangen färbten sich rosa, während ich leise schnaubte. »Ist schon gut. Ich wollte sowieso gerade —«

»Entschuldigen Sie, Mrs Crane.« Malia stand auf und packte ihre Sachen zusammen.

Mrs Crane nickte, bevor sie mich noch einmal musterte. »Wenn Sie uns das nächste Mal mit Ihrer Anwesenheit beglücken, sollten Sie dies besser im Hinblick auf Ihr Studium tun, Mr Donovan.« Ich reckte den Daumen in die Höhe, und Mrs Crane wandte sich ab. »Immer diese Jugend.«

Ich wartete einen Moment lang, ehe ich das Grinsen schließlich zuließ. Malia versuchte ihres zurückzuhalten und biss sich stattdessen auf die Unterlippe, während sie weiter ihren Rucksack packte.

Am Ausgang verabschiedete ich mich von Mrs Crane, aber sie verzog keine Miene. Malias Wangen hatten mittlerweile wieder ihre natürliche Farbe angenommen. Trotzdem hatte sie kein einziges Wort mehr gesagt, seitdem wir die Bibliothek verlassen hatten.

Eine leichte Brise empfing uns, sobald ich die Tür der Fakultät einen Spalt aufgezogen hatte.

»Ich habe dich nie gefragt, was du studierst«, hörte ich Malia leise sagen, während wir die Treppe hinuntergingen.

»Sportwissenschaften. Senior Year.« Inzwischen hatte ich mehr praktische Kurse. Das war der Vorteil, im letzten Jahr am College zu sein. Der – viel gewichtigere – Nachteil jedoch war, dass diese Zeit bald vorbei sein würde. Jeder Tag, der verging, machte mir bewusst, dass die Uhr tickte. Mittlerweile war sie im roten Bereich angekommen.

Malia riss mich mit ihrer nächsten Frage von diesem Gedanken fort und schob mich im selben Atemzug wieder zu ihm hin. »Weißt du schon, was du nach deinem Abschluss machen willst?«

»Ich werde –« Ich brach ab, weil ich kurz davor gewesen war, das Tonband abzuspielen, das ich genau für diese Frage aufgenommen hatte. Normalerweise hätte ich jetzt sagen müssen, dass ich eine Karriere im Profibasketball verfolgte. Dass mein höchstes Ziel darin bestand, in die NBA aufgenommen zu werden. Aber wie Malia mich musterte, ließ mich augenblicklich verstummen. Ich brachte keine einzige dieser monotonen Silben über die Lippen. Konnte es nicht sagen, weil alles, einfach *alles* daran gelogen war.

»Ich will –«, setzte ich erneut an. »Ich will coachen.«

Meine Stimme hallte in meinem Kopf wider. Für diesen Moment konzentrierte ich mich nur darauf. Ich hatte es gesagt. Die drei Worte ausgesprochen, die meinen Traum beschrieben. Und auch wenn mir die Uhr ihre Zahlen in einem Signalrot entgegenwarf, wollte ich ihn nicht loslassen.

»Coachen«, wiederholte Malia leise. »Und welche Sportart?«

»Basketball.«

»Das heißt, du spielst selbst?«

Statt darauf zu antworten, nickte ich nur. Ich würde nicht beeinflussen können, ob Malia mich über den Sport definierte. Dass sie mich so sehen könnte, wie alle anderen an diesem Col-

110

lege es taten. Aber ein Teil von mir glaubte, hoffte wirklich, sie würde das niemals tun.

Die Gebäude zogen an uns vorbei, begleitet vom leisen Rascheln verwelkter Laubblätter. Sie knirschten unter unseren Sohlen und kündigten mit jedem weiteren Schritt den Herbst an. Mir wurde erst bewusst, dass wir die Richtung zur sportwissenschaftlichen Fakultät eingeschlagen hatten, als das Gebäude vor uns auftauchte.

»Ich hab bisher gedacht, du wärst Leichtathlet oder so«, brach Malia unser Schweigen.

»Leichtathlet? Wie kommst du darauf?«

»So schnell, wie du rennen kannst.« Sie hatte die Lider gesenkt, während ihre Wangen sich erneut in dem zarten Rosa färbten.

»Ich laufe gern.«

»Was macht es mit dir?«

»Wie meinst du das?«

»Irgendetwas muss es mit dir machen, dass du dir das antust. *Freiwillig.*«

Ich starrte geradeaus. »Muss ich einen Grund haben?«

»Es gibt immer einen Grund.«

Ich wollte dem Drang nicht nachgeben, schon wieder zu ihr zu sehen, aber es war wie ein Sog, gegen den ich nichts ausrichten konnte. Braune Iriden lagen auf mir, der Ausdruck darin beinahe entschuldigend, und tasteten vorsichtig mein Gesicht ab.

»Vielleicht wegen des Gefühls«, antwortete ich abgelenkt.

»Mr Donovan!«

Mrs Patterson, die Sekretärin von Mr Harrison, trat aus der sportwissenschaftlichen Fakultät heraus. Mit weißer Bluse, Bleistiftrock und einer für sie typischen Hochsteckfrisur kam sie schnellen Schrittes auf uns zu. »Mr Donovan, gut, dass ich Sie sehe.«

»Was gibt's?«

Kaum hatte ich die Worte ausgesprochen, konnte ich Malias Verwunderung nahezu spüren. Vielleicht fragte sie sich, wieso ich eine Angestellte der Uni mit einem einfachen ›Was gibt's?‹ begrüßte. Meine Mundwinkel zuckten. Malia konnte nicht wissen, dass Mrs Patterson die Schwester vom Coach war und sich dementsprechend auch öfters bei uns in der Halle aufhielt.

»Wir haben gerade die Nachricht erhalten, dass Mr Simmons heute krankheitsbedingt ausfällt. Ich weiß, es ist sehr spontan, aber könnten Sie für ihn einspringen?«

»Kein Problem. Wann soll ich da sein?«

Mrs Patterson schob den Ärmel über ihr Handgelenk und spähte auf die Uhr, dann lächelte sie entschuldigend. »In zwanzig Minuten.«

»Ich mache mich gleich auf den Weg.«

»Danke, Mr Donovan. Sie machen einige Schüler sehr glücklich. Oder auch nicht.« Mit klackenden Absätzen verschwand sie in die gleiche Richtung, aus der sie eben noch gekommen war.

»Jetzt bist du wegen mir aus der Bibliothek gegangen und jetzt …« Unbehaglich fuhr ich mir durch die Haare. »Tut mir leid, aber —«

»Schon okay.« Malia nickte, ein leichtes Lächeln auf den Lippen. Mein Blick blieb genau daran haften. Vielleicht ein paar Sekunden länger, als er sollte.

»Bis bald, Malia.«

Sie wandte sich ab. Hielt dann doch mitten in der Bewegung inne.

»Collin?« Ihre Stimme war leiser als zuvor. Der Wind wehte ihr eine Strähne ins Gesicht, die sie zurückstrich, während sie mit sich rang. Ich schob die Hände in die Hosentaschen und grub die Nägel in mein Fleisch. Versuchte mich davon abzuhalten, nicht sofort auf Malia zuzugehen und herauszufinden, ob ihr Haar wirklich so weich war, wie es in dem sanften Licht der Sonne wirkte. »Welches Gefühl?«

Die Hand immer noch an ihrem Ohr, legte sich ein Schleier über ihr Gesicht, den ich nicht zu deuten wagte. War es Hoffnung? Oder eher ein Funken Angst?

Doch als sich unsere Blicke ineinander verankerten, verlangsamte sich die Zeit. Die leichte Brise spielte mit Malias Haar, das sich in sanften Wellen an ihren Hals schmiegte und um ihr Gesicht tanzte.

Während wir uns wortlos gegenüberstanden, hatte ich das Gefühl, sie könnte in mir lesen. Eine Seite nach der anderen, voll mit durchgestrichenen Wörtern, voll mit Gedanken und Sehnsüchten, die ich mir nicht erlauben durfte.

Ich spürte, wie sich meine Kehle zuschnürte. Wie das Ungesagte zwischen uns stand, weil ich nicht antwortete. Und in diesem Moment fühlte ich etwas, dem ich seit Jahren vergebens hinterherjagte. Das ich überall suchte und nirgends fand.

»Freiheit. Es ist Freiheit.« Ich machte ein paar Schritte zurück. Doch obwohl ich mich mit jedem Schritt von Malia entfernte, hatte ich das Gefühl, dass sie mir in dieser kurzen Zeit nähergekommen war als irgendjemand zuvor.

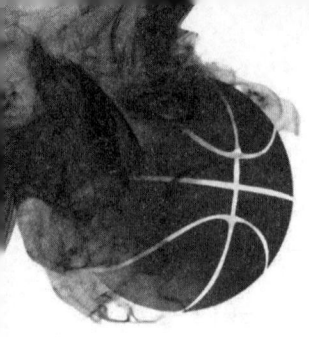

Kapitel 12

Malia

»Ich habe jetzt schon keine Lust mehr.« Mit einem theatralischen Seufzen ließ Jolie sich auf die Steinbank fallen und verzog im selben Moment schmerzverzerrt das Gesicht.

Lexie schnaubte belustigt und stützte den Kopf in die Hand. »Das Semester hat noch nicht einmal richtig angefangen.«

»Das ist ja das Schlimme daran.« Jolie zog ihr Smartphone hervor, ihre Züge entspannten sich augenblicklich.

»O nein, ich kenne diesen Blick.« Lexie vergrub das Gesicht in der Hand. »Du bist total verschossen.«

»Und in wen?«, fragte ich neugierig.

Jolie ließ das Smartphone sinken und malte mit ihrem verträumten Ausdruck beinahe Herzchen in die Luft. »Er heißt Ryder.«

Ich kräuselte die Nase. »Klingt nach Bad Boy.«

»Und so einer ist er vermutlich auch.« Lexie stieß hörbar den Atem aus, bevor sie die Uhrzeit auf ihrer Armbanduhr checkte und aufstand. Sie musterte Jolie so lange, bis diese nachgab und reagierte. »Lass dir nicht schon wieder das Herz brechen.« Dann wandte Lexie sich zu mir. »Ich muss zum Kurs. Sehen wir uns später?«

Ich nickte. Sie lächelte leicht und warf sich ihre Tasche über die Schulter. Zum Abschied hob sie die Hand. Ich beobachtete sie noch, wie sie auf die Treppen der Fakultät zusteuerte, bevor meine Neugier die Oberhand gewann. »Was meinte sie damit?«

»Ach, gar nichts.« Jolie steckte ihr Smartphone zurück und winkte ab. Ihre Locken glänzten im Sonnenlicht und wirkten im Kontrast mit der dunkelblauen Bluse und der goldenen Lederjacke noch heller.

»Erzählst du mir von Ryder?«

»Erzähl du mir lieber, was zwischen dir und Collin läuft.«

»Gar nichts.«

»Das kannst du deinen Büchern vormachen, aber nicht mir.« Jolie hielt ihr Gesicht in die Sonne. »Ich erkenne Anziehung sofort.«

»Anziehung?«

»Hallo?« Abrupt lehnte Jolie sich vor. »Wie er dich ständig ansieht, ist –« Sie schloss lächelnd die Augen und verschränkte in einer verträumten Geste die Hände.

Sofort spürte ich das Brennen auf meinen Wangen. »Jolie.«

»Im Ernst, er –« Sie brach ab. »Sorry. Ich muss los.«

»Wa–« Ich konnte noch nicht einmal mehr blinzeln, da war sie schon verschwunden. »Danke für das Gespräch«, murmelte ich und starrte sekundenlang auf die Notizen vor mir. Manchmal erinnerte Jolie mich an einen kleinen Welpen, der nicht stillsitzen konnte und immer Neues entdecken wollte. Ihre Art und Weise schien zumindest genauso sprunghaft zu sein.

Plötzlich spürte ich ein Prickeln auf der Haut. Instinktiv bewegte ich die Schultern, in dem Versuch, das Gefühl abzuschütteln. Doch je länger ich mich darauf konzentrierte, desto unangenehmer wurde es.

Das bildest du dir nur ein, Malia. Atme.

Ich versuchte meine Konzentration darauf zu lenken, wie Sauerstoff meine Lungen flutete, mein Brustkorb sich mit jedem tiefen Atemzug hob und senkte.

Aber die Anspannung blieb. Und genau das machte mich nervös. Ich konnte regelrecht spüren, wie meine Nackenhaare sich eins nach dem anderen aufstellten, meine Handinnenflächen klamm wurden. Langsam drückte ich den Rücken durch.

Wie in Zeitlupe hob ich den Kopf, ließ den Blick umherschweifen und blieb prompt an einem groß gewachsenen Mann hängen. Er stand nur ein paar Meter von mir entfernt, sah direkt in meine Richtung. Ich kannte den Typ nicht.

Misstrauisch kniff ich die Augen zu Schlitzen zusammen, bevor ich langsam über die Schulter wieder zu ihm spähte. Er fixierte mich unverwandt. Die olivfarbene Jacke …

Mein Smartphone vibrierte. Ich zuckte zusammen. Kian grinste mich vom Display aus mit einem in die Höhe gereckten Daumen an. Allein sein Gesicht zu sehen, ließ mich all die Anspannung sofort vergessen. Stattdessen wich sie einer Sehnsucht, die mich nach dem Smartphone greifen ließ. Beinahe im selben Moment hielt ich inne, denn mir wurde abwechselnd heiß und kalt. Mit der freien Hand fasste ich mir an den Nacken. Das Prickeln hörte einfach nicht auf.

Ich hob den Kopf. Schielte erst nach links und nach rechts, nur um dann ins Leere zu starren. Der Fremde war nicht mehr da.

Aber das erdrückende Gefühl war es noch.

Es vibrierte in meiner Hand. Und noch einmal. Schließlich widmete ich mich wieder meinem Telefon.

(12:56) Kian: Verdammt, Malia. Nimm ab.

(12:56) Kian: Es geht um Alec.

Zwei Atemzüge lang erlaubte ich mir, einfach nur auf seinen Namen zu starren. Alec. Dann zog ich meinen Rucksack heran. Hielt inne, die Hand samt Smartphone über der Tasche schwebend. So sehr ich meinen besten Freund vermisste, ich *konnte* Kian nicht zurückrufen. Nicht, wenn er über Alec reden wollte. Das würde ich nicht ertragen. Vielleicht war Alec sogar der einzige Grund, wieso Kian mich überhaupt anrief. Und wenn es so sein sollte, würde ich auch das nicht ertragen.

Egal, was es war, ich konnte nur verlieren.

Mit einem dumpfen Geräusch ließ ich das Smartphone in die Tasche fallen. Ich war noch nicht bereit, es herauszufinden. Gedankenverloren strich ich mir über die Schläfe, berührte dabei die glatte, regenerierte Haut, und stand auf.

Ich drehte mich um und erschrak vom plötzlichen Auftauchen einer Silhouette so sehr, dass ich zurückwich. Ich stieß gegen die Bank und verlor das Gleichgewicht. Innerhalb eines Sekundenbruchteils bereitete ich mich auf den Schmerz vor, der mich jeden Moment erwarten würde.

Aber ich fiel nicht. Stattdessen spürte ich eine Hand im Rücken, stark, schützend und dennoch unglaublich sanft. Selbst durch den Pullover, den ich trug, fühlte sie sich warm an.

Ich blinzelte hoch.

Dunkelbraunes Haar fiel ihm in die Stirn, die Lippen hatte er leicht geöffnet. Eisblaue Iriden verfingen sich mit meinen. Dieser unverkennbare Farbton war mir mittlerweile so vertraut, dass ich sofort darin versank.

Es war das erste Mal, dass er mich berührte. Und in diesem Augenblick hatte ich das Gefühl, als verlangsame sich die Zeit.

»Collin.« Ein Flüstern.

»Hey.« Und noch eines. Aber ... bildete ich es mir nur ein oder hatte seine Stimme einen raueren Klang als sonst? »Tut mir leid, wenn ich dich erschreckt habe.«

Vorsichtig zog Collin mich zu sich, zurück in einen sicheren Stand. Beinahe sofort wich ich diesem intensiven Blickkontakt verlegen aus. So etwas passierte doch sonst immer nur in irgendwelchen Filmen. »Schon okay.«

Warum klang meine Stimme so fremd?

Ich räusperte mich leise, um den Kloß in meinem Hals zu lösen.

»Memo an mich selbst – lauter anschleichen.« Collin grinste sein Halbgrinsen. »Hast du Zeit für einen Kaffee?«

Ich brauchte einen Moment, ehe seine Frage zu meinem Hirn durchdrang. In den letzten Tagen hatte Collin immer wieder überraschend vor mir gestanden und die Zeit zwischen den Vorlesungen mit mir verbracht.

Und dieses verräterische Kribbeln, das sich jedes Mal in meine Bauchgegend schlich, verstärkte sich von Tag zu Tag.

In dem Bewusstsein, dass wir immer noch nah, *sehr* nah voreinander standen, spähte ich an ihm vorbei in Richtung des Cafés, vor dem sich eine lange Schlange gebildet hatte. »Ich sage nie *Nein* zu Kaffee, aber ich befürchte, dass mir meine nächste Vorlesung in die Quere kommt.«

Collin grinste noch breiter und hob den Arm an. Eine Papphalterung samt zwei Kaffeebechern kam zum Vorschein. »Ich dachte, heute bringe ich den Kaffee zu dir. Einen Caramel Latte für dich.«

Mit diesen Worten nahm er den größeren Becher aus der Halterung.

»Collin«, sagte ich leise. »Woher —«

»Lexie.« Er schmunzelte. Ich hingegen stieß ein ungläubiges Lachen aus, noch während er in seine Jackentasche griff und mir ein Stück Serviette reichte. »Und noch etwas.«

Ich nahm es entgegen und wickelte es aus. Kurz darauf entdeckte ich einen Löffel. Sofort klippte ich den Deckel vom Becher und schob mir etwas von dem Milchschaum in den Mund.

»Genau richtig.« Ich nuschelte, während der Schaum auf meiner Zunge zerging. Collin stieß ein amüsiertes Lachen aus und nahm einen Schluck von seinem Kaffee. »Danke für die Rettung.«

»Immer.« Collin zwinkerte mir zu und versetzte mir mit dieser simplen Geste einen Stromschlag. Dann zog Collin sein Smartphone aus der Hosentasche, vermutlich um die Uhrzeit zu checken. »Wann fängt deine nächste Vorlesung an?«

»In einer Stunde.«

»Ich würde dir gern etwas zeigen.«

Ich zögerte nicht lange und schulterte mir den Rucksack. Ohne Fragen zu stellen, begleitete ich Collin und hob den Becher an den Mund. Eine süße Note benetzte meine Zunge. Mittlerweile hatte ich jeden verfügbaren Sirup im *C&B* ausprobiert, aber Karamell schmeckte mir immer noch am besten.

»Kannst du klettern?«

Ich verschluckte mich beinahe an meinem Kaffee. »Klettern?«

Sofort musterte ich Collin, suchte nach irgendeinem Anzeichen dafür, dass er nur scherzte. Doch er versteckte nur sein Schmunzeln hinter dem Kaffeebecher und nickte.

»*Wo* soll ich klettern?«, fragte ich entgeistert.

»Siehst du gleich, aber trink deinen Kaffee am besten vorher aus.«

Ich starrte Collin an. Im Normalfall wäre das der Zeitpunkt gewesen, an dem ich umgekehrt wäre. Gegangen wäre, ohne eine Erklärung, ohne ein Wort.

Ohne einen Abschied.

Aber irgendetwas in Collins Stimme brachte mich dazu, es nicht zu tun.

Weil ich ihm vertraue.

Ich blinzelte, zu überrascht von diesem Gedanken, weshalb ich ihn beiseiteschob und in einer Schublade verstaute. So weit weg, dass er mir keine Angst machte. Nah genug dran, damit ich mich sicher fühlen konnte.

Um mich von meinem Gedankenkarussell abzulenken, trank ich gierig meinen Kaffee, der mittlerweile eine angenehme Temperatur hatte.

»Lohnt es sich wenigstens, tausend Tode zu sterben?«, fragte ich, nachdem ich beinahe den kompletten Inhalt des Bechers hinuntergestürzt hatte.

Collin lachte. Auf einmal beugte er sich zu mir hinunter und kam mir so nah, dass ich sein Duschgel riechen konnte.

»Es wird sich lohnen.« Seine Stimme war leise, sein Atem kitzelte an meinem Ohr. Und ich wagte es nicht mehr zu atmen. Gänsehaut, überall auf mir war Gänsehaut. Erst als sein Gesicht sich von meinem entfernte, sog ich wieder Luft ein.

Meine Wangen brannten den gesamten Weg über, während wir an den Hauptgebäuden vorbeigingen und Collin mich von dem Trubel wegführte. Je ruhiger es um uns herum wurde, desto unruhiger wurde es in mir. Ich schielte heimlich zu Collin. Im Gegensatz zu mir war er die Gelassenheit in Person.

»Wir sind da.« Collin blieb stehen und ich mit ihm. Ein Zaun ragte vor uns auf, der zu meiner Überraschung größer war als Collin selbst.

Ich schluckte. »Das ist ein Zaun.«

»Richtig.« Collin nahm mir behutsam den leeren Becher ab und entfernte sich ein paar Schritte, um ihn in einem Mülleimer zu entsorgen.

»Du willst mir einen Zaun zeigen?«

»Eigentlich …«, sagte Collin, während er wieder auf mich zukam, »… müssen wir *über* den Zaun.«

»Das ist nicht dein Ernst«, keuchte ich. Hatte Collin etwa vergessen, dass ich einen Kopf kleiner war als er? Wo sollte ich mich festhalten, wenn mir nur dünne Metallstäbe Halt boten?

Collin grinste, während er sich seine Jacke abstreifte und ein graues Shirt zum Vorschein kam, das sich an seinen Oberkörper schmiegte und zu seiner blauen Jeans passte. Ohne zu zögern holte ich mein Smartphone hervor und öffnete den Chat mit Jolie. Schnell tippte ich eine Nachricht.

»Bin ich so schnell langweilig geworden?«

»Nein.«

»Was machst du dann?«

Ich hob den Kopf. Collins Stirn hatte sich in Falten gelegt. »Ich schreibe Jolie. Falls ich mich nicht innerhalb einer Stunde bei ihr melde, weiß sie, wer mich auf dem Gewissen hat.«

»Du weißt schon, dass ich Jolie länger kenne als du?«

»Frauenkodex. Sie wird mich rächen.« Fest davon überzeugt verstaute ich das Smartphone in meinem Rucksack, bevor ich ihn in einer schnellen Bewegung zuzog.

Collin kam auf mich zu. Und auf einmal war er so nah vor mir, dass alles in mir zu kribbeln begann. Er sagte etwas. Aber ich hörte seine Worte nicht, denn ich konnte nur auf seine Lippen starren. Volle Lippen, die so weich aussahen und plötzlich von Grübchen umrahmt wurden.

»Malia?«

Ich blinzelte. »Hm?«

Er deutete auf seine verschränkten Hände. »Ich helfe dir. Halt dich an den Stäben fest und ich drücke dich hoch.«

»Räuberleiter?«

»Fällt dir etwas anderes ein?«

»Noch mehr könnten wir nicht nach Einbrechern aussehen.«

»Es wird nichts passieren.«

Kaum merklich nickte ich und …

Ich wollte mich bewegen. Mein Herz schrie *Ja*.

Aber mein Verstand sagte *Nein*. Und deshalb starrte ich auf Collins Hände.

Er bemerkte mein Zögern. Langsam ging er in die Knie, bis er sich mit mir auf Augenhöhe befand. »Ich bin hier, Malia. Ich lasse dich nicht fallen.«

Und als unsere Blicke sich dieses Mal trafen, öffnete sich die Schublade mit einem leisen Knarren.

Vertrauen kann brechen, aber es kann auch immer wieder entstehen. Zu einem anderen Menschen, der sich darum bemühte. Der Halt gab, ohne Fragen zu stellen.

Vielleicht würde Collin dieser Mensch sein, denn der warme Unterton in seiner Stimme ließ mich ihm jedes einzelne Wort glauben.

Als ich mich über die Höhe des Zauns vergewissern wollte, fand ich seine Jacke, die er über die Spitzen gelegt hatte. Nervös knetete ich die Hände, bevor ich sie an meiner Jeans abwischte und ausschüttelte. Dann griff ich nach dem kühlen Metall und setzte den Fuß in Collins Hände.

Und entschied mich einfach so für *ihn*.

»Auf drei.« Er begann zu zählen.

Ehe ich mich versah, drückte er mich hoch. Ich quietschte überrascht auf, während ich mich an die dünnen Stäbe krallte und die Beine vorsichtig über den Zaun schob. Ziemlich erleichtert darüber, wieder festen Boden unter den Füßen zu haben, lächelte ich Collin an. Er erwiderte die Geste von der anderen Seite aus, ehe er sich an den schmalen Metallstäben hochzog und dadurch einen Streifen Haut zwischen dem Hosenbund und seinem Shirt freigab.

Himmel, war das etwa ein V?

»Wir müssen da lang.« Collin deutete nach links und griff nach seiner Jacke. Ich verarbeitete noch, was ich gerade gesehen hatte, und sah mich unauffällig um. Es schien niemand in der Nähe zu sein.

»Wo sind wir hier?«, fragte ich vorsichtig, während wir uns zwischen Bäumen und Büschen hindurch schoben.

»In einem Garten.«

Das ließ mich hellhörig werden. »Wessen Garten?«

»Von Mr Harrison.«

Abrupt blieb ich stehen. »Wie bitte?« Ich hatte mich wohl verhört und flüsterte nur noch. »Mr Harrison? Unser Dekan Mr Harrison?«

Collin ging völlig entspannt weiter, als wären wir nicht gerade dabei, Hausfriedensbruch zu begehen.

Wie in Zeitlupe spähte ich über die Schulter und zurück. Collin wusste genau, dass ich ohne seine Hilfe nicht unentdeckt hier rauskommen würde.

Mist.

»Du —«

»Du denkst zu viel.« Er drehte sich um und entwaffnete mich mit seinem Grinsen. Zwei Herzschläge lang verfolgte ich seine Schritte, ohne mich zu bewegen. Dann gab ich mich geschlagen.

»Wenn Jolie dich nicht umbringt, mache ich es«, murmelte ich, während ich hinter ihm her trottete.

»Warte.« Seine Hand schnellte vor und hielt mich zurück. Plötzlich kribbelte mein ganzer Körper. »Ich hab vergessen, dass an manchen Tagen Sicherheitspersonal hier ist.«

Ich fuhr mir mit dem Handrücken über die Stirn. »Gott, Collin. Ich wollte nicht sofort von der Uni fliegen.«

Er drehte sich um. Seine Augen lagen so warm auf mir, dass meine Anspannung schlagartig verschwand. In dem Licht, das durch die bunte Blätterpracht der Bäume hindurch fiel, waren sie so strahlend hell, dass ich dachte, er könnte direkt in mich hineinsehen.

Und Worte wurden überflüssig.

Leise schoben wir uns durch das Gebüsch. Unter unseren Füßen knackten Zweige, Laub raschelte und Kies knirschte. Je weiter wir uns durch das Dickicht bewegten, desto mehr fragte ich mich, wie ich aus dieser Situation wieder herauskommen würde.

Gottverdammtes Herz.

»Wir sind da.« Collin trat zur Seite. Vor uns tat sich ein Teich auf, umgeben von hoch gewachsenen Bäumen, die im Sommer vor Hitze schützten und den nötigen Schatten spendeten. Jetzt jedoch fielen einzelne Sonnenstrahlen durch das bunte Geäst und tauchten die Wasseroberfläche in ein schimmerndes Funkeln.

»Ein Teich«, stellte ich fest.

Hinter mir lachte Collin leise. Auf einmal tauchte sein Gesicht in meinem Augenwinkel auf.

»Schau genauer hin.« Er flüsterte. Ich erstarrte. Sein Atem an meinem Ohr und das Summen seiner Stimme schickten mir eine Gänsehaut über den Körper. Ich spürte jedes Kribbeln, jedes Aufstellen der Härchen, während ich vergessen hatte, wie Luftholen funktionierte.

Mehrmals blinzelte ich, bis ich eine Bewegung im Teich wahrnahm. Und noch eine. Irgendetwas schwamm dort durch das Wasser.

»Was —« Meine Lippen teilten sich. Immer mehr kleine Köpfchen reckten sich neugierig in die Höhe.

»Du bist nicht die Einzige mit einer Schwäche für Schildkröten.« Ich brauchte mich nicht umzudrehen, um zu wissen, dass Collin lächelte.

»Collin.« Sein Name war nicht mehr als ein Flüstern auf meinen Lippen. Langsam näherte ich mich dem Teich und ging in die Hocke. Beobachtete, wie eine kleinere Schildkröte von einem Baumstamm ins Wasser rutschte, kurz untertauchte und an die Oberfläche zurückkehrte, ehe sie zu schwimmen begann.

Mein Herz schmolz.

Als sie auch noch in meine Richtung schwamm, hielt ich vorsichtig die Hand hin. Strich behutsam über den nassen Panzer, während sie unter meinen Fingern hindurch glitt und sich weiter durch das Wasser bewegte.

Hinter mir knackten die Zweige. Kurz darauf hockte Collin sich neben mich, woraufhin wir schweigend die gepanzerten Tiere beobachteten.

»Es ist nicht dasselbe, aber vielleicht kannst du dich hier irgendwann auch zu Hause fühlen.«

»Collin, das …« Ich hielt inne, während mein Blick sein Gesicht abtastete. »Ich weiß nicht, was ich sagen soll«, flüsterte ich.

Ein leichtes Lächeln umspielte seine Lippen. »Das ist Antwort genug.«

Meine Sicht verschwamm. Collin hatte mich symbolisch zu einem kleinen Stück meiner Heimat gebracht. Zu Mom und ihren Wurzeln. *Meinen* Wurzeln.

Ich stellte mir vor, wie ich wie die kleine Schildkröte abtauchte. Wie ich wieder auftauchte. In dem Wissen, dass hier keine Gefahr lauerte.

Ich wollte an diesem Gedanken festhalten.

»Hey! Ihr da! Was macht ihr da? Das ist ein Privatgrundstück!«

Erschrocken fuhr ich herum. Ein Mann, vermutlich der Gärtner, zeigte in unsere Richtung. Schon rannten zwei Sicherheitsleute auf uns zu.

»Fuck.« Collin richtete sich blitzschnell auf. »Nichts wie weg.« Ohne meine Reaktion abzuwarten, griff er nach meiner Hand und zog mich auf die Beine. Und obwohl ich rennen sollte, schrie alles in mir danach, es nicht zu tun. Ich spürte die Wärme, die von seinem Körper ausging. Seine Hand, die sich mit meiner verschränkte, als wäre es nie anders gewesen. Der leichte Druck auf der Schulter, während er mich sanft, aber bestimmt voran schob.

Erst dadurch begriff ich, dass ich mich bewegen *musste*. Wie in Trance lief ich in die Richtung, aus der wir eben noch gekommen waren. Hitze brannte auf meinen Wangen, in meinen Fingerspitzen, in mir. Das Adrenalin breitete sich wie ein Feuerball in meinen Adern aus.

Und schon während unsere Hände sich voneinander lösten, fühlte ich mich seltsam leer.

Mit einem Arm vor dem Gesicht rannte ich durch das Gebüsch. Das Fluchen und das hechelnde Schnauben verrieten, dass uns die Sicherheitsleute auf den Fersen waren.

Ich schickte ein Stoßgebet gen Himmel. Nicht umknicken, nicht ausrutschen, nicht fallen. Immer wieder kniff ich die Augen zusammen, während mir Äste und Blätter ins Gesicht peitschten. Und dann erkannte ich zwischen dem Blinzeln endlich den schwarzen Zaun.

Beinahe im selben Moment überholte Collin mich. Im Laufen streifte er sich die Jacke ab, warf sie über die Spitzen der Metallstäbe und formte die Hände erneut zu einer Räuberleiter. Ich spürte seinen Blick auf mir, während alles in mir Achterbahn fuhr.

Meine Vernunft schrie. Mein Verstand setzte aus.

Und mein Herz entschied.

Ich rannte auf Collin zu, umklammerte das Metall und sah ihm in die Augen. In diesem Sekundenbruchteil erkannte ich die stumme Frage in ihnen. Ich nickte kaum merklich, worauf Collin mich hochdrückte und ich ein Bein über den Zaun schwang.

Wieder waren meine Hände feucht, als ich haltsuchend an die Stäbe griff und auf der anderen Seite herunterrutschte. Erst als ich wieder Boden unter den Füßen hatte, atmete ich auf. Mein ganzer Körper vibrierte vor Anspannung, mein Herz hämmerte mir unaufhaltsam gegen die Brust.

Kaum war Collin wieder neben mir, riss er seine Jacke vom Zaun und grinste mich an. »Siehst du, nichts passiert.«

Fassungslos drückte ich ihm die Hand auf die Brust und übte leichten Druck aus. »Wir wurden erwischt, das ist nicht *nichts*.«

Augenblicklich erlosch das Grinsen auf Collins Lippen. Seine Hand wanderte zu seiner Brust, schwebte über meiner.

Und in diesem Moment fühlte ich es.

Es war nicht verloren. Diese Erkenntnis überwältigte mich so sehr, dass ich erstarrte. Niemals hatte ich damit gerechnet, wieder daran zu glauben. Darauf zu hoffen.

Aber jetzt gerade hörte ich die Fassade bröckeln.

Plötzlich wurde aus dem *Niemals* ein *Vielleicht*.

Vielleicht würde ich mich irgendwann wieder sicher fühlen, bei einer Person, der ich bedingungslos vertraute. In dem Wissen, träumen zu dürfen, leben zu wollen, ohne Albträume, Angst und Zweifel.

Ich könnte schwören, dass in der Sekunde, in der ich all das dachte, so etwas wie Hoffnung in Collins Augen aufblitzte.

»Da sind sie!« Ein Schnaufen ertönte auf der anderen Seite des Zauns. Wie vom Donner gerührt schob Collin sich vor mich. Im selben Atemzug fing ich erneut zu rennen an. Wir entfernten uns so schnell vom Zaun, dass ich für kurze Zeit Angst hatte zu stolpern, doch dann waren wir auch schon im Trubel der Mittagszeit verschwunden.

Vor der literarischen Fakultät schmiss Collin sich auf die Grünflächen und lachte so herzlich, dass ich einstimmen musste. Erschöpft ließ ich mich neben ihn plumpsen. Meine Lungen brannten, weil ich es nicht gewohnt war, von jetzt auf gleich einen Sprint hinzulegen und um mein Studentenleben zu rennen. Doch so wie ich mich gerade fühlte, war es das mehr als wert gewesen.

Während sich Collins Brustkorb hob und senkte, spähte er zu mir hoch. Dieser Blick war anders als sonst. Glücklich, mit einem Hauch von … Sehnsucht? Als sich eine Strähne aus meinem Zopf löste, hob Collin die Hand. Seine Fingerspitzen schwebten vor meinem Gesicht.

Doch dann weiteten sich seine Augen. Er drückte sich hoch, formte ein tonloses »Lauf« und ich war schneller auf den Beinen, als ich denken konnte.

Im Gebäude angekommen, lugte ich hinter der Tür hervor. Das Sicherheitspersonal erreichte Collin zusammen mit zwei Männern in Anzügen.

Einer davon war Mr Harrison.

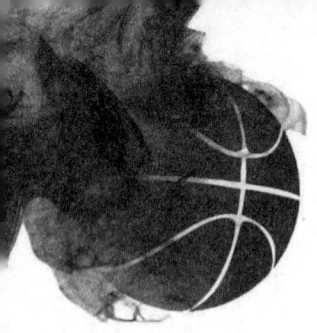

Kapitel 13

Collin

Ich war spät dran. In meiner ganzen Zeit am College war es mir noch nie passiert, dass ich zu spät zum Training gekommen war, aber es gab immer ein erstes Mal. Mit beiden Händen wischte ich mir über das Gesicht, bevor ich die Spindtür schloss. Plötzlich schmetterte mich jemand mit der Stirn voran auf das kühle Metall.

»Fuck!«

Stechender Schmerz explodierte in meinem Kopf. Sofort schoss meine Hand hoch und ich kniff desorientiert die Augen zusammen.

»Ist das dein verdammter Ernst?«, zischte eine Stimme neben mir. Ich spürte einen warmen Atem auf der Haut und musste mehrmals blinzeln, bis sich das Gesicht meines Vaters scharf stellte.

Benommen massierte ich mir die Stirn. »Spinnst du?«

»Was fällt dir eigentlich ein?« Er packte meine Hand, doch ich riss sie zur Seite und befreite mich aus seinem Griff.

»Was machst du hier?« Ich biss die Zähne aufeinander, weil erneut ein Stechen durch meinen Kopf jagte.

»Das sollte ich dich fragen, Collin.«

Gott, wie konnte ein einziges Wort, *mein* Name, nur so vor Abscheu triefen? Die Stimme meines Vaters bebte vor Zorn. Es kostete ihn vermutlich all seine Kraft, sich im öffentlichen Raum zurückzuhalten.

Doch mit einem Mal schnellte seine Hand nach vorn und packte mein Gesicht. Drückte meine Wangen zusammen, als wäre ich immer noch ein kleiner Junge.

»Weißt du eigentlich, wie viel mich dein kleiner Ausflug gekostet hat? Damit die Sache unter den Tisch fällt und du weiterspielen kannst?« Ein Ruck durchfuhr mich. »Weißt du das?«

Ehe ich reagieren konnte, drückte mein Vater sich mit voller Wucht gegen mich. Fuck, ich konnte mich nicht bewegen. Fahrig griff ich nach seinem Handgelenk, doch statt seinen Griff zu lockern, presste er mir die Hand über Mund und Nase.

Eine Sekunde, zwei … fünf, zehn, fünfzehn. Ich befreite einen Arm aus seiner Umklammerung und schlug gegen sein Handgelenk. Er bewegte sich kein Stück.

Zwanzig Sekunden.

Ich schlug noch einmal zu. Und noch einmal.

Dreißig Sekunden.

Ich schlug weiter. Immer weiter, weiter, weiter.

Vierzig Sekunden.

Doch mein Vater drückte nur noch fester zu.

Lass los! Es waren nur undeutliche Laute zu hören. Ich rüttelte und zerrte an seiner Hand. Konzentrierte mich auf die Ader an seinem Hals, die in einem unregelmäßigen Zucken pochte, während mein Sichtfeld immer mehr verschwamm.

Ich muss atmen. Panisch suchte ich die Aufmerksamkeit in seinem Wahn. Zählte eine Sekunde. Zwei und noch eine.

Dann ließ er mich endlich los. Ich sackte zusammen, mit dem Oberkörper nach vorn, und schnappte nach Luft.

Und er? Er rückte sich die Ärmel zurecht, bevor er sein Sakko glatt strich. Mein Brustkorb hob und senkte sich, in dem Versuch, die Atmung zu normalisieren. Fassungslos spähte ich zu meinem Vater hoch, die Hände auf die Knie gestützt. Er starrte gleichgültig auf mich hinab. Das war noch nie außerhalbseines Büros passiert. Noch *nie*.

Mein schweres Atmen war das einzige Geräusch in der Spieler-kabine. Aber so dumpf konnte sich meine Atmung doch gar nicht anhören, oder? Mit rasendem Herzen fand ich Gewissheit. Das waren Schritte.

Fuck. Ächzend stieß ich mich von den Knien ab, drückte den Körper in eine aufrechte Position.

Ich straffte gerade die Schultern, aber Blaine stand schon in der Tür. Seine Augen fanden mich, wanderten zu meinem Vater und wieder zu mir. Blaine zögerte.

Jeder andere hätte sich in diesem Moment vermutlich erklären wollen.

Ich wollte es nicht.

Blaine wusste, was vor ein paar Minuten passiert war. Er kannte den Kontext, denn er hatte es schon einmal gesehen, woraufhin ich tagelang das Haus nicht hatte verlassen können. Noch während wir stumm kommunizierten, erkannte ich die Resignation, die sich auf seine Züge legte.

Mit einem dumpfen Geräusch ließ Blaine seine Tasche auf die Bank fallen, bevor er sich wortlos Jacke, Schuhe und Jeans abstreifte. Mein Vater richtete sich den Kragen und ging so dicht an mir vorbei, dass er mich mit seiner Schulter streifte. Dann ver-ließ er die Kabine.

Und nahm meinen restlichen Stolz mit.

Es war ein paar Tage her, seit ich zum letzten Mal im *C&B* gewesen war. Genauso lang hatte ich Malia nicht gesehen. Die Schwere auf meiner Brust verdeutlichte mir, dass ich sie ver-misste. Allein ihre Anwesenheit machte das Leben in einem Käfig erträglicher.

Zusammen mit Wren betrat ich das Café. Ich wischte mir über die schmerzende Stirn. Noch während des Trainings hatte ich Kopfschmerzen bekommen, weshalb ich einen Pass nach dem anderen verloren und Coach Westfield mich nur mit gerunzelter Stirn gemustert hatte. Das war seit meiner Begegnung mit dem Spind keine Seltenheit.

Verdammt, dieses Stechen machte mich wahnsinnig.

Wren klopfte auf den Bestelltresen und flirtete wie immer mit Kacey, die uns den Kaffee zubereitete und dabei ihre Hüften schwang.

Ich drehte mich weg. Suchte nach dem Gesicht, das einen weiteren beschissenen Tag zumindest etwas besser machen würde.

Sie war jedoch nicht hier.

»Suchst du nach einer hübschen Hawaiianerin, die zufällig Jolies Mitbewohnerin ist?« Wren grinste mich an.

Ich erwiderte nichts, konnte aber nicht verhindern, dass sich meine Mundwinkel ebenfalls zu einem leichten Schmunzeln verzogen. Wren nahm unseren Kaffee entgegen, zwinkerte Kacey zu und hielt mir anschließend einen Becher hin.

Mein bester Freund klopfte mir auf die Schulter, während wir die Lounge ansteuerten. Kurz bevor wir die Treppe erreichten, blieb er stehen. »Du meinst es ernst, oder?«

Noch nie in meinem Leben hatte ich etwas so ernst gemeint.

Und ein Blick in seine Augen genügte, um ihn das wissen zu lassen. Wren grinste erneut und nahm die ersten Stufen, nur um doch noch einmal innezuhalten.

»Ach, übrigens.« Er deutete hinter mich. »Da ist sie.«

Ich drehte mich um.

Malia stand am Tresen und wühlte gerade in ihrem Rucksack. Ohne weiter darüber nachzudenken, ließ ich Wren stehen und ging auf sie zu.

Malia trug eine schwarze Jeans, ein schwarzes Oberteil und ihre graue Strickjacke, die ihr von der Schulter gerutscht war.

Ich würde diese Jacke überall wiedererkennen.

Eine Strähne löste sich aus Malias Zopf und fiel ihr ins Gesicht, während sie immer noch in ihrem Rucksack kramte.

Ich näherte mich ihr von der Seite und mit jedem Schritt vergaß ich die schmerzende Stirn ein wenig mehr.

»Hey«, sagte ich leise.

Überrascht unterbrach Malia ihre Suche. Und als sie mich erkannte, lächelte sie. »Collin.« Ich musste mich zwingen, ihr die Strähne nicht aus dem Gesicht zu streichen. »Ist alles okay? Ich habe dich die letzten Tage nicht gesehen.«

»Wird's bald?« Kacey tippte ungeduldig mit den Fingernägeln auf den Tresen.

Fahrig griff ich in meine Hosentasche und donnerte Kacey das Geld auf den Tisch. »Behalt den Rest.«

Malias Fingerspitzen schwebten über meiner Haut. »Collin, du musst nicht —«

»Ist schon okay.« Ich lächelte sie an, während sie ihren Kaffee nahm und ich eine Hand schützend an ihren Schultern schweben ließ. Ohne zu zögern, folgte ich Malia, aber nicht ohne Kacey noch einen Blick zuzuwerfen.

Miststück.

»Ich wollte eigentlich gerade nach Hause gehen.« Malia blieb vor der Tür stehen.

»Soll ich dich fahren?«

Beinahe schuldbewusst fixierte Malia einen Punkt auf dem Boden. »Ich gehe gern zu Fuß.«

Ich griff über sie hinweg und hielt ihr die Tür auf. »Frische Luft finde ich klasse.«

Und vermutlich würde sie mir bei meinen Kopfschmerzen guttun.

»Hast du Ärger bekommen?«, fragte Malia, während wir die künstlerische Fakultät passierten.

»Halb so wild.«

»Wenn du putzen oder Müll aufsammeln musst ...«

»Malia.« Ich lachte auf. »Es ist alles okay.« Unsicherheit blitzte in ihren Augen auf, als würde sie mir nicht glauben. Erst als ich einen Mundwinkel hob, schien sie das zu beruhigen. »Danke.

Dass du gefragt hast.«

Das Lächeln, das sie mir nun zuwarf, wärmte mein Herz.

»Ich hätte dich schon früher gefragt, aber ich habe noch nicht einmal deine Nummer.«

Beinahe im selben Moment zog ich mein Smartphone aus der Jeans, entsperrte es und hielt es ihr hin. Als ob ich mir diese Chance entgehen lassen würde. »Ruf dich an.«

»Machst du das immer so?«

»Nein. Du bist die Erste«, sagte ich und meinte es genauso. Über die Jahre hinweg hatte ich mir angewöhnt, den Kontakt auf meinen Freundeskreis zu beschränken. Als Malia mir mein Smartphone zurückgab, erreichten wir gerade den Parkplatz.

»Du willst wirklich mitkommen? Dein Auto —«

»Kann stehen bleiben. Ich würde dich wirklich gern nach Hause bringen.« Hinter ihr erstrahlte der Himmel in einem dunklen Orange, das in federhaften Wolken in ein Blau überging. Ohne zu zögern, öffnete ich die Kamera von meinem Smartphone und fing Malia damit ein. Durch das Display grinste ich sie an. »Sag *Schildkrötenkacke*.«

Malia lachte. »Collin.«

Genau in diesem Moment machte ich das Foto.

Gott, sie war so schön.

Sie versuchte nach meinem Telefon zu schnappen, aber ich drückte es an meine Brust. »Ich hab dir meine Nummer gegeben, also musst du das Bild in Kauf nehmen.«

Mit einem Schmunzeln schob ich es in meine Hosentasche zurück. Ehe ich mich versah, drückte Malia mir ihren Kaffeebecher in die Hand. »Halt mal.«

Sie zog sich den Rucksack von den Schultern und holte ihr eigenes Smartphone heraus. Als ich begriff, was sie vorhatte, schüttelte ich den Kopf. »Von mir gibt es keine Bilder.«

»Dann halt von uns.« Malia hielt ihr Telefon in die Höhe, ich beobachtete uns auf dem Display. Erst als Malia sich auffordernd zu mir umdrehte, trat ich näher zu ihr und beugte mich zu ihrem Gesicht. Der Duft von Vanille und Lavendel hüllte mich ein.

»Schau in die Kamera«, forderte sie mich auf, doch ich schüttelte nur leicht den Kopf. Dabei kitzelten ihre Haarsträhnen meine Haut. »Schau in die Kamera«, bat Malia noch einmal.

Weitere Sekunden vergingen, ehe ich ihrem Wunsch schließlich nachkam.

Und mit diesem Herzschlag wusste ich, dass ich das Bild von uns zusammen nie mehr aus dem Kopf bekommen würde. Ich schielte zu Malia. Ihre Wimpern waren lang, hatten einen natürlichen Schwung. Ihre Wangen waren rosig, genau wie ihre Lippen.

»Collin«, flüsterte sie. »Ich kann so nicht denken.«

Ich auch nicht.

»Du denkst zu viel.« Meine Stimme klang seltsam rau, und ich verharrte einen weiteren Moment, ehe ich mich langsam aufrichtete. Es kostete mich all meine Kraft.

Ich beobachtete Malia dabei, wie sie ihr Telefon verstaute. Wie sie den Blickkontakt vermied, während ich ihr den Kaffee zurückreichte.

Wie sie einfach ging und mich stehen ließ.

Ich lachte leise und warf meinen leeren Becher in einen Mülleimer, bevor ich ihr folgte. »Du lässt mich gern stehen, oder?«

Anstatt einer Antwort bekam ich nur einen Seitenblick. Wenn Malia vorgehabt hatte, böse zu gucken, verfehlte sie diese Wirkung mit ihrem Schmollmund um Meilen.

Ich biss mir auf die Wange. Wollte herausfinden, ob ihre Lippen wirklich so weich waren, wie sie aussahen.

Und als sich dieser Schmollmund in ihr umwerfendes Lächeln verwandelte, schickte sie mir damit einen Stromschlag durch die Adern.

Gott, steh mir bei.

Malia machte mich fertig. Ich warf den Kopf in den Nacken, versuchte, an etwas anderes zu denken als an die Frau neben mir. Ich versagte auf ganzer Linie. Der Wind wehte mir ihren Duft um die Nase und ich atmete ihn so gierig ein, als wäre er mein Lebenselixier.

»Eigentlich nicht«, hörte ich Malia sagen.

»Hm?« Ich war völlig abgelenkt von den Gefühlen, die sie in mir auslöste.

»Ich lasse dich nicht gern stehen.«

Ich konnte nichts gegen das Lächeln machen, das sich auf meine Lippen stahl. Wenn Malia in meiner Nähe war, dachte ich nicht an das, was von mir erwartet wurde. Was ich zu erfüllen hatte, um allem gerecht zu werden. Mit ihr an meiner Seite hatte ich das Gefühl, *ich* sein zu dürfen.

»Wie war dein Tag?«

Diese Frage kam so unerwartet, dass ich überrascht die Brauen hochzog. Doch so simpel sie auch war, desto mehr richtete sie in mir an. Ich konnte mich nicht daran erinnern, wann mich das letzte Mal jemand danach gefragt hatte.

Für diesen Moment erlaubte ich mir, das leichte Gefühl, das Malia mir gab, zu genießen. Mich davon leiten zu lassen.

Zu atmen.

»Seitdem du da bist, ist er besser«, antwortete ich. »Jeder Tag mit dir ist besser.«

Für einen Augenblick dachte ich, Malia würde mir näherkommen. Dass ihre Hand nur Zentimeter von meiner entfernt war. Meine Fingerspitzen kribbelten. Wollten über ihre Haut streichen. Aber bevor ich diese Chance ergreifen konnte, tauchte ein silberner Range Rover hinter ihr auf und fuhr in Schrittgeschwindigkeit neben uns her.

Ich kannte diesen Wagen.

Ohne zu zögern, schob ich mich an Malia vorbei. Es verging keine weitere Sekunde, bis die Fensterscheibe heruntergelassen wurde.

Blaines stechender Blick erschien. Er zog seine Sonnenbrille etwas herunter und versuchte an mir vorbeizuschauen. »Donovan! Wer ist die Schönheit neben dir?«

»Geh bitte schon einmal vor«, bat ich Malia, die kurz nickte und mit gesenktem Kopf weiterging. Angespannt ballte ich eine Hand zur Faust und ging auf den Wagen zu, der jetzt anhielt.

Blaine starrte Malia nach. »Du solltest sie nicht aus den Augen lassen.«

»Was willst du?«

Er zog sich die Sonnenbrille ganz herunter. »Reden.«

Sofort stieß ich ein ungläubiges Lachen aus. »Wir wechseln seit Jahren kein Wort miteinander.«

»Dann wird es mal wieder Zeit.« Blaine hob abwartend die Brauen an. Und für den Bruchteil einer Sekunde erstarrte ich zu einer Salzsäule, denn es war genau der Gesichtsausdruck, den ich neulich an ihm gesehen hatte.

Er würde doch nicht ...

Ich krallte die Finger an das Autofenster. »Lass es.«

Blaine schnalzte mit der Zunge. »Du weißt gar nicht, was ich sagen will.«

»Ich will es nicht hören«, presste ich zwischen zusammengebissenen Zähnen hervor.

Er fixierte mich, bevor er mit einem Nicken in Malias Richtung deutete. »Sie ist neu hier, oder?«

Was sollte diese Frage?

»Bist du hier, um über sie zu *reden*?« Ich verstärkte den Griff am Türrahmen.

Blaine schnaubte, den Arm auf das Lenkrad gestützt. Einige Sekunden duellierten wir uns wortlos, ehe sich seine Mundwinkel langsam zu einem Grinsen verzogen. »Du solltest besser aufpassen. Nicht, dass dir jemand in den Rücken fällt.«

Was?

Ich schnellte vor und packte Blaine am Kragen. Ruckartig zog ich ihn zu mir heran. Dass ich fast mit dem ganzen Oberkörper in einem Autofenster hing, war mir gerade mehr als egal. »Ist das eine Drohung?«

»Komm schon, Donovan. Du —«

»Ist es eine?« Ich zog Blaine noch näher zu mir, woraufhin er ein ungläubiges Lachen ausstieß.

»Scheiße, Mann. Wie der Vater, so der Sohn, oder wie war das?«

Ich ließ Blaine so abrupt los, als hätten meine Hände plötzlich Feuer gefangen. *Fuck.* Das hatte gesessen. Mechanisch hievte ich mich zurück aus dem Wagen.

Blaine fixierte mich, die Lippen zu einer schmalen Linie verzogen, und setzte sich die Sonnenbrille auf, noch während sich das Fenster schloss. Der Motor erwachte zum Leben, doch selbst dieses Geräusch konnte meinen schnellen Herzschlag nicht übertönen.

Was zum Teufel war in mich gefahren?

Mit beiden Händen griff ich mir in die Haare, wischte mir dann über das Gesicht. Diese verdammten Kopfschmerzen.

Ich drehte mich zu Malia, die mehrere Meter von mir entfernt stand. Sie tippte auf ihrem Smartphone herum. Angespannt joggte ich zu ihr. Jeder Schritt sandte einen Stromschlag in meinen Kopf.

Malia blickte auf und lächelte mich an. Ich hätte am liebsten vor Erleichterung aufgeseufzt, denn nichts in ihren Gesichtszügen deutete darauf hin, dass sie etwas von meinem Ausfall mitbekommen hätte.

Doch ihr unbeschwertes Lächeln verschwand und zurück blieb ein besorgter Ausdruck. »Alles okay? Du siehst aus, als hättest du Schmerzen.«

»Alles gut.«

Unsicher spähte sie an mir vorbei, obwohl Blaine längst gefahren war. »Wer war das gerade?«

»Nur jemand aus meinem Team.«

»Okay.« Malia zögerte, ehe sie sich zum Gehen wandte. Ich schob die Hände in die Hosentaschen und folgte ihr kurz darauf. Die Häuser um uns herum verrieten, dass Malias Zuhause nicht mehr weit entfernt war.

Ich schielte zu ihr. Obwohl sie direkt neben mir ging, hatte ich jetzt das Gefühl, als wäre sie für mich unerreichbar. Ich wusste nicht, was mich mehr störte – dass Blaine etwas gesehen hatte, was er nicht sehen sollte, oder dass er den Moment zwischen Malia und mir unterbrochen hatte.

»Tut mir leid«, sagte ich leise.

Die Verwirrung stand ihr ins Gesicht geschrieben. »Was tut dir leid?«

»Ich bin heute nicht ganz bei der Sache.« Ich blinzelte. Hatte ich das etwa gerade laut ausgesprochen?

»Es ist okay, auch mal nicht ganz anwesend zu sein.«

Ist es das?

Malia lächelte. »Ja, Collin. Vollkommen okay.«

Ohne etwas zu erwidern, konnte ich mich nur auf den Kloß in meinem Hals konzentrieren. Wir waren nur noch wenige Meter von der Hausnummer 223 entfernt, denn das apricotfarbene Haus ragte längst vor uns auf. Auch der orientalische Duft hing bereits in der Luft.

An der Treppe zur Veranda blieb ich stehen, während Malia zwei Stufen nahm und sich zu mir umdrehte. Jetzt war ich es, der etwas zu ihr aufsehen musste.

»Danke, dass du mich nach Hause gebracht hast«, sagte sie leise. Ich zog einen Mundwinkel hoch und suchte an der Fassade nach dem Fenster, das zu Malias Zimmer gehören musste. Aus dem Augenwinkel bemerkte ich, wie sie die Arme um ihre Taille schlang. »Wie lange kennst du Jolie schon?«

»Wir sind alle zusammen aufgewachsen.« Jetzt blieb mein Blick an der Hollywoodschaukel hängen. Manchmal kam es mir so vor, als hätte ich erst gestern dort zusammen mit Malia gesessen.

»Deine zweite Familie.«

Ich fuhr herum, von der Bewegung und diesen Worten gleichermaßen erschüttert. Hatte Malia das wirklich gerade gesagt? Ihre Stimme war so leise gewesen, dass ich für den Bruchteil einer

Sekunde wirklich dachte, ich hätte es mir eingebildet. Aber Malia lächelte.

Und dieses Lächeln sagte mehr als tausende von Worten.

»Was?« Meine Frage war nur ein Flüstern, denn zu mehr war ich nicht imstande. Dennoch musste ich es noch einmal hören.

Nur ein einziges Mal.

»Deine zweite Familie. Die, die du dir ausgesucht hast«, sagte Malia leise. »Deine Freunde.«

Meine zweite Familie.

Die Erkenntnis sickerte in mein Bewusstsein. Verdammt, sie hatte recht. Lexie, Wren, Jolie. Sogar Gavin, Scott und Jake. Sie alle waren meine Familie. Eine, von der ich wusste, dass sie mich niemals enttäuschen würde. Dass sie immer da sein würde, wenn ich sie brauchte, und auch darüber hinaus.

So stand ich hier und fragte mich, wie zum Teufel Malia genau das in Worte fassen konnte, was ich fühlte. Warum sie die richtigen Fragen stellte, ohne sie auszusprechen. Warum sie mir das Gefühl gab, meinen Weg zu gehen, obwohl ich auf der Stelle trat.

Warum ich ihr so vieles sagen wollte, was ich sonst niemandem sagte.

»Collin?«

»Hm?« Ich sah auf. Mittlerweile stand Malia an der Tür und hatte sie bereits aufgedrückt.

»Sehen wir uns morgen?«

»Immer.«

Sie schlug die Augen nieder und verschwand dann im Haus. Ich verharrte mehrere Sekunden. Selbst dann noch, als sie die Tür schon längst geschlossen hatte.

Ich hatte nicht ahnen können, was ihre Worte in mir anrichteten. Was sie in mir auslösten. Aber in diesem Moment wollte ich nichts sehnlicher, als dass Malia Teil dieser Familie war.

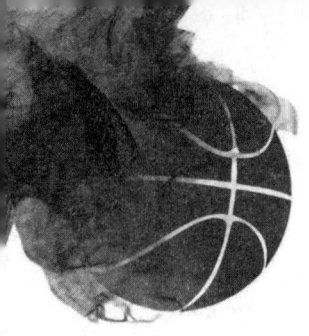

Kapitel 14

Malia

Sanft strich ich über die Buchrücken, bis ich an einem verharrte. Vorsichtig zog ich das Buch aus dem Regal, wischte über das Cover und pustete über die weiße Staubschicht. Kleine Staubkörner kitzelten meine Nase, die ich kurz darauf kräuselte, bevor ich den Band aufschlug und mich der typische Geruch von alten Büchern erreichte. Die meisten mochten ihn nicht, ich für meinen Teil konnte nicht genug davon bekommen. Er gab mir das Gefühl, angekommen zu sein.

Das Gefühl von *Zuhause*.

Ich sah mich um. In meinem Leben hatte ich schon viele Orte wie diesen besucht, aber kein anderer hatte mein Herz so hoch schlagen lassen wie die Bibliothek der *Violet Hill University*. Schon am ersten Tag hatte ich mich in sie verliebt, in die hohen Decken und die genauso hohen Bücherregale aus tiefdunklem Holz, von denen die obersten nur mit einer Leiter erreichbar waren. Jedes Mal, wenn ich einen Fuß in diese Bibliothek setzte, betrat ich eine andere Welt. An manchen Tagen ertappte ich mich sogar dabei, wie ich mich wie Belle aus *Die Schöne und das Biest* fühlte.

Behutsam klappte ich das Buch zu, drehte mich um und ging zum Hauptsaal zurück. Dabei glitten meine Finger immer wieder über einzelne Buchrücken. Ich konnte nicht anders.

Auf leisen Sohlen steuerte ich einen freien Platz an dem großen Tisch an und zog mir den Rucksack von den Schultern. Noch bevor ich mich setzte, raffte ich mir die Haare zusammen und band sie mir zu einem Zopf, doch schon nach Sekunden lösten sich einzelne Strähnen und kitzelten meine Haut. Gedankenverloren strich ich sie hinter die Ohren.

So leise wie möglich zog ich den Stuhl zurück und setzte mich. Blätterte zu dem Kapitel, das ich für meine Hausarbeit brauchte.

Wieder kribbelte es, dieses Mal im Nacken. Sofort rieb ich darüber. Und noch einmal, doch das Gefühl verschwand nicht. Ich hielt inne, grub die Finger in meine Haut.

Das Kribbeln hörte einfach nicht auf.

Langsam sah ich auf. Um mich herum saßen wenig andere Studierende, denn kaum einer quälte sich so früh aus dem Bett, um zwischen alten Büchern zu sitzen. Ich stieß den Atem aus, in dem Versuch, die Anspannung in mir zu lösen. Meine Hand rutschte vom Nacken, griff stattdessen in den Rucksack und zog mein schwarzes Notizbuch hervor. Während ich die ersten Zeilen des Kapitels las, ertastete ich die Schlaufe in der Erwartung, einen Stift vorzufinden. Doch ich griff ins Leere. Tastete noch einmal und fand nichts.

Verwirrt musterte ich mein Notizbuch. Kein Stift.

Ich schob die Hand in den Rucksack. Fahrig wühlte ich darin umher und zog ihn ungeduldig auf den Schoß.

»Suchst du den hier?«

Ein mattschwarzer Kugelschreiber tauchte in meinem Augenwinkel auf, begleitet von einer tiefen Stimme, die neben mir erklang.

Ich hielt inne, während mein Blick von dem Kugelschreiber über die Hand und den Arm bis hin zu dem Gesicht glitt, zu dem die Stimme gehörte. »Ist dir eben aus der Tasche gefallen.«

»Danke«, sagte ich mit einem leichten Lächeln, während ich den Stift entgegennahm und ihn langsam in die Schlaufe zurücksteckte.

»Dir fällt anscheinend öfters etwas runter.« Der Typ vergrub die Hände in den Jackentaschen. Ich hingegen runzelte die Stirn.

Er trug eine schwarze Jeans, dunkelbraune Stiefel, einen hellen Pullover und eine olivfarbene Jacke. Über seiner Schulter hing eine braune Ledertasche. Meine Augen wanderten erneut zu seinem Gesicht, auf dem sich ein gepflegter Dreitagebart abzeichnete. Seine blonden Haare hatte er zu einem lockeren Zopf zusammengefasst.

Ziemlich sicher, ihn nicht zu kennen, musterte ich den Typen skeptisch. »Wie bitte?«

»Komm schon, Schönheit. Sag nicht, du hast mich vergessen.«

Wieder huschte mein Blick über sein Gesicht, doch blieb er dieses Mal an seinen Iriden hängen. Von der Farbgebung her erinnerten sie mich an Whiskey. Kaum hatte ich den Gedanken zu Ende gedacht, blinzelte ich mehrmals. Plötzlich tauchte eine Situation vor meinem geistigen Auge auf, in der wir beide auf dem Boden hockten und nach einem Buch griffen.

Schönheit.

Ich entspannte mich nur wenig, denn Begegnungen wie dieser stand ich eher misstrauisch gegenüber. »Ich erinnere mich an dich.«

Ein Grinsen schlich sich auf seine Lippen, bevor er fragend auf den freien Platz deutete. Ich stellte meinen Rucksack auf die andere Seite.

»Ich sehe dich immer nur mit Büchern«, sagte er. »Literatur- oder Sprachwissenschaft?«

»Literatur.«

»Hätte ich mir denken können.« Er schob den Stuhl zurück und drehte ihn in meine Richtung. Langsam stellte er seine Ledertasche auf den Boden und streifte sich seine Jacke ab, die er über die Stuhllehne hängte. Dann setzte er sich und stützte einen Arm auf den Tisch. »Du bist neu hier, oder?«

Ich nickte.

»Aber du bist kein Freshman.« In einer fließenden Bewegung schob der Fremde sich den Pullover über die Arme, wobei er farbige Tinte entblößte, die sich malerisch über seine Haut zog.

Ich schüttelte den Kopf.

Seine Mundwinkel hoben sich zu einem Grinsen, ehe er Mrs Crane einen kurzen Blick zuwarf. »Hast du Zettel und Stift? Ich will uns den alten Kranich vom Hals halten.«

Ich erwiderte nichts. Stattdessen zog ich ein paar Zettel hervor und schob sie ihm hin.

Mit einem Kopfnicken deutete er auf mein Notizbuch. »Kann ich mir das mal ausleihen?«

Ich hob eine Braue. »Reicht dir der Platz auf dem Tisch nicht?«

»Dann kann ich dich nicht ansehen«, sagte er, ohne den Blick von mir abzuwenden.

Ich zögerte, ehe ich ihm langsam das Notizbuch hinschob. »Okay.« Ich dehnte das Wort absichtlich.

Der Typ lehnte sich in dem Stuhl zurück, das Bein angewinkelt und den Knöchel auf das Knie gebettet. Sein Arm ruhte mitsamt meinem Notizbuch darauf. »Dann erzähl mal. Wie kommt jemand wie du, der kein Freshman ist, nach Rosehollow?«

Ich prustete leise, den Ellbogen auf den Tisch gestützt. »Okay, Professor.«

»Sehe ich etwa aus wie einer?« Der Typ winkelte den Arm an und deutete auf die Tattoos, die seine Haut schmückten. An seinem Ohr blitzte sogar ein silbernes Kreuz auf.

Ich musste mir ein Schmunzeln verkneifen. »Schon. Wie ein moderner, kreativer Professor.«

Der Fremde schnaubte, klickerte ein paar Mal mit dem Kugelschreiber und setzte ihn auf das Blatt. »Kreativität wird überbewertet.«

»Es ist eines der schönsten Talente, die ein Mensch besitzen kann.« Fassungslos warf ich ihm einen Blick zu, ehe ich die großen Regale vor mir fixierte, das Kinn in die Hand gestützt. »Ich beneide Menschen, die kreativ sind. Sie erschaffen etwas mit ihren Händen und lassen es lebendig werden. Hauchen einem

Gegenstand Leben ein.«

»Ich wette, du bist auch kreativ.«

»Nein.« Ich schüttelte nachdrücklich den Kopf. »Ganz und gar nicht. Sogar ein Kind kann besser malen als ich.«

»Malen oder zeichnen?«

»Gibt es da einen Unterschied?«

Er schnaubte. »Sicher.«

»Siehst du, ich kenne ihn noch nicht einmal.«

»Malen ist abstrakt. Zeichnen ist das, was du als lebendig bezeichnest.« Er konzentrierte sich weiter auf seine Notizen. Entweder schien er wirklich beschäftigt zu sein oder tat wegen Mrs Crane nur so.

Ich strich über die Seiten des Buches vor mir, griff mehrere auf einmal und fächerte sie mit einem sanften Rascheln aufeinander. Die leichte Brise, die dadurch entstand, wirbelte erneut den Geruch von alten Büchern auf. Ich inhalierte ihn, dann schielte ich nach rechts.

»Kannst du es?«, fragte ich den Typen. »Malen.«

Er schnalzte mit der Zunge. »Ich kann nicht malen.«

Ich griff in meinen Rucksack, zog mein Smartphone heraus und tippte die Worte *abstrakt* und *malen* in die Suchmaschine ein, die mir innerhalb von Sekundenbruchteilen wunderschöne Bilder ausspuckte.

»Wow.« Ich scrollte mich durch die Bilder, eine Malerei nach der anderen. »Die sehen genauso aus wie die in meinem Zimmer.«

»Du hast abstrakte Bilder an den Wänden und kennst den Unterschied zwischen Malen und Zeichnen nicht?« Der Typ klang belustigt.

»Hey, mach dich nicht über mich lustig.« Ich sperrte das Display und legte das Smartphone weg.

»Würde ich nie tun, Schönheit.«

Verlegen vergrub ich das Gesicht in den Händen. »Kannst du bitte aufhören, mich so zu nennen?«

»Wieso?«

144

»Weil es mir unangenehm ist.« Nach kurzem Zögern ließ ich die Hände wieder sinken.

Er schien einige Augenblicke abzuwarten. Dann hob er leicht die Schultern, als wäre es das Selbstverständlichste der Welt. »Du *bist* schön.«

Kaum hatte er die Worte ausgesprochen, wich ich seinem eindringlichen Blick aus. Atmete geräuschvoll aus und versuchte mein Unwohlsein mit einem leisen Räuspern zu überspielen. Ich zog mein Buch heran und begann, das Kapitel noch einmal zu überfliegen.

Die angenehme Ruhe war ein weiterer Grund, wieso ich Bibliotheken liebte. Sie gaben einem die Möglichkeit, sich auf das Wesentliche zu konzentrieren und die äußeren Einflüsse auf ein Minimum zu reduzieren. Ich war schon beim nächsten Kapitel angekommen, als der Typ die Stille brach.

»Wie soll ich dich sonst nennen?«

»Ich heiße Malia«, antwortete ich leise, hörte kurz darauf sein leises Schnauben. »Was ist?«

»Sogar dein Name ist schön.«

Ich war noch nie gut darin gewesen, mit Komplimenten umzugehen. Deshalb überging ich seine Worte und versuchte mich wieder auf mein Buch zu konzentrieren. Immer wieder vernahm ich das Umblättern vereinzelter Seiten, das beruhigende Tippen auf Tastaturen, hin und wieder ein Seufzen oder leises Gemurmel.

Noch während der Typ das Notizbuch mit einem sanften Geräusch schloss, spürte ich ein Kribbeln auf meiner Haut.

Ich hob den Kopf. Der Fremde klemmte sich den Kugelschreiber hinter das Ohr, wodurch er meinen Gedanken von vorhin nur noch weiter bestärkte. Er wirkte wie ein kreativer Professor, Tattoos hin oder her. Doch wenn ich mich nicht irrte, konnte er nicht viel älter als ich sein. Vermutlich studierte er, sonst hätte er Mrs Crane nicht als *alten Kranich* bezeichnet.

»Was studierst du?«, fragte ich ihn schließlich.

Seine Mundwinkel zuckten, während er das Notizbuch auf den

Tisch legte. Dann neigte er sich in meine Richtung und stützte die Ellbogen auf die Knie. »Ich schmiede. Metalldesign.«

Überrascht hob ich die Brauen. Ob er dann auch Lexie kannte? Sie studierte ebenfalls in diesem Zweig. Ich fragte nicht danach, obwohl mir die Worte bereits auf der Zunge lagen. Stattdessen musterte ich erneut seine Haut. Die Tattoos verliefen bis zu seinen Handgelenken. An den Händen trug er zwei Ringe, die ich in so einer Form noch nie gesehen hatte. Der eine bestand aus ineinander verschlungenen Ästen aus Silber, der andere hingegen war mit einem dunklen Muster durchzogen.

»Hast du die gemacht?« Ich deutete auf seine Hände. Statt zu antworten, grinste er nur. Mir hingegen klappte die Kinnlade hinunter wie bei einer bescheuerten Comicfigur. Das wiederum entlockte ihm ein Lachen. »Du hast es abgetan, als ich dich als kreativ bezeichnet habe«, flüsterte ich entsetzt.

Der Typ lehnte sich zurück und verschränkte die Arme hinter dem Kopf. »Ich sagte, Kreativität wird überbewertet.«

Ich schnaubte und griff nach meinem Notizbuch. Ein Detailliebhaber war er auch noch. Plötzlich schnellte seine Hand vor und legte sich über meine. Für den Bruchteil einer Sekunde erstarrte ich, bevor ich mich dieser Berührung entzog.

»Jeder kann etwas anderes gut, Schönheit. Du kannst mit Worten umgehen.« Der Typ tippte nachdrücklich auf das Notizbuch.

Mir wurde abwechselnd heiß und kalt. Hatte er etwa darin gelesen? Mit hochrotem Kopf schielte ich zu ihm. Ehe ich reagieren konnte, schnappte er sich mein Smartphone. Kurz darauf hielt er es mir vor das Gesicht, sodass es sich entsperrte.

Fassungslos starrte ich ihn an. »Geht's noch?«

»Funktioniert einwandfrei.«

Ich schnalzte mit der Zunge. »Nicht mein Smartphone. *Du*.«

Er zog amüsiert die Brauen nach oben. »Ich funktioniere auch einwandfrei.«

»Was machst du da?«

»Ich rufe mich an.«

»*Wieso?*«

»Damit ich deine Nummer habe.«

»Gar nicht aufdringlich.«

Er grinste verschmitzt. »Diese Reaktion kommt zwei Stunden zu spät.«

Mit diesen Worten hielt er mir das Smartphone hin und zog sein eigenes aus der Hosentasche. Ich tippte auf das Display und starrte auf die Uhrzeit. Es waren sogar mehr als zwei Stunden vergangen, seitdem ich in die Bibliothek gekommen war. Ich hatte die Zeit völlig aus den Augen verloren.

Und schon zeigte mein Smartphone eine neue Nachricht an.

(10:23) Unbekannt: Jeder hat zwei Gesichter.

»Und du hast anscheinend fünf.« Ich warf dem Typen einen prüfenden Blick zu. Er hatte sein Smartphone immer noch in den Händen und grinste mich an. Ich schnaubte leise, schob meines von mir und griff stattdessen nach meinem Notizbuch.

Plötzlich rutschte er so hastig mit dem Stuhl zurück, dass es laut polterte. Damit zog er nicht nur die Aufmerksamkeit der wenigen Studierenden auf sich, sondern auch die von Mrs Crane, die mahnend hinter ihrer Brille hervorguckte. Der Typ fuhr sich erst über die Stirn und dann über das Haar, das sich dabei aus dem Man Bun löste. Dann schnappte er sich seine Jacke und schulterte die Tasche.

Beinahe behutsam und in einem völligen Kontrast zu den Sekunden davor platzierte er den Kugelschreiber neben dem Notizbuch. Ich legte den Kopf in den Nacken. Erst jetzt wurde mir bewusst, wie riesig der Typ war.

»Pass auf dich auf.« Er sah mich eindringlich an, für meinen Geschmack etwas zu lang, bevor er ohne ein weiteres Wort an mir vorbei und auf den Ausgang zu ging. Erst als der Typ durch die

Tür verschwunden war, widmete ich mich wieder meinen Sachen.

Was um Himmelswillen war das denn?

Ich brauchte einige Sekunden lang, bis ich mich endlich wieder über das Buch beugte. Wenn ich pünktlich zu meiner nächsten Vorlesung kommen wollte, hatte ich noch einiges zu tun. Ich schlug das Notizbuch auf der Seite auf, an der ich das Lesezeichen gesetzt hatte, nur um im nächsten Moment verwirrt zu blinzeln. Langsam zog ich den Zettel heraus. Der Typ hatte ihn nicht nur vergessen, sondern gar nicht erst beschrieben.

Was hatte er sonst die ganze Zeit über gemacht?

Plötzlich fiel mir etwas hinter dem unbeschriebenen Blatt ins Auge. Wie in Zeitlupe legte ich es zur Seite und starrte auf das Notizbuch, dessen Doppelseite alles andere als leer war. Sie war übersät mit schwarzen Strichen, die sich zu einem Bild formten. Einem Bild von *mir*.

Beinahe ehrfürchtig strich ich über die Zeichnung. Sie zeigte mich im Profil, das Kinn in die Hand gestützt, die Bücherregale im Hintergrund. Sogar die Narbe an meiner Schläfe hatte der Typ eingefangen.

Vorsichtig fuhr ich über die Stellen, an denen er die Stiftspitze energischer hineingedrückt hatte und die dadurch besonders dunkel gefärbt waren. Die gesamte Zeichnung war voller Schattierungen.

Ich hatte nicht einmal gemerkt, dass er gezeichnet hatte. Dass er *mich* gezeichnet hatte. Ich griff so schnell nach meinem Smartphone, dass ich es beinahe über den Tisch stieß. Sofort sprang ich auf, bekam es zu fassen und entsperrte es. Hatte ich eben noch entschlossen reagiert, geriet ich nun ins Zweifeln. Ich ließ die Hand sinken, denn mein Blick blieb an genau diesem einen Detail hängen, mit dem *ich* gut umgehen konnte.

An Worten.

Jetzt siehst du, was ich sehe.

Kapitel 15

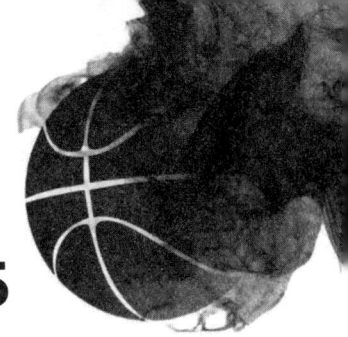

Collin

Ich stieß die Tür zur Halle auf, in der mich der gleichmäßige Rhythmus des Balles begrüßte. Augenblicklich schlug mein Herz mit ihm im Einklang – eine Melodie, an der ich alles liebte, und die ich trotzdem nicht mehr hätte hassen können. Die Hände zu Fäusten geballt, überquerte ich das Spielfeld.

Über die Jahre hinweg waren die Gewaltausbrüche meines Vaters zu meinem Alltag geworden. Hatte ich den ersten Schlag, die erste Verletzung anfangs noch als Versehen bezeichnet, waren es ebendiese Situationen, die sich in einem schleichenden Prozess gehäuft hatten. Bis sie irgendwann zu einem festen Bestandteil meines Lebens geworden waren. Blaine war der Einzige, der dieses Geheimnis kannte. Und jetzt war sein Wissen darüber ein Teil dessen geworden, wovor ich am meisten Angst hatte.

»Ward!«

Blaine hatte sich vor dem Korb positioniert, und kaum dass er mich erkannte, pflasterte er sich sein höhnisches Grinsen ins Gesicht. »Hast du Sehnsucht nach mir, Donovan?«

Ich riss die Arme zur Seite und blieb einige Meter vor ihm stehen. »Was willst du von mir?«

Blaine stemmte sich den Ball in die Seite und kam auf mich zu. Mit der freien Hand deutete er erst auf mich, dann auf sich. »Eigentlich lautet die korrekte Betonung: ›Was willst *du* von *mir*?‹«

Ich schnalzte genervt mit der Zunge. »Spiel nicht den Unschuldigen.«

»Hältst du mich etwa für den Bösen? Das verletzt mich jetzt aber zutiefst.« Blaine schürzte die Lippen und fasste sich an die Brust. Doch keine Sekunde später wurde sein bestürzter Gesichtsausdruck von Resignation abgelöst. Die freie Hand rutschte von seiner Brust. Mit der anderen drehte er den Ball und dribbelte ihn dann vor sich her. »Also, Donovan. Womit habe ich die *Ehre* verdient, dass du mich außerhalb des Trainings in der Halle aufsuchst?«

Ich presste die Lippen aufeinander, denn das Bild von Blaine und Malia blitzte vor meinem geistigen Auge auf. Er hatte bei ihr in der Bibliothek gesessen, und allein dieser Gedanke trieb mich in den Wahnsinn. Wenn er Malia in dieses *Spiel* mit hineinziehen würde, könnte ich mir das niemals verzeihen.

»Ich habe dich mit ihr zusammen gesehen.«

»Wen meinst du?«, fragte Blaine scheinheilig.

Will er mich verarschen?

»Das weißt du genau.«

»Lass mich kurz überlegen.« Er tippte sich an das Kinn. »Vielleicht mit deiner Schwester? Deiner hübschen Freundin? Oder mit deiner Mutter?« Die letzten Worte spuckte er mir nahezu ins Gesicht. Mir wurde abwechselnd heiß und kalt, denn er wusste genau, welche Grenze er damit überschreiten würde. »Wobei nein, streich das Letzte, dann wäre —«

»Stopp.« Ich ballte die Hände zu Fäusten. Blaine hielt inne, die Brauen auffordernd hochgezogen. Nach mehreren Sekunden, in denen ich die Luft angehalten hatte, stieß ich geräuschvoll den Atem aus. »Malia.«

Blaines Mundwinkel verzogen sich zu einem Grinsen. »Ah, ja. *Malia.* Ich erinnere mich an die braunhaarige Schönheit. Du wolltest mich ihr nicht vorstellen.«

»Kannst du mir das verübeln?« Angespannt blähte ich die Nasenflügel. Ich musste all meine Beherrschung aufbringen, um die Flüche zu unterdrücken, die mir in diesem Moment auf der Zunge lagen. Nicht nur wegen Malia, sondern auch wegen Mom und wegen …

Fuck.

Statt auch nur irgendeinen meiner Gedanken auszusprechen, konzentrierte ich mich auf meine Atmung. Ballte die rechte Hand zur Faust und löste sie, nur um diesen Vorgang zu wiederholen.

»Nö. Das kann ich wirklich nicht.« Blaine dribbelte den Ball. »Und genau deswegen«, Blaines Mundwinkel zuckte kaum merklich, »habe ich das einfach selbst in die Hand genommen.«

Ich wagte es nicht, die Augen zu schließen, auch wenn alles in mir danach verlangte. Stattdessen drückte ich die Zähne so fest aufeinander, dass meine Kiefer schmerzten, und fixierte Blaine stumm.

»Da wir wieder so gute Freunde sind – willst du mich nicht an deinen Gedanken teilhaben lassen?« Damit stemmte er sich den Ball erneut in die Hüfte.

»Was ich will und was nicht, scheint dir egal zu sein.«

Für den Bruchteil einer Sekunde tat Blaine so, als müsse er darüber nachdenken. »Erwischt, *Kumpel.*«

So nannte mich nur Wren, und das wusste Blaine. Das war früher immer ein Streitpunkt zwischen den beiden gewesen. Wren würde deshalb heute nicht einmal mehr mit der Wimper zucken, und mir sollte es dabei nicht anders gehen.

Aber mir ging es anders, denn diese Wortwahl traf mich in diesem Augenblick mehr, als ich Blaine gegenüber jemals zugeben würde.

»*Was* stört dich, Donovan?«

»Alles.« Dass er Malia aufsuchte, mich *Kumpel* nannte und mehr wusste, als mir lieb war.

»Geht das etwas ausführlicher?«

Angespannt stieß ich den Atem aus. Langsam, aber sicher riss mir der Geduldsfaden. »Was hast du vor?«

»Gar nichts.«

Ich schnaubte und wandte mich kurz zur Seite. *Gar nichts.* Bei ihm hatten diese zwei Worte viel mehr wie eine Frage geklungen, von einem Unterton begleitet, der mir nicht gefiel. Mit einer Hand wischte ich mir über das Gesicht. »*Was* hast du vor?«

Blaine schnalzte mit der Zunge. Dann gab er dem Ball Schwung und balancierte ihn auf einem Finger. Dabei hob er einen Mundwinkel. Quälend langsam, bis sich sein Mund zu einem Grinsen verzog. Ich hingegen starrte ihn nur an. Fuhr mir ungeduldig durch die Haare, woraufhin sein Grinsen noch breiter wurde. »Ist das nicht offensichtlich?«

Genervt riss ich die Arme nach unten. »Fuck, es reicht. Wir waren *Freunde.* Dann bist du weggezogen und –«

»Sag nicht, du vermisst die guten alten Zeiten.«

Ist das wirklich sein beschissener Ernst?

Ich starrte Blaine eine Sekunde lang an, ehe ich den Kopf schüttelte. Er sollte doch mit am besten wissen, dass sich mein Leben in dieser Zeit in einen wahr gewordenen Albtraum verwandelt hatte und seitdem ein dunkler Schatten darüber hing, den ich einfach nicht loswurde.

Plötzlich erlosch das Grinsen auf Blaines Lippen. Er stoppte die Drehung des Balls, hielt ihn mit beiden Händen fest. »Wovor hast du Angst, Donovan? Dass sie mich besser finden könnte als dich?«

Er kapierte es nicht.

Wieder zuckte Blaines Mundwinkel, bis sich ein amüsiertes Schmunzeln auf sein Gesicht pflasterte. »Eifersucht steht dir.«

»Es geht nicht darum.«

»Sicher?«

»Ja«, zischte ich.

»Sieht aber anders aus.«

Verdammte Scheiße.

»Blaine«, warnte ich ihn. »Hör auf mit dem Scheiß.«

»Nein, nein, das macht wirklich Spaß.« Blaine winkte ab. »Lass mich weiter raten.«

Ich legte die Hände flach aneinander und an meine Nasenspitze, bevor ich gen Decke blinzelte.

»Ich hab eine Idee.« Blaine schnipste, bevor er mehrmals mit dem Finger auf mich deutete. »Denkst du etwa, dass ich nach all den Jahren etwas sagen würde?«

Kaum dass er die Worte ausgesprochen hatte, erstarrte ich. Auch wenn ich gewusst hatte, dass Blaine es direkt ansprechen könnte, gefror in diesem Augenblick alles in mir zu einer verdammten Salzsäule. Wir hatten nie darüber geredet. Auch jetzt lag dieses *Das* unausgesprochen zwischen uns, kurz davor, an die Oberfläche geholt zu werden.

Ich öffnete den Mund, in dem Versuch, etwas darauf zu erwidern. Es zu verneinen und einfach abzustreiten. Aber wir wussten beide, dass jede Bemühung dazu nicht einmal annähernd der Wahrheit entsprechen würde. Deshalb war das Einzige, was aus meiner Kehle kam, ein erstickter Laut.

»Das ist es doch, oder? Du hast Angst, ich könnte den Mund aufmachen, nachdem du mich damals angefleht hast, es nicht zu tun. Weil du Angst hattest, den Rest deiner Familie auch zu verlieren.« Seine Augen trafen auf meine. Und würde ich es nicht besser wissen, hätte ich wirklich denken können, so etwas wie Mitgefühl darin aufflackern zu sehen. Oder war es Enttäuschung? Ich öffnete den Mund erneut, kurz davor, etwas zu erwidern. Doch dann richtete Blaine sich auf. »Jetzt sieh nur, wo dich das hingeführt hat. Du hast deine Familie, die keine ist. Muss echt scheiße sein, wenn Daddy einen nur als Mittel zum Zweck sieht.«

Schmerz durchbohrte mich. Doch anders als sonst war er dieses Mal *unter* der Haut, denn Blaines Worte trafen wie ein gut platzierter Pfeil.

»Hör auf.«

»Nenn mir einen akzeptablen Grund.«

»Weil ich dich ein letztes Mal darum bitte«, antwortete ich leiser.

Für den Bruchteil einer Sekunde loderte Überraschung in

seinen Augen auf. Aber Blaine hatte sich schneller wieder im Griff als ich. Er ließ den Ball auf den Boden prallen. Einmal. Zweimal.

Und mit diesem Geräusch zermalmte er meine Bitte, die dünner als ein Lufthauch zwischen uns gehangen hatte, kurz und schmerzlos. »Der genügt mir nicht.«

Ein Aufprall. Noch einer. Und mit jedem weiteren Mal stieß er die Pfeilspitze tiefer.

»Hör auf.«

»Ich sagte doch, das reicht nicht.« Noch ein Aufprall. Ein weiterer.

»Hör —«

»Ich würde zu gern wissen, was —«

»Halt dich einfach von ihr fern!« Ich riss ihm den Ball aus den Händen und schmetterte ihn mit voller Wucht gegen die Wand. Kaum hatte ich ihn losgelassen, ärgerte ich mich über mich selbst. Mit beiden Händen strich ich mir über das Gesicht, dann durch die Haare, ehe ich sie im Nacken verschränkte. Ich drehte mich von Blaine weg.

Und dann sackte mir mein Herz in den Magen. Ich erkannte einen braunen Haarschopf am Ende der Halle, der auf dem Absatz kehrtmachte und nun auf die Tür zu eilte. Und während Malia hinausstürmte, verharrte ich an Ort und Stelle. Begriff viel zu spät, wie das gerade ausgesehen haben musste.

Was sie gehört haben könnte.

»Du hast gesehen, dass sie da stand.« Ich fuhr zu Blaine herum. Dieser hatte wissend einen Mundwinkel angehoben. »*Fuck.*«

Ich rannte auf die Tür zu, zerrte an ihr, blieb mit dem Fuß hängen und kam ins Straucheln. Ich stolperte aus der Halle heraus und sah, wie Malia auf den Ausgang zu eilte. »Malia, warte!«

Erneut rannte ich los, so schnell es mir möglich war, denn auf einmal waren so viele Menschen in diesem Gang, die mir den Weg zur Tür versperrten. Ich wich jedem aus, der mir entgegenkam, murmelte eine Entschuldigung nach der anderen, während ich mich an den Menschen vorbeidrückte.

An der Tür angekommen, zog ich sie ungeduldig auf. Joggte ein paar Schritte von dem Gebäude weg und blickte mich suchend um. Wo war sie hin? So schnell konnte sie nicht verschwunden sein.

Verzweifelt raufte ich mir die Haare, verschränkte die Hände hinter dem Kopf und drehte mich in alle Richtungen. Fuhr herum, als ich ihre Schuhe entdeckte.

Die Arme fest um die Taille geschlungen, stand Malia dicht an die Mauer gedrückt. Ihr Brustkorb hob und senkte sich in einem unregelmäßigen Rhythmus. Ohne zu zögern, ging ich auf sie zu. »Malia, bitte, ich kann das —«

Doch je näher ich kam, desto langsamer wurde ich, bis ich schließlich stehen blieb. Sie zitterte. Es war kein auffälliges Zittern. Unscheinbar, als müsse sie alle Kraft dafür aufbringen, es zu verbergen.

Wie in Zeitlupe löste sie ihre Umklammerung, schob den Ärmelsaum hoch und legte ihr Armband frei. Dieses Armband, das ich bisher jedes Mal an ihr gesehen hatte.

Ich wagte nicht zu atmen. Stattdessen beobachtete ich jede einzelne ihrer Bewegungen. Wie ihre Finger erst an dem Band zerrten und dann, je mehr Zeit verging, sanfter damit umgingen. Ich beobachtete, wie sie vorsichtig über das abgetragene Leder strich. Wie sie behutsam am inneren Gelenk entlangglitt und schließlich oben auf dem Geflecht verharrte.

»Malia?« Ihr Name kam als heiseres Kratzen über meine Lippen. Ich machte einen Schritt auf sie zu, und das Laub raschelte unter meinen Füßen.

Sofort riss sie den Kopf herum. Wie ein aufgescheuchtes Reh starrte sie mich an, schob den Ärmelsaum hinunter und verhüllte das Armband. So, als wäre es nie da gewesen. Als wäre nichts passiert. Aber sie konnte nicht wegwischen, was ich gerade beobachtet hatte.

»Nicht.« Sie hob abwehrend die Hand. Und mit dieser Geste brachte sie nicht nur mich, sondern für einen Moment auch mein

Herz zum Stillstand. Nur langsam hob ich die Hände. Gab Malia zu verstehen, dass ich sie gehört hatte, und trat einen Schritt zurück. Ihre Augen waren groß und glasig, ihr Blick unwirklich und voller Entsetzen. Sekunden, vielleicht auch Minuten vergingen, bis sie die Hand senkte. Selbst diese Bewegung kam mir wie eine verfluchte Ewigkeit vor.

»Malia ...« Ich schluckte. Unsicher, was ich sagen sollte. Sicher, *dass* ich etwas sagen wollte. »Möchtest du lieber allein sein?«

Sie machte vier Atemzüge. Vier verdammt lange Atemzüge, in denen ich *nicht* atmete. Aber dann schüttelte sie den Kopf. »Ich will nicht allein sein«, flüsterte sie.

Erleichtert über ihre Worte, stieß ich die angehaltene Luft aus. Ich schob die Hände in die Hosentaschen und ballte sie dort zu Fäusten. Malia sollte nicht sehen, wie viel Kraft es mich gerade kostete, sie nicht einfach in meine Arme zu ziehen. »Malia, das, was du gehört —«

»Sag es nicht.«

»Ich —«

»*Bitte.*«

Durch ihr Flehen verkrampfte sich alles in mir. Sie sah mich an, als würde sie mir stumm eine Geschichte erzählen, einen Teil von sich. Aber ich war nicht imstande, sie zu hören, weil die Worte, die sie sagte, stumm waren. War nicht imstande, sie zu lesen, weil die Worte, die sie schrieb, unsichtbar waren.

»Malia.« Ich machte einen Schritt auf sie zu. In diesem Moment wich *sie* einen zurück.

Ich erstarrte. Nicht fähig, an etwas anderes zu denken, außer an das, was gerade geschehen war. Sie war vor *mir* zurückgewichen. Plötzlich weiteten sich ihre Augen. Kurz darauf stieß sie den Kopf gegen die Mauer und drückte sich die Handballen auf die Lider. »Es tut mir leid, Collin. Ich ... Ich kann nicht.«

»Was kannst du nicht?«

»Ich kann gerade ... Ich ... Ich kann das gerade nicht ... noch einmal.«

Ich blinzelte. *Nicht noch einmal.*

Was zum Teufel meinte sie damit?

»Was kannst du nicht noch einmal?«, flüsterte ich beinahe lautlos.

»Ich habe Angst, verletzt –« Sie brach ab und sog die Luft ein.

Mein Herz stolperte.

Dachte sie etwa, dass ich sie verletzen könnte? Dass ich sie jemals verletzen *würde*?

»Du denkst …« Meine Stimme versagte. »Ich würde nie …« Erneut klappte ich den Mund auf, doch heraus kam nur ein erstickter Laut. Und noch einer, beinahe ein Keuchen. Gott verdammter, wieso war es so schwer, es einfach zu sagen?

Ich versuchte es erneut, doch da war nichts. Einfach nichts. Die Worte wollten sich nicht formen, meine Zunge schien verknotet. Hielt sich an das Verbot, das ich mir selbst auferlegt hatte. Das ich niemals auszusprechen vermochte.

Sag es. Sag es. Sag es.

Für sie. Für dich.

Für uns.

Mit beiden Händen griff ich mir in die Haare, riss an ihnen, nur um etwas anderes zu spüren als die plötzliche Leere in meinem Kopf, der doch voll von allem war. Ich tigerte hin und her, kam keinen Schritt voran.

»*Fuck.*« Der einzige Laut, der mir entkam. Ein verzweifeltes Zischen. Nicht mehr, nicht weniger.

Und doch war es alles.

Wie konnte ich Malia begreiflich machen, dass ich niemals jemanden verletzen würde? Dass ich *sie* niemals verletzen könnte?

»Collin«, hörte ich sie meinen Namen sagen. Sofort horchte ich auf. Zwei Herzschläge lang hielt ich die Distanz zwischen uns aus, bevor ich auf Malia zuging. Direkt vor ihr auf dem Kies stehen blieb. Meine Hände schwebten an ihrem Gesicht, kurz davor, ihre Wangen zu berühren. Ihren Kopf zu mir zu ziehen und meine

Lippen auf ihre zu drücken. Ihr zu zeigen, dass ich sie nie verletzen *konnte.*

Weil ich mich damit nur selbst verletzen würde.

Ich tat nichts von alldem. Denn in diesem Moment sah ich etwas in ihr brechen. Hörte etwas in *mir* brechen, als sie die Lider zusammenkniff und den Kopf senkte. Malia rutschte an der Wand entlang, während meine Hände in der Luft verharrten. Ein leises Schluchzen drang an meine Ohren.

Und mit diesem Laut zwang Malia mich ebenfalls in die Knie.

Kies grub sich stechend durch meine Jeans, als ich zu Malia auf den Boden glitt. Sie hatte das Gesicht in der Armbeuge vergraben. Ihr Körper bebte. Mein Herz stand still.

»Malia. Bitte, sieh mich an«, bat ich leise. Sie reagierte nicht. Vorsichtig streifte ich ihr Knie mit den Fingerspitzen. Doch das reichte schon aus, damit sie zusammenzuckte. »*Bitte*«, flüsterte ich, ein furchtbares Brennen in den Augen.

»Hey, braucht ihr Hilfe?«, ertönte es hinter mir. Nur halbherzig drehte ich mich um. Ein Typ, vermutlich in meinem Alter, musterte mich skeptisch. Die Brauen hatte er hochgezogen, die Hände angespannt in die Riemen seines Rucksacks gekrallt.

Ich schüttelte den Kopf, wandte mich gerade wieder ab.

»Sicher?«, fragte der Typ weiter.

»Alles gut«, schnauzte ich.

»Aber —«

Erneut fuhr ich zu ihm herum. »Hau ab!«

Ohne eine weitere Reaktion abzuwarten, drehte ich mich wieder zu Malia. In diesen paar Sekunden hatte sie sich noch kleiner gemacht und kauerte nun an der Wand. So, wie sie es schon einmal getan hatte. Doch dieses Mal schienen die Mauern, die sie um sich gezogen hatte, unüberwindbar.

»Malia.« Allein beim Klang ihres Namens zuckte sie zusammen. »Bitte, ich —«

Oder war es meine Stimme? War es wegen *mir*?

Ich starrte auf Malias Scheitel, in dem stummen Versuch, sie dazu zu bringen, mich anzusehen. Mich teilhaben zu lassen an dem, was ihr gerade durch den Kopf ging. Und mir mitzuteilen, wer daran die Schuld trug.

So lange, bis ich begriff, dass ich den Auslöser vielleicht nie wirklich sehen würde. Ganz einfach deswegen, weil *ich* der Auslöser sein könnte.

Mit einer Hand stützte ich mich an der kühlen Mauer ab. Suchte Halt, obwohl ich festen Boden unter mir hatte.

»Hast du Angst vor mir?« Ein schwaches Flüstern. So leise, dass sie es nicht gehört haben konnte. So laut, dass sie es *gefühlt* haben musste.

Langsam hob Malia den Kopf. Aber zum ersten Mal hatte ich das Gefühl, dass sie mich nicht sah. Dass sie mich nicht sehen *konnte*. Ihre Augen schimmerten, ihre Lippen hatten sich geteilt. Doch sie stritt nichts von dem ab, was ich gefragt hatte. Nichts von alldem, was ich *nicht* gesagt hatte.

Und das änderte alles.

»Du hast Angst vor mir.« Meine Stimme ging in einem Keuchen unter. Mein Körper sackte nach hinten. Malia stieß mich von sich, ohne ein Wort zu sagen. Ohne mich auch nur ansatzweise zu berühren. Und mit jeder Sekunde, in der sie nichts erwiderte, rutschte ich weiter über den Kies von ihr zurück.

Ich hatte sie erst einmal in meinem Arm halten dürfen. Einmal. Und nach nur dieser einen Berührung hatte ich sie verletzt. Ich drückte mich vom Boden hoch, stolperte wie betäubt ein paar Schritte zurück. Ich würde sie kein weiteres Mal verletzen.

Nicht noch einmal.

Deshalb tat ich das Einzige, das ich mir geschworen hatte, niemals zu tun. Ich ließ jemanden zurück, der mir mehr bedeutete, als ich mir eingestehen wollte.

Ich ließ *Malia* zurück, obwohl sie mich gebeten hatte, es nicht zu tun.

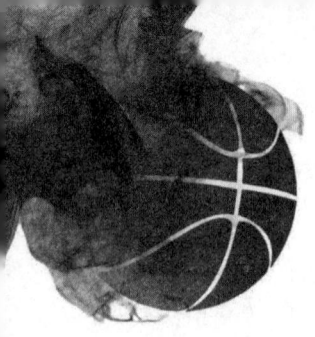

Kapitel 16

Collin

»Willst du mich verarschen? Was ist los, verflucht noch mal?«
Mitch war mittlerweile knallrot angelaufen, weil ich schon wieder
einen Pass verloren hatte.

Der Pfiff schrillte durch die Halle. Kaum hatte der Coach neue
Anweisungen gebrüllt, setzte ich mich in Bewegung. Der Ball flog
durch die Luft, direkt in meine Richtung. Ich nahm an und dribbelte los. Gavin preschte auf mich zu und drängte mich zurück.
Ich warf einen schnellen Pass zu Scott und spielte mich frei, nur
um den Ball von ihm zurückzubekommen. Doch im Gegensatz
zu Scott reagierte ich nicht schnell genug. Ich sprang. Bekam den
Ball mit den Fingerspitzen zu fassen, doch keine Sekunde später
glitt er mir aus der Hand. Kurz darauf drang Mitchs Fluchen an
meine Ohren.

Ein Pfiff ertönte. »Donovan!« Bei meinem Namen horchte ich
auf. Der Coach musterte mich skeptisch. »Zehn Sprints!«

Ich unterdrückte ein Stöhnen, nickte stattdessen kaum merklich.

»Geschieht dir recht. Das kann ja keiner mit ansehen.« Mitch
bückte sich zum Ball.

Ein weiterer Pfiff. »Simmons!« Sofort galt Mitchs Aufmerksamkeit dem Coach. Dieser deutete auf den Seitenrand. »Du
auch.«

Mitch lachte ungläubig auf, während er den Ball in den Händen
drehte. »Kommen Sie schon, Coach.«

»Los jetzt, ich hab nicht ewig Zeit.«

»Haben Sie eben nicht zugeguckt? Donovan spielt scheiße, nicht ich.«

»Ich habe weder etwas auf den Augen noch in den Ohren. Zehn Sprints, na los.« Damit beendete er das Gespräch und konzentrierte sich wieder auf das Klemmbrett.

»Das ist nicht Ihr Ernst!« Mitch riss den freien Arm zur Seite, doch der Coach beachtete ihn nicht mehr. Als Mitch das kapierte, raufte er sich die Haare und drehte sich zu mir. »Weil *du* scheiße spielst, müssen wir es ausbaden. Also krieg dich wieder ein, verdammt.«

»Fünfzehn, Simmons.« Coach Westfield setzte die Pfeife an den Mund und brüllte neue Übungen. Mitch presste die Lippen so fest aufeinander, dass die Ader an seinem Hals hervortrat, und warf mir den Ball vor die Füße.

Ich nahm ihn auf, legte ihn in die Halterung und ging auf die Außenlinie zu. Positionierte mich und wartete. Beim nächsten Pfiff stieß ich mich ab. Beschleunigte bis zur Mitte der Halle und lief mich bis zur Außenlinie aus. Ein zweites Mal. Ein drittes Mal.

Und noch nie war mir das Ziehen meiner Waden so willkommen gewesen wie in diesem Moment. Ich stieß mich ab. Beschleunigte und rannte. Immer und immer wieder. Bis ich Blaine bemerkte, der unter dem Korb auf der gegenüberliegenden Seite stand und mich fixierte.

Die ganze Zeit über ließ er mich nicht aus den Augen. Dribbelte den Ball und drehte ihn anschließend in der Hand. Ein Pfiff. Ich sprintete los. Kaum dass ich die Mittellinie erreichte, verlangsamte ich die Schritte, doch Blaine fokussierte mich weiterhin. Er dribbelte den Ball von der einen Hand zur anderen. Plötzlich passte er ihn zu mir. Reflexartig nahm ich an, dribbelte und sprang. In einer routinierten Bewegung versenkteich den Ball im Korb.

Doch kaum hatte ich wieder festen Boden unter den Sohlen, ertönte ein weiterer Pfiff. »Hab ich etwas von spielen gesagt,

Donovan? Du sollst sprinten, verdammt noch mal! Los, schließ dich Simmons an. Fünfzehn voll machen!«

Blaine verhöhnte mich, ohne auch nur ein Wort zu sagen. Er versuchte das Zucken seiner Mundwinkel zu verbergen, doch noch während er sich zum Ball bückte, erkannte ich das schadenfrohe Grinsen. Blaine richtete sich auf. Und als ich mich erneut an der Außenlinie positionierte, spürte ich das Messer tief im Rücken, auch wenn Blaine gerade an mir vorbeiging.

Das Knallen der Tür schallte durch die Nacht. Der Himmel war wolkenverhangen und nahezu kein Stern war zu sehen. Mit schnellen Schritten ging ich auf meinen Pick-up zu. Stieg ein und schloss die Tür hinter mir. Doch anstatt zu fahren, so schnell wie möglich von meinem Elternhaus und dem Mann, der darin wohnte, wegzukommen, erlaubte ich mir, fünf Atemzüge lang einfach nur zu fühlen.

Meine Seite schmerzte bei jedem einzelnen davon. Ich brauchte mein Shirt nicht hochzuziehen, um zu wissen, dass die Schlieren sich vermutlich schon längst über meine Haut zogen. Das reißende Spannen bei jedem Heben und Senken meines Brustkorbes war bereits jetzt nahezu unerträglich. Und das waren nur die ersten Anzeichen, denn nicht nur die Taten an sich erschwerten mir das Leben, sondern auch all ihre Konsequenzen. Der Wunsch, sich wegen den Schmerzen nicht zu bewegen, und der Drang, sich trotzdem weiter bewegen zu müssen. Denn wenn ich aufhören würde, diesem Drang nachzugehen, würde *er* gewinnen.

Ich lehnte mich zurück und schluckte. Schloss die Augen, um die Erinnerungen an diesen Abend einfach auszublenden, doch mit jedem Atemzug gruben sie sich tiefer in mein Gedächtnis.

War es heute wegen der fehlenden Konzentration gewesen, würde es morgen vermutlich der ausbleibende Erfolg sein. Jedes

Mal, wenn Basketball nicht lief, wie mein Vater es sich vorstellte, hatte ich allein die Konsequenzen dafür zu tragen.

Es hatte Jahre gedauert, bis ich mich endlich zur Wehr gesetzt hatte. Doch egal wie oft ich mich verteidigte und meinen Vater von mir fernzuhalten versuchte, er fand immer einen Weg, mich zu demütigen.

Blaines Worte schossen mir durch den Kopf, begleitet von einem tiefen Grollen in der Ferne. Müde öffnete ich die Augen. Ein Unwetter braute sich zusammen. Nicht nur vor der Windschutzscheibe, sondern auch in mir, denn Blaine hatte verdammt noch mal recht.

Für meinen Vater war ich nicht der Sohn, der ich sein sollte. Niemand, mit dem er auf Augenhöhe kommunizierte. Ich war einfach nur ein Mensch, den er sich zunutze machte. Nicht mehr als ein Mittel zum Zweck. Ich war beschissene vierundzwanzig Jahre alt und wurde von meinem Vater verprügelt wie ein junger Hund. Gefühle spielten dabei keine Rolle, vor allen Dingen nicht meine.

Und mit jedem Tag, an dem ich mich weiter an die Hoffnung klammerte, es könnte irgendwann anders sein, verlor ich ein Stück mehr. Nicht nur von meinem Stolz, sondern von meinem *Sein*.

Malia war die Einzige, die mir etwas davon zurückgegeben hatte. Die diesen Verlust ausgleichen konnte, den ich tagtäglich verspürte. Und jetzt hatte ich noch nicht einmal mehr sie.

Die Erkenntnis brach aus den dunklen Wolken meiner Gedanken hervor wie der grelle Blitz am Himmel. Ich mahlte mit den Kiefern, denn *das* war verflucht noch mal meine eigene Schuld.

Ich stieß die Hand nach vorn. Und noch einmal.

»Fuck, fuck, *fuck*.« Ich schlug immer wieder auf das Lenkrad. Ein Schlag nach dem anderen, bis der Schmerz in mir auf meine Hand überging. Dann hielt ich inne. Starrte auf meine zitternde Hand und ballte sie zusammen. So fest, bis der Schmerz auch den letzten Rest dieses Gefühls in mir betäubte.

Ich beugte mich vor, lehnte die Stirn an das Lenkrad und konzentrierte mich auf meine Atmung. Auf das *Wofür*. Auf den Menschen, für den ich all das über mich ergehen ließ – aus Angst, ihr könnte sonst das Gleiche widerfahren.

Ich tat es für Lexie.

Weil ich es nicht nur ihr schuldig war, sondern auch Mom. Denn sie hatte ich damals nicht beschützen können.

Kapitel 17

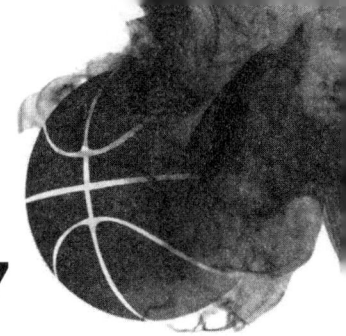

Collin

Mit einem dumpfen Geräusch ließ ich die Tasche auf die Bank fallen und wischte mir kurz darauf über das Gesicht. Die Tage vergingen langsam und jeder einzelne von ihnen war zäh. Langatmig, obwohl ich die ganze Zeit versuchte Luft zu schnappen. Nur gelang es mir nicht.

»Hey, Kumpel.«

Aus dem Augenwinkel bemerkte ich Wren, der die Spielerkabine betrat und grüßend die Hand hob. Ich nickte ihm zu. Er hielt einen Pappbecher, dessen Inhalt er in einem Zug hinunterkippte, und kam neben mir zum Stehen. Er drückte den Becher zusammen und visierte den Mülleimer an. Kurz darauf flog die Pappe im hohen Bogen durch die Kabine. »In letzter Zeit sehe ich dich immer nur beim Training. Was machst du den ganzen Tag?«

Flüchtig spähte ich zu Wren, der seine Tasche abstellte und die Jacke abstreifte. Ich antwortete nicht, sondern zuckte nur mit den Schultern, denn die Wahrheit zu sagen, wäre traurig. Gedankenlos zog ich mir den Pullover über den Kopf und schmiss ihn auf meine Tasche. Dann drehte ich mich zum Spind.

»Alter. Hast du mal in den Spiegel geguckt?«

»In letzter Zeit nicht.« Selbst in meinen Ohren klang ich so, als hätte ich Schmirgelpapier über meine Stimmbänder gerieben. Meine Kehle war staubtrocken. Ich konnte an einer Hand abzählen, wie oft ich in den letzten Tagen gesprochen hatte.

So gut wie gar nicht.

»Willst du so trainieren?«

Wren musterte mich. Instinktiv folgte ich seinem Blick.

Und erstarrte. *Fuck.*

»Im Ernst, Mann. Das sieht schmerzhaft aus.«

Nahezu mechanisch griff ich in den Spind. Krallte die Finger erst fest in das Trikot, ehe ich es so ruckartig vom Bügel riss, dass dieser beinahe zu Boden fiel. Fahrig zog ich mir das Shirt über. Verhüllte meinen Oberkörper und somit auch die verfärbte Haut. Der Bluterguss zog sich einmal quer über meinen Bauch bis zu meiner Seite. Zwar war der Großteil schon verblasst, doch an manchen Stellen hatten sich die Umrisse wie ein Mahnmal festgebissen.

»Es sieht schlimmer aus, als es ist«, hörte ich mich sagen. Mir wurde schlecht von meinen eigenen Worten, denn ihr Gewicht sengte mir ein zusätzliches Brennen auf die Haut. Ich versuchte, mich auf etwas anderes zu konzentrieren. Streifte mir die Schuhe ab und tauschte die Jeans gegen meine Trainingshose.

»Du spielst momentan zwar scheiße, aber dass du *so* scheiße spielst, war mir nicht bewusst.« Wren verschränkte die Arme vor der Brust und musterte die Stelle, als könnte er sie selbst durch das Trikot deutlich sehen.

Ich brauchte einen Moment, um die Worte mit der Bedeutung dahinter zu verknüpfen. Blutergüsse gehörten zum Basketball wie die zwei Körbe auf dem Spielfeld. Nur war *diese* Art von blauen Flecken keinem schweren Sturz geschuldet.

Ich stopfte die Klamotten in die Tasche und warf sie in den Spind. »Kommt davon, wenn man nicht bei der Sache ist.« Besser hätte ich es nicht ausdrücken können, denn nichts davon war gelogen. Mein Vater duldete keinen Fehler. Und die immer näher rückenden Drafts im kommenden Jahr verschärften seine Denkweise. Die Uhr tickte.

Wren lehnte sich mit der Schulter gegen den Spind. »Hat das zufällig etwas mit Malia zu tun?«

166

Der Ruck, der mich beim Klang ihres Namens durchfuhr, zwang mich beinahe in die Knie. Ich taumelte, stieß die Hand zur Seite und stützte mich an der Spindtür ab. Mein Blut gefror, nur um in der nächsten Sekunde wieder zu schmelzen und die neu gewonnene Energie in Adrenalin umzuwandeln.

Ich musste ständig an Malia denken. Immer und überall sah ich nur sie, und jedes verdammte Mal schmerzte es in meiner Brust. Jahrelang war ich davon ausgegangen, dass nichts auch nur annähernd an die Taten meines Vaters und diese unerträgliche Schwere in mir herankommen würde. Doch jetzt war ich mir nicht mehr so sicher, denn Malia hatte mir eine ganz andere Art des Schmerzes gezeigt. Die zerreißende und alles verzehrende Sehnsucht danach, zu leben. *Frei* zu sein, mit allem, was ich hatte.

Mit Malia an meiner Seite hatte ich ein Stück von diesem Gefühl gefunden. Ich hatte endlich wieder atmen können, und von diesen Atemzügen zehrte ich noch heute. Doch ich wusste genauso gut, dass mir ohne sie schon bald die Luft ausgehen würde. Und dieser Zeitpunkt rückte immer näher.

Wren seufzte leise. »Rede mit mir. Oder noch besser, rede mit *ihr*, denn ihr verhaltet euch beide, als wäre die Welt nur schwarzweiß.«

Ich schüttelte kaum merklich den Kopf. Schaffte es nicht, mich aufzurichten, weshalb ich nach meinen Sportschuhen griff. »Farbe ist nur eine Illusion.«

»Nimm es mir nicht übel, aber dafür ist deine Haut ganz schön bunt.«

Ich schnaubte leise. Setzte erst den einen Fuß, dann den anderen auf die Bank und schnürte meine Schuhe. Der Aufprall meiner Sohlen auf dem Boden hallte mir so laut in den Ohren, dass mich eine innere Unruhe erfasste.

Wren beobachtete mich die ganze Zeit. Dann stieß er sich vom Spind ab und streifte sich die Schuhe von den Füßen. »Wenn du dich farblos fühlst, könntest du es zur Abwechslung einfach mit einem farbigen Shirt probieren.«

»So wie du?« Ich deutete mit einem Nicken auf sein schwarzes Oberteil.

»Ich trage Farbe im Herzen.« Wren grinste. Ich hingegen schnaubte. Kurz darauf berührte er mich mit einem Finger an der Schulter. »Und wenn es sein muss, trage ich die Farbe für uns beide.«

Ich zog einen Mundwinkel hoch. Wren hob die Faust und ich schlug dagegen. Genau für diese Einstellung schätzte ich ihn sehr, dennoch wurde mir durch seine Aussage eines bewusst. Auch die stärksten Farben würden nicht ausreichen, um das Dunkle in meinem Leben vollständig zu überdecken.

Kapitel 18

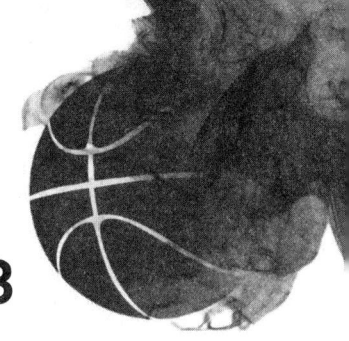

Collin

Ihr Anblick war mir mittlerweile so vertraut, und doch zog sich mein Herz jedes verdammte Mal schmerzhaft zusammen. Selbst auf diese Entfernung übermannte mich die Sehnsucht mit einer Wucht, die mir das Atmen erschwerte. Ich musste *sie* einfach in meiner Nähe wissen. Wollte die innere Ruhe fühlen und ein Stück meiner selbst zurückerlangen. Obwohl der Campus zu dieser Zeit laut und überfüllt war, war es um mich herum verdammt still. *Sie* war die Einzige, die ich in der Menschenmenge wahrnahm.

Zusammen mit Lexie saß sie an einem der Tische auf der Grünfläche. Anders als sonst hatte Malia ihre Haare zu einem Zopf geflochten. Ich hatte noch nicht die Kraft aufbringen können, die Augen von ihr loszureißen und mich abzuwenden. Stattdessen lehnte ich an der Steinfassade der künstlerischen Fakultät, die Hände in die Hosentaschen geschoben.

Ich beobachtete Malia. Wie sie sich die Haare zurückstrich oder auf der Kappe ihres Stiftes kaute, wenn sie nachdachte. Wie sich ihre Nase kräuselte, wenn sie sich unbeobachtet fühlte. Doch war das, was mich am meisten aufwühlte, ihre Haltung. Sie hatte den Kopf gesenkt, als wollte sie von niemandem gesehen werden.

Oder als wollte sie niemanden sehen.

Das Vibrieren meines Smartphones riss mich aus der selbst gewählten Verbannung. Ich zog es mit einem winzigen Funken Hoffnung aus der Tasche, der genauso schnell verdampfte wie ein Tropfen auf heißem Stein. Es war mein Vater.

Ich ließ es ein paar Mal klingeln. Dann drückte ich den Anruf weg. Öffnete stattdessen den Chat mit Malia und starrte auf die Worte, die sie mir in den letzten Tagen geschrieben hatte. Immer wieder. Und wie viele Male zuvor schwebten meine Finger auch jetzt über den Tasten.

Ich tippte in das Textfeld. Fing zu schreiben an, nur um die Sätze im nächsten Moment wieder zu löschen. Ich tippte erneut. Löschte. Tippte und löschte wieder. Ich *wollte* ihr schreiben, doch wusste nicht was, denn es würde sowieso nicht annähernd an das herankommen, was ich ihr zu sagen hatte.

Nach weiteren Sekunden ließ ich es bleiben. Scrollte stattdessen langsam hoch. Bis zu dem Bild, das Malia mir geschickt hatte und von dem ich nicht genug bekam. Das Bild von uns.

Du denkst zu viel.

Worte, die *ich* zu Malia gesagt hatte und die ich selbst nicht verinnerlichen konnte. Denn jetzt war ich derjenige, der in diesem Zwiespalt gefangen war.

Zwischen Kopf und Herz.

Und gerade als ich das Display sperren wollte, wurde mir eine neue Nachricht angezeigt.

(14:45) Malia: Können wir reden?

(14:45) Malia: Bitte.

Ich starrte auf die Nachricht. Simple Worte, doch alles andere als leicht zu schreiben. Und die Antwort darauf würde noch viel schwerer sein. Ich sah auf. Malia hielt das Smartphone immer noch in der Hand. Das Einzige, was mir in diesem Moment bewusst wurde, war, dass sie genauso an mich denken musste wie ich an sie.

Und der Stich, der mir bei dieser Erkenntnis durch die Brust jagte, brachte mich dazu, die Finger auf das Display zu setzen. Ich tippte. Zwei Buchstaben. Jeder einzelne kostete mich Überwindung. *Ja.*

Ein heller Ruf drang an meine Ohren. Ohne die Nachricht abzuschicken, beobachtete ich Malia erneut. Jolie ging auf die beiden zu, und Malia legte das Smartphone zur Seite. Sie lächelte.

Gott, wie ich dieses Lächeln vermisste.

Als könnte Lexie meine Anwesenheit spüren, reagierte sie. Unsere Blicke trafen sich. Beinahe auffordernd zog sie die Brauen in die Höhe, aber ich schüttelte kaum merklich den Kopf.

Langsam steckte ich das Smartphone zurück in die Hosentasche. Machte ein paar Schritte rückwärts und drückte mich dabei in den Schatten des Gebäudes. Ich entfernte mich, bis ich mir sicher sein konnte, dass *sie* mich nicht mehr sehen würde. Erst dann drehte ich mich um und ging.

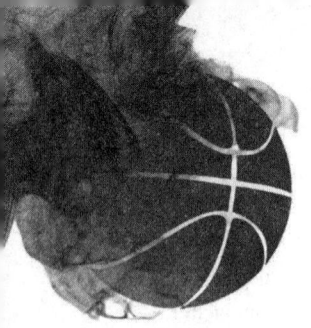

Kapitel 19

Colin

Es war das erste Mal, dass mein Vater vor meiner Wohnung aufgetaucht war. Und ich Idiot war zu überrascht, um auch nur ansatzweise rechtzeitig reagieren zu können. Bevor ich mich versah, drückte mein Vater die Tür auf und rauschte an mir vorbei. Drängte sich in meine Wohnung, den einzigen Ort, an den ich flüchten konnte, wenn mir das Leben mit einem Menschen wie ihm zu viel wurde. Und jetzt nahm er mir mit seinem unerwünschten Besuch den letzten Zufluchtsort.

Die Hand immer noch an der Türklinke, beobachtete ich meinen Vater, wie er alles in Augenschein nahm. Die Wohnzimmerwand, die grauen Polstermöbel und die Kommode dahinter. Dort blieb er vor dem einzigen Bild stehen, das sich in dieser Wohnung befand.

Langsam schloss ich die Tür. Seine Finger glitten am Rahmen entlang, beinahe ehrfürchtig, bis er ihn mit dem Bild nach unten auf die Kommode drückte. Als könnte er allein durch diese Geste die letzten Zeugen aus diesem Raum verbannen.

»Ist das hier nicht unter deiner Würde?«

Ich sah auf. Mit einer Handbewegung schloss mein Vater nicht nur den Raum, sondern alles, was diese Wohnung mir gab, mit ein. »Es reicht mir.«

Meine Antwort tat er mit einem Nicken ab. »Du warst schon immer wie *sie*.« Er drehte den Kopf, seine Braue zuckte.

Schwach.

Und als ich darauf nichts erwiderte, schien ihm genau das die Bestätigung zu sein. Er schnaubte herablassend und schlenderte weiter durch das Wohnzimmer. Ich hingegen presste die Zähne aufeinander, sichtlich um Beherrschung ringend, und ballte die Hände zu Fäusten. »Wenn ich wie sie wäre, wäre ich nicht mehr hier.«

Ich bin alles andere als schwach.

Mein Vater fuhr zu mir herum. Als hätte ich ihn mit diesen Worten an einer Stelle getroffen, die ich schon lange nicht mehr für existent gehalten hatte.

Sein Gewissen.

Er starrte mich an. Doch so schnell die Unsicherheit in seinen Augen aufgeblitzt war, war sie auch wieder verflogen. Stattdessen wirkte er entspannter, als ich es eben noch für möglich gehalten hätte. »Kannst du dir denken, wieso ich hier bin?«

Ich schüttelte den Kopf, fixierte seine Hände. Solange ich sie beobachten konnte, war er weit genug von mir weg.

»Ich habe dich angerufen.«

»Du rufst öfters an.«

»Du hast den Anruf weggedrückt.«

»Das mache *ich* öfters«, murmelte ich.

Langsam schlenderte mein Vater auf mich zu. Blieb so dicht vor mir stehen, dass sich unsere Nasenspitzen beinahe berührten. »In letzter Zeit ein wenig zu oft, findest du nicht?«

Ich machte einen Schritt zur Seite. Weg von der Türklinke und allem, was mir in irgendeiner Art gefährlich werden könnte. »Ich würde dir ja was zu trinken anbieten, aber ich habe nichts da, was dir gerecht werden würde.«

Mein Vater schnaubte. Fasste zu meiner Überraschung an die Klinke und zog die Tür auf. »Mr Williams von den *Sacramento Kings* hat sich gemeldet. Er will dich spielen sehen.«

Mein Vater musterte mich.

Und dann erkannte ich etwas, das ich das letzte Mal an ihm gesehen hatte, als Mom noch bei uns gewesen war.

Stolz.

Ich mahlte mit den Kiefern. Mein Kopf war überfüllt von allem, und trotzdem konnte ich mich auf nichts konzentrieren. Jeder Gedanke war unerträglich laut, keinen einzigen davon konnte ich richtig hören.

Die *Sacramento Kings*. Kalifornien. Vermutlich eine einmalige Chance, so weit von meinem Vater wegzukommen, wie es nur ging. Doch dafür müsste ich meinen Traum vom Coachen endgültig begraben.

Die Arme auf die Knie gestützt, vergrub ich das Gesicht in den Händen. Wischte darüber, in dem Versuch, meine rasenden Gedanken so zur Ruhe zu bringen. Es klappte keineswegs.

Ich senkte die Hände. Starrte stattdessen auf den Tisch. Mehrere Gläser und zwei Wasserflaschen, die beiden Controller und die Fernbedienung. Ein paar Sportzeitschriften, allesamt handelten von Basketball.

Keine Sekunde später schnellte ich nach vorn und fegte alles vom Tisch. Glas krachte gegen die Wand und zerbrach in tausende kleine Splitter, Fernbedienung und Controller knallten auf den Boden.

Kurz darauf erneut nur Stille. Einzig und allein meine schweren Atemzüge waren zu hören, die viel zu schnell in meinen Ohren klangen. Ich stand auf. Stürzte beinahe zum Fenster und riss es auf. Mit dem Oberkörper voran lehnte ich mich hinaus. Ich schnappte nach Luft, doch mit jedem Atemzug drohte ich, mehr an allem zu ersticken. An den Erwartungen, die mein Vater an mich stellte. An den Hoffnungen, die ich mir nicht erlauben durfte. An der Enttäuschung, die unaufhaltsam auf mich zurasen würde.

Verzweifelt krallte ich die Finger an den Fensterrahmen und senkte den Kopf. Ich konnte nicht mehr atmen, denn Sauerstoff allein reichte mir nicht mehr. Es war einfach nicht *genug*. Benommen stolperte ich zurück. Glas knirschte unter meinen Sohlen, und ich stützte mich an der Wand ab. Obwohl ich mich in dieser Wohnung nie gefangen gefühlt hatte, schoben sich die Wände nun geradewegs auf mich zu. Trieben mich in die Enge, so wie mein Vater es jedes verdammte Mal tat. Und mir blieb keine andere Möglichkeit, als das Einzige zu tun, was ich wirklich konnte. Ich stieß mich von der Wand ab und rannte aus der Wohnung.

Denn ich musste endlich wieder *atmen*.

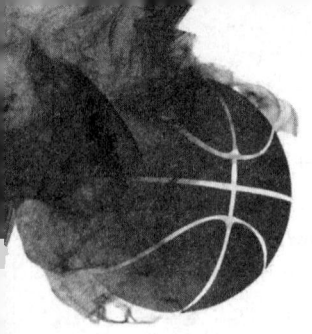

Kapitel 20

Malia

Gedankenverloren strich ich an der Ecke des Einbands entlang. Ich konnte nicht sagen, wie lange ich schon auf dieselbe Seite starrte, ohne auch nur eine einzige Zeile gelesen zu haben. Die Brille, die ich abends zum Lesen brauchte, hatte ich längst abgelegt. Mittlerweile hatte ich es aufgegeben, denn alles, woran ich denken konnte, war *er*.

Ich hätte mich gern bei Collin entschuldigt. Hätte ihm gern gesagt, dass nicht *er* der Grund war, weshalb ich immer davonlief. Bis heute hatte ich ihn kein einziges Mal mehr gesehen, geschweige denn mit ihm geredet. Er mied mich, dessen war ich mir bewusst. Aber wie sehr es *schmerzte*, wie sehr er mir wirklich fehlte, hätte ich nicht ahnen können. Wie ein Puzzlestück, das ich verzweifelt suchte, es aber in der Flut von vielen untergetaucht war.

»Okay. Schluss damit.« Mit diesen Worten ließ Jolie sich auf mein Bett plumpsen und zog ein Bein unter das andere. Ihre goldenen Ohrringe klimperten, genauso wie die Armreifen, die sie zu einem weißen Shirt und einer dunkelgrünen Jeans kombiniert hatte.

»Was meinst du?«, fragte ich in dem schwachen Versuch, vom Offensichtlichen abzulenken, und blätterte zur nächsten Seite.

Im Gegensatz zu Jolie schrie alles an mir nach einem gemütlichen Abend. Meine schwarze Sweatpants saß mir locker auf den Hüften und der cremefarbene Rollkragenpullover war mir viel zu

groß, die Haare hatte ich zu einem unordentlichen Dutt hoch-
gebunden. Meine Füße steckten in dicken Kuschelsocken und
lagen ausgestreckt auf dem Hocker, den ich mir vor den Ohrensessel gezogen hatte.

»Komm schon, Malia. Du weißt genau, was ich meine.«

Ich fixierte einen Punkt auf dem Boden. Natürlich wusste ich
es. Wie könnte ich es auch nicht wissen, wenn meine Gedanken
unaufhörlich darum kreisten?

Ich gab mir die Schuld daran. Dass Collin einfach aus
meinem Leben verschwunden war, genauso schnell, wie er darin
aufgetaucht war. Ich hatte kein Recht gehabt, ihm nachzugehen,
seinen Angelegenheiten wortwörtlich nachzuschleichen. Er hatte
jedoch so verzweifelt gewirkt, dass ich nicht anders gekonnt
hatte.

Mein Verstand hatte mich gewarnt, doch mein Herz hatte nicht
hören wollen. Plötzlich hatte es diesen einen Moment gegeben, in
dem sich die Realität mit Erinnerungen vermischte. Ein Geflecht
aus wirren Momentaufnahmen schaffte, die mein dummes, gebro-
chenes Herz in die Gegenwart projizierte. Auf einmal hatte ich
nur noch Alec gesehen, mit seinem wutverzerrten Gesicht, das
sich wie Säure in meine Netzhaut gebrannt hatte.

»Malia!«

Ich blinzelte, als mich der Klang meines Namens erreichte und
genau zum richtigen Zeitpunkt aus dem Gedankenchaos befreite.
»Hm?«

Mir schien dieser Augenblick wie der kurz vor dem Auf-
wachen. In der einen Sekunde träumte man noch, in der nächsten
fiel man so schnell in das dunkle Nichts, dass man nicht wusste,
was geschah. Und genau diese Sekundenbruchteile, in denen man
zwischen Traum und Realität schwebte, fühlten sich wie eine
Ewigkeit an.

»Nun sag schon.« Das Klimpern von Jolies Armbändern war
wie ein schneidendes Geräusch in der Stille, die sich um uns ausgebreitet hatte.

»Ich weiß nicht —« Bevor ich aussprechen konnte, traf mich etwas unsanft am Kopf. Ich fasste mir an die Schläfe und fuhr entsetzt herum. »Jolie Rae!«

»Komm mir nicht mit ›Ich weiß nicht, was du meinst‹, Süße. Ich meine dich und Collin. Was. Ist. Passiert?«

Erst jetzt wurde mir bewusst, was *gerade* passiert war. Oder was *nicht* passiert war. Jolie hatte etwas nach mir geworfen. Und obwohl ich Minuten zuvor an Alec gedacht hatte, fühlte ich …

»*Nichts.*« Ich beendete meinen Gedanken und spähte auf das Kissen herab, das sogar einen Abdruck meines Gesichts zeigte.

Jolie stöhnte genervt und fing an, auf dem Bett auf und ab zu wippen. »Tu mir das nicht an, Malia. Ich bin die Neugierde in Person und ich schwöre dir, ich werde hier auf deinem Bett platzen, wenn du nicht mit der Sprache rausrückst. Inklusive eines theatralischen Abgangs, von dem du dir wünschen wirst, du hättest ihn nie gesehen!«

Bei ihren Worten presste ich die Lippen aufeinander und zwang mich dazu, keine weitere Regung zu zeigen. »Und wenn ich es darauf ankommen lasse?«

Jolie griff nach dem zweiten Kissen und war schneller bei mir, als ich blinzeln konnte. Schon rauschte das Kissen auf mich nieder. Kurz bevor es mich das nächste Mal traf, hielt ich mir schützend das Buch vor den Kopf. Die Beine angezogen, machte ich mich auf dem Sessel so klein wie möglich. »Jolie!«

»Ich hab dich gewarnt.« Ich hörte das Grinsen in ihrer Stimme. Das Kissen traf erneut.

Ich lachte. »Okay, okay, du hast gewonnen.«

Vorsichtshalber wartete ich einige Sekunden lang, ehe ich das Buch sinken ließ. Jolie pustete sich eine Locke aus dem Gesicht, bevor sich ihr Mund zu einem triumphierenden Grinsen verzog. Doch meine Aufmerksamkeit verweilte nicht lange darauf. Eine einzige Feder hatte sich aus dem Kissen gelöst und schwebte nun in der Luft. Wehmütig verfolgte ich sie in ihrer schwerelosen

Leichtigkeit. Vielleicht würde auch ich mich irgendwann wieder so fühlen.

Vielleicht.

»Malia.«

Ich sah auf. »Hm?«

Von der ausgelassenen Stimmung war nichts übrig und auch von Jolies Grinsen war nichts mehr zu sehen. »Du musst dringend etwas gegen deinen Gesichtsausdruck unternehmen.« Daraufhin verzog ich den Mund. Doch Jolie schüttelte nur langsam den Kopf. »Nicht so.«

Ich lehnte mich zurück, strich mit den Fingern über den Einband. »Wie sonst?«

»Du siehst traurig aus.«

Ich erwiderte nichts.

»Was ist los?«, fragte sie leise.

Ich wusste nicht, ob sie die Frage allgemein meinte oder ob sie sich auf Collin bezog. Aber statt sofort zu antworten, legte ich nur das Buch zur Seite.

Jolie hockte sich langsam hin. »Ich rede zwar unheimlich gern, aber ich kann auch gut zuhören, weißt du?«

Ich wischte einen imaginären Fussel von der Decke. Jolie berührte meine Hand. Und dann nickte ich kaum merklich.

Sie setzte sich auf mein Bett, zog erneut ein Bein unter das andere und klopfte einladend auf die Matratze. Ich schnappte mir das Kissen vom Boden und ließ mich neben sie fallen. Das Kissen auf den Bauch gedrückt, starrte ich an die Decke. Ohne Jolie ein einziges Mal anzusehen, erzählte ich ihr von Collin und den letzten Tagen.

»Und was ist jetzt genau das Problem?«, fragte sie.

»Ich habe mich blöd verhalten.«

»Moment – *du* hast dich blöd verhalten?« Ihre Verwirrung war nahezu greifbar. Langsam nickte ich. Doch statt das Thema auszuweiten, zog sie sich eines der vielen Kissen an die Brust. »Wusstest du, dass Collin vier Stipendien angeboten bekommen hat?«

179

Dankbar über den Themenwechsel und überrascht über diese Information, zog ich die Brauen hoch. »Gleich vier?«

»Vier.« Wie um diese Aussage zu bestätigen, hielt sie vier Finger in die Höhe und wackelte mit ihnen. »Hast du ihn schon spielen sehen?«

Ich schüttelte den Kopf.

Sofort verzog sich ihr Mund zu einem verschmitzten Grinsen. »Das müssen wir ändern.« Sie fischte ihr Smartphone aus der Hosentasche und musterte das Display. »Aber nicht heute. Das war länger als geplant.« Mit diesen Worten rollte sie sich zur Seite und schwang die Beine über die Bettkante. »Ich bin spät dran.«

»Jolie?« Fragend drehte sie sich zu mir. »Danke«, flüsterte ich. »Für alles.«

»Dafür sind Freunde da.« Mit einem Lächeln auf den Lippen griff sie nach meiner Hand und drückte sie. Dann stand sie auf, fuhr sich ein paar Mal durch die wilden Locken und schob die Armbänder wieder auf ihr Handgelenk zurück. »Und jetzt zieh dich an.«

»Ich *bin* angezogen.«

Jolie baute sich am Fußende meines Bettes auf und stemmte die Hände in die Hüfte. »Wir gehen aus.«

»W-was? Wohin?« Ich hatte mich wohl verhört. Blinzelnd deutete ich auf meine Kuschelsocken und wackelte mit den Zehen. »Ich wollte wirklich —«

»Das kannst du später immer noch.« Jolie packte meine Füße und zog mich mit einem Ruck Richtung Bettkante. Vor Schreck quietschte ich auf, griff nach dem nächstbesten Kissen und schmiss es in ihre Richtung.

So war zumindest der Plan. Es klatschte allerdings gegen den Rundbogen, bevor es zu Boden sauste und mich von dort aus verhöhnte.

Jolie beäugte erst das Kissen, dann mich. »Knapp daneben ist auch vorbei.«

Ich schnappte mir das nächste und warf. Dieses Mal verfehlte ich sie nicht nur um Haaresbreite, sondern um ganze Meter, denn ich schleuderte das Kissen nicht einmal annähernd in ihre Richtung, sondern direkt auf eines der Bücherregale.

Jolie zog eine Braue in die Höhe und verschränkte die Arme vor der Brust. »Du bist eine der klügsten Personen, die ich kenne, aber *zielen* zählt definitiv nicht zu deinen Stärken.«

»Erzähl das mal Collin«, murmelte ich in mich hinein.

»Los, raus aus dem Bett.«

»Ich habe wirklich keine Lust.«

»Ein Grund mehr.« Jolie grinste und machte auf dem Absatz kehrt. Dann warf sie mir eine Kusshand zu und verließ mein Zimmer mit einem singenden »Du hast zehn Minuten!«

Egal, wie viel Energie in Jolie steckte, die Türen schloss sie immer leise.

Und jedes einzelne Mal dankte ich ihr stumm. Manchmal fragte ich mich wirklich, ob sie es aus Gewohnheit machte oder ob sie tatsächlich ahnte, dass mich dieses Geräusch an etwas erinnerte, das mir regelrecht die Luft abschnürte. Ich ließ mich auf das Bett zurückfallen und starrte an die Decke. Bisher war ich immer drumherum gekommen, mit Jolie auszugehen, aber anscheinend war diese Schonfrist nun vorbei. Ich spähte aus dem Fenster. Es war bereits dunkel, der Himmel sternenklar und die Äste bewegten sich im Wind.

Ich würde viel lieber zu Hause bleiben.

Dennoch hievte ich mich aus dem Bett und zog eine schwarze, leicht transparente Strumpfhose und einen schwarzen Pullover aus der Kommode, der mir bis zur Mitte der Oberschenkel ging. Meine Haare löste ich aus dem Dutt und kämmte sie schnell mit den Händen durch. Ohne mich noch einmal anzusehen, schlüpfte ich in meine Boots und schnürte sie zu, ehe ich die beiden Kissen zurück auf mein Bett schmiss und mein Zimmer verließ.

Jolie überprüfte gerade ihr Make-up in dem großen Spiegel der Eingangshalle, als ich am Treppenabsatz ankam. Ein Pfiff ertönte, in dessen Richtung ich mich augenblicklich drehte. Ich entdeckte Wren, der es sich auf dem Ledersessel gemütlich gemacht hatte, den Knöchel auf das Knie gebettet. »Entweder habt ihr einen Mädelsabend veranstaltet oder du brauchst ewig lang, um dich fertig zu machen.«

»Wren, hey«, sagte ich überrascht.

Dieser klatschte sich einmal auf den Oberschenkel, bevor er aufstand und auf mich zu kam. »Jolie wollte dich nur *kurz* holen gehen. Aber ›kurz‹ scheint mittlerweile eine neue Bedeutung zu haben.«

»Wren«, zischte Jolie von der Seite. Ich hingegen schnaubte. Dass ich nur fünf Minuten gebraucht hatte, um mich anzuziehen, behielt ich um des Friedens willen für mich.

»Keine Sorge, es hat sich gelohnt.« Wren grinste mich an und zog mich in eine kurze, feste Umarmung. Überrascht quietschte ich auf, weil er mich so plötzlich hochhob, als würde ich nichts wiegen, und ich den Boden unter den Füßen nicht mehr spürte. Aber ich ertappte mich dabei, wie ich lächelte. Ich hatte noch nicht ganz so viel Zeit mit Wren verbracht wie mit den anderen, aber er machte es einem durch seine Art unheimlich leicht, ihn zu mögen.

»Wie lange bist du schon hier?«, fragte ich ihn, nachdem er mich wieder abgesetzt hatte.

»Ein paar Stunden.«

»Ein paar Stunden? Aber Jolie war doch –«

Als könnte Wren meine Gedanken lesen, zog er einen Schlüsselbund aus der Hosentasche.

Verwirrt starrte ich auf seine Hand. »Du hast einen Schlüssel?«

»Ich bin öfter hier, als du denkst.« Wren grinste schelmisch zu Jolie, die sich ihre Lederjacke von der Garderobe schnappte. Irgendwie hatte ich das Gefühl, dass mir gerade ein ganz wichtiges Detail entgangen war.

Jolie zog sich die Jacke über und kam auf uns zu. Als mein Blick erneut zu Wren wanderte und dieser auch noch anfing, mit den Brauen zu wackeln, klappte mir die Kinnlade herunter.

»Was, ihr –« Ich fing an zu stottern und zeigte zwischen den beiden hin und her.

Jolie schlug gegen Wrens Brust. »Hör auf damit, sie denkt noch sonst was.«

»Okay«, sagte ich gedehnt. »Ich bin verwirrt.«

Wren fing zu lachen an und ließ den Schlüssel in der Hosentasche verschwinden. »Ich mache nur Spaß.«

Ich blinzelte ihn an, bis ich kapierte und die Arme vor der Brust verschränkte. »Ah, die Neue auf den Arm nehmen.«

Wren grinste. »Zweideutigkeit steht dir.«

»Amüsier dich ruhig auf meine Kosten.«

»Sorry, aber dein Blick gerade war göttlich.«

»Göttlich, ja?« Ich verkniff mir ein Schmunzeln, während ich Wren musterte. Er hatte die oberen Knöpfe seines hellen Hemdes offen gelassen, sodass sein Shirt darunter hervorguckte. Seine dunkelgraue Jeans hing locker auf seinen Hüften, dazu trug er weiße Sneakers. Die unordentlich gestylten Haare verliehen ihm zusammen mit seinem amüsierten Grinsen etwas Jungenhaftes.

»Ich bin gern hier. Hab Basketball geguckt.« Wren schlenderte zur Tür, die er mit einer leichten Verbeugung aufzog. »Ladies?«

Wie aufs Stichwort hakte Jolie sich bei mir unter und zog mich beinahe durch die Eingangshalle nach draußen, wo uns eine kühle Brise empfing. Ich überlegte noch, ob ich mir eine Jacke überziehen sollte, aber Wren schloss schon die Tür hinter uns und ging an uns vorbei. Jolie hingegen grinste mich von der Seite an und festigte den Griff an meinem Arm, als hätte sie Bedenken, ich könnte jeden Moment wieder hineinrennen.

»Was ist?«, fragte ich.

»Es gibt da noch eine klitzekleine Kleinigkeit, die ich dir sagen muss.« Sie drückte Daumen und Zeigefinger aneinander, doch da lenkte mich der orientalische Duft ab. Ich liebte diese Blumen und in diesem Vorgarten waren sie überall.

Jolie zog mich die Treppe herunter. Dabei drückte sie meinen Arm, weshalb ich sie musterte. Doch statt etwas zu sagen, deutete sie nur nach vorn. Automatisch folgte ich ihrem Blick.

Und mit einem Mal machte mein Herz einen Satz.

Collin lehnte an einem schwarzen Pick-up. Eben noch benommen von dem blumigen Duft, war ich mir augenblicklich nicht mehr sicher, ob es immer noch nur daran lag. Würde Jolie mich nicht mit sich ziehen, wäre ich spätestens jetzt stehen geblieben.

Oder war ich das etwa schon?

»Nun – zwei Mädels, zwei Fahrer. Was für ein Luxus.« Ich hörte die gespielte Überraschung in Jolies Stimme. Erneut drückte sie meinen Arm. Ob als stumme Entschuldigung, mich eiskalt in das offene Messer laufen zu lassen, oder als Aufmunterung, einen Fuß vor den anderen zu setzen, wusste ich nicht. Mit einer wedelnden Handbewegung ging Jolie auf einen weinroten SUV zu, in den Wren gerade einstieg. Ein Blinzeln später verschwanden auch die blonden Locken hinter abgedunkelten Scheiben.

Mein Blick huschte zu Collin. Auch wenn einige Meter zwischen uns lagen, spürte ich selbst aus dieser Entfernung die Wärme in seinen Augen. Eine Weile sahen wir uns einfach nur an. So lange, bis er sich von seinem Wagen abstieß. Und ich? Ich stand immer noch an Ort und Stelle.

Die letzten Tage hatte ich versucht, die Angst von meinen Erinnerungen zu trennen, stattdessen nur mit Wehmut an das Vergangene zurückzudenken, um im *Jetzt* zu leben. Aber es war wie ein Puzzle, das ich nicht richtig zusammenbekam. Das ich nicht fertigstellen konnte, weil mir immer ein Teil fehlte.

Und als Collin vor mir stehen blieb, hatte ich das Gefühl, das fehlende Stück gefunden zu haben.

Kapitel 21

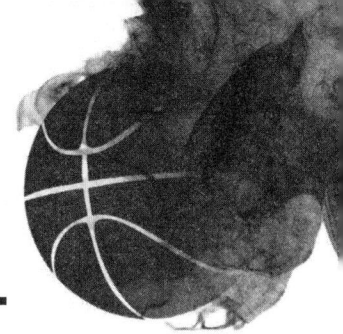

Malia

Worte hatten schon immer mein Leben bestimmt, so lange ich denken konnte und weit darüber hinaus. Doch manchmal gab es Momente, in denen ich den richtigen Ausdruck schlichtweg nicht fand. Das hier war einer von ihnen.

Ich wusste nicht, wieso ich jedes Mal das Gefühl hatte, ich würde Collin zum ersten Mal begegnen. Konnte nicht erklären, warum jedes Mal ein Chaos in mir tobte, wenn ich ihn traf. Ich wusste nur, dass ich es fühlen *wollte*, immer und immer wieder.

Vorsichtig hob er die Hand an mein Gesicht. Hielt inne, fragte stumm um Erlaubnis. Und als ich kaum merklich nickte, streifte er sanft meine Haut. Eine federleichte Berührung mit bedeutsamem Gewicht.

Collin strich über meine Wange, an meinem Hals hinab und berührte eine Strähne meines Haars. Zu beobachten, wie seine Gesichtszüge sich veränderten, wie sie sich entspannten und weicher wurden, ihn zu *sehen*, während er eine einzelne Strähne meines Haars betrachtete, zerriss etwas in mir.

Langsam schob er sie mir hinter das Ohr, verharrte dort mit seiner Hand. Er stand so dicht bei mir, dass ich seinen warmen Atem spüren konnte. Er roch nach Pfefferminz.

Ich wusste nicht, wann sich mein Körper seinem entgegengeneigt hatte. Hatte nicht gemerkt, wann sein Gesicht meinem näher gekommen war. Aber ich spürte das schmerzliche Knistern auf den Lippen, als pulsierten auf ihnen Stromschläge in einem ungleichmäßigen Takt.

Das Eisblau seiner Augen war nicht mehr nur ein intensiver Ton, in dem man endlos versinken konnte. Es war ein tosender Eissturm, aus dem ich nie wieder herausfinden würde.

Ich müsste mich nur auf meine Zehenspitzen stellen und –

Ein Räuspern riss mich aus dieser Trance. Collins Hand rutschte von meinem Gesicht.

Und als ich Schritte hörte, fuhr ich herum. Wren schlenderte an uns vorbei, ohne uns anzusehen, und hielt demonstrativ den Schlüssel in die Höhe.

»Jacke vergessen. Weitermachen.«

Mir klappte die Kinnlade herunter, während ich Wren hinterher und auf den weinroten SUV starrte, der sich anscheinend noch keinen Meter vom Fleck bewegt hatte.

»O Gott«, murmelte ich und vergrub das Gesicht in den Händen.

Keine Sekunde später spürte ich eine warme Berührung an ihnen, die mir ein Kribbeln über die Haut jagte. »Malia.«

Ich lugte zwischen meinen Fingern hervor. »Hm?«

Collin zog mir die Hände sanft vom Gesicht. »Hör auf dich zu verstecken.«

Und sofort erstarrte ich. Er hatte nicht ahnen können, wie sehr ich mir wünschte, seiner Bitte nachzukommen. Alles einfach herauszuschreien und mich meiner Angst zu stellen. Ich versteckte mich. Drei Worte, die mein Leben beschrieben, denn das war es, was ich tat. Mich verstecken. Vor Alec. Vor meiner Angst. Aber allem voran vor *mir selbst*.

Langsam blickte ich zu Collin auf. Für den Bruchteil einer Sekunde huschte eine Anspannung über sein Gesicht, ehe er die Hand von meiner zog. Seine Lippen unsicher zu einer geraden Linie gepresst, trat er einen Schritt zurück und räusperte sich. »Wollen wir?«

Ich schluckte. Plötzlich wollte ich es ihm sagen. Ich *musste* es ihm sagen. Aber ich brachte kein einziges Wort heraus. Stattdessen nickte ich nur und folgte ihm zu seinem Wagen. Stieg ein, ohne ihn anzusehen. Und von der einen Sekunde auf die andere war ich wieder das Mädchen, das alles mit sich selbst ausmachte.

Aber ich wollte nicht mehr dieses Mädchen sein.

Leise Musik ertönte aus den Lautsprechern, während Collin den Wagen auf die Straße lenkte und wir das Wohngebiet verließen. Die Lichter der Straßenlaternen zogen an mir vorbei. Ich vergaß die Zeit. Erst als das Radio verstummte, merkte ich, dass wir auf einem Parkplatz gehalten hatten.

Outback Inn stand auf dem Schild.

»Malia.« Beim Klang meines Namens schloss ich die Augen. Die Stille im Wageninneren war erdrückend. »Bitte, sieh mich an.«

Collin hatte mich schon so oft darum gebeten. Und jedes verdammte Mal war ich dieser Bitte nicht nachgekommen. Auch jetzt tat ich es nicht. Stattdessen kniff ich die Augen weiter zusammen. Meine Hände wurden klamm und die Kehle wurde mir eng bei dem Gedanken, es auszusprechen. Das erste Mal darüber reden zu müssen.

»Es tut mir leid, dass ich —«

Ich riss die Augen auf. »Ich muss dir etwas sagen.«

»Malia, du musst nicht —«

Ich hob die Hand. Formte sie unsicher zur Faust und löste sie wieder, nur um sie dann doch zusammengeballt sinken zu lassen.

»Ich habe es nie jemandem erzählt«, flüsterte ich. »Ich wusste nicht wie.«

Mein Blick huschte zu Collin. Er musterte mich, hatte die Finger in den Oberschenkel gekrallt. Ich schluckte.

Und dann griff ich langsam nach seiner Hand, löste die verkrampften Finger von seiner Jeans und zog sie zu meinem Gesicht. Ließ zu, dass er die Stelle an meiner Schläfe berühren konnte, an der meine Haut glatt und empfindlich war. Mir nicht zugehörig und doch ganz mein.

Mir fehlte der Mut, die Worte auszusprechen. Doch ich konnte es Collin auf eine andere Art und Weise erzählen. Und als ich die Hand von seiner nahm, strich er vorsichtig über die zarte Haut. Ich schwieg, während ich einen Teil von mir offenlegte. Das unsichtbare Band vor meinen Augen mit seinem verwob.

»Du wurdest verletzt.« Seine Stimme war nur ein Flüstern, dennoch hörte ich die vielen Fragen lauter als jemals zuvor.

»Gebrochen trifft es eher«, antwortete ich leise. »Deshalb —« Ich atmete langsam ein und wieder aus. »Deshalb bin ich hier.«

Collin senkte die Hand, die Gesichtszüge augenblicklich verhärtet. »Wer hat dir das angetan?«

»Sein —« Ich schluckte hart. Versuchte, die bleierne Schwere in mir zu lösen. »Sein Name ist Alec.«

Kaum hatten die Worte meine Lippen verlassen, lehnte ich mich in den Sitz zurück. Ich dachte an *ihn*. An die Momente, die mich immer wieder daran erinnerten, was er zerstört hatte.

Was *ich* zerstört hatte.

»Hat er dich —« Collins Kiefer mahlten, so sehr presste er die Zähne aufeinander. Die Hände zu Fäusten geballt, taxierte er mich voller Bitterkeit. »Hat er —«

Sofort schüttelte ich den Kopf. »Er hat mich verletzt, auf jede Art und Weise, die er mir antun konnte. Aber er hat mich nicht angerührt, nicht ... *so*.«

Collin fuhr sich mit einer Hand durch das Gesicht, die andere umklammerte das Lenkrad. Mit einem lauten Zischen stieß er den Atem aus. In diesem Augenblick wirkte er so verletzlich, so gebrochen, dass meine Kehle sich zuschnürte. Dass es *mir* die Luft zum Atmen nahm.

»Malia, das ist ... Fuck.« Das letzte Wort flüsterte er.

»Ich bin okay«, sagte ich eilig.

Er sah mich an. Lange, bis er langsam den Kopf schüttelte.

»Ich bin okay«, wiederholte ich, aber die flimmernden Punkte vor meinen Augen straften mich Lügen. Ich spürte, wie es in mir emporkroch. Wie es sich um mich legte und mich zu erdrücken begann. Ich atmete schneller. So schnell, bis meine Atmung sich verkantete, ich statt Sauerstoff *nichts* bekam.

»Malia …«

Fahrig tastete ich nach dem Griff, und als ich ihn erwischte, drückte ich mich mit aller Kraft gegen die Tür. Sie sprang schwungvoll auf, kam mir auf halbem Weg entgegen und knallte gegen mein Knie. Ich ignorierte den stechenden Schmerz und hievte mich aus dem Wagen. Strauchelte und hielt mich am Türrahmen fest.

Ich ging ein paar Schritte. Zerrte am Saum meines Pullovers und ertastete das weiche Leder an meinem Handgelenk, ehe ich die Arme um mich schlang. Mich selbst hielt, weil der Mensch, der Schuld an diesem erdrückenden Gefühl war, mich nicht halten konnte.

Ich musste mich konzentrieren. Musste …

Mit einem Mal zog mich jemand an seine Brust. Im ersten Moment zu überrascht, um zu reagieren, schmiegte ich mich im nächsten instinktiv an ihn. *Collin.*

Er schlang seine Arme um meinen Körper, hüllte mich in eine schützende Umarmung. Die eine Hand an meinem Rücken, die andere an meinem Kopf, drückte Collin mich an sich, als hätte er es schon tausende Male gemacht. Ich ließ es zu, als wäre es schon tausende Male passiert.

Den Kopf an seine Brust gebettet, hörte ich sein Herz schlagen. Die Nase an sein Shirt gedrückt, sog ich seinen Duft ein. Das Unausgesprochene auf meinen Lippen fühlend, sprach keiner von uns ein Wort.

Ich spürte, wie er kleine Kreise auf meinem Rücken zog. Wie er sanft durch meine Haare strich. Wie sein Kinn einen leichten Druck auf meinen Scheitel ausübte und er uns vorsichtig hin und her wiegte, als würde der Wind unsere Bewegungen lenken.

All das flutete meine Sinne, während er mich wortlos hielt. Vor allem beschützt. Vor nichts bewahrt. Auf einmal war da keine

Angst mehr, die mir die Kehle hinaufkroch. Da war nur Wärme, die mich erfüllte wie die eines Kaminfeuers.

Ich hörte ein leises Schluchzen. Wie von selbst löste ich die Arme von meinem Oberkörper und legte sie an Collins Brust. Spürte die heißen Tränen, die mir die Wangen hinabbrannten.

Ich war es, die weinte. Doch mit jedem Atemzug verblasste das erdrückende Gefühl in mir mehr, bis es zusammen mit den Schatten meiner Erinnerungen verschwand.

Und während Collin mich schützend in seinen Armen hielt, festigte sich der Wunsch in mir. Einfach so wurde aus dem *Vielleicht* ein *Irgendwann*.

Ein leichtes Lächeln legte sich auf meine Lippen.

Ich sollte mich von Collin lösen, aber ich schaffte es nicht. Stattdessen wischte ich mir mit dem Ärmel über das Gesicht, verwischte die restlichen Spuren meiner Angst. Collins weißes Shirt war tränennass.

»Tut mir leid«, murmelte ich und berührte vorsichtig die Stelle seiner Brust. Zum Glück war ich eine Person, die sich kaum schminkte, sonst wäre das Shirt komplett ruiniert.

Ich spürte seine stumme Aufforderung, ihn anzusehen.

Und als ich es nicht tat, lockerte er den Griff. Kurz darauf fanden seine Finger mein Kinn, drückten es zaghaft nach oben. Ließen mir keine Wahl, als in das Eisblau seiner Augen zu sehen.

»Entschuldige dich nicht für das, was du fühlst.«

Während die Bedeutung hinter diesen Worten langsam in mein Herz sickerte, erinnerten mich seine Augen an die Weiten des Meeres. An den Punkt, wo das Meer endete und der Himmel begann.

Ich wusste nicht, warum. Ich wusste nicht, wie. Mein Körper reagierte von selbst, als ich mich auf die Zehenspitzen stellte und die Arme um seinen Hals schlang. Wange an Wange. Haut an Haut. Und sein Geruch wurde so viel intensiver.

Seine Muskeln spannten sich an, bis sie unter meiner Umarmung weicher wurden. Zuerst spürte ich seine Hände an meiner Taille. Dann, wie er seine Nase in meinem Haar vergrub, seine Lippen meinen Hals streiften und mir damit eine Gänsehaut über den Rücken schickten.

Ich rückte näher an ihn heran, er drückte mich fester an sich. Diese Berührung sagte alles, was wir uns nicht zu sagen trauten.

»Danke«, flüsterte ich in sein Ohr.

Collin hielt die Augen geschlossen, während ich mich von ihm löste und langsam zurücktrat. So, wie er es immer tat. Aber es brauchte all meine Willenskraft, um mich umzudrehen und auf die Eingangstür des Gebäudes vor mir zuzugehen.

Das Schild hatte eindeutig schon bessere Zeiten gesehen, aber das Innere der Bar überraschte mit einer modernen Ausstattung. Direkt links vom Eingang befand sich eine Theke aus dunklem Holz, die sich um die Ecke zog. In der Mitte war eine kleine Tanzfläche, auf der sich ein paar Leute zu seichten Beats bewegten, die aus den Lautsprechern dröhnten. Durch die spärliche Beleuchtung und die verteilten Spots hatte der Raum beinahe den Flair einer Diskothek. Zu meiner Erleichterung war es aber nicht annähernd so beengend und überfüllt. Einen Vorteil hatte das dunkle Ambiente jedoch, denn so würde niemand mein tränennasses Gesicht erkennen.

Das Kribbeln in meinem Nacken verriet mir, dass Collin ebenfalls eingetreten war. Seiner Anwesenheit war ich mir überdeutlich bewusst, während wir uns durch die Menge bewegten.

Im hinteren Teil erkannte ich den blonden Lockenkopf. Jolie nippte gerade an einem Drink, als mir jemand fast auf die Füße trat. Abrupt blieb ich stehen. Beobachtete perplex den Typen, der zu dem Song aus den Boxen tanzte und ihn vielleicht ein bisschen zu sehr fühlte. Er fuchtelte wild mit den Armen und zuckte mit den Beinen wirr über die kleine Tanzfläche.

Mir entging nicht, dass Collin dicht hinter mir stehen geblieben war und die Hände an meine Arme gelegt hatte.

Als besagter Jemand vor mir weiter über die Tanzfläche zuckte, tauchte Jolie wieder in meinem Sichtfeld auf. Die Beine übereinandergeschlagen und die Arme vor der Brust verschränkt, blickte sie wissend in unsere Richtung. Ihre Braue schoss wie ein Pfeil in die Höhe und wie eine Warnung direkt auf mich zu. Sie würde mich später mit Fragen löchern.

Und dann traf mich die Erkenntnis so plötzlich, wie der Typ eben noch vor mir aufgetaucht war.

Wenn Wren uns vorhin beobachtet hatte, musste Jolie es auch getan haben. Bei dem Gedanken wurde mir abwechselnd heiß und kalt. Schnell drängte ich ihn in die hinterste Schublade meiner Gedanken und stieß sie mit dem Fuß zu.

Zu meiner Erleichterung sagte Jolie nichts, als wir den Tisch erreichten. Stattdessen rückte sie wortlos auf. Im Gegensatz zum Eingangsbereich befanden sich die halbkreisförmigen Sitznischen auf Höhe eines Stehtisches und machten es mir nicht ganz so einfach, mich einigermaßen elegant zu setzen. Kaum hatte ich es zu ihr auf die Polster geschafft, neigte Jolie den Kopf in meine Richtung. »Schauspielerin solltest du übrigens auch nicht werden.«

Von der Seite vernahm ich ihr Grinsen. Ich hingegen presste die Lippen aufeinander, in dem Versuch, meines zu unterdrücken. Der Röte auf meinen Wangen war ich mir viel zu deutlich bewusst.

Ich musterte jeden am Tisch. Lexie sprach mit Gavin. Wren hingegen tippte auf seinem Smartphone herum und schien sich nicht weiter beirren zu lassen. In der gesamten Bar saßen beinahe ausschließlich Menschen in unserem Alter.

»Ist das eine Studentenbar?«, fragte ich in die Runde.

Collin, der sich einen Hocker unter dem Tisch hervorgezogen hatte, nickte. »Kann man so sagen. Hat sich aber erst ergeben.«

»Seitdem Benji die Bar übernommen hat«, fügte Wren hinzu und legte das Smartphone auf den Tisch.

»Benji?«

Wren deutete hinter sich in Richtung Theke. »Der Wikinger da drüben. Ist erst vor ein paar Monaten von der Westküste hergezogen.«

Jolie stützte den Ellbogen auf den Tisch, das Kinn in die Hand. »Der *heiße* Wikinger.«

Ich folgte ihrem Blick und blieb an einem großen, blonden Mann hängen, der direkt der Serie *Vikings* entsprungen sein könnte. Er trug einen Irokesen mit Vollbart, hatte markante Züge und tätowierte Arme.

Ich nickte. »Sieht aus wie Ragnar Lodbrok.«

Wren zwinkerte mir zu. »Pluspunkt für dich.«

»Keine Ahnung, wer das ist. Aber er ist *heiß*«, kam es von Jolie.

Wren zog eine Braue nach oben und wandte sich Jolie zu. »Und *du* wirst gleich von diesem Tisch verbannt.«

»Wieso?«, fragte sie entsetzt.

Er lehnte sich vor. »*Vikings* zu kennen, meine Liebe, ist Gesetz.«

Während die beiden in eine Diskussion darüber verfielen, welche Serien zum Allgemeinwissen gehörten, spürte ich Collins Blick auf mir. Selbst in der abgedunkelten Bar leuchteten seine Augen in Kombination mit dem Weiß seines Shirts. Er betrachtete mich mit solch einer Intensität, dass mir erneut Hitze auf die Wangen schoss.

Ich war mir mehr als sicher, dass er eben das Gleiche gefühlt haben musste. Irgendwann würde ich ihn noch einmal fragen, warum er sich von mir ferngehalten hatte. Heute wollte ich es gut sein lassen. Ich war einfach nur dankbar, dass er endlich wieder bei uns war. Bei *mir*.

»Oh, ich liebe das Lied!« Jolie saß auf einmal kerzengerade neben mir. Ihre Locken wirbelten um ihren Kopf herum, und sie lächelte mich aufgeregt an. »Komm, wir gehen tanzen.«

»Tanzen?«

Statt etwas zu erwidern, rutschte sie aus der Nische heraus und zog mich mit. Hilflos blickte ich zu Collin, doch er hob nur die Schultern, die Lippen von Grübchen umrahmt.

Unsere Freunde hatten heute das perfekte Timing.

Freunde. Ich ertappte mich dabei, wie ich lächelte. Jolie, Lexie,

Wren. Und Collin. Sie alle waren mir in dieser kurzen Zeit so sehr ans Herz gewachsen, dass mir ein Leben ohne sie mittlerweile unvorstellbar schien.

Auf der Tanzfläche angekommen, drehte Jolie mich in einer fließenden Bewegung ein. Meine Hand ließ sie nicht los, während sie anfing sich zu bewegen. Ihr hohes Lachen war selbst über den dröhnenden Bass hinweg zu hören, der in den letzten Sekunden lauter geworden war und an Schnelligkeit gewonnen hatte.

Während mein Blick immer wieder durch die Menge huschte, zog Jolie mich weiter zu sich heran. »Nicht denken, Spaß haben!«

Sie nickte aufmunternd, begann plötzlich zu hüpfen. Ich beobachtete, wie sie alles herausließ, was sie fühlte. Wie sie ausgelassen tanzte.

Und dann ließ auch ich los, fing an mich hin und her zu wiegen. Mein Körper bewegte sich zum Rhythmus der Musik. Mit jedem Takt warf ich die Schwere von mir ab. Ich dachte an die einzelne Feder, wie sie durch die Luft schwebte und die Schwerelosigkeit genoss.

Und plötzlich merkte ich, wie es leichter wurde. Meine Mundwinkel hoben sich, formten sich zu einem Lächeln. Ich wollte im *Jetzt* leben.

Nun erlaubte ich es mir endlich.

Ein sanftes Prickeln tauchte meine Haut in ein Meer aus Empfindungen, zog sich wie eine lodernde Spur über sie, ohne mich zu verbrennen. Die Augen hatte ich geschlossen. Dennoch wusste ich, dass Collin ganz in meiner Nähe war. Eine Sekunde später spürte ich zwei Hände, die zaghaft an meinen Armen hinabwanderten, an meiner Taille verharrten. Mit einer geübten Bewegung drehten sie mich um.

Collin zog mich an sich. Die Hände immer noch an meinen Hüften, überließ er mir die Führung. Wir waren uns nah. *So* nah. Er blickte aus gesenkten Lidern zu mir hinab. Ich sah zu ihm hinauf. Er bewegte sich mit mir, als wäre es schon immer so gewesen. Ich bewegte mich mit ihm, als hätten wir schon tausende Male miteinander getanzt.

Und als ich mich in seinen Augen verlor, wurde mir eines schlagartig klar.

Es gab Momente in meinem Leben, in denen Worte, so sehr ich sie auch liebte, überflüssig waren. Momente, in denen Blicke mehr sagten als Tausende von Worten.

In Collins Gesicht war kein Lächeln, das seine Lippen zierte. Kein Grinsen, das seine Grübchen betonte. Da war nur sein Blick, voll von Gefühlen.

Und mit diesen Gefühlen wollte ich mein Leben füllen.

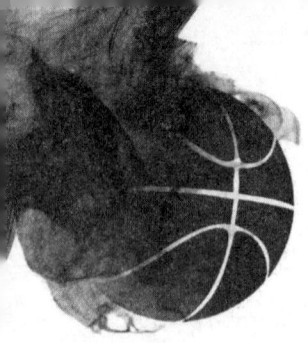

Kapitel 22

Collin

»Du und Malia, hm?« Wren zog sich sein Trikot über den Kopf und musterte mich abwartend, während ich gerade meine Schuhe schnürte. Allein beim Klang ihres Namens schlich sich ein Lächeln auf meine Lippen und ich war mir sicher, dass Wren das nicht entging. »Ich hab euch auf der Tanzfläche beobachtet. Das war purer Sex.« Wren gab einen leisen Pfiff von sich und schüttelte die Hand aus, als hätte er sich verbrannt.

Ich runzelte die Stirn. »Wir haben nur getanzt.«

»Das war nicht nur ein Tanz mit irgendeinem Mädchen.« Wren schnaubte, ehe er mit gedämpfter Stimme weiter sprach. »Ich hab schon vom Zusehen beinahe einen Orgasmus bekommen.«

Noch bevor ich etwas erwidern konnte, klopfte Wren mir wortlos auf die Schulter. Dass nicht das der Moment war, an den ich ständig zurückdenken musste, behielt ich für mich. Meine Gedanken schweiften vielmehr zu dem ab, in dem Malia aus meinem Wagen geflüchtet war. Das Bild, wie sie die Arme um sich geschlungen und sich selbst zu halten versucht hatte, brach mein Herz noch immer. Sie hatte genauso ängstlich gewirkt wie an dem Tag neben der Halle.

Und ich Idiot hatte sie allein gelassen. Ohne ein Wort und eine Erklärung. Das würde mir nie wieder in den Sinn kommen. Nicht noch einmal.

»Collin.« Beim Klang meines Namens schloss ich die Lider. Der herrische Unterton dieser Stimme war unverkennbar. Mein

Vater schien mich bereits mit seinem Blick zu durchbohren, denn meine Haut fing auf der Stelle zu brennen an. »John Williams ist hier.«

»Du hast hier nichts zu suchen«, sagte ich tonlos.

Die Miene meines Vaters blieb unverändert. »Wirf den Ball in den Korb. Keine Pässe, sondern Punkte.«

»Ich mache keine Alleingänge.« Ich stopfte meine Tasche in den Spind und stieß die Tür lauter zu, als ich musste.

Mein Vater durchquerte mit langen Schritten den Raum. Noch bevor er bei mir war, erreichte mich der Geruch seines teuren Eau de Cologne, mit dem er eine Spur von Macht in der ganzen Spielerkabine hinterließ. »Er ist wegen *dir* hier.«

»Es heißt *Team*.«

Vater schnaubte verachtend. »Du bist besser als jeder einzelne von *denen*.«

»Ich *bin* einer von ihnen.« Ich rieb mir über die Stirn. Er würde den Sinn hinter einem Mannschaftssport nie verstehen.

Mein Vater trat näher an mich heran. So dicht, dass ich die tiefen Furchen seiner Zornesfalte erkannte. »Ich bezahle eine Menge Geld, damit *du* etwas erreichst. Also schwing deinen Arsch auf das Spielfeld und wirf den Ball in den Korb.«

Hinter mir wurde eine Spindtür zugeschlagen. Wren räusperte sich. »Mr Donovan.«

Mein Vater richtete sich zu seiner vollen Größe auf. Er rückte erst seinen Anzug, dann seine Krawatte zurecht.

»Montgomery. Immer noch hier.« Der herablassende Tonfall machte deutlich, wie er zu meinem besten Freund stand. Vater würdigte ihn keines Blickes, sondern fixierte mich. »Ich erwarte Bestleistung.«

Erst als er sich zum Gehen wandte, presste ich die Zähne aufeinander. In einem lauten Zischen entwich mir die Luft und mit ihr auch etwas von der Anspannung, die sich in den letzten Minuten in mir aufgebaut hatte. Wren blieb neben mir stehen, eine unausgesprochene Frage zwischen uns. *Bereit?*

197

Ich nickte einmal. *Immer.*

Schon vor der Halle empfingen uns Jubel und tosender Applaus. Das laute Stampfen, das Klatschen und die Rufe vermischten sich zu einem eigenen Rhythmus, während wir das Spielfeld betraten. Ein flüchtiger Blick zur Tribüne zeigte, dass der Großteil der Zuschauer ein Shirt der *Violet Hill Edens* trug und nur wenige eines der *Burcreek University*, unseres heutigen Gegners.

Beide Mannschaften versammelten sich am Spielfeldrand. Die Köpfe zusammengesteckt, lauschten wir Coach Westfield. Er gab uns letzte Anweisungen, ehe wir mit einem lauten *Edens* auseinanderstoben und unsere Positionen einnahmen. Am Rand des Spielfelds registrierte ich zwei Männer. Mein Vater hatte sich dort mit verschränkten Armen aufgebaut, ein schlaksiger Mann neben ihm.

Beider Aufmerksamkeit lag auf mir.

Der Pfiff erklang, der Ball flog in die Höhe. Gavin spielte ihn aus der Luft in unsere Hälfte, aber *Burcreek* war schnell. Ein Spieler machte sich gerade von Jake frei, nur um dann auf den Korb loszupreschen.

Blaine, unser Center und zugegebenermaßen einer unserer besten Spieler, hatte sich bereits mit dem Rücken unter dem Korb positioniert. Der gegnerische Spieler stürmte auf ihn zu und setzte zum direkten Wurf an. Rebounding von Blaine, er warf den Ball in einem hohen Bogen aus der Zone. Obwohl Gavin bereits von zwei Gegnern umzingelt war, schaffte er es, den Pass anzunehmen, spielte aber sofort ab zu Wren.

Meine Finger begannen zu kribbeln. Spürten, wie das Adrenalin durch meine Adern pumpte, während ich Wrens Bewegungen verfolgte. Auf das Zeichen wartete, kurz bevor er abspielen würde. Er war bereits an der Seitenlinie angekommen, der gegnerische Center bereit zur Abwehr.

Und da war es.

Wren sprang, verlagerte seinen Schwerpunkt in der Wurfbewegung nach hinten und setzte zu einem Fadeaway an. Der Ball flog zu mir zurück. Ich nahm an. Dribbelte los und wich jedem gegnerischen Versuch aus, mir den Ball abzunehmen.

An der Drei-Punkte-Linie fokussierte mich der Gegenspieler, die Arme zur Abwehr angehoben. Und als ich Gavin vor meinem geistigen Auge grinsen sah, wusste ich, was ich zu tun hatte.

Ein Duell war immer mit einer Vielzahl von Entscheidungen verbunden. Ein Für und Wider, das man abwägen musste. Manchmal führte etwas kurzfristig zum Erfolg, manchmal sogar dauerhaft.

Ich beobachtete meinen Gegner. Dribbelte den Ball vor ihm hin und her. Der Typ benetzte seine Lippen und fixierte mich. Während sein Blick zwischen meinen Augen, meinen Händen und dem Ball hin und her zuckte, lag meiner allein auf seinem Gesicht. Die feinen Linien auf seiner Stirn, die Schweißperlen auf seiner Haut, die mir verrieten, dass er kurz davor war. Kurz davor, sich zu entscheiden.

Aber es gab immer einen Punkt, an dem die Entschlossenheit einen Riss bekam, man sein eigentliches Vorhaben verwarf. In den Augen des Typs blitzte es auf. Auf meine Lippen schlich sich ein Grinsen. Er trat einen Schritt zurück.

Und genau das war sein Fehler.

Sofort tat ich es ihm gleich, brachte die nötige Distanz zwischen uns. Dann fixierte ich den Korb und setzte zum Sprung an. Ich warf den Ball in einem runden Bogen ab, die Muskeln zum Zerreißen gespannt.

Und während er seine Bahn flog, war die Luft elektrisch geladen.

In diesen Sekunden, wenn alle gebannt die Linie des Wurfs verfolgten, hatte ich das Gefühl, als würde die Zeit für einen Moment stillstehen. Einzig und allein mein Herzschlag, der unaufhaltsam gegen meine Brust hämmerte, pochte in meinen Ohren.

Dann landete der Ball im Korb.

Tosender Lärm brach um uns herum aus. Ein ohrenbetäubendes Geräusch, an dem ich alles liebte und das es mir schwer machte, das Verworrene an meiner Situation zu verabscheuen. Ich drehte mich herum. Bemerkte den Anflug eines Lächelns auf den Lippen meines Vaters. Registrierte die Siegerfaust des Coaches.

Und dann sah ich *sie.*

Auf der Tribüne, zwischen Jolie und Lexie, die aufgesprungen waren und jubelten, erkannte ich ihr Lächeln. Malia klatschte in die Hände und riss den Arm in die Höhe, als unsere Blicke sich trafen. Am liebsten würde ich zu ihr hinaufrennen. Sie wieder in meine Arme ziehen und sie einfach küssen.

Während die Menge um uns tobte, mein Team einer nach dem anderen an mir riss, war sie die Einzige, die ich wahrnahm. Und mit ihr nur einen Gedanken.

Wann hatte ich mich in Malia verliebt?

»Nichts Ernstes, hm?«

Ertappt sah ich zu Wren, der mich von der Seite angrinste. Er hielt mir die Faust hin, gegen die ich stieß. Wie von selbst wanderte mein Blick zurück zu Malia. Allein ihre Anwesenheit spornte mich an, zu spielen, als wäre der Teufel höchstpersönlich hinter mir her. Also spielte ich das Spiel meines Lebens. Machte einen Punkt nach dem anderen.

Und alle Punkte machte ich für sie.

Als der Pfiff des Schiedsrichters durch die Halle schrillte, das Spiel für beendet erklärte, war die Menge auf der Tribüne nicht mehr zu halten. Als hätten wir eine Meisterschaft gewonnen, stürmte das gesamte Team das Spielfeld. Wren sprang von der Seite auf mich zu, wuschelte mir durch das Haar. Jake und Gavin drückten meine Schulter.

Hier stand ich nun. Auf einem überfüllten Spielfeld, mitten in meiner letzten Saison. Und obwohl sich alles nach einem Ende anfühlen sollte, fühlte es sich vielmehr nach einem Anfang an.

»Ich sag es ungern, aber du warst super.«

Eine kleine Faust traf mich in die Seite. Lexie grinste mich an, weshalb ich vorschnellte und versuchte, ihr durch die Haare zu wuscheln. Sie wich zurück, ging in die Knie und hob die Hände verteidigend an. Sofort tat ich es ihr gleich, als sie auch schon gegen meine Handfläche boxte.

»Kickboxer-Vibes.« Wren starrte Lexie überrascht an. Ihre Aufmerksamkeit verlagerte sich auf ihn. Immer noch in Abwehrhaltung, fing sie an vor und zurück zu federn.

»Kostprobe gefällig?«, fragte sie ihn angriffslustig.

Wren hob eine Braue. »Das traust du dich nicht.«

Ich könnte schwören, dass Lexie für den Bruchteil einer Sekunde zögerte. Plötzlich rotierte sie so schnell und hob das Bein zum Kick, dass mir die Kinnlade hinunterfiel. Wren reagierte genauso flink und hielt sie am Knöchel fest, kurz bevor sie ihn in die Seite treffen konnte. Wir starrten meine Schwester an, die sich erst aus Wrens Griff befreite und anschließend das Kinn reckte.

Wann zum Teufel war *das* denn passiert?

»Leute, wir sind hier beim Basketball und nicht beim Judo«, ertönte es hinter mir. Jolie kam auf uns zu, zusammen mit Malia, die sich bei dem Wort *Judo* die Hand vor den Mund schob. Auch ich konnte mir das Grinsen nicht verkneifen.

Das schien Wren aus seiner Starre zu befreien. Nach einem weiteren Blinzeln drehte er sich zu Jolie und nahm sie prompt in den Schwitzkasten. »Ich geb dir gleich *Judo*.«

»Iiieh, geh weg. Du bist verschwitzt.« Jolie kreischte und wand sich aus seinem Griff.

»Bin dann mal weg«, murmelte Lexie und schob im Vorbeigehen die Hände in ihre Taschen.

»Hey, warte, wir wollen doch —« Jolies Kreischen war beinahe so hoch wie die Pfeife des Schiedsrichters. Wren hatte Jolie über die Schulter geworfen. »Lass mich gefälligst runter!«

Aber er marschierte schon mit Jolie auf dem Arm zur Tür. Blonde Locken wippten im Takt seines Gangs, während sie unaufhörlich gegen seinen Rücken trommelte.

Mein Blick fiel auf Malia, die das ganze Spektakel stumm beobachtet hatte.

»Du bist hier.«

Die Lippen schmunzelnd aufeinandergepresst, beobachtete sie unsere Freunde, die gerade aus der Halle verschwanden. »Man hat mir gesagt, ich solle mir das nicht entgehen lassen.«

Meine Brauen zuckten. »Hat man das?«

»Du warst wirklich klasse.«

»Wenn ich mich jetzt bedanke, wäre das komisch.«

Malia lächelte leicht. Diese Bewegung lenkte meine Aufmerksamkeit auf ihren Mund. Auf die sinnlichen Lippen, die selbst in dem grellen Licht dieser Halle warm schimmerten.

»Hast du später noch Zeit?«, hörte ich mich fragen.

Eine zarte Röte schlich sich auf Malias Wangen. Doch ihr Strahlen war es, das mich von der einen Sekunde zur nächsten vollständig entwaffnete. Ich hätte sie ewig so ansehen können, aber selbst dann wäre es nicht genug gewesen.

Zusammen mit Wren verließ ich die Spielerkabine, die Sporttasche über der Schulter. Schon den Flur suchte ich nach Malia ab, aber statt ihr vertrautes Gesicht zu entdecken, blieb mein Blick an dem Mann von vorhin hängen. Er unterhielt sich mit Coach Westfield. Beinahe in derselben Sekunde schüttelte er dem Coach die Hand, ehe er an ihm vorbei und direkt auf mich zu ging.

»Mr Donovan?«

»Ja, Sir?«

Ich blieb stehen, während Wren sich weiter von uns entfernte. Der Anzugträger hielt mir die Hand hin. »Mein Name ist John Williams. Ich arbeite als Talentsucher für die *Sacramento Kings*.«

Ich ergriff seine Hand. »Freut mich, Sie kennenzulernen, Mr Williams.«

»Das Spiel war klasse. Das, was Sie heute gezeigt haben, ist sehr vielversprechend. Sie haben ein außergewöhnliches Talent, Mr Donovan.«

»Danke, Sir.«

»Haben Sie schon Pläne für die Zukunft?«

Als ich nicht antwortete, räusperte sich Mr Williams und zog etwas aus seinem Sakko. »Wenn Ihre Saison so weiterläuft, würde ich mich freuen, Sie zu uns einladen zu dürfen.«

Damit hielt er mir eine Visitenkarte hin.

»Vielen Dank, Mr Williams. Ich weiß Ihr Angebot und Ihr Vertrauen sehr zu schätzen.« Mechanisch hob ich die Hand, um die Karte entgegenzunehmen. Doch auf einmal stellte sich die Silhouette meines Vaters hinter Mr Williams scharf. Ein vielsagender Blick, der besagte, ich dürfe mir keinen Fehler erlauben. Mein Vater lächelte.

Und dieses Lächeln strotzte vor Stolz.

Das hier war *die* Chance. Allerdings war es eine, auf die *mein Vater* hingearbeitet hatte und nicht ich. Weil es sein Traum war. Genau das war es. *Sein* Traum, nicht meiner.

Denn ich wollte nichts, rein gar nichts davon.

Ich ließ die Hand sinken und konzentrierte mich wieder auf Mr Williams. »Ich kann Ihr Angebot nicht annehmen, Sir.«

Dieser sah mich sekundenlang an, ehe er meine Antwort mit einem langsamen Nicken akzeptierte. »Sehr schade, Mr Donovan.«

»Darf ich Ihnen vielleicht jemand anderen vorstellen?« Ohne seine Reaktion abzuwarten, drehte ich mich zu Wren und winkte ihn heran. Im einen Moment noch grinsend, wurde er im nächsten kreidebleich und kam erst nach kurzem Zögern auf uns zu.

Mr Williams hielt ihm die Hand hin. »Mr Montgomery, richtig?«

Ich lächelte in mich hinein. Wenn er Wren bereits beim Namen kannte, stand dieser ebenfalls auf seiner Liste. Ich nickte beiden zu und ging, ohne zurückzusehen. Im Gehen zog ich das Smartphone aus der Tasche. Keine Nachrichten.

»Collin!«

Ich warf einen Blick über die Schulter. Mein Vater kam mit langen Schritten hinter mir her. Ich musste ihn nicht fragen, um zu wissen, was er wollte. Aber ich war es leid. Ich war es leid, mich für all meine Entscheidungen rechtfertigen zu müssen. Denn die Konsequenzen dafür würde ich früher oder später sowieso zu spüren bekommen. Wortlos zog ich die Tür auf und trat an die frische Luft.

»Verdammt, wo willst du hin?«, hörte ich ihn schnaufen.

Ein dumpfes Geräusch, gefolgt von einem Fluchen, brachte mich dazu, doch innezuhalten. Er stolperte regelrecht aus der Tür heraus und rieb sich die Schulter.

»Nach Hause.« Zu überrascht darüber, wie mein Vater um Fassung ringend hinter mir her strauchelte, wandte ich mich wieder von ihm ab.

Doch er riss mich sofort am Arm herum. »Du gehst da jetzt wieder rein.«

»Das werde ich nicht.« In einer schnellen Bewegung befreite ich mich aus seiner Umklammerung. Doch er bekam den Stoff meiner Jacke erneut zu fassen.

»Bleib gefälligst hier!«

Ich ließ die Sporttasche fallen. Packte mit der freien Hand sein Handgelenk. Langsam drückte ich zu und zog seine Hand von meinem Arm.

»Nein.« Vier unscheinbare Buchstaben, geformt zu einem unscheinbaren Wort. Aber die Wirkung, die Bedeutung dahinter, war enorm.

Mein Vater funkelte mich an. »Willst du mich verarschen?«

»Keineswegs.«

Er sah aus, als wäre ich dieses Mal derjenige gewesen, der ihn geschlagen hätte. Ich geriet ins Stocken. Bis zu diesem Moment war ich mir noch nicht einmal sicher gewesen, ob mein Vater überhaupt dazu in der Lage war, irgendeine andere Gefühlsregung zuzulassen als seine aalglatte Maske, die er nur abnahm, wenn wir allein waren. Bis sich seine Miene auf einmal erhellte.

»Heißt das, du hast das Angebot?«

»Ich —«

»Was hat er gesagt?«

Ich beobachtete Vater, wie er sich mit beiden Händen durch die Haare fuhr, vor mir auf und ab tigerte. Auf eine skurrile Weise fasziniert davon, eine vollkommen andere Seite von ihm zu sehen, schob ich die Hände in die Hosentaschen. »Mr Williams hat mir ein Probespiel bei den Kings in Aussicht gestellt.«

»Das ist … Nicht das, was ich erhofft hatte, aber gut …« Die Stimme meines Vaters wurde immer leiser. Und für einen Sekundenbruchteil dachte ich wirklich, ihn zu erkennen.

Meinen *Dad*.

Der, der glücklich gewesen war. Genau *ihn* wünschte ich mir seit Jahren zurück. Und jetzt war ich derjenige, der seinen *Dad* von sich stoßen würde, kaum dass ich ihn zu Gesicht bekommen hatte. In dem Wissen, diese Seite von ihm auf unbestimmte Zeit nicht noch einmal, vielleicht *nie wieder* zu sehen, schluckte ich. Sog den Anblick, dieses Gefühl in mich auf.

Mein Vater zog an seinen Manschetten. »Auf diese Chance haben wir hingearbeitet. Jetzt musst du nur noch —«

»Ich habe abgelehnt.«

»Natürlich hast du —« Er fuhr zu mir herum. Nur langsam ließ er die Arme sinken. Dann erstarrte er, die Haare wirr in alle Richtungen abstehend. »Du hast was?«

»Ich habe abgelehnt«, wiederholte ich meine Worte.

»Du hast —« Mehrere Sekunden vergingen, ehe er laut auflachte und zwei Schritte zur Seite machte. »D-das ist nicht dein Ernst.« Erneut starrte mein Vater mich an. Mit jeder Sekunde, die verstrich, ohne dass ich etwas sagte, entgleisten ihm die Gesichtszüge mehr. »Das hast du nicht getan.«

Alle Muskeln in mir waren angespannt. Dennoch ermahnte ich mich dazu, keine Regung zu zeigen. Als würde ihm langsam bewusst werden, dass ich nicht spaßte, raufte mein Vater sich erneut die Haare. Zerrte am Kragen seines Hemdes und lockerte die Krawatte. Plötzlich fuhr er herum, die Augen zu schmalen Schlitzen zusammengekniffen.

»Was hatte Montgomery bei ihm zu suchen?« Seine Frage war mehr ein Zischen, unterstrichen vom raschelnden Laub, das der Wind vor meine Füße schob.

Ich erwiderte nichts. Presste die Zähne so sehr aufeinander, dass es schmerzte. Stille breitete sich um uns herum aus.

Und mit dieser Lautlosigkeit entzündete sich die Wut. »Das war *deine* Chance, Collin! *Deine*!«

Ich griff nach meiner Sporttasche und warf sie mir über die Schulter. »Wren hat es verdient.«

Damit wandte ich mich zum Gehen.

»Er … verdient?« Vaters Stimme wurde lauter, meine Schritte immer schneller. Mit einem Mal wurde ich zurückgerissen. Er packte mich am Kragen, seine Augen so nah vor meinen, dass ich zurückzuckte. »Ich habe alle Kontakte spielen lassen, um Mr Williams heute Abend zu diesem Spiel zu holen. Für *dich*. Und du gibst dein beschissenes Angebot *Montgomery*?«

»Ja, er —«

Mit einem Mal stieß mein Vater mich gegen die Wand. Dabei bohrte sich mir meine Sporttasche in den Rücken. Als der Druck für den Bruchteil einer Sekunde verschwand, reagierte ich instinktiv.

Ich ließ die Tasche fallen, ehe mein Rücken erneut gegen die Wand prallte.

»Hast du vollkommen den Verstand verloren?«

»Es war richtig«, presste ich hervor. Ein weiterer Ruck durchfuhr mich, als mein Vater mich mit seinem Körper gegen die kühle Steinwand drückte.

»Niemand aus diesem Loch hat es verdient!« Die Worte waren eine Mischung aus Brüllen und Zischen. Sein Gesicht hatte keinerlei Ähnlichkeit mehr mit dem Ausdruck von vorhin. Keine

Ähnlichkeit mehr mit meinem Dad. Er bleckte die Zähne, hochrot angelaufen, die Ader an seinem Hals pochte sichtbar.

Das hier war nicht mein Vater, sondern ein Fremder. Ein Fremder, der mich zu etwas machen wollte, das ich nicht war.

Schritte hallten auf dem gepflasterten Steinboden wider. Mein Vater presste die Zähne aufeinander, sichtlich um Beherrschung ringend, und ließ von mir ab.

Ich stieß den angehaltenen Atem aus. Kaum dass ich zur Seite blickte, durchfuhr mich ein weiterer Ruck. Nicht weil mein Vater mich erneut gegen die Wand drückte, sondern weil *sie* ein paar Meter vor mir stand.

Ihre Augen wanderten unsicher zwischen uns hin und her. Dann zog sie die Hand aus der Jackentasche und winkte mir zaghaft zu. Nicht ahnend, was sich zuvor abgespielt hatte.

In diesem Moment hatte ich das Gefühl, dass sie der Mensch war, der mir die Hand reichte. Der bereit war, mich von dem Abgrund wegzuziehen.

Ich formte stumm ein Wort. Tonlos einen Buchstaben. Still eine Frage. Aber nichts davon verließ meine Lippen. *Sie* war alles, was ich sehen musste.

Und ich klammerte mich an diesen Augenblick, als wäre er mein einziger Halt.

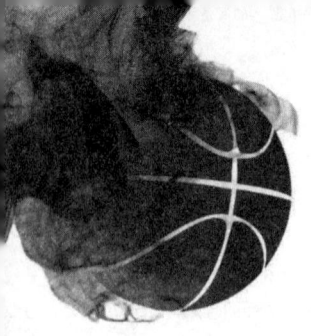

Kapitel 23

Malia

»Du willst wirklich nicht mitkommen?« Jolie schob die Unterlippe vor. »Collin wäre —«

»Jolie.« Ich vergrub die Hände in den Taschen meiner Leder-jacke, die ich mir über den grauen Pullover geworfen hatte. »Nun geh schon.«

Jolie fixierte mich einen Moment lang, ehe sie nachgab. »Wie du willst. Aber ich werde dich nachher ausquetschen.« Sie stupste den Finger gegen meine Schulter und machte dann auf dem Absatz kehrt. Ihre Locken wippten im Takt ihres Gangs, bis sie in den Truck zu Gavin und Lexie stieg.

Noch während dieser ausparkte, blieb mein Blick an einem sil-bernen Range Rover hängen, an dem jemand lehnte, das Gesicht nur vom Display eines Smartphones beleuchtet. Ich versuchte, es in der Dunkelheit zu erkennen.

War das nicht der Typ aus der Bibliothek?

Ich hatte ihn völlig vergessen. Zwar hatte ich ihn vorhin auf dem Spielfeld bemerkt und auch schon mehrere Male auf dem Campus, allerdings nie wieder mit ihm geredet. Nicht nachdem ich ihn zusammen mit Collin in der Halle entdeckt hatte.

Der Typ sah auf. Ertappte mich dabei, wie ich ihn über den Park-platz hinweg anstarrte. Aber statt irgendetwas zu sagen, stieß er sich von dem Wagen ab, stieg ein und startete den Motor.

Und ehe ich begriff, dass ich immer noch an Ort und Stelle verharrte, vibrierte mein Smartphone in der Tasche.

**(19:38) Unbekannt: Ich liebe diese Leder-
jacke an dir.**

Ich las die Worte mehrere Male hintereinander, bis sich das
Display von allein verdunkelte. Nicht weit von mir entfernt,
knirschte etwas Kies unter schwerem Gewicht. Der Range Rover
fuhr an mir vorbei. Der Typ darin ignorierte mich zwar, doch ich
erkannte sein markantes Profil im seichten Licht der Laterne. Jetzt
war ich mir sicher, dass er es sein musste.

Langsam steckte ich das Smartphone zurück. Ich vergrub die
Hände erneut in den Jackentaschen und machte mich auf den
Weg zurück zur Sporthalle. Mittlerweile war es unfassbar still
geworden. Fast nichts mehr deutete darauf hin, dass hier vor gut
dreißig Minuten ein Basketballspiel stattgefunden hatte.

Aber noch während ich über den Parkplatz und den Campus
ging, breitete sich ein Kribbeln auf meiner Haut aus. Keines,
das mir einen wohligen Schauer über den Rücken schickte, sondern die Art, bei der sich zusätzlich Druck in meiner Brust aufbaute.

Ich horchte auf. Hielt inne, als ein Knacken wenige Meter
neben mir ertönte, und ließ meinen Blick umherschweifen. Ich
konnte nichts in den dunklen Schatten ausmachen. Erst ein weiteres Knacken erlöste mich aus meiner Starre. Sofort beschleunigte
ich meine Schritte, eilte zur Halle, vor der ich Collin bereits stehen
sah. Erleichterung durchströmte mich und drängte sich zeitgleich
in den Hintergrund.

Collin war nicht allein. Ein Mann stand dicht vor ihm und es
hörte sich beinahe so an, als würden sie sich streiten. Vereinzelte
Gesprächsfetzen schallten zu mir hinüber, ich verstand dennoch
kein einziges Wort.

Zögerlich ging ich auf die beiden zu.

Collin hatte die Lippen zu einer schmalen Linie gepresst, und
wirkte keineswegs entspannt. Erst als er mich entdeckte, hob ich
langsam die Hand.

Danach drehte sich der fremde Mann zu mir um. Er war noch ein gutes Stück größer als Collin, hatte das gleiche braune Haar, hohe Wangenknochen und stechend grüne Augen. Und auch wenn sie sich optisch ähnelten, wusste ich sofort, dass die beiden nicht unterschiedlicher hätten sein können. Ich fühlte, wie sich die Härchen in meinem Nacken aufstellten.

Die Luft knisterte vor Anspannung. Niemand von uns sagte ein Wort. Unwillkürlich hielt ich den Atem an, unsicher, ob ich mit einer einzigen Regung etwas auslösen würde, das alles um uns herum zerbersten lassen konnte. Wortlos taxierte der Mann Collin, bevor er sich den Kragen richtete und an mir vorbeiging, ohne mich eines weiteren Blickes zu würdigen.

Ich wartete, bis die Schritte auf dem Boden verklangen. Erst dann musterte ich Collin. Er hatte Trikot und Shorts gegen eine dunkle Jeans, Sneaker, ein schlichtes Shirt und eine Collegejacke getauscht. Ich würde mich wahrscheinlich nie an seinen Anblick gewöhnen. Doch anders als sonst schien sein Körper nahezu zu vibrieren. Die Zähne fest aufeinandergepresst, starrte Collin auf einen Punkt vor sich.

Zögernd ging ich auf ihn zu, doch er regte sich nicht. Mein Blick huschte von der Sporttasche, die neben ihm auf dem Boden lag, zu seiner Hand, die er krampfhaft zusammengeballt hatte. Zaghaft berührte ich sie.

»Collin.«

Als er immer noch nicht reagierte, trat ich näher an ihn heran, schob meine Finger sanft an seinen entlang, um seine verkrampfte Hand zu lösen. Nur langsam entspannte sie sich. Dann spürte ich seine Berührung. Wie er die Hand drehte und mit den Fingerspitzen über meine Haut fuhr. Es war nur ein zaghaftes Tasten, aber es reichte aus, um mir eine angenehme Gänsehaut zu bescheren.

Vorsichtig strich Collin an meiner Handfläche entlang bis zu meinem Gelenk, an dem ich mein Lederarmband trug. Seine Finger schoben sich unter meinen Pullover, wanderten an dem Band hoch und verharrten an der geflochtenen Blume.

210

Während ich auf unsere Hände starrte, wagte ich es nicht einmal, zu atmen. Denn auch wenn das Band unter meiner Kleidung verborgen war, konnte ich vor meinem geistigen Auge sehen, wie seine Finger sich um die Blume schlossen.

Wie Collin so nah an meinem Herzen kratzte. Bisher war ich mir nicht bewusst gewesen, dass er davon wusste. Dass er es gesehen, geschweige denn geahnt hatte.

»Du bist hier.« Behutsam strich er mir eine meiner Haarsträhnen hinter das Ohr.

Ich sah von unseren Händen zu ihm hoch. Lächelte.

Und ich will bleiben.

»Ich kann nicht glauben, dass du keinen Ketchup magst.« Collin schob sich eine in der roten Sauce getränkte Pommes in den Mund, während wir den Park betraten, eine wunderschöne Grünanlage mit angrenzendem See.

»Ich weiß gar nicht, was du hast. Pommes schmecken pur am besten.« Nachdrücklich biss ich in eine. »Himmlisch.«

Collin schnaubte amüsiert, woraufhin ich ihm einen Seitenblick zuwarf. Dieser reichte aus, um fast über meine eigenen Füße zu stolpern. Selbst im sanften Licht der Parkbeleuchtung warf mich sein Grinsen aus der Bahn.

Oder vom Weg, wenn ich mich nicht aufgefangen hätte.

»Alles okay?«, fragte Collin.

Hitze schoss mir in die Wangen, weshalb ich mir schnell die nächste Pommes in den Mund stopfte und nickte. Beinahe im selben Moment erkannte ich mehrere Silhouetten vor uns.

Der viele Trubel überraschte mich, denn für diese Uhrzeit war mehr los, als ich angenommen hatte. Pärchen schlenderten Hand in Hand, andere gingen mit ihren Hunden spazieren oder joggten eine abendliche Runde.

»Läufst du auch manchmal hier?«, fragte ich Collin. Auf seinen Lippen zeigte sich ein leichtes Lächeln.

»Ich laufe lieber auf der Straße.«

»Auf der Straße?«

Collin trat hinter mich, um den Weg für eine alte Frau mit ihrem Hund freizugeben, und deutete dann mit dem Daumen über die Schulter. »Genau deswegen.«

Fragend hob ich die Brauen, während Collin sich nur eine letzte Pommes in den Mund schob, das Papier knüllte und es in einem hohen Bogen in einen Mülleimer warf.

»Angeber«, sagte ich schmunzelnd. Collin zuckte grinsend mit den Schultern. »Wenn ich das Papier werfe, landet es vermutlich in dem See da drüben.«

»Ich kann immer noch nicht glauben, dass du nicht werfen kannst, mich aber zweimal beinahe getroffen hast.«

»*Beinahe* ist das entscheidende Wort«, erwiderte ich und warf die Verpackung im Vorbeigehen in den Mülleimer.

Wir hielten an der Steinmauer, die den Fußweg von dem See trennte. Die Arme auf den kühlen Stein gestützt, beobachtete ich das Spiel von Licht und Schatten auf der Wasseroberfläche. Über uns ragte ein Baum in die Höhe, dessen Äste bis in den See reichten. Von einer leichten Brise erfasst, wiegten sie sich hin und her, sodass einzelne Blätter durch das Wasser strichen und die Oberfläche in Schwingungen versetzten. Es sah wunderschön aus.

Collin trat neben mich und legte ebenfalls die Unterarme auf die Mauer. Kaum erreichte mich der Duft seines Duschgels, spürte ich ein Prickeln in meinem Bauch. Egal wie oft wir uns sahen, seine Nähe machte mich immer wieder aufs Neue nervös. Und jedes verdammte Mal liebte ich dieses Kribbeln ein bisschen mehr.

»Wie lange spielst du schon Basketball?«, fragte ich in die Nacht hinein.

Collin nahm einen tiefen Atemzug und verschränkte seine Hände. »Seitdem ich einen Ball halten kann, schätze ich. Vor der

Einfahrt im Hof, auf dem Basketballplatz, in der Highschool. Der Ball und ich waren schon immer ein Team. Ich liebe dieses Spiel schon, seit ich denken kann.« Aus dem Augenwinkel bemerkte ich, dass Collin zu lächeln begann.

»Das ist nicht zu übersehen.«

Er griff einen flachen Stein und drehte ihn in der Hand, bevor er ausholte und ihn in den See warf. Der Stein flog über das Wasser und berührte an mehreren Stellen die Oberfläche, bis er in der Dunkelheit verschwand. Es wirkte, als würde das Wasser zu tanzen beginnen.

Ein leichtes Lächeln umspielte meine Lippen. »Ist dir schon einmal aufgefallen, dass du praktisch alles von dir wirfst?«

»Sagt die Richtige.«

»Bei dir sieht es immer gut aus.« Bei meiner Wortwahl schlug ich mir gedanklich gegen die Stirn. »Ich meine leicht. Leicht«, korrigierte ich mit Nachdruck.

Collin grinste mich von der Seite an. »Gut?«

»Leicht.« Meine Wangen wurden ganz warm.

Er griff nach einem zweiten Stein und hielt ihn mir hin. »Hier, für dich.«

»Oh, du schenkst mir einen Stein«, witzelte ich, was Collin wiederum ein Schnauben entlockte.

»Wirf ihn«, forderte er mich auf. Ich drehte langsam den Kopf in seine Richtung und entdeckte das Schmunzeln auf Collins Lippen. »Auf eigene Gefahr.«

Zögerlich nahm ich ihm den Stein ab. Mein Blick huschte noch einmal zu Collin, bevor ich ausholte und warf. Mit einem dumpfen Geräusch durchbrach der Stein die Oberfläche, aber statt zu lachen, hielt er mir nur einen weiteren hin.

»Du gibst nicht auf, oder?«, fragte ich, während ich den Stein in die Hand nahm. Ich bemerkte noch den Anflug seines Grinsens, bevor ich den See fixierte und ausholte.

Doch als sich plötzlich eine Hand über meine schob, hielt ich inne. Ein warmes Gefühl schoss in meine Bauchgegend. Sanft strich Collin über meine Haut, ehe er meine Hand umfasste und hinter mich trat.

»Auf drei.« Langsam zog Collin den Arm zurück, nahm meinen mit, nur um die Bewegung zu wiederholen. Beim dritten Mal ließ ich den Stein los, der in einer nicht ganz so eleganten Bahn über die Wasseroberfläche flog. Aber er flog. Und er berührte die Oberfläche zweimal, ehe er für immer verschwand.

»Es hat geklappt«, sagte ich leise, während Collin seine Hand von meiner zog. Beinahe im selben Moment wünschte ich mir, dass ich die Zeit zurückspulen könnte, nur um diese Nähe noch einmal zu erleben.

Collin lehnte sich wieder an die Mauer. »Wir sind ein gutes Team.«

»Das liegt nur an deiner Geduld. Du wirst bestimmt ein guter Trainer.« Kaum dass ich diese Worte ausgesprochen hatte, erstarrte Collin. Es war nur für den Bruchteil einer Sekunde, aber wenn etwas Bedeutung hatte, reichte selbst ein Augenblick aus. »Du möchtest doch coachen, oder nicht?«, fragte ich leiser.

»Mein Vater will, dass ich in die NBA komme«, antwortete Collin nach kurzem Zögern, doch der Unterton in seiner Stimme verriet so viel mehr.

Ich nickte langsam und legte die Arme auf die Steinmauer. »Dein Vater.«

Collin erwiderte nichts. In meinem Kopf begann es zu arbeiten. Bisher hatte ich ihn nicht auf den Mann angesprochen, von dem ich mir sicher war, dass er sein Vater sein musste. Gedankenverloren zog ich meinen Pullover unter dem Ärmel meiner Jacke hervor und schob ihn mir über die Handgelenke bis zu den Knöcheln. Meine Finger vergrub ich in dem weichen Stoff.

»Und was willst du?«, fragte ich leise.

Collin senkte den Kopf. Und statt sofort etwas zu erwidern, starrte er zum gegenüberliegenden Ufer. Zu der Stelle, an der die schimmernde Oberfläche in einen dunklen Schatten überging. »Nicht das.«

Ich erinnerte mich daran, dass er es mir gegenüber schon einmal erwähnt hatte. Aber wenn ich mich nicht irrte, hörte ich aus diesen zwei Silben eine Bitterkeit heraus, die mir mehr als bekannt war. Wenn man etwas hinnehmen musste, ohne die Möglichkeit, etwas daran zu ändern.

Ich räusperte mich leise. »Erinnerst du dich noch an mein Lieblingsbuch?«

»*Verstand und Gefühl*«, antwortete Collin sofort.

Ich lächelte in mich hinein. Er hatte es wirklich nicht vergessen. »Manchmal müssen wir akzeptieren, dass Menschen sich verändern. Aber du darfst nicht vergessen, dass du eine einzige Veränderung immer selbst in der Hand hast.«

»Welche?«

Ich spürte Collins Blick auf mir, aber ich starrte weiter in die Ferne, weiter auf den Punkt zwischen Licht und Schatten.

»Deine.«

»Meine.« Seine Stimme klang heiser, als könnte er das nicht glauben.

»Manche Wege werden uns vorgegeben. Aber du kannst dennoch immer selbst entscheiden, was du daraus machst. Welchem Weg du letztendlich folgst.«

»Herz und Verstand«, sagte Collin leise. Unsere Blicke verhakten sich ineinander. Ich lächelte. Doch das Knirschen von Kies lenkte mich ab. Ich spähte über die Schulter und streifte mit dieser seine. Statt irgendetwas von meinem Umfeld wahrzunehmen, starrte ich ins Leere und konnte mich nur auf den einen Punkt konzentrieren, an dem Collin und ich uns berührten.

»Ich will Beständigkeit«, sagte er leise. »Eine Sportlerkarriere ist manchmal schneller vorbei, als man denkt. Verletzungen, Koordination, das Alter. All das spielt mit rein.«

»Hast du deswegen die Stipendien abgelehnt?«

»Woher –«

»Hat Jolie erzählt«, schob ich schnell hinterher.

Collin lehnte sich seitlich gegen die Mauer. Sein Grinsen war dabei so frech, dass es ihm für einen kurzen Moment etwas Jungenhaftes verlieh. »Ihr redet also heimlich über mich?«

Ein Lachen entwich mir, während ich die Arme um mich schlang. Die Kälte an meiner Schulter, seine fehlende Berührung, nahm ich jetzt viel zu deutlich wahr. »Sie redet gern.«

»O ja. Aber dass du bei ihr wohnst, konnte sie wochenlang für sich behalten.«

»Und du weichst aus.«

»Ausweichen kann ich gut.« Collin fixierte mich, ein Schmunzeln in den Mundwinkeln. Auch ich konnte mir eines bei der Anspielung auf unsere erste Begegnung nicht verkneifen. Dann jedoch huschte ein Schatten über seine Züge, und Collin atmete geräuschvoll aus. »Ich will den Menschen etwas *geben*. Ein paar Jahre als Profispieler scheinen mir da nicht genug.«

»Denkst du etwa, dass du den Menschen nichts gibst?«

Nach mehreren Sekunden schüttelte er kaum merklich den Kopf. Den Rücken gegen die Mauer gelehnt, beobachtete er die Sterne am Himmel.

Ich hingegen war so gefesselt von der schimmernden Wasseroberfläche, dass wir nun unterschiedlichen Richtungen zugewandt waren. Das war nicht immer schlecht. Denn trotzdem standen wir Seite an Seite, dicht an dicht.

Collin hatte den Sternenhimmel direkt vor sich. Doch auch mir blieb er nicht verborgen, denn die Reflexion des Wassers holte ein Stück Himmel zu uns. Man brauchte nicht immer denselben Weg vor sich haben. Oft reichte ein Perspektivenwechsel aus, um etwas zu entdecken, das der andere so nicht sehen konnte.

»Ich bin mir sicher, dass du ihnen mehr gibst, als du denkst«, sagte ich schließlich.

»Nichts, was von Bedeutung wäre.«

Glaubte er das wirklich?

»Du gibst ihnen das Einzige, das *wirklich* Bedeutung hat.« Denn ich erkannte es schon, bevor er verstand. Collin drehte sich langsam zu mir. Mein Blick huschte zu ihm. »Hoffnung«, flüsterte ich und lächelte.

Zwei Atemzüge. Zwei Herzschläge.

Und dann zog Collin mich in seine Arme. Einfach so, ohne Vorwarnung. Mein Gesicht an seine Brust gebettet, hüllten mich seine Arme wie sanfte Mauern in eine liebkosende Berührung. Ich hielt die Augen geschlossen. Lauschte auf das gleichmäßige Pochen seines Herzens und schmiegte mich instinktiv an ihn.

»Danke.« Seine Stimme war ebenso ein Flüstern, aber ich hörte es klar und deutlich. Das eine Wort, das sich in diesem Augenblick zerbrechlich und zugleich stark zwischen uns befand. Mich dazu brachte, dass ich die Arme fester um ihn schloss. Und auch wenn er es nicht sehen konnte, lächelte ich.

Wie es dieser Mensch geschafft hatte, sich so schnell in mein Herz zu schleichen, wusste ich nicht. Aber ich wollte nichts, absolut nichts davon missen. Keines seiner Worte. Keines dieser Gefühle.

Ich spürte einen dicken Tropfen, der schwer auf meine Schulter fiel. Unwillkürlich zuckte ich zusammen, musste dabei schon wieder an unsere erste Begegnung denken. Collin hatte mich bereits Wochen zuvor vor der Unberechenbarkeit des Wetters in Rosehollow gewarnt.

Vorsichtig löste ich mich aus der Umarmung und versuchte anhand seiner Gesichtszüge zu deuten, was er dachte. In das Eisblau hatte sich eine Tiefe gemischt, die ich nie zuvor gesehen hatte. Doch dann entgleisten ihm alle Gesichtszüge.

»Habe ich etwas Falsches gesagt?«, fragte ich, doch Collin blieb stumm. So lange, bis er die Lippen zu einem tonlosen ›Oh‹ formte. »Collin?«

»Malia, ich …« Sein Körper spannte sich an. »Wir … Da …«

»Collin.« Ich umfasste vorsichtig sein Handgelenk.

»Wir wurden von einem verdammten Vogel angeschissen.«

Ich blinzelte, bis seine Worte zu mir durchdrangen. »Wie bitte?«

Nur langsam hob Collin die Hand, bevor er auf meine Schulter deutete. Ich wagte es nicht, den Kopf zu bewegen, weshalb ich nur nach links schielte. Da war tatsächlich etwas Weißes auf meiner schwarzen Lederjacke, und es vergrößerte sich in schmierigen Schlieren. Entsetzt starrte ich auf Collins Schulter. Auch auf der dunkelblauen Collegejacke prangte ein weißer Fleck. Mir klappte die Kinnlade herunter. »Schildkrötenkacke.«

»Nicht ganz.« Unsere Blicke begegneten einander.

Zwei Atemzüge. Zwei Herzschläge.

Und dann lachten wir beide zeitgleich los, während wir uns hektisch die Jacken abstreiften. Es war ein herzhaft lautes Lachen, das sich mit Intensität um mein Herz schloss und es beinahe zum Explodieren brachte.

Plötzlich war Collin so nah bei mir, dass mir der Atem stockte. Auf einmal verschwand das Lachen auf seinen Lippen, genauso wie die Grübchen um seinen Mund. Trotzdem lag so viel Gefühl in seinem Blick.

Collin hob eine Hand, strich mir eine Strähne hinter das Ohr. Verharrte an meiner Wange und kam mir so unerträglich langsam entgegen, dass mich das schmerzlich süße Prickeln nahezu in den *Wahnsinn* trieb. Seine Augen huschten zu meinem Mund.

»Ich würde dich gern küssen, Malia.« Seine Stimme war belegt, begleitet von einem leichten Kratzen, das dem tiefen Klang Verletzlichkeit verlieh. »Darf ich?« Ein Flüstern.

»Ja.« Noch eines.

Und als seine Lippen meine streiften, nahm er mein Gesicht in beide Hände. Der Kuss war zart, ein sanfter Druck. Trotzdem hatte er die Macht, mir dieses Gefühl explosionsartig durch den Körper zu senden.

Es begann an meinem Mund, breitete sich über meine Haut aus bis in die Fingerspitzen, in den Bauch, von Kopf bis Fuß und überall. Seine Zunge fuhr an meinen Lippen entlang. Ich öffnete sie, lud ihn ein, sich mehr zu nehmen. Und als meine Zunge die seine berührte, ließ ich mich fallen. Ich schlang einen Arm in seinen Nacken, legte die Hand an seine Brust. Zog ihn zu mir hinunter und mich tiefer in dieses Gefühl hinein. Obwohl nichts an diesem Kuss stürmisch war, löste er ein Chaos in mir aus, das alles andere mit sich riss.

Meine Vernunft, mein Verstand.

Mein Herz.

Umhüllt von Collins Duft, benetzt von seinem Geschmack und benommen von diesem Gefühl, schmiegte ich mich in diese Berührung hinein. Verlor mich in meiner eigenen kleinen Ewigkeit.

Erst als Collin sich von mir löste, spürte ich den Kuss wie die Nachwirkung eines schönen Traums. Ich wollte ihn festhalten. Für immer in meinem Herzen verwahren.

Collin lehnte seine Stirn an meine. Doch als er mich dieses Mal aus halb gesenkten Lidern betrachtete, war von dem klaren Eisblau nichts zu sehen. Stattdessen war es ein dunkler Blauton, der im Licht des Mondes brach.

»Das wollte ich die ganze Zeit schon tun«, flüsterte Collin.

Zwei Atemzüge. Zwei Herzschläge.

Und dann drückte ich meine Lippen erneut auf seine.

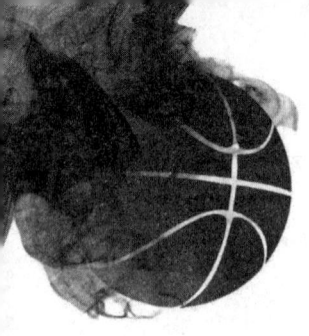

Kapitel 24

Collin

»Wer bist du und was hast du mit meinem Bruder gemacht?«
Lexie hatte die Hände in den hinteren Hosentaschen vergraben
und trat ein, ohne den Blick von mir zu lassen.

Ich schloss die Tür hinter ihr und sah an mir hinab. Heute
Morgen hatte ich mir eine graue, verwaschene Jeans und einen
schwarzen Pullover aus dem Schrank gezogen und sah bei Weitem
nicht anders aus als sonst.

»Nicht deine Klamotten.« Lexie schnalzte mit der Zunge.
»Dein Grinsen.« Sie zog ihre rote Jacke aus, die kurz darauf auf
dem Sessel landete. Dann ließ Lexie sich auf das Sofa fallen und
fixierte die Spielekonsole. Die Playstation stand vor dem Flach-
bildfernseher, die Controller lagen auf dem Tisch. Lexie
schnappte sich einen und schaltete den Fernseher an. »Lust, eine
Runde zu verlieren?«

»Wie könnte ich mir das entgehen lassen.« Ich setzte mich zu
ihr, während sie die Konsole startete. Keine Minute später warfen
wir uns einen Fluch nach dem anderen an den Kopf, vollkommen
gefesselt von dem Basketballspiel auf dem Screen.

Nach einer halben Stunde wickelte ich den Controller ein und
fühlte dabei Lexies siegessicheren Blick in der Seite. Ich hatte tatsächlich jede einzelne Runde verloren.

»Zufrieden?«, fragte ich sie.

»Klar. Jetzt verrat mir, was los ist.«

»Was soll sein?«

Lexie fixierte mich. »Du lächelst die ganze Zeit im Kreis. Und du bist der schlechteste Verlierer, den ich kenne.«

Mit einem Schnauben stand ich auf und ging in die Küche, wo ich zwei Gläser aus dem Regal nahm und sie mit Zitronenlimonade füllte. Ich hatte immer eine Flasche vorrätig, weil Lexie dieses Zeug liebte. Sie stand schon im Türrahmen, die Arme vor der Brust verschränkt. An dem Funkeln ihrer Augen erkannte ich, wie viel Beherrschung es sie kostete, ihr Schmunzeln zu verbergen. Auch ihre Nasenflügel bebten unkontrolliert.

»Lass das.« Ich drängte mich an ihr vorbei. Dabei drückte ich ihr eines der Gläser in die Hand und wuschelte ihr anschließend durch die Haare.

»Hey!« Lexie grummelte und verpasste mir einen Klaps in die Seite. »Lenk nicht ab. Bist du mit Malia zusammen?«

Noch im Gehen schlich sich das Lächeln auf meine Lippen. Wir hatten uns geküsst, und seitdem ging mir dieses Gefühl nicht mehr aus dem Kopf. Ich spürte es überall an und in mir. Als wäre es nie anders gewesen. Als hätte dieses *Wir* schon immer existiert.

»Erde an Collin«, hörte ich Lexie und drehte mich um. Sie hatte die Brauen so hoch gezogen, dass sie beinahe eins mit ihrem Haaransatz wurden. »Wow, du bist wirklich hin und weg.«

Bin ich das?

Lexie warf mir einen Blick zu, der diese unausgesprochene Frage schnell beantwortete. Ich ließ mich zurück auf das Sofa fallen.

Minutenlang sagte keiner von uns etwas, bis Lexie ihr Glas abstellte und hinter das Sofa trat. Ich legte den Kopf in den Nacken. Beobachtete meine Schwester, die nun andächtig über das Bild strich. Dann nahm sie es von der Kommode. Darauf waren wir beide als Kleinkinder zusammen mit Mom zu sehen. Während Lexie und ich uns um ein Spielzeug stritten, strahlte Mom in die Kamera. Mein ganzes Leben hatte ich sie nicht oft lächeln sehen. Aber wenn sie es getan hatte, hatte sie alle mit der

Wärme darin angesteckt. Vielleicht war dieses Bild deshalb das Einzige, das ich von ihr besaß.

»Nur weil Mom nicht glücklich war, heißt das nicht, dass wir es nicht sein dürfen.« Lexie blickte von dem Bild auf. »Du darfst glücklich sein, Collin.« Ihre Stimme war leise, aber das minderte die Bedeutung ihrer Worte nicht.

Jetzt gerade erinnerte Lexie mich so sehr an Mom. Mit ihrem eisernen Willen, dem undurchdringlichen und dennoch liebevollen Ausdruck in den Augen.

Doch dann erkannte ich das verdächtige Schimmern darin. Sofort stand ich auf und umrundete das Sofa, um Lexie in eine Umarmung zu schließen. Das Bild zwischen uns, *Mom* zwischen uns, hielt ich meine Schwester fest und drückte ihr einen Kuss auf den Scheitel. »Du auch, Lexie. Du auch.«

Sie nickte an meiner Brust.

Eine Zeit lang standen wir genau so, mitten im Wohnzimmer. Hielten einander, weil wir als einzige von unserer kaputten Familie übrig geblieben waren.

»Ich will nach New York, Collin«, durchbrach Lexie die Stille.

»New York?« Überrascht hob ich den Kopf, doch sie mied meinen Versuch sie anzusehen. Stattdessen nickte sie erneut.

»Kommst du ohne mich zurecht?«

Ob ich …

»Was?«, fragte ich rau.

Endlich konnte ich ihr in die Augen sehen, eines davon so blau wie Moms. Das andere so grün wie …

»Kommst du ohne mich zurecht?«, wiederholte Lexie ihre Worte.

Auf einmal suchte ich nach Etwas, das ich in diesem Moment nicht fand. Mein Kopf war leer und doch voll von allem, bis die Erinnerungen wie Blitze durch meine Gedanken zuckten.

Wir beide im Garten, zusammen mit anderen Kindern und Unmengen an Spielzeug zwischen uns. Lexie spielte gerade mit ihrer Lieblingsfigur, bis sie ihr von einem Kind aus der Hand gerissen wurde.

Jede andere Fünfjährige hätte geweint. Hätte geschrien und gewartet, bis man sie ihr zurückgeben würde. Lexie hingegen war aufgestanden und hatte sie sich selbst zurückgeholt. In all den Jahren hatte ich immer gedacht, dass meine Schwester mit dem Verlust unserer Mutter und dem Nichtvorhandensein unseres Vaters nicht zurechtkommen würde. Dass sie daran zerbrechen würde, wenn ich nicht für sie da wäre. Doch anscheinend dachte sie dasselbe von mir.

Und während ich damit beschäftigt gewesen war, mich selbst zusammenzuhalten, hatte ich eines völlig übersehen.

Lexie lebte ihr Leben. Ich tat es nicht.

Als könnte sie meine Gedanken lesen, bekräftigte sie diese und drückte sich entschlossen von meiner Brust weg. Sie stellte das Bild an seinen Platz zurück, schnappte sich ihre Jacke und warf sie sich über. »Kannst du mich zur Uni fahren?«

»Lex.« Es war nur ein Wort, aber in diesem einen Wort lag alles. All das, was sie fühlte und nicht aussprach. All das, was ich dachte und nicht ansprach.

War wirklich *ich* derjenige von uns beiden, der ohne den anderen nicht zurechtkommen würde?

Keine fünfzehn Minuten später hielt ich auf dem Parkplatz der *Violet Hill* und warf meiner Schwester einen Blick zu, die bereits ihren Gurt löste und wortlos ausstieg.

»Gern geschehen«, murmelte ich und wollte gerade wieder ausparken, als sie die Tür noch einmal aufriss.

»Nimmst du mich später wieder mit? Ich brauche nur eine Stunde.«

Als ich nichts erwiderte, zog sie abwartend die Brauen hoch, was mir ein Seufzen entlockte. »Immer, Schwesterherz. Ich warte im *C&B.*«

Mit einem Grinsen im Gesicht schlug sie die Tür zu. Aber schon als ich ausgestiegen war, war Lexie bereits über alle Berge. Noch im Gehen warf ich mir die Jacke über, ein kühler Wind in meinem Gesicht.

Im Café war es ruhig. Kein Wunder, es war auch schon früher Abend. Was Lexie um diese Zeit noch in der Uni wollte, war mir schleierhaft. Eigentlich war ich mir ziemlich sicher gewesen, dass sie heute nur am Vormittag einen Kurs gehabt hatte. Ich bestellte mir einen Kaffee, pustete mir in die Hände und rieb sie aneinander. Wann war es verdammt noch mal so kalt geworden?

Mit dem Kaffee in der einen und dem Smartphone in der anderen Hand ging ich die Treppe zur Lounge hoch. Ich setzte den Fuß gerade auf die letzte Stufe und hielt noch am Treppenabsatz inne. Ein flatterndes Gefühl breitete sich in mir aus. Auf einmal flogen Bilder von Malia vor meinem geistigen Auge vorbei. Wie sie lachte, wie sie mich ansah, wie sie mich berührte.

Ich spürte ihre Lippen immer noch an meinen.

Malia saß auf dem Ledersofa, die Füße an dem Tisch vor sich abgestützt. Die Haare hatte sie zu einem lockeren Zopf gebunden. Sie trug einen langen, cremefarbenen Pullover, der an ihren Schenkeln etwas hochgerutscht war. Ihre schwarze, transparente Strumpfhose betonte ihre Beine und ging in ihre geschnürten Boots über.

Mit einer Brille auf der Nase und völlig versunken in ihrem Buch, sprach Malia lautlos mit. In einer fließenden Bewegung steckte ich mein Smartphone zurück und lehnte mich gegen die Wand. Wagte es nicht, mich zu bewegen, weil ich diesen Anblick weiter genießen wollte. Doch als könnte Malia meine Anwesenheit spüren, sah sie auf, direkt in meine Richtung. Dann schlug sie das Buch zu und riss sich die Brille nahezu aus dem Gesicht. »Collin.«

Als wäre mein Name der Startschuss gewesen, erinnerte sich mein Körper wieder daran, dass ich immer noch auf dem Treppenabsatz stand.

»Hey.« Ich blieb vor Malia stehen und deutete auf den Platz neben ihr. »Darf ich?«

»Klar.« Sie nickte und stellte ihre Tasche auf den Boden.

»Ich wusste nicht, dass du eine Brille trägst.« Ich wies mit dem Kopf auf ihre Hand, in der sie die Brille fest umklammert hielt.

»Abends brauche ich sie zum Lesen.« Malia kräuselte die Nase und starrte auf die Brille. Ich tat es ihr nach, ließ den Blick dann doch zurück zu ihrem Gesicht wandern. Erst dann bemerkte ich, dass ihre Wangen dabei waren, sich rosa zu färben.

Ich stellte den Kaffee ab und setzte mich zu ihr. Anschließend neigte ich mich ihr leicht entgegen. »Sie steht dir.« Sekunden vergingen, in denen sie immer noch auf ihre Brille starrte, ehe sie es endlich wagte, in meine Richtung zu blicken. Und da war das Lächeln, das meinen Herzschlag aus dem Takt brachte. »Was liest du gerade?«

Behutsam strich Malia über das Cover. »*Die Abenteuer des Tom Sawyer.*«

»Liest du mir etwas daraus vor?«

»Ich soll dir vorlesen?«, fragte sie ungläubig.

Ich nickte, stützte den Arm seitlich auf die Sofalehne und lehnte den Kopf in die Hand.

»Okay.« Malia dehnte das Wort in die Länge, zog die Beine auf das Polster und legte sich das Buch auf den Schoß. Unsicherheit zierte ihre Züge. »Das war kein Scherz?«

Ich schüttelte den Kopf. Zögernd setzte Malia die Brille wieder auf. Es war ein rahmenloses Modell und fiel kaum auf, aber auch mit Brille fand ich sie wunderschön. Ein weiterer Blick zu mir folgte, bevor sie ihn auf das Buch senkte.

Und dann begann sie zu lesen. Ich lauschte ihrer Stimme und darauf, wie sie sie passend zu den verschiedenen Charakteren verstellte. Lauschte, wie sie den Charakteren Leben einhauchte und ihre Stimme hob und senkte. Wie sie Pausen einlegte, als wüsste sie genau, wann sie welche machen müsste.

Als hätte Malia dieses Buch schon tausende Male gelesen.

Nach mehreren Kapiteln hielt sie inne. Als bräuchte sie einen Moment, wieder in unsere Welt und in das *C&B* zurückzufinden.

Behutsam nahm ich ihr das Buch aus der Hand, klappte es zu und neigte mich zu ihr. Kam ihr so nah, dass ich ihr Duschgel wahrnahm, das sich mit ihrem ganz eigenen Geruch vermischte. Ihr Gesicht war nur Zentimeter von meinem entfernt. Ich legte die Hand an ihre Wange, berührte ihre Nase mit meiner.

Ein verdammtes Knistern lag auf meinen Lippen und es explodierte genau in der Sekunde in meinem Körper, als ich meinen Mund auf ihren senkte. Ein leises Seufzen entwich Malia. Als sie mich dazu einlud, diesen Kuss zu vertiefen, strömte der Geschmack von Karamell in meinen Mund, benetzte meine Sinne. Auf einmal war *sie* überall.

Erst als ich ihre Hand an meiner spürte, öffnete ich benommen die Augen. Nicht gewillt, sie loszulassen. Sie lächelte gedankenverloren. »Du hast mich schon wieder geküsst.«

»Und ich will es wieder tun«, erwiderte ich heiser. Malia umfasste meine Hand, nur um mir im nächsten Moment einen leichten Kuss auf die Handfläche zu hauchen. Dann ließ sie mich los. Noch immer von diesem zarten Kuss elektrisiert, begriff ich Malias Zögern erst verspätet. »Wenn du es auch willst«, schob ich hinterher.

»Es ist nicht so einfach.«

»Sich zu küssen?« Ich zog einen Mundwinkel nach oben. Malia hingegen fixierte ihre Finger. In diesem Moment wirkte sie so unsicher, dass ich sie am liebsten ein weiteres Mal an mich gezogen hätte. Als sie immer noch nichts sagte, berührte ich vorsichtig ihre Fingerspitzen mit meinen. »Beschreib mit einem Wort, wie du dich fühlst.«

Sie hob den Kopf. »Wie bitte?«

»Was fühlst du? Jetzt gerade.«

»Ich —« Sie brach ab. Ihre Lippen teilten sich, schlossen sich, teilten sich erneut, während ihr Blick immer wieder zu meinem Mund huschte.

»Ein Wort«, flüsterte ich.

Sie schluckte. »Sicher. Ich fühle mich bei dir sicher.«

Mein Herz zog sich zusammen. In ihren Augen lag eine Verletzlichkeit, die mir für einen Moment die Luft zum Atmen nahm.
Zeitgleich breitete sich eine Erleichterung in mir aus, die sich wie
eine Welle in mir verteilte.

»Ich werde alles dafür tun, damit das so bleibt.« Sanft strich ich
mit dem Daumen über ihre Fingerspitzen, bevor ich meine Hand
über ihre schob.

Malias Augen glänzten. Sie blinzelte ein paar Mal, bevor sie den
Blick auf unsere Hände richtete, ihre dabei drehte und sie mit
meiner verschränkte. Ich neigte mich gerade ein weiteres Mal zu
ihr, als ich Schritte auf der Treppe vernahm. Keine Sekunde später
tauchte Lexie auf.

»Hey, Malia. Sorry, dass ich zu spät bin.« Lexie unterdrückte ein
Schmunzeln und verschränkte die Arme vor der Brust. Demonst-
rativ starrte sie auf unsere miteinander verflochtenen Hände.
»Wollt ihr mir vielleicht irgendetwas sagen?«

Mir klappte die Kinnlade herunter. Malia hingegen löste sich
von mir und begann ihre Sachen in die Tasche zu stopfen.

Lexie betrachtete mich wissend, ehe sie ihr Smartphone aus der
Tasche zog und sich zum Telefonieren abwandte.

Als Malia aufstand und ihren Rucksack schulterte, griff ich
instinktiv nach ihrer Hand. Malia verharrte mitten in der
Bewegung. Nur langsam stand ich auf. »Du bestimmst das
Tempo.«

Aus dem Augenwinkel bemerkte ich, wie Lexie sich schwungvoll zu uns umdrehte. »Die anderen warten schon im *Outback
Inn*.«

Die Bar war überfüllt, dabei war es mitten in der Woche. An unserem Stammtisch hatten sich dieses Mal mehrere eingefunden,

darunter Gavin, Jake, Scott und zwei Freundinnen von Lexie. Ich nahm einen Schluck von meinem alkoholfreien Bier, ehe ich nach und nach jeden musterte.

Lexie und Jolie unterhielten sich über einen Kurs, den die beiden zusammen belegten. Gavin konnte die Augen nicht von meiner Schwester lassen, ihre Freundinnen wiederum nicht von meinem besten Freund. Doch Wren bekam davon anscheinend nichts mit, denn er scrollte sich seelenruhig durch Instagram.

Ich versteckte mein Grinsen, in dem ich einen weiteren Schluck nahm und nach links schielte. Malia starrte vehement auf ihre Bierflasche, bei der das Etikett mittlerweile nicht mehr nur an den Ecken, sondern auch mittendrin einige Risse aufwies. Es war so kaputt, dass ich mir nicht sicher war, ob es überhaupt noch als ein Etikett durchging. Die Brauen hatte Malia so zusammenzogen, dass sich eine kleine Falte zwischen ihnen gebildet hatte. Ihre Zungenspitze blitzte zwischen ihren Lippen hervor.

Ich schluckte, weil ich nun wusste, wie sie schmeckte. Auch wenn ich es nicht für möglich gehalten hätte, nahm ich nun noch mehr von ihr wahr als zuvor. Das Senken ihrer Lider, wenn ich mit reiner Willenskraft versuchte, sie dazu zu bringen, mich anzusehen. Ihr Mund, der sich leicht öffnete, wenn sie sich unbeobachtet fühlte.

»Ich will tanzen!« Jolie rutschte vom Barhocker. Malia war immer noch mit dem Etikett beschäftigt und reagierte nicht. Jolie schlang währenddessen die Arme um Wren. »Du kommst mit.«

Er runzelte die Stirn. »Aber ich kann doch gar nicht ta–« Er hielt inne, als Lexie ihre Augen in seine bohrte, und hob abwehrend die Hände. »Schon gut, ich komme ja schon. Beschwert euch aber nicht, wenn ich euch auf die Füße trete.«

Ich musste mir ein Schmunzeln verkneifen. Im Basketball war der Junge ein Ass, aber was das Tanzen anging, eine absolute Niete. Wenn Wren die Tanzfläche stürmte, brachte sich jeder im Umkreis von zehn Metern in Sicherheit.

»Was meinte er damit?«

Ich grinste Malia an, die endlich von ihrer Bierflasche abgelassen hatte.

»Siehst du gleich.« Mit einem Kopfnicken deutete ich auf die Tanzfläche, auf der Wren bereits mechanisch einen Fuß vor den anderen tippte. Aber statt seine Bewegungen zu verfolgen, beobachtete ich Malia, die sich wie in Zeitlupe nach vorn neigte, voller Unglaube blinzelte. Keine Sekunde später kräuselte sie die Nase und verzog den Mund.

»Wow. Chris Hemsworth kann nicht tanzen.« Sie zuckte ertappt zusammen.

»Chris Hemsworth?«, fragte ich überrascht.

Nach kurzem Zögern nickte sie. »Hast du dir Wren schon mal genauer angesehen? Er sieht ihm unfassbar ähnlich.«

»Stehst du auf Chris Hemsworth?«

Einige Sekunden vergingen, in denen sie mich musterte. Und während ihre Augen mein Gesicht abtasteten, blitzte auf einmal ein schelmischer Ausdruck in ihnen auf. »Ian Somerhalder fand ich schon immer anziehender.«

Ich lachte auf. »Miss Evans, flirten Sie etwa gerade mit mir?«

Sie hingegen schnaubte und rutschte mit einem leichten Grinsen aus der Nische. »Sei mir nicht böse, aber ich kann das nicht länger mit ansehen. Kommst du mit?«

Wie könnte ich ihr etwas abschlagen?

Zielstrebig ging Malia auf meinen besten Freund zu, schnappte sich ohne Vorwarnung Wrens Hände. Dieser war so perplex, dass er im ersten Moment einfach stehen blieb. Doch Malia ließ sich davon nicht beirren und bewegte sich zum Takt des Liedes.

Mir hingegen fiel nichts Besseres ein, als genauso wie Wren regungslos auf der Tanzfläche zu verharren. Sein Gesichtsausdruck war göttlich. Während er das Offensichtliche zu verstehen versuchte, bewegten sich seine Arme wie die einer Marionette.

Und dann fiel der Vorhang. Mit einem Mal stand Wren der Schock wörtlich ins Gesicht geschrieben. Für eine Sekunde dachte ich wirklich, er würde gleich von der Tanzfläche rennen, doch er blieb an Ort und Stelle. Ich grinste nur und beobachtete Malia, die sich gerade in Wrens Armen drehte. Mit ihr an seiner Seite bewegte er sich auf einmal tatsächlich im Takt der Musik und lachte dabei aus tiefstem Herzen. Malia drehte sich aus und lächelte ihn an. Er verbeugte sich vor ihr und küsste ihre Hand, führte sie anschließend in meine Richtung.

»Hier hast du dein Mädchen wieder«, sagte er dicht an meinem Ohr und klopfte mir auf die Schulter, ehe er die Tanzfläche verließ.

Mein Mädchen.

Ihre Augen lagen warm auf mir, ihre Hand weich in meiner. Ich drehte sie ein und umfasste ihre Taille. Mit dem Rücken zu mir schmiegte sie die Wange an meine Brust, während ich uns im Takt der sanften Beats wiegte. Ich wusste nicht, wie viele Lieder vergingen, bei denen wir unsere Körper für uns sprechen ließen. Wie viel Zeit verging, in der wir so viel offenlegten, ohne ein einziges Wort miteinander zu wechseln.

Malia drehte sich zu mir um, ihre Hand wanderte in meinen Nacken und sie stellte sich auf die Zehenspitzen. Dicht an meinem Ohr nahm ich ihren warmen Atem wahr. »Beschreib mit einem Wort, wie du dich fühlst.«

Mein Herz stolperte. Doch schon beim nächsten Herzschlag wusste ich die Antwort. Es war nur ein Wort, und trotzdem beschrieb es etwas, wonach ich lange gesucht hatte. Ein Gefühl, dem ich so lange hinterhergejagt war.

Dabei brauchte es nur einen Menschen. Einen, der mir dieses Gefühl schenkte, ohne etwas im Gegenzug dafür zu erwarten.

Mein Mädchen. Wrens Worte hallten in meinen Gedanken wider, während ich Malia über die Tanzfläche hinaus an die frische Luft führte. Als ich mich wieder zu ihr drehte, lächelte sie zu mir auf. Ich beugte mich zu ihr hinunter, ihrem Gesicht ganz nah. »Ich zeige es dir.«

Zwei Atemzüge. Zwei Herzschläge.

Und ehe sie begriff, lag mein Arm bereits unter ihren Kniekehlen, der andere schob sich um ihren Rücken. Noch während ich Malia hochhob, schlang sie die Arme um meinen Hals und quietschte auf.

Das war er nun. Der Augenblick, in dem all das aufbrach, was ich mir jahrelang verwehrt hatte. Es war wie ein Erdbeben, das wie aus dem Nichts meine Welt erschütterte. Wie ein Tsunami, der alles Schlechte mit sich riss. Wie eine Lawine, die all meine Ängste unter sich begrub. Malia schenkte mir all das, wonach ich mich immer gesehnt hatte.

»Frei. Mit dir fühle ich mich frei«, antwortete ich leise.

Sekundenlang hielt ich inne, bevor ich mich mit ihr in meinen Armen zu drehen begann und ihr Lachen die Nacht erfüllte.

Kapitel 25

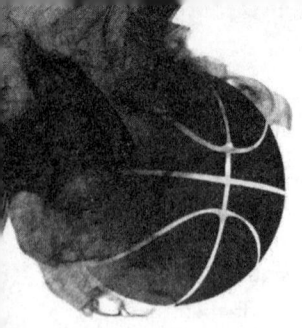

Malia

Seufzend schob ich das Buch von mir und sank in meinem Schreibtischstuhl zurück. So sehr ich mein Studium auch liebte, manchmal trieb es mich an den Rand der Verzweiflung. Als ich von oben ein Poltern hörte, legte ich den Kopf in den Nacken. Es gab Tage, an denen Jolie stundenlang in der obersten Etage verschwand und erst spät abends wieder herauskam. Anscheinend war heute so ein Tag.

Ich stand auf, ging aus dem Zimmer und eilte die Treppe hinunter. Noch im Gehen warf ich mir die Lederjacke über und schnappte mir an der Tür Rucksack und Schlüssel.

»Ich muss noch einmal in die Bibliothek«, rief ich durch das Haus, obwohl Jolie mich vermutlich sowieso nicht hören konnte. Mit einem leichten Lächeln auf den Lippen riss ich in der nächsten Sekunde die Tür auf und drückte mir prompt die Nase an einem starken Rücken platt.

»Au, was —« Blinzelnd rieb ich mir die Nase.

»Wenn du eine Umarmung willst, musst du es nur sagen. Du brauchst mich nicht gleich umrennen.« Wren verkniff sich ein Schmunzeln.

Verwirrt sah ich ihn an. »Was machst du hier draußen?«

»Ich wollte Jolie abholen, aber sie antwortet nicht.«

»Hast du deinen Schlüssel vergessen?«, fragte ich. Er kniff genauso verwirrt die Brauen zusammen, wie ich ihn eben noch angesehen haben musste. Dann presste er die Lippen aufeinan-

232

der, was mich nur noch mehr irritierte. »Was hast du?«

Seine Mundwinkel zuckten. »Du glaubst immer noch, ich hätte einen Schlüssel?«

»Etwa nicht?«

Wren rieb sich den Nacken. »Nope. Nie gehabt.«

»Aber —« Ich blinzelte, bevor ich mir mit dem Handrücken über die Stirn fuhr. »Okay, du liebst es anscheinend, mich an der Nase herumzuführen. Oder sie beinahe zu brechen.« Den letzten Satz schob ich murmelnd hinterher.

Wren stupste mir mit dem Finger auf besagten Körperteil. »Ich mag deine Nase.«

Das wiederum entlockte mir ein Grinsen, weshalb ich die Tür weiter öffnete. »Komm rein, sie ist oben.«

»Hat sie schon wieder die Zeit vergessen?«

Ich zuckte kurz mit den Schultern. »Ist ja nicht so, als würde ihr das öfters passieren.«

Kurz darauf hörte ich, wie eine Tür aufging und sich wieder schloss. Plötzlich erschien Jolie auf der Empore und verschwand genauso schnell im Bad.

Wren seufzte. »Langsam müsste ich mich an Planänderungen gewöhnen. Und wo willst du drauflos, Kleines?«

»Ich wollte gerade in die Bibliothek.«

»Hätte ich mir denken können.«

Mit einem Grinsen wandte Wren sich dem Wohnzimmer zu, während ich lachend die Tür hinter mir zuzog und mich auf den Weg zur *Violet Hill* machte.

Schnellen Schrittes ging ich über den Campus, holte mein Smartphone aus der Gesäßtasche und starrte auf die Uhrzeit. Ich hatte ungefähr eine Stunde, bis die Bibliothek schließen würde, und bis dahin musste ich die richtige Quelle gefunden haben. Von innerer Unruhe begleitet, begann ich zu joggen. In der Fakultät nahm ich mehrere Treppenstufen auf einmal und drückte eilig die große Tür zur Bibliothek auf.

Suchend glitt mein Blick an den Regalen entlang, ehe ich

den Saal einmal komplett durchquerte. Schließlich verschwand ich im hinteren Teil der Bibliothek, der durch eine zweite Tür von dem Hauptsaal getrennt war. Kaum fiel diese hinter mir ins Schloss, wurde es ruhig um mich herum. Noch ruhiger als im letzten Raum. Einzig und allein meine Schritte, die durch den Teppich nur gedämpft zu hören waren, brachen die Stille um mich herum.

Ich fand schnell den richtigen Gang und hob die Hand, um mit den Fingern über die Buchrücken zu streichen. Ungefähr in der Mitte des Regals hielt ich inne. Ich las den Titel, zog das Buch heraus und fächerte es auf. Auf der Suche nach der passenden Textstelle glitt mein Finger über die Seite.

Plötzlich nahm ich aus dem Augenwinkel eine Bewegung wahr. Ich blickte auf. Doch als ich lauschte, konnte ich nichts Ungewöhnliches ausmachen. Erneut konzentrierte ich mich auf das Buch, und während ich die Zeilen überflog, ging ich ein paar Schritte.

Hinter mir polterte es. Erschrocken fuhr ich herum und entdeckte ein Buch auf dem Boden. Sofort klemmte ich mir meines unter den Arm und griff nach dem heruntergefallenen. Klappte es behutsam zu und strich einmal über den Buchrücken. Mit einem Seufzen richtete ich mich auf, und verharrte mitten in der Bewegung. Ich hatte etwas gehört. Keine Sekunde später polterte es erneut, dieses Mal auf der anderen Seite des Regals. Ich lauschte mehrere Sekunden lang und drückte mich erst dann in den geraden Stand.

Das bildest du dir nur ein. Kein Grund zur Panik.

Ich atmete tief ein, darauf bedacht, auf jeden kleinsten Laut zu achten und selbst keinen einzigen zu verursachen. Das Ticken der Wanduhr war das einzige Geräusch, das in einem monotonen Takt an meine Ohren drang. Ich schüttelte die Hand aus. Versuchte so die Anspannung in mir zu lösen, ehe ich das Buch an seinen Platz zurückstellte.

Du bist in der Bibliothek. An einem Ort, den du liebst.

Und du bist in Sicherheit. Mit der Zeit hatte ich gelernt, dass es oft hilfreich war, sich selbst gut zuzureden, wenn die Angst einen zu erdrücken drohte. Doch als ich erneut eine Bewegung aus dem Augenwinkel wahrnahm, schnellte mein Puls so schlagartig in die Höhe, dass ich all den Zuspruch sofort wieder vergaß.

In meinem Kopf schrillten sämtliche Alarmglocken. Ich schnappte nach Luft, doch sie füllte meine Lungen nicht. Dann ertappte ich mich dabei, wie ich versuchte die Luft anzuhalten, nur um dann noch schneller zu atmen. Wie zur Salzsäule erstarrt, lauschte ich meinen abgehackten Atemzügen, die schneidend die Stille durchbrachen. Fahrig wischte ich mir über die Stirn. Schob mir eine Haarsträhne zurück und legte eine Hand auf den Bauch. Ich atmete dagegen und zählte lautlos von zehn rückwärts.

Plötzlich hörte ich Schritte. Ich fuhr herum. Mein Blick zuckte durch den Gang, doch fand nichts weiter außer Hunderte von Büchern. Hunderte Geschichten.

»Scheiße«, murmelte ich und presste mir beide Handflächen auf die Augen, mein Buch noch immer unter den Arm geklemmt. Zu viel lernen und zu wenig Schlaf war einfach nicht die beste Kombination. Mit einem Zischen stieß ich die Luft aus, nahm die Hände vom Gesicht und ging langsam auf das Ende des Gangs zu. Doch als ich erneut Schritte hörte, setzte mein Verstand aus. Haltsuchend presste ich mich an das Regal. Ich zog mein Smartphone hervor, öffnete den Chat und tippte hastig eine Nachricht. Trotzdem versuchte ich, wachsam zu bleiben.

(18:35) Ich: Wenn du in zehn Minuten nichts von mir hörst, ruf die Polizei.

Ohne die Nachricht noch einmal zu prüfen, schickte ich sie ab und schob das Smartphone zurück. So leise wie möglich setzte ich einen Fuß vor den anderen, doch der Boden knarrte unter meinen Sohlen. Sofort hielt ich inne und ließ den Blick abschätzend durch den Gang wandern. Zu beiden Seiten schien der Weg gleich lang zu sein. Ich drehte mich zum Regal. Starrte mit zusammengebissenen Zähnen auf die Buchrücken vor mir und schloss dann die Lider. In diesen Sekunden schickte ich ein Stoßgebet in den Himmel und bat um Vergebung für das, was ich jetzt tun würde.

Blitzschnell schob ich den Arm in das Regal vor mir und riss mit einem gewaltigen Ruck mehrere Bücher auf einmal heraus. Ohne zu zögern, machte ich auf dem Absatz kehrt und rannte den Gang entlang. Bücher flogen an meinen Augenwinkeln vorbei, während ich mein Ziel fokussierte. Ein dumpfes Pulsieren drückte auf meine Brust.

Und als die Bücher eines nach dem anderen auf dem Boden aufkamen, zog sich mein Herz schmerzhaft zusammen. Für einen Sekundenbruchteil hätte ich schwören können, dass nicht nur die Seiten rissen und die Buchrücken knackten, sondern auch etwas in mir.

Nicht zurücksehen, Malia.

Aber ich drehte mich um. Und genau in diesem Moment erkannte ich einen Schatten, der am anderen Ende des Gangs hinter dem Regal verschwand.

Mein Herz pochte mir bis zum Hals, während ich um die Ecke bog und selbst hinter dem Regal verschwand. Mein Atem ging stoßweise, weshalb ich die Lippen aufeinanderpresste, doch dadurch schnaufte ich nur noch mehr. Ich neigte den Kopf in die Richtung, aus der ich eben gekommen war. Konzentrierte mich auf Geräusche.

Und als ich um die Ecke spähte, begann mein Smartphone an meinem Hintern zu summen. Ich zuckte zusammen. Nicht nur das Vibrieren, sondern auch das Geräusch jagten mir solch einen Schrecken ein, dass ich mit dem Kopf an das Regal knallte. Reflexartig schnellte meine Hand hoch und rieb über die pochende Stelle.

Das kalte Holz drängte sich an meinen Rücken, während das Smartphone weitersummte. Ich wollte es aus der Hosentasche ziehen. Wollte nachsehen, wer mich anrief. Aber ich tat nichts dergleichen. Stattdessen biss ich mir so fest auf die Unterlippe, dass sie schmerzte, und drückte mir das Buch gegen die Brust.

Ich hatte es immer geliebt, mich in Bibliotheken aufzuhalten, vor allen Dingen in dieser. Aber jetzt fühlte ich mich zwischen dem, was ich liebte, gefangen.

Meine Vernunft schrie. Mein Verstand forderte mich auf zu rennen. Und mein Herz wollte nur noch zu Collin.

Collin.

Zwei Herzschläge lang erlaubte ich mir, die Augen zu schließen. Wie sehr ich mir in diesem Moment wünschte, seine Arme um mich zu spüren, ihn bei mir zu wissen. Ich wollte nur noch zu ihm. *Nach Hause.*

Ohne über die Konsequenzen nachzudenken, schleuderte ich das Buch aus meinen Armen direkt in den Gang hinein und hielt den Atem an. Wieder hörte ich Schritte.

Und sie kamen direkt auf mich zu.

Sofort rammte ich den Fuß in den Boden, drehte mich um — und rannte das zweite Mal an diesem Abend in jemanden hinein. Ich schrie auf. Kniff erschrocken die Augen zusammen und taumelte zurück.

Von meiner Angst getrieben eilte ich in die entgegengesetzte Richtung, an den Gängen vorbei. Ich musste hier raus, und zwar schnell. Beinahe war ich an der Tür angekommen, als ein Schatten aus dem Gang vor mir auftauchte. Gerade noch rechtzeitig bremste ich ab. Riss reflexartig die Hände hoch, um mein Gesicht zu schützen. Doch erst als der erwartete Schlag ausblieb, begriff ich, *wen* ich eben gesehen hatte.

Ich senkte die Arme. Braune Augen blickten von einem Buch auf, von einer gerunzelten Stirn begleitet.

»Großer Gott, du bist es.« Ich machte ein paar Schritte zurück, ehe ich mich an die Seite eines Bücherregals lehnte. Mit dem Rücken daran entlangrutschte und in die Knie sank. Den Kopf auf die Arme gebettet, konzentrierte ich mich auf meine Atmung und umklammerte mein Handgelenk. Das raue Band half mir dabei, nicht aus dem *Jetzt* zu gleiten. Mein Herz hämmerte so heftig, dass es mir wahrscheinlich jeden Moment aus der Brust springen würde.

Zwei Hände umfassten meine Oberarme und zogen mich zurück in den Stand. »Für dich bin ich, wer du willst, aber Blaine reicht im Normalfall. Alles okay?«

Ich nickte nur. Verschränkte die Arme vor der Stirn, in dem Versuch, den Schmerz aus meinem Kopf zu vertreiben. Zwischen dem Nebeldunst meiner Gedanken blitzte das Gesicht des Mannes vor meinem geistigen Auge auf, der sich hier in der Bibliothek zu mir gesetzt und mich gezeichnet hatte. Dessen Namen ich nicht gekannt hatte. Bis jetzt.

Ich wusste nicht, wie lange ich brauchte, um das Gefühl so weit zurückzudrängen, dass ich mir sicher sein konnte, nicht gleich zusammenzubrechen. Aber als ich die Augen öffnete, tauchte eine Wasserflasche in meinem Sichtfeld auf.

»Trink.« Blaine hielt sie mir nachdrücklich unter die Nase. Nur zitterte meine Hand so sehr, dass ich sie seufzend wieder sinken ließ. Für den Bruchteil einer Sekunde erkannte ich die Unsicherheit in seinen Augen, die von meinen hinunter zu meinen Lippen zuckten und zurück. Dann drehte er die Wasserflasche auf und trat an mich heran. Legte mir die Hand in den Nacken und wartete auf meine Zustimmung, bevor er mir die Flasche behutsam an die Lippen setzte.

Er sah mich an und ich ihn, ohne ein einziges Mal zu blinzeln. Doch mit dem wachsenden Brennen meiner Augen hielt ich dieser Aufmerksamkeit nicht mehr stand.

Kraftlos fiel mein Kopf nach vorn und mit ihm senkte Blaine die Wasserflasche. Nur langsam drückte ich mir den Handrücken an die Lippen, um das Überbleibsel der kühlen Flüssigkeit auf meine erhitzte Haut zu drücken.

Blaine trat schweigend zurück und drehte den Verschluss auf die Flasche. Das Geräusch klang unheimlich laut in meinen Ohren.

»Danke«, flüsterte ich.

Blaine rieb sich den Nacken, die Stirn von einem nachdenklichen Zug gezeichnet. »Ich weiß, dass ich nicht der unauffälligste Typ bin, aber ich hätte nicht gedacht, dass ich bei einem Menschen eine Schockstarre auslösen könnte.«

Ich schüttelte schwach den Kopf. »Daran liegt es nicht.«

Er deutete auf sich. »Etwa an meinem Gesicht?«

Wäre ich nicht immer noch damit beschäftigt gewesen, das panische Gefühl in mir unter Kontrolle zu bekommen, hätte ich vermutlich gelacht. Aber noch nicht einmal dazu war ich fähig. Stattdessen sagte ich etwas, das ich eigentlich nicht geplant hatte. »Unattraktiv bist du nicht.«

Gedanklich schlug ich mir gegen die Stirn.

Ein leichtes Schmunzeln schlich sich auf seine Lippen. »Verrätst du mir dann, was los ist?«

»Jemand war hier.« Immer noch schwer atmend, spähte ich vorsichtig in die Richtung, aus der ich eben gekommen war.

»Wann ist man schon mal wirklich allein?«, fragte Blaine in einem Ton, der keine Antwort erwartete. Deshalb stellte ich die eine Frage, die meine Gedanken dominierte.

»Wie hast du mich so schnell gefunden?«

»Ich habe gelesen.« Als hätte ich nicht mehr alle Tassen im Schrank, hielt er Beweisstück A hoch.

»Es ist Freitagabend«, stieß ich aus.

»Du bist doch auch hier.« Blaine musterte mich skeptisch, weshalb ich die Arme um den Körper schlang. »Ich habe nur Schritte gehört und schon hast du vor mir gestanden. Und nimm es mir nicht böse, Schönheit, aber du siehst aus, als hättest du einen Geist gesehen.«

Schmerz durchfuhr meinen Kopf, weshalb ich mir an die Stirn fasste und mir die Schläfen massierte. Dann senkte ich die Hand und verharrte im Nacken.

»Es ist alles okay«, sagte ich leise. Blaine hatte mittlerweile die Arme vor der Brust verschränkt und zog nur die Brauen hoch.

Ich nickte noch einmal nachdrücklich. »Wirklich. Alles gut.«

Mit diesen Worten fixierte ich den Boden. Massierte mir den Nacken in der Hoffnung, die Anspannung in meinen Muskeln zu lösen. Sekunden dehnten sich zu Minuten aus, in denen allein unsere Atemzüge zu hören waren. Seiner, der kräftig und gleichmäßig klang.

Und meiner, der immer noch zitterte und unregelmäßig die Luft erfüllte.

Ein Knistern ertönte aus den Lautsprechern, das in ein dumpfes Geräusch überging. Eine einschläfernde Stimme sagte durch, dass die Bibliothek in fünf Minuten schließen würde.

Blaine schnappte sich sein Buch und die Wasserflasche. Mit einem Räuspern versuchte ich den Kloß zu lösen, der immer noch in meinem Hals festsaß.

»Geh schon einmal vor. Ich muss noch etwas holen«, sagte ich. Blaines Brauen wanderten in die Höhe. »Mein Buch«, fügte ich hinzu, ehe ich mir durch die Haare strich, als könnte ich allein mit dieser Geste Ordnung in meine Gedanken bringen.

»Sicher?«

Ohne ihn noch einmal anzusehen, nickte ich.

»Okay«, sagte Blaine gedehnt. Er bedachte mich mit seinem Blick, vielleicht eine Spur zu lang, ehe er sich auf den Weg machte. »Komm gut nach Hause.«

Erst als er sich schon einige Meter von mir entfernt hatte, stieß ich mich vom Regal ab.

»Blaine?« Ich wartete, bis er sich umdrehte. Unsicher benetzte ich die Lippen. »Danke.«

Er nickte nur, ehe er sich wieder von mir abwandte und ging.

Immer noch wackelig auf den Beinen, hangelte ich mich an den Regalen entlang. Egal was ich auch machte, wenn die Angst mich einmal im Griff hatte, saß sie wirklich in meinem ganzen Körper. In jedem Muskel und jedem Nerv. Selbst auf dem Teppich klangen meine Schritte unheimlich laut, weil ich es nicht schaffte, die Füße richtig anzuheben.

Je näher ich dem Gang kam, desto mehr beschleunigte sich mein Herzschlag. Ich keuchte. Zerrte an meinem Pullover, um das beklemmende Gefühl in meiner Brust zu lösen. Nichts davon hatte ich mir eingebildet, dafür fühlte sich alles zu real an.

Doch als ich in den Gang einbog, wich die Entschlossenheit purem Entsetzen. Ich verharrte. Ging zum nächsten Gang und zum folgenden, nur um wieder zurückzugehen und erneut ins Leere zu starren. Jeder Muskel lud meinen Körper mit Energie auf und entzog sie mir im nächsten Moment. Ich sackte zusammen, die Arme auf die Knie gestützt, und hielt mir die Hände vor den Mund. Starrte panisch in den Gang hinein und versuchte zu verstehen, was die letzte Stunde über passiert war.

Denn es lag kein einziges Buch auf dem Boden.

Kapitel 26

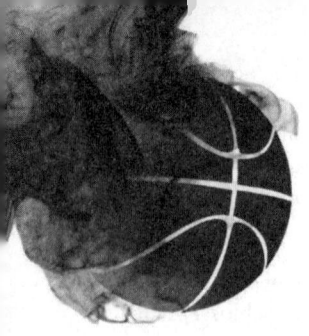

Collin

Meine Faust donnerte gegen die Tür. Meine Handkante schmerzte, Holz knackte, mein Herz raste. Ich war kurz davor, diese verdammte Tür einzutreten.

Mir entfuhr ein Schrei, als ich von ihr abließ und mir mit beiden Händen durch die Haare strich. Auf die Tür starrte, ehe ich im nächsten Moment gegen das Schloss trat. Einmal. Zweimal. Dreimal. Aber sie bewegte sich nicht.

Mein Blick flog umher, etwas drückte mir gegen die Kehle. Ich fasste mir an den Hals, hatte das Gefühl zu ersticken. Dann schmiss ich mich gegen die Tür. Schmetterte die Hand erneut gegen das Holz. Immer und immer wieder.

So schnell war ich noch nie nach Hause gerannt. War in die zweite Etage gestolpert, um meinen Autoschlüssel aus der Wohnung zu holen, den ich sonst bei mir trug. Verdammt, ich war immer mit dem Wagen unterwegs, nur heute nicht.

Das Gaspedal meines Pick-ups bis zum Anschlag durchgedrückt, hatte ich auf dem Weg hierher vermutlich mehr als einmal die Verkehrsregeln gebrochen.

Wenn du in zehn Minuten nichts von mir hörst, ruf die Polizei.

Es war eine halbe Stunde her. Eine verdammte halbe Stunde und ich hatte nichts von ihr gehört.

»Malia!« Ich brüllte ihren Namen, während meine Fäuste immer wieder auf das Holz krachten. Plötzlich wurde die Tür aufgezogen. Ich schnellte nach vorn, drückte sie auf und trat ein.

»Hey, hey, hey!«

Wren packte mich an den Schultern, aber ich schüttelte ihn ab. Drehte mich in der riesigen Eingangshalle und raufte mir die Haare. »Wo ist sie?«

Aus dem Augenwinkel bemerkte ich Jolie, die am Treppenabsatz stand und mich anstarrte.

»Was ist los?«, fragte Wren, als ich mir erneut durch die Haare fuhr, an ihnen riss, um etwas anderes zu fühlen als das Chaos in mir.

»Sag mir, wo sie ist!« Ich brüllte wieder. Plötzlich drückte mich jemand gegen die Tür. Schleuderte mich damit gedanklich in das Büro meines Vaters, während *sein* wutentbranntes Gesicht vor meinem geistigen Auge aufblitzte. Reflexartig versuchte ich, mich aus seinem Griff zu befreien, doch es war zwecklos.

Es war immer zwecklos.

Mein Vater fixierte mich mit seinen Händen, hielt mich mit seinem Willen. So lange, bis meiner zu brechen drohte.

»Beruhige dich, Kumpel«, hörte ich die Stimme meines besten Freundes aus dem Mund meines Vaters. Meine Augen flogen wirr umher. Ich hörte mein Schnauben. Nahm immer wieder Wrens Stimme wahr, bis sich das Gesicht meines Vaters langsam aufzulösen begann.

Ich blinzelte. Das Pochen in meinen Ohren verebbte. Bis ich begriff, dass Wren es war, der meine Hände zusammenhielt und mir seinen Unterarm über die Brust drückte.

Er musterte mich eingehend. »Wieder okay?«

Wenn du in zehn Minuten nichts von mir hörst, ruf die Polizei.

»Wo ist sie?« Meine Stimme war nur ein Flüstern. Ich spürte das Brennen in meinen Augen.

»Ich lasse dich jetzt los«, sagte Wren. Der Druck auf meiner Brust verschwand, der Griff um meine Hände lockerte sich. Dennoch fixierte Wren mich wachsam mit seinem Blick, richtete ihn auf jede meiner Bewegungen aus. »Sag mir, was passiert ist.«

Ich griff in die Hosentasche und zog mein Smartphone heraus, das ich ihm wortlos in die Hand drückte. Dann ging ich direkt auf Jolie zu. So ängstlich hatte ich sie noch nie gesehen.

»Wann hast du Malia das letzte Mal gesprochen? Hat sie sich bei dir gemeldet?«, fragte ich Jolie eindringlich. Doch sie sagte nichts. Wich stattdessen vor mir zurück und starrte mich mit großen Augen an. Verdammt, sie musste doch wissen, wo Malia sein könnte. Ich packte sie an den Schultern. »Hat sie sich bei dir gemeldet?«

»Collin!« Wren war mit zwei Schritten bei mir und schob mich bestimmt von Jolie weg. »Du tust ihr weh.«

Kaum hatte ich sie losgelassen, fasste sie sich an die Schulter, was ich nur am Rande wahrnahm. Erst als ich ihr Entsetzen erkannte, begriff ich die Bedeutung dahinter. Was ich gerade getan hatte.

Ich wurde wie *er*. Oder vielleicht war ich es schon längst.

»Gott, Jolie, es tut mir leid, ich …« Ich schluckte und verschränkte die Arme hinter dem Kopf. Doch noch während ich mich von ihr wegdrehte, schob ich die Hände nach vorn bis zum Gesicht. »Wo ist sie?«

»Sie ist in die Bibliothek gefahren.«

Wren hatte den Satz noch nicht einmal zu Ende gesprochen, da stürmte ich schon los. Doch bevor ich die Tür erreichen konnte, packte er mich am Handgelenk. »Gib mir den Schlüssel.«

Ich versuchte ihn abzuschütteln. »Ich muss —«

»Gib ihn mir. Ich fahre.« Wren hielt mir auffordernd die Hand hin. Ich griff in die Hosentasche, zog den gesamten Schlüsselbund hervor und ließ ihn in seine Hand fallen. Auf einmal öffnete sich die Haustür. Ich riss den Kopf herum.

Und ich könnte schwören, dass sich in diesem Moment die Zeit verlangsamte. Malia trat ein. Ich stürzte auf sie zu. Zog sie in meine Arme und vergrub das Gesicht in ihrem Haar.

Das war der Augenblick, in dem ich meine Vergangenheit vergaß. Meine Gegenwart an mir vorbei rauschte. Und ich meine Zukunft wieder in den Händen hielt.

Es brauchte nur einen einzigen Menschen und der Schmerz, der in mir tobte, erlosch.

»Collin«, flüsterte Malia. Ihre Hände wanderten an meinem Rücken hoch, verharrten in meinem Nacken, bevor sich eine an mein Gesicht legte und die andere durch meine Haare glitt.

In einer sanften Bewegung strich sie über meine Wange, während sie meinen Namen noch einmal flüsterte. Ich spürte eine weitere Hand auf meiner Schulter, doch reagierte nicht. Ich war noch nicht bereit, Malia loszulassen. Noch nicht.

»Wenn du sie weiter so drückst, kann sie nicht mehr atmen.« Jolies Stimme drang leise an mein Ohr. Trotzdem lockerte ich erst den Griff, nachdem Malia meinen Namen erneut flüsterte.

»Ist alles okay?« Wren wandte sich an Malia.

Sie sah von mir zu ihm. »Was meinst du?«

»Deine Nachricht«, stieß ich aus, doch Malia blieb stumm. Wren, der immer noch mein Smartphone hatte, tauschte einen Blick mit mir und hielt es ihr anschließend hin. Nach kurzem Zögern nahm sie es in die Hand, tippte auf das Display und verlor nahezu jegliche Farbe in ihrem Gesicht.

Gott verdammter, was war passiert, dass sie mir so eine Nachricht geschickt hatte?

»Malia?«, krächzte ich, ballte die Hände in meinen Jackentaschen zu Fäusten.

»Ich hab sie an dich gesendet.« Malia murmelte mehr zu sich selbst und vergrub fast in derselben Sekunde das Gesicht in den Händen.

»Kann mir bitte jemand erklären, was los ist?« Jolie flüsterte in einem fordernden Ton, aber Wren schob sie trotz ihres Widerspruchs in die Küche.

»Ich …« Malia brach ab, endete in einem ungläubigen Kopfschütteln und fasste sich an die Schläfe. »Ich hab unheimliche Kopfschmerzen. Können wir uns setzen?«

Ihr Blick war so flehend, dass ich nur mechanisch nicken konnte. Schon ging sie an mir vorbei ins Wohnzimmer. Langsam folgte ich ihr, verharrte aber am Türrahmen.

Ich beobachtete, wie sie sich auf das Sofa fallen ließ. Sie lehnte sich zurück und drückte sich ein Kissen gegen die Brust. Dass Malia gern dunkle Kleidung trug, war ich schon gewohnt. Auch heute hatte sie eine schwarze Jeans und einen dunklen Pullover an. Nur waren es die ebenso dunklen Schatten unter ihren Augen, die mir Sorge bereiteten. Selbst als ich mich zu Malia setzte, bewegte sie sich nicht, sondern fixierte weiterhin einen Punkt auf dem Boden.

Langsam lehnte ich mich vor und strich ihr behutsam das Haar zur Seite. Mein Blick blieb an ihrer Narbe hängen. Instinktiv fuhr ich mit einem Finger an der glatten Stelle entlang.

»Es war Glas«, sagte Malia leise, als hätte sie eine Frage gehört, die ich ihr noch nicht gestellt hatte. Dann legte sie die Hand über meine und schloss die Augen.

Alec. Allein diesen Namen zu denken, verursachte eine bleierne Schwere in meiner Brust. Als könne Malia genau diese spüren, atmete sie angestrengt ein. Und dieser eine Atemzug wurde von einem Zittern begleitet, das mich bis ins Mark traf.

»Manchmal holen sie mich ein, meine –« Sie brach ab und ließ die Hand sinken. Ich tat es ihr nach, und Malia lehnte den Kopf zurück. »Meine Erinnerungen daran. In diesen Situationen fällt es mir schwer, rational zu denken.« Malia lächelte leicht. »Oder überhaupt zu denken. Vorhin war einer dieser Momente. Ich war … gefangen. In meiner Angst.«

Ich stützte die Arme auf die Knie und wischte mir einmal durch das Gesicht. Die Stirn gegen meine verschränkten Hände gelehnt, schloss ich die Lider. »Ich habe mir solche Sorgen gemacht.«

»Es tut mir leid«, flüsterte Malia. Kurz darauf spürte ich eine zarte Berührung an meinen Händen. Ich ergriff ihre, hauchte ihr einen Kuss darauf, ehe ich sie mit beiden Händen umschloss. Am liebsten würde ich sie in meine Arme ziehen.

»Collin?«

Ich sah auf.

»Tu es einfach.« Malias Augen schimmerten, doch sie lächelte. Ich hingegen blinzelte, und dann lehnte sie sich gegen mich. Hatte ich das etwa gerade laut gesagt? Vorsichtig hob ich den Arm. Ich spürte ihr Lächeln, während sie den Kopf auf meine Brust und die Hand auf mein Herz legte. »Das wollte ich die ganze Zeit schon tun.«

Vorsichtig bettete ich ihren Kopf auf dem Sofakissen. Dann schnappte ich mir die Decke von der Lehne und breitete sie über Malia aus. Schon nach wenigen Minuten in meinen Armen waren ihre Atemzüge tiefer geworden. Trotzdem hatte ich mir erlaubt, bei ihr zu bleiben.

Ich blickte auf die schlafende Malia, so wunderschön und friedlich. Mit blasser Haut und tiefen Schatten unter den Augen, von dichten, langen Wimpern umrahmt. In diesem Moment erinnerte sie mich an einen Engel. Einen mit gebrochenen Flügeln, bereit zu heilen. Das Gesicht nicht nachdenklich verzogen, sondern in seiner reinsten, unschuldigsten Version.

Während ich Malia musterte, zog sich etwas in mir zusammen. Nur langsam machte ich einige Schritte zurück. Verharrte im Türrahmen, ehe ich mich umdrehte und in die Küche ging.

Jolie saß an der Kochinsel, während Wren ihr gegenüber neben der Kaffeemaschine lehnte und auf den Fernseher an der Wand starrte. Ich brauchte nicht hinzuschauen, um zu wissen, dass irgendein Basketballspiel lief.

Beide sahen auf, als ich mich näherte. Ich vergrub die Hände in den Taschen meiner Jacke und öffnete den Mund, nur um ihn kurz darauf wieder zu schließen. Ich schluckte. Wren und Jolie hatten eine der schlechtesten Versionen meiner selbst gesehen, aber in ihren Blicken lag nichts Urteilendes, sondern einzig und allein Besorgnis.

»Es tut mir leid.« Ich fixierte erst Jolie, dann Wren. Dieser nickte mir zu, die Lippen nur eine schmale Linie, während Jolie die Hand nach mir ausstreckte. »Habe ich dir wehgetan?«, fragte ich sie leise.

Jolie legte den Arm an meine Seite, woraufhin ich sie kurz an mich drückte. Sie zögerte, schüttelte dann den Kopf. Ich wusste sofort, dass sie log. Sich nicht traute, mir die Wahrheit ins Gesicht zu sagen.

»Es tut mir leid«, wiederholte ich meine Worte, doch es schien mir nicht annähernd genug. Eine Weile war es ruhig zwischen uns. Nur die leisen Geräusche des Fernsehers durchbrachen die Stille.

»Bleib bei ihr«, bat Jolie. »Sie sollte nicht allein sein. Niemand sollte das.«

Unsere Blicke hielten einander fest, ehe ich sie noch einmal an mich drückte. Sie hasste es selbst, allein zu sein, und doch war sie es ständig.

Ich wandte mich ab. Auf leisen Sohlen ging ich zurück ins Wohnzimmer, wo Malia immer noch engelsgleich auf dem Sofa lag. Vorsichtig schob ich einen Arm unter ihre Schultern, den anderen unter ihre Knie und hob sie mitsamt der Decke hoch. Ihr Körper drückte sich weich gegen meinen, während ich auf die Treppen zusteuerte und mich immer wieder vergewisserte, dass sie schlief.

Mit der Schulter drückte ich die Tür zu ihrem Zimmer auf. Seitdem sie hier wohnte, hatte ich es zwar noch kein einziges Mal gesehen, es mir aber genauso vorgestellt. Überall waren Bücher. Vor den Regalen, auf den Tischen, sogar im Bett. Behutsam legte ich Malia darauf, schnürte ihre Boots auf und zog sie ihr vorsichtig von den Füßen. Dann ging ich wieder an ihre Seite und zupfte die Decke zurecht.

Ich bückte mich zu ihr hinunter. Meine Lippen streiften Malias

Haut und hauchten ihr einen Kuss auf die Schläfe. Auch wenn Jolie gesagt hatte, dass ich bleiben sollte, fühlte es sich nicht richtig an, wenn Malia mir diese Erlaubnis nicht selbst erteilte. Deshalb löschte ich das Licht und durchquerte das Zimmer, auch wenn mir das nach dem heutigen Abend alles andere als leichtfiel.

»Collin?«

Die Hand bereits an der Türklinke, hielt ich inne. Brauchte zwei Herzschläge lang, um mich noch einmal zu Malia umzudrehen. »Ja?«

»Bleibst du bei mir?«

Mein Herz stolperte. »Natürlich.«

Mit einem leisen Klicken drückte ich die Tür ins Schloss und steuerte den Sessel an, der vom Mondlicht erhellt wurde.

»Kannst du mich halten?« Malias Frage war nur ein Flüstern, doch alles in mir zog sich zusammen.

So leise wie möglich streifte ich mir Schuhe und Jacke ab, die ich auf den Sessel legte. Ich ging zur anderen Seite des Bettes und als ich mich neben Malia legte, senkte sich die Matratze unter meinem Gewicht. Ich hob den Arm und sie bettete den Kopf erneut an meine Brust, die Hand auf meinem Herzen.

Und während ich meine Hand auf ihre legte, gab ich ihr ein Versprechen.

»Immer.«

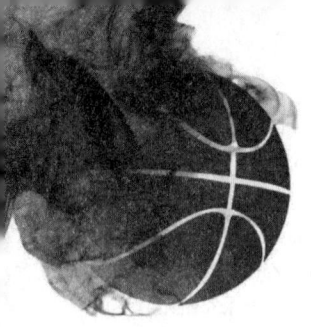

Kapitel 27

Malia

Ich starrte auf das Notizbuch, das ich schon seit einer Stunde aufgeschlagen hatte. Die Seiten waren immer noch unbeschrieben. Bisher hatte ich mich nicht auf meine Hausarbeit konzentrieren können, die ich eigentlich schon letztes Wochenende hatte fertigstellen wollen. Doch meine Gedanken schweiften ständig ab.

Es war Tage her.

Und dennoch steckte das Gefühl fest in meinen Knochen. Es hatte sich darin verankert, genauso wie die Erinnerung an Collin. Wie er mich angesehen hatte, brach mir immer noch das Herz.

Ich fasste mir an die Stirn und massierte sie in kreisenden Bewegungen, ehe ich die Hand auf das Notizbuch sinken ließ. Langsam schlug ich die letzte Seite auf. Verharrte noch einen Moment, bevor ich die versteckte Tasche öffnete und ein Bild herauszog. Mit den Fingerspitzen strich ich an dem Foto entlang, das an der einen Seite glatt, auf der anderen rissig war. Ich hatte es im Sommer genau dort durchgerissen, kurz bevor ich mich auf den Weg nach Rosehollow gemacht hatte. Ein Symbol dafür, neu anzufangen und Erlebtes zu vergessen.

Alec zu vergessen.

Mein Blick wanderte über das Bild. Über die Gesichter, die in die Kamera strahlten. Es zeigte Kian und mich. Wir waren so unbeschwert und …

… glücklich.

Ein Kribbeln in meinem Nacken brachte mir eine Gänsehaut

und machte mir bewusst, dass die Erinnerungen an ihn mich gefangen hielten. Und obwohl es sich jeden Tag besserte, wusste ich, dass mich dieser Schatten für immer verfolgen würde. Ich schluckte. Steckte das Bild zurück und verbannte es aus meinen Gedanken, wie Alec zuvor aus meinem Leben.

Plötzlich verschwand das Notizbuch und alles wurde schwarz. Zwei Hände schoben sich über meine Augen.

»Was hast du heute vor?« Ein Flüstern an meinem Ohr. Blindlings schnappte ich das Buch und schlug damit nach hinten, traf aber – welch Überraschung – nur Luft.

»Collin!« Ich lachte, noch während er die Hände von meinem Gesicht zog und zu mir auf die Bank rutschte. Auch wenn es mittlerweile wirklich kühl war, liebte ich es nach wie vor, an der frischen Luft zu lernen.

»Hey.« Unter seiner Jacke trug Collin einen schwarzen Hoodie zusammen mit einer schwarzen, langen Hose im Cargostil und weißen Sneakers. Seine eisblauen Augen leuchteten förmlich.

Sanft strich er mir durch das Haar. Ich musste unweigerlich an den Moment denken, als er es das erste Mal getan hatte. Seitdem erwischte ich ihn immer wieder dabei, wie er mit meinem Haar spielte oder vereinzelte Strähnen zwischen den Fingern zwirbelte.

»Was hast du heute vor?«, fragte er mich noch einmal und ließ die Hand sinken.

»Kommt drauf an, was du mir gleich vorschlägst.« Ich bettete das Kinn in die Hand und zog erwartungsvoll die Brauen in die Höhe. Er lachte kurz auf und neigte sich zu mir. Für den Bruchteil einer Sekunde stockte meine Atmung, während meine Augen zu seinem Mund huschten. Ich müsste mich nur ein kleines Stück vorlehnen und unsere Lippen würden sich berühren.

»Ich hole dich um acht ab.«

Nur langsam lehnte Collin sich zurück. Ich unterdrückte ein Stöhnen. Er hatte es vollkommen ernst gemeint, als er zu mir gesagt hatte, ich würde das Tempo bestimmen. Collin würde mich nicht noch einmal küssen, dieses Mal war ich am Zug.

Und das Knistern meiner Lippen, einfach *alles* in mir schrie danach. Mit einem hochgezogenen Mundwinkel stand Collin auf und ließ mich allein mit diesem Gefühl auf der Bank zurück.

»Wohin entführst du mich?«, fragte ich ihn, während er sich rückwärts von mir entfernte und mich dabei nicht aus den Augen ließ.

»Lass dich überraschen.« Er grinste, drehte sich um und ging über den Campus. Aber nicht ohne noch einmal einen Blick über die Schulter zu werfen.

Es klopfte an meiner Zimmertür. Jolie streckte grinsend den Kopf hinein. »Du hast Besuch.«

»Ich bin gleich da.«

Jolie nickte. Sie hatte die Tür schon fast wieder zugezogen, als sie sie noch einmal aufdrückte. »Du siehst toll aus.«

Ihr hochgehaltener Daumen war das Letzte, das ich sah, ehe sie die Tür mit einem leisen Klicken schloss. Prüfend betrachtete ich mich im Spiegel. Ich war nicht anders gekleidet als sonst: schwarze Jeans, einen dünnen, weißen Rollkragenpullover und meine Boots.

Mein Blick wanderte hoch zu meinem Gesicht, das von den leichten Wellen meines Haars umrahmt wurde, bis zu der rosafarbenen Narbe an der Schläfe. Zu den Augen, die mir so vertraut waren und vor denen ich mich zeitgleich doch am meisten fürchtete. Denn für diesen Moment erkannte ich darin das, was ich tief in mir zu verstecken versuchte. An das ich niemals wieder erinnert werden wollte.

Und doch begegnete ich diesem Schatten jeden verdammten Tag in meinem eigenen Spiegelbild.

Ich atmete tief ein, schnappte mir meine Lederjacke und warf sie mir über. Dann verließ ich das Zimmer.

Collin wartete an der Haustür und hatte die Hände in den

Hosentaschen vergraben. Er lächelte, als er mich am Treppenabsatz bemerkte. »Hey.«

Es war nur ein Wort, aber mit dieser einen Silbe brachte er meine Welt ins Wanken. Jedes Mal.

Jolie kam aus der Küche und räusperte sich. »Ich bin heute übrigens bei Ryder und die ganze Nacht nicht da. Ihr könnt machen, was ihr wollt.«

Erschrocken fuhr ich herum. »Jolie!«

Sie hingegen schob sich grinsend einen Löffel Müsli in den Mund und zuckte mit den Schultern. »Wollte es nur erwähnt haben.«

Dann machte sie auf dem Absatz kehrt. Die Locken flogen dabei schwungvoll um ihren Kopf, ehe sie mit einem leisen Summen in der Küche verschwand.

Ich unterdrückte ein Schnauben, denn mit ihrem Faible für Müsli erinnerte sie mich ständig an Kian. Genau wie er konnte Jolie dieses Zeug Tag und Nacht essen.

Mit aufeinandergedrückten Lippen drehte ich mich langsam zurück zu Collin, der sich sichtlich amüsiert ein Schmunzeln verkniff.

»Sorry«, murmelte ich. Mit einem einzigen Schritt trat er dichter an mich heran und hob mein Kinn. Plötzlich war er mir so nah, dass ich seinen Atem auf der Haut spüren konnte und meine Lippen keine Sekunde später zu kribbeln begannen.

»Du bestimmst das Tempo«, wiederholte er leise die Worte, die er vor ein paar Tagen schon einmal zu mir gesagt hatte. Ein Grübchen bildete sich in seiner Wange. Dann zog er den Finger in einer sanften Bewegung von meinem Kinn. »Bist du fertig?«

Mit den Nerven.

Ich nickte. »Wo gehen wir hin?«

Er hielt mir die Tür auf. »Ich möchte dir etwas zeigen.«

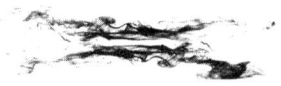

Der Motor verstummte. Skeptisch beugte ich mich vor und versuchte einen Blick auf die Umgebung zu erhaschen. Es war stockdunkel.

»Wo sind wir hier?«, fragte ich misstrauisch und löste langsam den Gurt.

»Im Wald.« Collin grinste vielsagend, ehe er aus dem Wagen stieg. Ich stieg ebenfalls aus, schlug die Tür zu und zog die Jacke enger um mich.

»Willst du mich umbringen?«

Collin stieß ein Lachen aus. »Wir sind hier nicht in einem Horrorfilm.«

»Nein, aber genauso fangen sie an«, murmelte ich und vergrub die Hände in den warmen Taschen meiner Jacke.

Collin wartete, bis ich zu ihm aufgeschlossen hatte, ehe er einem imaginären Weg folgte. Es war so dunkel, dass ich Mühe hatte, irgendetwas zu erkennen. Nur das Weiß von Collins Sneakern leuchtete in der Dunkelheit, während das sanfte Mondlicht durch das Geäst fiel. Das war die einzige Lichtquelle weit und breit.

Äste knackten unter meinen Schritten. Unsicher setzte ich einen Fuß vor den anderen, während ich etwas zu erkennen versuchte. Das fehlende Licht raubte mir einen meiner Sinne. Da schien es mir das Normalste auf der Welt zu sein, mir selbst nicht zu vertrauen.

Als hätte Collin meine Gedanken gelesen, drehte er sich zu mir um und hielt mir seine Hand hin. »Vertraust du mir?«

Ohne zu zögern, legte ich die Hand in seine. Collin drückte sie sanft und führte mich durch das Dickicht. Woher wusste er überhaupt, wo wir hinmussten? Ich erkannte beim besten Willen nichts, so sehr ich mich auch konzentrierte.

Plötzlich zog Collin mich ein Stück näher an sich heran, falls das überhaupt noch möglich war. Mittlerweile hatte ich mich so dicht an ihn gedrückt, dass ich mich wie ein Klammeräffchen fühlte.

»Hörst du das?«, fragte er leise.

Ich nahm einen tiefen Atemzug und lauschte. Es vergingen einige Sekunden, bis ich ein Rauschen vernahm. »Was ist das?«

»Das, was ich dir zeigen will.« Ich hörte das Lächeln in Collins Stimme. Dann spürte ich seinen Daumen, der über meinen Fingerknochen fuhr. »Schließ die Augen.«

»Ich sehe doch sowieso schon nichts.«

Collin trat vor mich. Das Mondlicht schimmerte in seinen Iriden und tauchte sie in die unterschiedlichsten Blautöne. »Schließ die Augen.«

Dieses Mal gehorchte ich. Die ersten Meter setzte ich nur zögerlich einen Schritt vor den anderen, bis Collin mich sanft in den Arm zog. Wie von selbst schmiegte sich mein Körper an seinen, während Collin mich durch die Dunkelheit führte. Die Angst, gegen den nächstbesten Baum zu laufen, rückte beinahe vollständig in den Hintergrund.

»Augen zulassen.« Collins Hand verschwand von meinem Rücken und hinterließ nur einsame Kälte. Es raschelte, ehe er wieder an mich herantrat. Das Knacken unter seinen Füßen verriet ihn. Es war unglaublich, wie sehr ich mich auf meinen Hörsinn konzentrierte, wenn ich die Augen geschlossen hatte. Obwohl ich mich dadurch angreifbar machte, breitete sich eine innere Ruhe in mir aus.

Ich erwartete, dass Collin mich wieder in den Arm ziehen würde, doch stattdessen ergriff er meine Hände. Sanft zog er mich voran, bis zu einem Punkt, an dem ich stehenbleiben sollte. Dann trat Collin hinter mich, berührte mich kurz an der Taille. »Jetzt darfst du schauen.«

Ich verharrte noch zwei Herzschläge lang, ehe ich langsam die Lider aufschlug. Beinahe im selben Moment fiel mir keuchend die Kinnlade herunter.

Vor mir erstreckte sich eine Lichtung mit einem See, in dem sich das Mondlicht spiegelte und in alle Richtungen reflektierte. Ein Wasserfall brach die glatte Oberfläche des Sees und versetzte ihn an der Stelle in Schwingungen. Energie auf Ruhe, Schall auf Stille. Das Wasser bewegte sich in sanften Wellen, während das Mondlicht darauf wie kleine Schnuppen am Nachthimmel schimmerte.

»Ich hatte das Gefühl, dass dieser Ort zu uns passt«, sagte Collin leise. Ich spähte zu ihm hoch, bewunderte das Schimmern seiner Augen. Die leicht geöffneten Lippen und die Bartstoppeln am Kinn. Diese Kulisse machte etwas mit ihm, genauso wie mit mir. Er stand dicht bei mir und doch hielt er mich nicht fest.

»Es ist wunderschön.« Lächelnd wandte ich mich wieder dem Lichtspiel zu. Setzte mich langsam in Bewegung und ging über die Lichtung. Die Nacht war sternenklar, der Himmel wolkenlos. Auf einmal schien er so nah, dass ich danach greifen wollte.

Ich streckte eine Hand nach oben. Hatte das Gefühl, den Mond fast berühren zu können. Ich drehte mich auf der Stelle, glitt mit dem Finger über einen Stern nach dem anderen. Dieses Licht war da, obwohl ich es nicht immer sehen konnte.

An einem Stern verharrte ich, er blinkte nicht ganz so intensiv. Ein kleiner Funken in der Dunkelheit. Das bedeutete jedoch nicht, dass er keine Leuchtkraft hatte. Vielleicht konnte nur ich sie gerade nicht sehen, jemand anderes auf dieser Welt dafür schon. Dieser Stern war nicht schwach. Nicht weniger wert als die anderen und nicht weniger schön, weil er sich in diesem Moment nicht in all seiner Helligkeit zeigen konnte. Irgendwann würde er zu seinem Licht zurückfinden. Manchmal brauchte es nur etwas Zeit, denn überall, wo Schatten war, gab es Licht – immer.

Wieso erkannte ich das erst jetzt?

Weil es manchmal einen anderen Blickwinkel braucht, schoss es mir plötzlich durch den Kopf.

Langsam senkte ich die Hand. Denn auf einmal war alles, was ich wahrnehmen konnte, *er*.

Collin stand dort, die Hände in den Taschen vergraben, und lächelte. Er sah *mich*. Und genau jetzt war mein Herz voll von Gefühlen.

Obwohl uns Meter voneinander trennten, spürte ich diese Nähe. Dieses Vertrauen, das ich nicht geglaubt hatte, wiederzufinden.

Es war wie mit dem Sternenlicht. Immer da, und trotzdem mit Zeit verbunden. Mit einer Person, die deinen Blickwinkel ändert, damit das Leuchten an Kraft gewinnt.

So wurde mitten auf dieser Lichtung und unter dem strahlenden Nachthimmel aus dem *Irgendwann* ein *Jetzt*.

Es wurde zu diesem Moment.

Collin kam auf mich zu. Ich trat näher an ihn heran. Vorsichtig strich er mir eine Haarsträhne hinter das Ohr, ehe sein Daumen meine Wange streifte und sich an mein Gesicht legte. Seine Augen waren tief in meinen verankert, während wir uns ein stummes Versprechen gaben.

Dann stellte ich mich auf die Zehenspitzen und besiegelte das Versprechen, indem ich meine Lippen auf seine drückte.

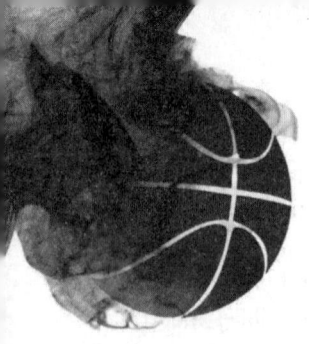

Kapitel 28

Malia

»Ich werde wahnsinnig.« Jolie verschränkte die Arme vor der Brust und starrte an die Decke. Ich stützte das Kinn in die Hand und schielte auf das Buch, über dem ich gefühlt schon seit Stunden hockte. Wir hatten uns heute Morgen in der Bibliothek eingenistet, um für die Mid Terms zu lernen. Sie rückten nicht nur mit jedem weiteren Tag näher, ich hatte dieses Mal auch besonderen Respekt vor ihnen. Zwar waren es nicht die ersten Terms, die ich durchstehen musste, dafür aber die ersten an der *Violet Hill.*

Mein Blick wanderte von Jolie zu Lexie, die mir beide an dem dunklen Holztisch gegenübersaßen. Zwischen uns Unmengen an Büchern, Zetteln, Stiften und Farben.

Es war das erste Mal, dass ich wieder in der Bibliothek lernte. Und ich ertappte mich viel zu oft dabei, wie ich zu der Tür schielte, hinter der ich meine Gedanken und Gefühle fest verschlossen glaubte.

»Ich hasse lernen. Ich hasse, hasse, hasse es«, stieß Jolie aus und riss mich zurück an den Tisch. Sie schmiss den Stift vor sich auf die Bücher, vergrub stattdessen die Hände in den Locken.

»Du hast dich für Kunstwissenschaften entschieden«, sagte Lexie, die ebenfalls aufblickte. »Du hast es dir selbst ausgesucht.«

Jolie grummelte erneut und entlockte Lexie damit ein Schmunzeln. Diese war gerade dabei, einen Entwurf auszuarbeiten. Ich spähte auf ihre Zeichnung. Anscheinend war ich nicht unauffällig genug, denn im nächsten Moment schob Lexie sie mir wortlos hin, ehe sie in ihrem Stuhl zurücksank. »Irgendetwas fehlt.«

Ich beugte mich über die Zeichnung und keuchte auf. Feine Linien formten den Oberkörper einer Frau. Aber es war nicht die zierliche Erscheinung, die mir den Atem raubte, sondern das, was sich anmutig um ihren Hals wand.

Auf der einen Seite streckte sich eine Kette aus feinen Gliedern, zum Dekolleté hin vergrößerte sich die Fläche. Sie lag eng an, schmiegte sich hoch bis zur anderen Schulter und schloss sich erst am Halsansatz wieder zusammen. Als wäre das noch nicht genug, schimmerte in einem sonnenartigen Muster, das mich an ein Mandala erinnerte, Haut hervor. Lexie hatte sie mit den verschiedensten Schattierungen koloriert.

»Lex«, hauchte ich und strich andächtig über die Zeichnung. »Das ist …«

»Schlecht.« Lexie seufzte.

»Ein Kunstwerk«, korrigierte ich sie, schaffte es allerdings nicht, mich von dieser Zeichnung zu lösen. Keine Sekunde später verschwand sie dennoch aus meinem Sichtfeld. Mit offenem Mund starrte ich dem Blatt hinterher, das Jolie mir wortwörtlich vor der Nase weggeschnappt hatte. Bevor ich protestieren konnte, hatten sie und Lexie bereits die Köpfe zusammengesteckt.

»Hier würde ich das Muster durchbrechen und eine weitere Fläche aufsetzen, dann sieht es organischer aus.« Jolie hielt Lexie das Blatt hin und zeigte darauf. Während die beiden in eine Diskussion verfielen, beobachtete ich sie. Mit flinken Fingern begann Lexie auf einem weiteren Blatt Papier einen neuenEntwurf zu skizzieren.

Wenn ich nur ansatzweise so ein Talent hätte, dann …

Mit einem Seufzen widmete ich mich wieder meinem Buch. Das Kinn erneut in die Hand gestützt, schloss ich dann jedoch die Augen. Ich konnte mich nicht richtig konzentrieren. Das Stechen, das immer wieder durch meinen Kopf jagte, machte es mir nicht leichter. Manchmal hatte ich das Gefühl, dass die Narbe an meiner Schläfe so reagierte, wie es ein Knochen tat, der einmal gebrochen gewesen war. An bestimmten Tagen schmerzte es, obwohl der Bruch schon längst verheilt war.

Ich strich mit der Fingerspitze über die Narbe. Fühlte die glatte, empfindliche Haut. Sie war nicht groß, aber sie war da. Und egal wie klein oder groß eine Narbe auch sein mochte, der Schaden, über den sie sich schützend gelegt hatte, verfolgte einen. Nicht physisch, aber es waren die Erinnerungen an das Erlebte, die blieben. Dennoch vergaß man immer wieder, dass Narben zum Leben dazugehörten. Zu der eigenen Geschichte. Letztendlich hatte man selbst in der Hand, was man aus dieser Erinnerung machte.

Ich blätterte durch mein Notizbuch, bis mein Blick an den schwarzen Linien der Zeichnung darin hängen blieb. Langsam schlug ich die Seite auf und lehnte mich mit dem Buch im Stuhl zurück. Ich hatte sie kein einziges Mal angesehen, seit ich sie dort entdeckt hatte. Trotzdem hatte sie irgendetwas an sich, das mich faszinierte.

Gedankenverloren strich ich über die verschiedenen Schattierungen, als ein Vibrieren meine Aufmerksamkeit auf sich zog. Ich klappte das Buch wieder zu, lehnte mich vor und spähte auf den Sperrbildschirm meines Smartphones.

(14:54) Unbekannt: Einen Penny für deine Gedanken.

Nachdenklich runzelte ich die Stirn. Als hätte Blaine geahnt, dass ich die Zeichnung gerade angesehen hatte. Ich griff nach dem Smartphone und öffnete den Chat. Dann tippte ich eine Antwort.

(14:55) Ich: Nur einen Penny?

Kaum hatte ich die Nachricht abgesendet, zeigten die drei Punkte an, dass er zurückschrieb.

(14:55) Unbekannt: Ich will endlich wieder
mit dir reden.

Ich legte das Smartphone zurück auf den Tisch und hob
gedankenversunken den Kopf. Brauchte einen Moment, um zu
begreifen, dass mich jemand beobachtete. Mich regelrecht *fixierte*.
Und kaum stellte sich der Schatten hinter Jolie und Lexie scharf,
zuckte ich zusammen. So sehr, dass der Tisch anfing zu wackeln.
Ich rieb mir über die Augen, blinzelte mehrmals. Doch da war
niemand.

»Malia?« Meine beiden Freundinnen beäugten mich skeptisch.

»Hm?«

»Geht es dir gut? Du bist kreidebleich.« Lexie musterte mich
besorgt.

Mein Smartphone bewahrte mich vor einer Antwort, denn es
vibrierte erneut. Doch bevor ich reagieren konnte, schnappte Jolie
danach und riss begeistert die Augen auf. »Halleluja. Wer ist
Kian?«

Sofort nahm ich ihr mein Smartphone ab. »Ein Freund.« Mit
dieser Antwort ließ ich das vibrierende Ding in meinem Rucksack
verschwinden. Jolie hob währenddessen die Brauen, aber das, was
mich dazu brachte, diesen Worten Nachdruck zu verleihen, war
Lexies prüfender Blick. »Nur ein Freund.«

»Ist Kian dein Ex?« Jolie konnte ihre Schwärmerei kaum
verbergen. »Er sieht heiß aus.«

Lexie, die sich schon wieder ihrer Zeichnung gewidmet hatte,
stieß genervt den Atem aus. »Jolie.«

»Was? Hast du ihn dir eben angeguckt?« Jolie deutete mit dem
Daumen in meine Richtung.

»Manche Leute respektieren die Privatsphäre anderer.« Lexie
ließ den Stift fallen. »*Nein*, ich habe ihn mir nicht angeguckt.«

»Er hat ein wahnsinnig schönes Lächeln und …«

Ich schloss die Lider und versuchte, das Gespräch zwischen
den beiden auszublenden. Doch in meinem Rucksack begann es

erneut zu summen. Ich konzentrierte mich auf das Geräusch und darauf, dass mein Kopf mir schon wieder einen Streich spielte. Wie um den Gedanken zu bekräftigen, fing meine Schläfe an zu pochen. Reflexartig hob ich die Hand und übte leichten Druck auf die Narbe aus.

Ein Schnipsen zwang mich schließlich dazu, mich der Realität zu stellen. Aufgeregt beugte Jolie sich über die Tischkante und wackelte mit den Fingern. »Lief da etwas zwischen euch?«

»Nein!«, stieß ich sofort aus und erschrak beinahe über mich selbst. Wenn sie es vorher schon geglaubt hatte, bestätigte ich mit meiner Reaktion ihre Behauptung. Fabelhaft. Schwungvoll klappte ich die Bücher vor mir zu und stapelte sie fahrig übereinander. Klemmte sie mir in den Arm und schob das Notizbuch weiter auf den Tisch. »Kian ist ein Freund.«

Damit wandte ich mich zum Gehen.

»Warte —«

»Hör jetzt auf«, hörte ich Lexie zischen.

»Au! Alexis Jean Donovan!«

Sofort breitete sich die Enttäuschung in mir aus. Noch nicht einmal einer harmlosen Diskussion konnte ich mich stellen, ohne die Flucht zu ergreifen. Ich bog in den Gang ein, nur um im nächsten Moment innezuhalten.

Die olivgrüne Jacke erkannte ich sofort. Blaine stand am anderen Ende des Gangs, mit dem Rücken zu mir. Energische Laute drangen an meine Ohren. Stritt er sich mit jemandem?

Instinktiv machte ich einen Schritt zurück und verschwand hinter dem Regal. Vorsichtig spähte ich um die Ecke. Blaine riss die Arme zur Seite und ging auf jemanden zu, doch ich konnte denjenigen nicht erkennen. Er stieß die Person an. Die Person stieß zurück und trat vor. Doch bevor ich sie erkennen konnte, zog ich reflexartig den Kopf zurück. Wartete einige Sekunden lang, ehe ich mich wieder vorneigte.

Doch dabei rutschte mir ein Buch aus den Armen. Ich erschrak. Versuchte, es noch zu fassen zu bekommen, aber es polterte auf den Boden. Sofort drückte ich mich an das kühle Holz und stieß mit dem Kopf dagegen. Erinnerungen durchfluteten mich, wie ich genau so vor ein paar Tagen hier gestanden hatte. Mein Puls beschleunigte sich.

Du musst ruhig bleiben, Malia.

Ich zählte mehrere Herzschläge, ehe ich das Bein ausstreckte und das Buch mit dem Fuß zu mir zurückzog. Dann drehte ich den Kopf in Richtung Gang und versuchte, mich auf das Wortgefecht zu konzentrieren, doch ich hörte nichts mehr.

Vorsichtig linste ich hinter dem Regal hervor. Genau in diesem Augenblick verschwand die andere Person und Blaine drehte sich so, dass er mit seinem Profil zu mir stand. Selbst von meiner Position aus konnte ich erkennen, dass sein Gesicht von harten Zügen gezeichnet war. Ganz anders, als ich ihn kennengelernt hatte.

Plötzlich formten sich mehrere Erinnerungen zu einem Bild. Ich dachte an die Nachrichten auf meinem Smartphone. An den Tag neulich und auch an die Begegnungen zuvor. Blaine hielt sich oft in meiner Nähe auf. Manchmal unscheinbar und manchmal offensichtlich, aber irgendwie war er immer da. Auf einmal drängte sich die Frage in meine Gedanken, wie oft ich es schon nicht mitbekommen haben könnte.

Noch bevor Blaine mich entdecken konnte, verschwand er um die Ecke. Ich wartete einige Sekunden lang, ehe ich mich nach dem Buch bückte und es aufhob. In den Gang hineintrat und eines nach dem anderen an seinen Platz zurückstellte. Dann hielt ich inne, denn meine Haut verwandelte sich schlagartig in ein prickelndes Meer. Meine Finger verharrten auf dem Buchrücken, als mir bewusst wurde, dass ich genau an der Stelle stand, an der Blaine sich eben noch mit einer anderen Person gestritten hatte.

Und ich bin nicht allein.

Einen Wimpernschlag später tauchte eine Silhouette in meinem Augenwinkel auf. Ich zuckte zusammen, als Finger sich in das Regal vor mir krallten, direkt neben meinem Gesicht. Doch dann stieg mir der Duft eines Duschgels in die Nase, der sich mit den vielen Büchern um uns herum vermischte.

Und sofort war die Anspannung in mir verschwunden. Mit einem Lächeln auf den Lippen drehte ich mich um und blickte direkt in eisblaue Augen. Die Hand immer noch neben meinem Kopf abgestützt, kam Collin mir entgegen, sein Grübchengrinsen im Gesicht. Ohne ein Wort zu sagen, küsste er mich.

Ich konnte nicht anders, als an seinen Lippen zu lächeln. Dann öffnete ich sie und keine Sekunde später vertiefte Collin den Kuss. Dabei kam er mir so nahe, dass er mich mit seinem Körper gegen das Regal drängte. Hitze schoss mir in die Wangen. Diese Nähe löste ein Gefühl in mir aus, jeden Augenblick den Verstand zu verlieren.

»Mein Gott, nehmt euch ein Zimmer«, hörte ich jemanden vom Ende des Gangs sagen. Schwer atmend lösten wir uns voneinander. »Da will man einmal ein Buch zurückstellen und dann so was. Meine Augen halten vieles aus, aber du«, Lexie deutete mit dem Finger auf Collin, »bist immer noch mein Bruder.«

Ich starrte sie mit offenem Mund an, doch sie zwinkerte uns zu und wandte sich grinsend ab. Collin stieß ein Lachen aus, und ich vergrub das Gesicht in den Händen. »O Gott.«

Sofort zog Collin meine Hände herunter. »Hör auf, dich zu verstecken«, sagte er leise. Mit einem Finger strich er über meinen Wangenknochen bis hin zu meinem Kinn.

Ich lehnte mich gegen das Regal, die Hände im Rücken verschränkt. So konnte ich wenigstens dem Drang widerstehen, Collin noch einmal zu mir zu ziehen. Obwohl ich mir nichts sehnlicher wünschte, als dort weiterzumachen, wo Lexie uns eben unterbrochen hatte, scheute ich eine erneute öffentliche Bloßstellung.

»Was machst du hier? Außer Lexie den Schock ihres Lebens zu verpassen?«, fragte ich Collin.

Er lachte leise. Dann schob er mir mit einer federleichten Bewegung eine Haarsträhne hinter das Ohr. »Ich wollte dich sehen.«

Ich spürte seine Lippen bereits an meinen, doch ein Klopfen ließ ihn innehalten. Langsam spähte ich zur Seite. Jetzt stand Jolie am Ende des Gangs, die Hand über die Augen gelegt. »Ist die Luft rein?«

Collin entwich ein belustigtes Schnauben. »Jepp.«

Jolie lugte erst zwischen ihren Fingern hindurch, ehe sie die Hand vom Gesicht zog und stattdessen hinter sich deutete. »Wir müssen los. Malia, deine Sachen sind alle noch auf dem Tisch ausgebreitet. Soll ich sie zusammenpacken?«

Ich schüttelte leicht den Kopf und lächelte. »Ist schon okay. Bis nachher.«

»Na dann, haltet euch wegen mir nicht zurück.« Jolie wedelte mit der Hand, ehe ihre blonden Locken um die Ecke verschwanden.

Collin grinste immer noch. Er trug seinen weißen *Edens*-Hoodie, über den sich der Gurt seiner Sporttasche spannte.

»Du kommst zu spät zum Training, oder?«

Collin richtete sich auf, stand aber immer noch so dicht bei mir, dass unsere Arme einander streiften. Er zuckte nur mit den Schultern. »Du bist es wert, zu spät zu kommen.«

Als ich lächelte, griff Collin nach meiner Hand und fuhr mit dem Daumen zaghaft über die Haut. Ich stellte mich auf die Zehenspitzen und hauchte ihm einen Kuss auf die Lippen. Ehe ich mich versah, schlang Collin die Arme um meine Taille und drückte mich erneut gegen das Regal.

»Collin.« Ich lachte auf. »Jolie und Lexie als Zuschauer waren für heute genug.«

»Ich kann nicht anders.« Collin nuschelte an meinem Mundwinkel und suchte erneut meine Lippen.

Ich berührte ihn an der Schulter und drückte ihn sanft, aber bestimmt von mir weg. Er zuckte zusammen, das Gesicht für den Bruchteil einer Sekunde schmerzverzerrt. Sofort zog ich die Hand zurück. »Alles okay?«

Ein Schatten huschte über seine Züge und seine Kiefer mahlten, als kostete ihn die Antwort gerade all seine Kraft. Dann nickte er und lächelte kurz darauf. »Sehen wir uns später?«

Ich wartete mehrere Herzschläge lang, bevor ich mich abwandte. »Vielleicht.«

Er lachte leise und ging mir hinterher, zurück zum Hauptsaal. Kaum traten wir aus dem Gang heraus, kam Collin mir so nah, dass sein Atem die Haut an meinem Hals kitzelte. »Geh mit mir aus.«

»Vielleicht«, antwortete ich nur, obwohl mir diese Worte einen wohligen Schauer über den Rücken jagten und ein Flattern in meiner Bauchgegend auslösten.

Collin bewegte sich rückwärts von mir weg, die Augen immer noch auf mich gerichtet. »Geh mit mir aus, Malia Evans.«

Dieses Mal bat er mich lauter und zog damit nicht nur die Aufmerksamkeit der Studierenden auf sich, sondern auch die von Mrs Crane, die hinter ihrer Brille hervorlugte. Während Collin sich rücklings einen Weg durch die Bibliothek bahnte, wartete er auf eine Antwort.

»Okay«, formte ich tonlos, aber er hielt sich grinsend eine Hand ans Ohr, was mir ein Lachen entlockte. Ich legte die Hände trichterförmig an den Mund. »Okay, ich gehe mit dir aus.«

Kurz darauf blitzte es in Collins Augen auf. Er achtete nicht mehr darauf, wohin er lief und stieß gegen einen Stuhl. Nach einem erschrockenen, aber kurzen Blick zu mir, drehte er sich lachend um. Die Hand zu einer Siegerfaust geballt, zog er sie an den Körper und ging an Mrs Crane vorbei. Sie konnte sich ein leichtes Lächeln nicht verkneifen. Doch kurz darauf fixierte sie mich und ermahnte mich stumm.

Ich ging zum Tisch zurück und lächelte zur Tür. Selbst dann noch, als Collin längst gegangen war. Glücklich wandte ich mich meinen Sachen zu und hielt sofort inne. Starrte auf die Zeichnung, die für alle sichtbar auf dem Tisch lag. Die Zeichnung in *meinem* Notizbuch.

Langsam trat ich näher. Farbe ergänzte die vielen schwarzen

Striche auf dem Papier und tauchte die Narbe an meiner Schläfe in ein strahlendes Rot. Jemand hatte sie nachgezogen.

In diesem Moment leuchtete das Display meines Smartphones im Inneren meines Rucksacks auf. Langsam schob ich die Hand hinein und zog es mit zwei Fingern hervor.

(15:23) Unbekannt: Narben sind das einzig Sichtbare, das von Schmerz übrig bleibt.

Keine Sekunde später erschien eine neue Nachricht. Ich sog so scharf die Luft ein, dass mir das Smartphone beinahe aus der Hand rutschte.

(15:23) Unbekannt: Tut es noch weh?

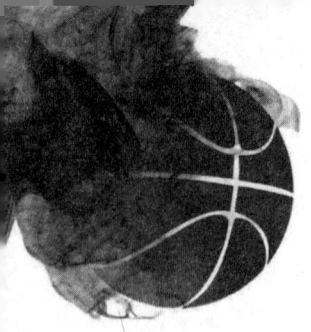

Kapitel 29

Malia

»Einen Caramel Latte bitte.« Ich bestellte bei der Barista, die mit dem Rücken zu mir am Tresen lehnte, doch sie würdigte mich keines Blickes. Dass ich meinen Coffee-to-go-Becher heute zu Hause vergessen hatte, war anscheinend kein gutes Omen gewesen.

Nach zehn Sekunden zeigte die Barista immer noch keine Regung, weshalb ich ihr kurzerhand auf die Schulter tippte.

»Hm?« Mit hochgezogenen Brauen drehte sie sich um und musterte mich desinteressiert. Hinter Kacey leuchtete das Display ihres Smartphones auf.

»Ich hätte gern einen Caramel Latte.« Nach mehrmaligem Blinzeln zwang ich mir ein Lächeln auf die Lippen. Wie in Zeitlupe legte Kacey ihr Smartphone beiseite, schnappte sich ein Glas und fing an, meine Bestellung zuzubereiten.

Während ich sie beobachtete, vibrierte mein Telefon. Ich zog es aus der Gesäßtasche und entsperrte das Display.

(08:47) Unbekannt: Sie hätte es verdient, sich die Finger zu verbrennen.

Überrascht sah ich auf. Es war Tage her, dass er mir das letzte Mal geschrieben hatte. Aber das, *was* er geschrieben hatte, spielte sich in unerwünschter Dauerschleife in meinem Kopf ab. Ich las die Worte noch einmal, bis ich an der Nachricht darüber hängen blieb.

Tut es noch weh?

Leise stieß ich den Atem aus. Im *C&B* war heute mehr los, als ich es bisher gewohnt war, vor allen Dingen um diese Uhrzeit. Aufgrund der bevorstehenden Mid Terms allerdings keine große Überraschung. Überall hatten es sich die Studierenden gemütlich gemacht, hockten über Notizen oder ihren Notebooks, rauften sich die Haare oder lachten. Andere wiederum schütteten sich Unmengen an Koffein in den Körper. Man könnte meinen, dass sie sich einen inoffiziellen Wettkampf lieferten, wer den meisten Kaffee schaffte und den Tag überlebte, ohne tausend Tode zu sterben.

Mein Smartphone vibrierte erneut. Instinktiv schaute ich hin.

(08:49) Unbekannt: Ich vermisse es, mit dir zu reden. Ich vermisse dich.

Ich blinzelte. Sperrte das Smartphone und steckte es zurück in die Gesäßtasche. Mein Blick flog suchend durch das Café. In der hinteren Ecke entdeckte ich den blonden Zopf, woraufhin ich mich auf die Zehenspitzen stellte und zu ihm hinüber spähte. Blaine stand mit dem Rücken zu mir und schulterte gerade seine Tasche. Ich schielte zu Kacey, die gelangweilt die Milch aufschäumte, und bemerkte den Sirup im Glas.

Mist.

»Kannst du mir den Latte vielleicht doch zum Mitnehmen fertigmachen?«, fragte ich etwas lauter und biss mir unsicher auf die Unterlippe.

Kaceys Augen schnellten so rasch hoch und bohrten sich in meine, dass ich für einen kurzen Moment überrascht die Stirn runzelte. Die Barista griff nach dem Glas und kippte den Sirup in einen Pappbecher. Ich kräuselte die Nase, weil das klebrige Zeug am Rand hängen blieb und Kacey sich nicht die Mühe machte, es abzuwischen.

269

Mit einem lauten Zischen atmete ich aus. Dann reckte ich das Kinn, in dem Versuch, erneut einen Blick auf Blaine zu erhaschen. Dieser war fast schon am Ausgang angekommen, doch dann sah er mich über die Menge hinweg an. Ich glaubte, ein leichtes Nicken zu erkennen, ehe er den Finger zu einem unauffälligen Gruß hob. Beinahe im selben Moment zerrte ich an meinem Rucksack und fischte nach einem Geldschein, ohne Blaine aus den Augen zu lassen. Nur fand ich die Dollarnote nicht auf Anhieb. Innerlich stöhnte ich auf, unterbrach den Blickkontakt und wühlte in meinem Rucksack.

Als ich das Geld schließlich in der Hand hielt, hatte Blaine sich nicht vom Fleck bewegt.

Ich wandte mich zur Theke. Am liebsten hätte ich Kacey die Hand an die Stirn geschlagen, denn sie war mit meinem Kaffee kein Stück weiter als vorhin. Stattdessen lag ihre Aufmerksamkeit auf ihrem Smartphone, während die Milch in dem Metallbehälter vor sich hin blubberte. Ich stöhnte genervt auf. Wenn Kacey mit genauso viel Elan arbeiten würde, wie sie Nachrichten auf ihrem Smartphone tippte, wäre ich längst aus dem *C&B* heraus.

Ungeduldig riss ich die Augen von ihr los, fixierte stattdessen die Tür. Blaine war verschwunden, und die blonde Barista prokrastinierte immer noch. Unschlüssig fuhr ich mir durch die Haare.

»Ach, scheiß drauf«, murmelte ich und schmiss Kacey die Dollarnote hin. »Sorry, muss los.«

Schnellen Schrittes eilte ich aus dem Café und hielt Ausschau nach Blaine. Schon während ich seine olivgrüne Jacke und das blonde Haar ein paar Meter von mir erkannte, setzte ich mich in Bewegung. Doch ihn einzuholen war gar nicht so leicht. Während Blaine einen Schritt tat, machte ich drei. Ich krallte die Finger in den Riemen meines Rucksacks und joggte hinter ihm her.

»Blaine!«

Kaum hatte ich ihn gerufen, drehte er sich zu mir um. Überrascht zog er die Brauen nach oben. »Schönheit, was ist los?«

Als wüsste er das nicht selbst.

»Hör auf, mich so zu nennen«, forderte ich leise und über-brückte die letzten Meter zu ihm. »Bitte.«

Blaine musterte mich, bevor er sich räusperte. »Auch wenn ich Gefahr laufe, mich zu wiederholen – was ist los, *Malia*?«

Er betonte meinen Namen so, als müsste er sich dazu zwingen, mich nicht wieder bei seinem gewählten Spitznamen zu nennen.

»Du kannst nicht einfach so was … *sagen* und dann gehen.« Entschlossen festigte ich den Griff um den Riemen.

Blaines Gesichtszüge wiederum blieben ausdruckslos, bis ein Mundwinkel zuckte. »Du siehst doch, dass ich es kann.«

»Aber –«

»Was willst du, Schönheit?« Zwei Sekunden schloss er die Augen. »Malia.«

Als ich wieder nichts sagte, nicht wusste, was ich sagen sollte, vergessen hatte, was ich sagen wollte, schüttelte ich den Kopf. Blaine zog wartend die Brauen nach oben.

»Du hast nicht das Recht, so was zu sagen.« Dass er mit mir reden wollte, dass er mich *vermisste*.

Er lachte auf. »Ich höre ja schon auf. Schickt er dich ernsthaft vor, weil er selbst nicht mehr die Eier hat?«

»Wer?« Ich blinzelte, doch das entlockte ihm ein genervtes Stöhnen.

»Hör zu. Er hat mir unmissverständlich klar gemacht, dass ich mich von dir fernhalten soll. Und deswegen –« Blaine wandte sich zum Gehen.

»Warte, was?«

Er wollte sich anscheinend über die Haare fahren, doch statt-dessen ballte er die Hand auf Augenhöhe zur Faust. Erst dann drehte er sich wieder um. »Komm schon, Schönheit. Ich habe keinen Bock auf Spielchen.« Mit einem Schnauben vergrub Blaine die Hand in der Jackentasche. Noch während er mir in die Augen sah, verschwand die Belustigung aus seinen. Seine Mundwinkel verzogen sich quälend langsam, bis ihm die

Gesichtszüge nach und nach entgleisten. »Oder du spielst kein Spiel.«

»Was für ein Spiel?« Doch Blaine wich mir aus. Raufte sich nun doch die Haare und sah überall hin, nur nicht zu mir. »Was für ein Spiel?«, wiederholte ich, dieses Mal lauter.

»Du …« Er verstummte. Sein Blick schnellte über mich hinweg und flog rastlos umher, bis er schließlich wieder auf mir landete. Plötzlich trat er an mich heran. So nah, dass er seinen Finger unter mein Kinn legen konnte, es hochdrückte und mich zwang, ihn anzusehen. »Hast du die Zeichnung entdeckt?«

»Blaine …«

»Hast du?«

»Ja«, stieß ich aus, aber meine Stimme war nur ein Flüstern.

»Hast du sie verstanden?«

»Ich –«

»Hast du sie *verstanden*, Schönheit?«, fragte Blaine noch einmal. Dabei musterte er mich so eindringlich, dass alles in mir zurückweichen wollte. Stattdessen presste ich nur die Lippen aufeinander. Weil er mir zu nahe war und ich das Gefühl bekam, er würde die Hände direkt um meine Kehle legen.

»Weißt du noch, was ich zu dir gesagt habe?« Blaine fixierte mich, während ich blinzelte, nicht atmete, fieberhaft überlegte. Ich brauchte Abstand, doch Blaine kam immer näher. *Noch* näher. »Du bist nicht allein, Malia. Egal, wo du hingehst. Du. Bist. Nicht. Allein.«

Ich schluckte, weil sich der Druck um meine Kehle verstärkte. »Hör auf, mir zu schreiben.«

Ein Flüstern. Ein Flehen. Die Sekunden vergingen, doch die Zeit schien quälend langsam zu vergehen. Dann nahm Blaine endlich den Finger von meinem Kinn und trat zurück. Ich unterdrückte ein Keuchen, fühlte mich schon ausgeliefert genug.

»Jeder hat zwei Gesichter, Malia. Manchmal können wir das eine nur besser verstecken als das andere«, sagte Blaine leise. Ruckartig hob ich den Kopf.

Was zur Hölle?

Blaine schmiss mir so viele Puzzleteile vor die Füße, dass ich nicht anders konnte, als ihn anzustarren. Dann war er wieder bei mir. Schob die Hand so schnell in meinen Nacken, dass ich nach Luft schnappte. Ich drehte das Gesicht von seinem weg, spürte seine Bartstoppeln an meiner Wange.

»Du hast einen Schatten, Malia.« Blaine flüsterte die Worte dicht an meinem Ohr, und ich stand nur da. Wie erstarrt, dass ich mich von ihm halten ließ. So verwirrt, dass ich kein einziges Wort herausbrachte. »Und wenn du nicht willst, dass er *das hier* sieht, musst du mich wegstoßen.«

Blaines Atem war warm. Seine Stimme heiser. Alle Alarmglocken in mir schrillten. Unerträglich laut. Und als seine Lippen an meiner Wange entlangfuhren, tat ich es.

Ich stieß ihn gegen die Schulter, so kräftig ich konnte.

Meine Hand pochte, meine Fingerknöchel brannten, aber ich fixierte ihn wachsam und ängstlich zugleich. Drückte mir die Arme schützend vor die Brust, während meine Augen zu brennen begannen. Meine Stimme zitterte, doch das, was ich sagte, hatte Kraft genug. »Halt dich von mir fern.«

Blaine trat zurück, wischte sich einmal durch das Gesicht und räusperte sich. Aber im Gegensatz zu vorhin sah er mich nicht mehr an.

»Deine Worte bedeuten etwas, Malia. Zeig sie der Welt, bevor es zu spät ist.« Blaines Stimme klang belegt. Trotzdem hörte ich sie klar und deutlich. Selbst dann noch, als er sich abwandte und mich allein mit all meinen Gedanken zurückließ.

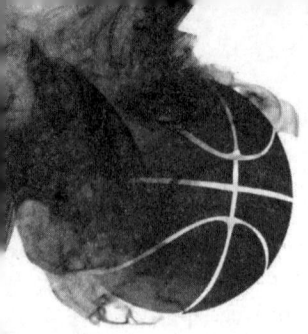

Kapitel 30

Collin

»Du siehst eklig verliebt aus.« Lexie zog die Tür hinter sich zu und schnallte sich an. Ich konnte mir das Grinsen nicht verkneifen und startete den Motor. Flüchtig spähte ich zur Seite und auf das Haus. Dann setzte ich den Blinker und bog auf die Straße. Wir waren keine fünf Minuten vom Campus entfernt, und Lexie hatte gefragt, ob ich sie auf dem Weg dahin einsammeln könne. Das Radio lief leise, und während ich die Hauptstraße entlangfuhr, schweiften meine Gedanken zu Malia ab.

Sie hatte mir einmal erzählt, dass sie früher jedes Jahr nach Hawaii geflogen war, um ihre Großeltern zu besuchen. Ich wusste, dass sie diesen Sommer nicht dort gewesen war, und weil sie ihre Familie vermisste, wollte ich ihr ein Stück von diesem Gefühl geben. Dem Gefühl von zu Hause. Deshalb hatte ich für heute Abend einen Tisch in einem Restaurant außerhalb der Stadt reserviert, das auf hawaiianische Gerichte spezialisiert war und, wenn ich mich recht erinnerte, auch von einem alten hawaiianischen Ehepaar geführt wurde.

»Ich freu mich für euch.« Lexie holte mich zurück in das Auto. Doch als ich ihr einen Seitenblick zuwarf, starrte sie gedankenverloren aus dem Fenster. Sie würde mich vermutlich nicht hören, selbst wenn ich etwas erwiderte.

Plötzlich nahm ich aus dem Augenwinkel etwas auf der Straße wahr. Erschrocken riss ich den Kopf herum. Stieß den Fuß so hart auf die Bremse, dass der Pick-up schlitternd zum Stehen kam. Mein Puls schoss in die Höhe. Adrenalin pumpte durch meine Adern und meine Kehle wurde staubtrocken. Ich schnappte nach Luft. Versuchte meine Atmung in den Griff zu bekommen, doch vergebens.

Hätte ich eine Sekunde langsamer reagiert, wäre es zu spät gewesen. Dann hätte ich den Mann mit dem Auto erfasst, der dicht vor der Motorhaube verharrte. Vielleicht fünf, maximal zehn Zentimeter entfernt.

Zehn verdammte Zentimeter.

»Gott, Collin, ist alles okay?« Lexie hatte eine Hand an die Tür und die andere an den Sitz geklammert. Ich starrte durch die Windschutzscheibe, das Lenkrad fest umschlossen, während der Schrecken in meinem Körper nachhallte.

Ich rang um Atem, um Fassung, um *alles*, während ich den Mann vor mir auf irgendwelche sichtbaren Verletzungen absuchte. Ich wagte noch nicht einmal zu blinzeln, und ein unerträgliches Brennen entstand in meinen Augen. Mein Blick wanderte an seinem Körper entlang.

Und fand dann zu seinem Gesicht.

Niemals hätte ich ahnen können, dass mich in dieser Situation etwas mehr erschüttern könnte als die Tatsache, dass ich beinahe jemanden angefahren hätte. Dennoch wurde ich eines Besseren belehrt. Der Ausdruck, mit dem der Typ mich musterte, war gefasst. Nahezu resigniert.

Selbst durch das Glas bohrte sich sein Blick in meinen, wanderte hinüber zu Lexie, die ihn mit offenem Mund anstarrte. Als er an ihr hängen blieb, zuckte sein Auge kaum merklich. Bisher die einzig menschliche Regung an ihm. Dann setzte der Typ sich langsam in Bewegung und überquerte die Straße.

Als wäre das eben gar nicht passiert.

Ein Hupkonzert riss mich aus meiner Trance. Ich blinzelte, nicht in der Lage, irgendetwas anderes zu tun. Die Welt drehte sich weiter, nur meine stand für einen Moment still.

»Was war das gerade?«, fragte Lexie.

Ich hoffte wirklich, dass sie keine Antwort erwartete. Mein Atem kam immer noch stoßweise, während ich geradeaus starrte. Sekunden fühlten sich wie Minuten, diese wiederum wie Stunden an. Krampfhaft löste ich die Finger vom Lenkrad. »Ich hätte ihn fast angefahren.«

»Das hast du aber nicht.« Lexie legte die Hand über meine und drückte sie kurz. »Es ist nichts passiert.«

Ich klammerte mich haltsuchend an die vertrauten Iriden meiner Schwester. Sie nickte bekräftigend, zog die Hand zurück und lehnte sich wieder in den Sitz.

»Es ist nichts passiert«, sagte ich leise. Wiederholte Lexies Worte und wusste nicht, wer von uns beiden sie mehr hören musste. Nur langsam legte ich die Hände zurück an das Lenkrad. Atmete tief ein, bevor ich den Wagen die letzten Meter die Straße entlang und auf den Parkplatz der *Violet Hill* lenkte.

»Und was sagt uns das?« Jolie starrte mich über ihren Kaffeebecher an, bevor sie jeden am Tisch einzeln musterte. Dann machte sie eine ausfallende Geste mit der Hand. »Glupscher nach vorn beim Fahren.«

Lexie verdrehte sofort die Augen. »Sagt diejenige, die keinen Führerschein hat.«

»Jetzt weißt du auch, wieso«, murmelte Jolie in ihren Kaffee hinein, bevor sie einen Schluck nahm.

Wir hatten uns in der Lounge des *C&Bs* getroffen, bevor wir in die nächsten Vorlesungen mussten. Wren war mit seinem Smartphone beschäftigt, während Gavin immer wieder zu Lexie schielte. Neben ihr auf dem Ledersofa saß Malia. Um sie herum tobte das Leben, aber sie selbst war unheimlich still.

Ich vergrub die Hände in den Taschen meines Hoodies und lehnte mich in dem Sessel zurück. Malias Beine steckten wie fast immer in schwarzen Jeans, aber heute trug sie ein weinrotes Shirt dazu und war in einen dicken Schal gewickelt. Sie sah unglaublich süß aus, denn der Schal verschluckte sie beinahe, so groß war er. Ich suchte Blickkontakt, doch sie kaute nur auf der Unterlippe und nestelte an den Fingern herum. Der Milchschaum ihres Kaffees, den sie sonst sofort weglöffelte, hatte sich heute von allein aufgelöst.

»Lex, wir kommen zu spät.« Jolie stand so schnell auf, dass der Stuhl hinter ihr kippte. Wrens Hand schnellte zur Seite und bekam ihn gerade noch zu fassen.

»Wie hast du das so schnell gesehen?«, fragte Gavin irritiert.

»Peripheres Sehen«, antwortete Wren postwendend.

Ich schnaubte und schüttelte den Kopf. Wren war immer die Ruhe selbst, das musste ich ihm lassen. Ohne von seinem Smartphone abzulassen, stellte er den Stuhl zurück. Jolie schien währenddessen noch nicht einmal bemerkt zu haben, was sich hinter ihrem Rücken abgespielt hatte.

»Wie spät ist es?« Lexie runzelte die Stirn. Genau in diesem Moment drehte Wren sein Telefon und hielt es ihr hin. Lexie kräuselte die Nase und stand ebenfalls auf, den Blick fest auf Wren und Gavin gerichtet. Nur Letzterer reagierte und lächelte sie an, bevor Lexie sich verabschiedete und zusammen mit Jolie die Treppe ansteuerte.

Erneut beobachtete ich Malia, die immer noch schweigsam vor sich hinstarrte. Ich beugte mich vor, stützte die Arme auf die Oberschenkel und versuchte sie stumm dazu zu bringen, mich anzusehen.

Ihre Augen blieben trüb.

Und als ich mich zu ihr setzte, ihre Hand in meine nahm, lehnte sie sich wortlos gegen mich. Daraufhin hob ich den Arm und legte ihn ihr um die Schulter.

Was ist bloß los mit ihr?

Wren beobachtete uns. Er zog einen Mundwinkel nach oben und nickte kaum merklich. Dann schulterte er seine Sporttasche und stieß Gavin mit der Faust an. »Lust auf ein paar Körbe?«

»Wenn du verlieren willst.« Gavin zuckte mit den Schultern und stand auf. Lachend drehte Wren sich um und schon waren die beiden verschwunden.

Ich zog träge Kreise auf Malias Arm. Starrte gedankenverloren auf den Treppenabsatz und lächelte leicht. Wren wusste einfach immer, wann er was zu tun hatte. Als hätte er jemanden, der ihm den richtigen Weg wies, wenn keiner weiter wusste. Genau dafür bewunderte ich meinen besten Freund.

Aus dem Augenwinkel bemerkte ich, wie jemand an mir vorbeiging und auf die Treppe zusteuerte. Doch statt hinunterzugehen, blieb derjenige davor stehen und drehte sich in meine Richtung. Erst als ich begriff, dass die Person mich anzusehen schien, hob ich langsam den Kopf.

Und starrte direkt in Blaines Gesicht. Die Lippen zu einer schmalen Linie verzogen, fixierte er mich. War er die ganze Zeit über hier gewesen und ich hatte ihn noch nicht einmal bemerkt?

Ich schob die Brauen zusammen. Zählte verfluchte neunzehn Sekunden lang, in denen wir uns über den Raum hinweg taxierten. In denen ich alles in seinen Gesichtszügen lesen konnte und doch nichts. Blaine bewegte sich kein Stück. Auch dann nicht, als er den Blickkontakt abbrach, stattdessen Malia fixierte. Und kaum dass er sie ansah, blitzte etwas in seinen Augen auf. Sein Mundwinkel hob sich und er lächelte leicht.

Fuck, war das sein Ernst?

Ich drückte die Zähne fest aufeinander. Mit reiner Willenskraft versuchte ich Blaine dazu zu bringen, sich von Malia abzuwenden. Die letzten Wochen hatte ich ihn immer wieder dabei beobachtet, wie er *sie* beobachtet hatte. Was ging verdammt noch mal in seinem Hirn vor?

Nach einer beschissenen Ewigkeit löste Blaine seinen Blick endlich von Malia, fixierte stattdessen wieder mich. Doch als seine Augen zu meiner Hand zuckten, brachte er meinen eisernen Willen ins Wanken. Keine Sekunde später zeigte sich das wissende

Grinsen in seiner Visage. Er schob seine Tasche auf die Schulter und wandte sich zum Gehen.

Sein Grinsen konnte ich selbst dann noch sehen, als er mir schon längst den Rücken zugekehrt hatte. Leise stieß ich den Atem aus und mit ihm wich die Anspannung aus meinem Körper. Ich registrierte ein Kribbeln in meiner Hand. Irritiert löste ich die verkrampften Finger und bewegte sie, um das unangenehme Gefühl zu verscheuchen. Ich hatte noch nicht einmal gemerkt, dass ich sie zusammengeballt hatte.

»Geht es dir gut?«

Braune Iriden lagen plötzlich auf mir. Sofort drückte ich Malia an mich. »Natürlich, wieso?«

»Du wirkst angespannt.«

»Alles okay.«

Sie zögerte. »Auch wegen heute Morgen?«

Bilder von vorhin flogen vor meinem geistigen Auge vorbei. Ich lächelte schwach. »Habe ich schon vergessen.«

»Du hast vergessen, dass dir jemand vor das Auto gelaufen ist?«

Ich schnaubte leise. Nicht, weil Malia mich daran erinnerte, sondern weil sie das ganze Gespräch mitbekommen und nichts gesagt hatte. Sie hatte still da gesessen und die ganze Zeit zugehört, obwohl sie völlig in ihren eigenen Gedanken gefangen gewirkt hatte.

Ich dachte nicht weiter darüber nach, was ich sagen sollte, sondern sagte das, was ich sagen *wollte*. »Mit dir an meiner Seite wird jeder Schatten vom Licht verdrängt.« Und ich meinte jedes einzelne Wort genau so. Ich erkannte noch den Anflug eines Lächelns auf ihren Lippen, ehe sie das Gesicht von mir abwandte und an meine Brust drückte. Ich küsste ihren Scheitel und sog dabei ihren Duft ein. »Geh heute Abend mit mir essen.«

»Sie kommt gleich runter. Du weißt ja, wo alles ist«, sagte Jolie zu mir, warf sich ihre Jacke über und schnappte sich ihre Schlüssel. Mit den Fingern kämmte sie sich die Haare und drehte sich noch einmal vor dem Spiegel, ehe sie an mir vorbeiging. Jolie war fast schon aus der Tür heraus, als sie noch einmal hereinschaute und mich angrinste. »Schnapp sie dir, Tiger.«

Ich lachte auf, aber ehe ich etwas erwidern konnte, hatte sie die Tür schon hinter sich zugezogen.

Ich ließ den Blick durch den Raum schweifen und blieb an meinem Spiegelbild hängen. Zu meiner dunkelgrauen Jeans trug ich weiße Sneakers und ein genauso weißes Hemd, das ich an den Ärmeln hochgekrempelt hatte.

Ich richtete gerade einen davon, als ich Schritte auf der Treppe hörte. Kurz darauf verschlug es mir den Atem.

Malia trug ein schwarzes Kleid. An der Taille eng anliegend und von einem Gürtel gehalten, fiel es in sanften Wellen um ihre Oberschenkel und zeigte ihre schlanken Beine.

»Wow«, hauchte ich, während Malia auf mich zukam und mich anlächelte. Meine Kehle wurde trocken, meine Stimme brach. Gott verdammter, ich konnte mich an dieser Frau nicht sattsehen. »Du siehst …«

»Du auch.«

Mechanisch öffnete ich die Tür, versank dann aber in ihren braunen Augen. Wie von selbst kam Malia mir entgegen. Ihre Lippen streiften meine, sie küsste mich. Ich küsste sie. Wir küssten uns.

Gott, diese Lippen.

Ich zog Malia näher an mich. Ihr Körper schmiegte sich nahtlos an meinen, als wäre er das passende Gegenstück, das er immer gesucht hatte.

Das *ich* immer gesucht hatte.

Ein dumpfes Geräusch ertönte. Bis ich begriff, dass Malia die Tür hinter mir ins Schloss gedrückt haben musste, hatte sie die Hand schon längst in meinem Haar vergraben.

Damit vertiefte ich den Kuss. Meine Zunge spielte mit ihrer. Neckte sie, als hätten wir alle Zeit der Welt, obwohl wir mit jeder verstrichenen Minute mehr zu spät kamen.

Ich bereute keine einzelne Sekunde.

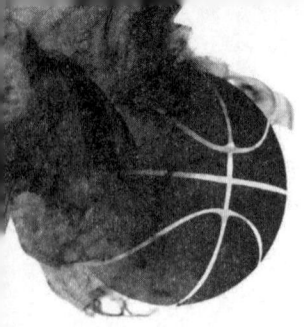

Kapitel 31

Malia

Ich wusste nicht, wie wir es die Treppe hochgeschafft hatten. Kaum fiel die Tür ins Schloss, drängte Collin mich auch schon gegen das kühle Holz. Mit seinen Lippen auf meinen fuhr er mit den Fingerspitzen von meinem Gesicht über mein Schlüsselbein und meinen Brustansatz bis zu meiner Taille. Es waren nur leichte Berührungen, doch sie entfachten ein unzähmbares Feuer in mir, das sich in rasender Geschwindigkeit in meinem ganzen Körper ausbreitete.

Ich schob eine Hand in Collins Nacken und vergrub dann die Finger in seinem Haar. Collin stöhnte leise an meinem Mund, was mir ein Lächeln entlockte. Beinahe im selben Augenblick packte er mich an den Hüften und hob mich mit einer Leichtigkeit hoch, die mir für den Bruchteil einer Sekunde den Atem raubte. Instinktiv schlang ich die Beine um seine Taille und hätte am liebsten aufgestöhnt. Selbst durch seine Jeans konnte ich seine Erektion deutlich spüren, die mir ein süßes Ziehen in den Unterleib schickte.

Collin umfasste mein Bein, fuhr quälend langsam an meinem Oberschenkel hinauf. Schob mein Kleid Zentimeter für Zentimeter nach oben. Als könnte er sich nicht entscheiden, unterbrach er unseren Kuss. Ich hätte beinahe protestiert, wenn er stattdessen nicht mit den Lippen an meinem Hals entlanggewandert wäre.

Dort saugte er erst leicht, dann stärker, bevor sie sich einen Weg zurück nach oben bahnten und endlich wieder meinen Mund fanden. Er küsste mich mit solch einer Intensität, dass ich ein Seufzen nicht unterdrücken konnte. Wenn er so weiter machte, würde er mich um den Verstand küssen.

Als hätte er diesen Gedanken gehört, entzog er sich mir erneut.

»Sag mir, wenn ich aufhören soll.« Collin atmete schwer an meinem Hals, während sein Körper mit jedem Luftholen zu vibrieren schien.

Ich drehte sein Gesicht zu meinem, unsere Lippen kurz davor, sich zu berühren. Obwohl wir uns nicht küssten, hatte ich das Gefühl, als würden wir es tun. Denn für diesen Moment, in dem sich unsere Atemzüge miteinander vermischten und seine eisblauen Iriden auf mir lagen, stand die Zeit still.

»Hör nicht auf«, flüsterte ich und überbrückte die restliche Distanz zwischen uns. Als hätte Collin diese Worte gebraucht, drehte er sich mit mir in den Armen um und bewegte sich auf mein Bett zu, ohne den Kuss zu unterbrechen.

Zusammen sanken wir auf die Matratze. Während Collins Zunge immer wieder meinen Mund eroberte, fiel es mir schwer, mich auf eine simple Aufgabe wie das Öffnen eines Hemdes zu konzentrieren. Irgendwie schaffte ich es dennoch. Collin streifte sich erst das Hemd ab und anschließend das Shirt.

Ich stützte mich auf die Ellbogen und schmunzelte, weil er die Klamotten achtlos fallen ließ. Dann löste er die Schnürung meiner Boots und zog mir die Schuhe von den Füßen, ohne den Blick auch nur eine Sekunde von mir abzuwenden. In einer fließenden Bewegung schob er sich über mich. Küsste mich so intensiv, und entlockte mir allein dadurch das Höchstmaß der Gefühle.

Ich strich über seinen Rücken. An seinen Schultern entlang, an denen ich das Muskelspiel fühlte. Meine Hand zog ich nur zurück, um meinen Taillengürtel zu lösen. Doch mein Kleid folgte schnell. Auch Collin entledigte sich seiner restlichen Klamotten, bis auf die schwarze Boxershorts, die sich eng an seine Hüftknochen schmiegte.

Nur noch in Unterwäsche bekleidet, lagen wir nebeneinander,

unsere Körper dicht an dicht. Plötzlich spürte ich eine Berührung an meinem Gesicht. Zaghaft und so federleicht, als hätte Collin Angst, ich könnte mich bei einer unüberlegten Bewegung in Luft auflösen.

»Du bist so schön.«

Vier Worte. Leise und so zerbrechlich zwischen uns, dass sie mir süßen Schmerz bereiteten. Collin spielte mit meinen Haaren. Strich mir eine Strähne hinter das Ohr, eine stumme Aufforderung, ihn anzusehen. Und der Ausdruck in seinen Augen brach mir beinahe das Herz. »Malia, ich … ich habe das nicht geplant, ich —«

Ich legte zwei Finger an seine Lippen.

»Küss mich«, bat ich leise. Doch er küsste mich nicht. Stattdessen streiften seine Lippen meine Hand.

»Du verstehst mich nicht.«

»Doch, ich verstehe dich.« Ich lächelte. »Ich habe an alles gedacht.« Zwei Herzschläge lang versanken wir in den Augen des anderen. Dann endlich kam Collin meiner Bitte nach und senkte seinen Mund auf meinen. Ich schob eine Hand in seinen Nacken und zog ihn mit mir.

»Gott sei Dank«, murmelte er zwischen den Küssen, woraufhin ich an seinen Lippen lächelte. Dann streckte ich mich zum Nachttisch, aus dem ich ein kleines Päckchen herauszog.

Collin atmete zischend ein. Kaum hatte ich die kleine Folie zwischen meinen Fingern, spürte ich seinen Körper an meinem. »Fuck. Was hast du da an?«

Mit den Fingerkuppen strich Collin über den spitzenbesetzten Stoff an meinem Rücken, bahnte sich in einem trägen Tempo einen Weg hinunter zu meinem Slip.

»Unterwäsche?« Meine Stimme war drei Oktaven höher als sonst. Meine Haut war ein prickelndes Meer. Doch ich konnte mich auf nichts anderes konzentrieren als auf seine Hand, die sich meiner empfindsamsten Stelle näherte.

»Du bist so schön, Malia.«

Die Finger fest um das Kondom gekrallt, hielt ich die Luft an, als seine Hand den Bund meines Slips erreichten. Ich senkte den Blick genau in dem Moment, in dem sie in meinem Höschen verschwand. Collin stöhnte leise, als sein Finger über meine Nässe strich.

Mein Kopf sank zurück, gab das letzte bisschen Kontrolle ab und sich Collin hin. Ich lehnte mich an seine Brust und konzentrierte mich auf den einen Punkt meines Körpers, an dem sich all die Energie staute. Ich brauchte *mehr*.

Ich *wollte* mehr.

Als hätte er meine Gedanken gehört, tauchte er einen Finger in mich. Ein leises Wimmern entwich mir. Instinktiv kam ich seiner Hand entgegen, drängte mich mit jeder Bewegung an sie, bis er einen zweiten Finger in mich schob. Jedes Eintauchen, jedes Reiben, jedes Streichen brachte mich dem Abgrund näher. Das alles war so intensiv, dass ich es kaum ertrug.

»Collin, ich …«

Meine Stimme brach, weil er den Druck seines Daumens verstärkte und das Gefühl übermächtig wurde. Ich ließ das Kondompäckchen los. Meine Hand fand seine, führte sie in den Bewegungen, die ich in diesem Augenblick brauchte.

Bis ich innerlich zersprang.

Pulsierend zog ich mich um seine Finger zusammen. Stürzte von der Klippe, befand mich in der Schwebe zwischen Flug und Fall. Ich konnte das Stöhnen nicht unterdrücken, als das erlösende Gefühl wie die Flut über mich hereinbrach und mich in einem rasenden Tempo zu sich in die Tiefe zog.

Doch überall war nur *er*.

Erst als die letzten Wellen verebbten, zog Collin seine Hand zurück und ließ die Finger über meinen Körper gleiten. Verteilte die Spur von mir überall auf meiner Haut.

Und dann schenkte er mir einen Kuss, der mir all meine Sinne raubte. Mich wieder unter Wasser tauchte, wo es nur uns beide gab.

Denn dieser Kuss, dieser *Kuss* war alles.

Collin lehnte die Stirn gegen meine und lächelte. *Ich* lächelte. Schmiegte mich in diese Berührung hinein, bis ich schließlich ein Bein um seine Taille schlang und auf ihn sank.

Wieder tauchte seine Zunge in meinen Mund. Innig und echt. Einfach alles daran war so verdammt echt.

Ich erkundete seinen Oberkörper. Ertastete jede Stelle Haut und jeden Muskel, der unter meiner Berührung zuckte. Je tiefer meine Hand wanderte, desto mehr spannte Collin sich an. Ein kehliger Laut entfuhr ihm, als ich über seine Erektion strich und die Hand in seine Boxershorts schob.

Ihn zu beobachten, wie er die Kontrolle abgab, sich mir hingab, war unbeschreiblich. Sein Gesicht war angespannt und schön zugleich. Bis er plötzlich die Augen aufriss, seine Hand vorschnellte und meine Bewegungen stoppte. »Hör auf.«

Ich blinzelte. Entzog ihm im ersten Moment irritiert die Hand und richtete mich langsam auf.

»Wenn du willst, dass das …« Collin brach ab, weil ich meinen BH vorne öffnete und von meinen Schultern streifte. Meine Haarspitzen strichen über meine Brustwarzen, die sich unter der plötzlichen Kälte aufstellten.

Ich brauchte einen Augenblick, ehe ich erneut in Collins Gesicht sah. Meine Brüste waren nicht mehr als eine Hand groß, doch als ich endlich zu ihm schielte, fiel auch die letzte Unsicherheit von mir ab.

Sein Brustkorb hob und senkte sich sichtlich, während seine gesenkten Lider von meinem Gesicht über mein Dekolleté bis zu meinen Brüsten wanderten.

Er schien auf einmal so abgelenkt, dass er sich leicht auf die Unterlippe biss. Amüsiert beobachtete ich ihn, und drückte seine Erektion durch den Stoff, um ihm irgendeine Reaktion zu entlocken. Sofort stöhnte Collin auf. Keine Sekunde später ging es in ein Lachen über, und er ließ den Kopf ins Kissen zurückfallen. »Du bist …«

Ohne den Satz zu beenden, suchte er blindlings nach dem Kondom, das er immer wieder verfehlte. Als er es ertastete, öffnete er die Packung ungeduldig und richtete sich blitzschnell auf. Jetzt war er mir so nah, dass unsere Nasenspitzen sich berührten.

Collin schob den Bund seiner Shorts hinunter. Plötzlich spürte ich seine Finger an meinen. Er legte das Kondom an, bewegte meine Hand mit seiner, während wir es gemeinsam überstreiften. Dabei sah er mir in die Augen, bis es der Länge nach abgerollt war. Allein dieser Blickkontakt war so intim, dass mein Herz für einen Moment ins Stolpern geriet.

Dann küsste er mich. Schlang die Arme um mich und zog mich mit sich, ohne den Kuss zu unterbrechen. Als meine Mitte über seine Erektion rieb, stöhnten wir beide in den Kuss hinein. Kurz darauf sank ich zurück auf die Matratze. Nur am Rande bekam ich mit, wie Collin sich endgültig von seiner Boxershorts befreite und die Finger in den Bund meines Slips hakte.

Ich lag vollkommen nackt vor ihm. Zeigte mich ihm von der verletzlichsten Seite, und dennoch fühlte ich mich sicher.

Mit ihm *war* ich sicher.

Er schob sich langsam über mich. Liebkoste jeden Zentimeter Haut und schenkte mir mit jedem Kuss ein bisschen mehr. Die Arme neben meinen Kopf gestützt, positionierte Collin sich über mir, als wäre es schon immer so zwischen uns gewesen.

Als wäre es schon tausende Male passiert.

»Sag mir, wenn ich aufhören soll«, hörte ich seine raue Stimme. Ich strich an seiner Wange entlang, während er sich in diese Berührung schmiegte. Mit der anderen Hand führte ich ihn an meinen Eingang, wanderte mit den Fingerspitzen über seinen Hüftknochen hinauf bis hin zu seinem unteren Rücken. Dort übte ich leichten Druck aus.

»Hör nicht auf«, flüsterte ich.

Collin senkte die Lider, als seine Spitze in mich tauchte. Ich hatte schon mit anderen Männern geschlafen, wusste, wie es sich anfühlte. Aber nichts, absolut nichts kam gegen das Gefühl an, das ich in dem Moment empfand, in dem Collin sich langsam in mich schob. Es war perfekt. So verdammt perfekt.

Sekunden vergingen, in denen sich keiner von uns bewegte. In denen wir einzig und allein das Gefühl genossen, das wir miteinander schufen. Wir beide wussten es. Und als unsere Blicke sich trafen, spürte ich es.

Eine Verbindung, die ich in dieser Form noch nicht erlebt hatte. Die mir die Luft zuschnürte und meine Lungen zugleich mit Sauerstoff füllte. Die mich mit dem tiefsten Schmerz erfüllte und mir all meinen Kummer nahm. Die mir Angst machte und mich im selben Moment in Sicherheit wiegte.

Zwei Herzschläge lang sahen wir uns einfach nur an. Das Eisblau seiner Augen wich einem tiefen Blauton. Einem Ozean ähnelnd, auf dessen Oberfläche ein Sturm tobte, während in den Tiefen eine friedliche Stille herrschte.

Und das Band, mit dem Collin mich zurück an die Oberfläche ziehen würde, festigte sich, als er anfing, sich in mir zu bewegen. Mich hielt, als wäre ich das Kostbarste auf der Welt. »Gott, Malia.«

Ich schlang die Beine um seine Hüfte. Seine Lippen fanden meine und jedes Mal, wenn seine Zunge in meinen Mund eintauchte, stieß er zu. Wir bewegten uns wie eine Welle, die am Ufer brach und eins mit dem Sand wurde.

Plötzlich drehte Collin uns so herum, dass ich auf ihm lag und mein Körper seinen bedeckte. Ohne einen weiteren Gedanken richtete ich mich auf. Collins Hände ruhten an meinen Hüften. Überließen mir die Führung, genauso wie an dem Tag, an dem wir zum ersten Mal miteinander getanzt hatten. Ich bewegte die Hüften vor und zurück, er kam mir mit dem Becken entgegen. Ein süßer Schmerz zuckte durch meinen Unterleib, und genau das trieb mich weiter an.

Collin richtete sich auf, dämpfte ein Stöhnen von mir, indem er seine Lippen auf meine drückte. Entlockte mir ein weiteres, als seine Hand zu meiner Mitte wanderte. Mich im Rhythmus meiner Bewegungen massierte.

Meine Muskeln zogen sich so plötzlich, so unerwartet um ihn zusammen, dass ich für diesen Moment alles vergaß. Collin stöhnte auf, ich keuchte. Wurde weicher und nahm ihn noch tiefer in mich auf, während er mich weiter erfüllte.

Ohne unsere Verbindung zu lösen, schlang Collin die Arme um mich. Verlagerte unser Gewicht, und auf einmal spürte ich die weiche Matratze im Rücken. Collin umfasste meine Hüfte und hob sie an, zog sich beinahe vollständig aus mir zurück, nur um erneut in mich einzudringen.

Er küsste mich, als wäre es das erste und letzte Mal. Während seine Stöße drängender wurden, er seinem Höhepunkt immer näherkam, fixierten seine Augen meine.

Ließen mich all das sehen, was er fühlte.

Und als er in langen, starken Wellen kam, ich sein Pulsieren in mir spürte, entwich ihm ein kehliger Laut. In diesem Moment erkannte ich es. Ein Gefühl, das ich bei ihm noch nie zuvor gesehen hatte. Das Blau seiner Augen wurde endlos, wie ein Horizont. Immer gleich und doch aus jedem Blickwinkel anders. Diese Veränderung zu sehen, sie zu fühlen, zu *erleben*, machte etwas mit mir.

Denn dieses Gefühl bedeutete mir *alles*.

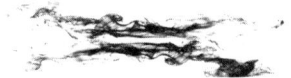

»O mein Gott. Ihr habt es getan.«

Ruckartig fuhr ich herum und starrte in Jolies haselnussbraune Augen. Sofort wich ich hinter die Kücheninsel, um meine nackten Beine zu verstecken. Ich trug nur ein Top und einen Slip.

Wann verdammt noch mal war sie zur Tür hineingekommen?

Jolie verschränkte die Arme vor der Brust und musterte mich abwartend. »Es ist nicht das, was du nicht anhast, sondern dein Blick, der dich verraten hat.« Kaum hatte sie die Worte ausgesprochen, kehrte das Funkeln in ihre Augen zurück.

»Was für ein Blick?«, fragte ich irritiert und stellte mich auf die Zehenspitzen, um ein Glas aus dem oberen Regal zu fischen. Wenn Jolie so offen damit umging, musste ich mich auch nicht verstecken.

»Der Sex-Blick« flüsterte sie. »Ist Collin noch oben?«

»Jolie.« Ich zischte leise und stellte das Glas unter die Kaffeemaschine. Das Grinsen konnte ich mir dabei nicht verkneifen. Schon klappte ihre Kinnlade herunter. Dann fing sie wie ein kleines Kind zu hüpfen an.

Ich würde sie am liebsten erwürgen und ihr zugleich in die Arme fallen. Lächelnd wandte ich mich zur Seite und stützte eine Hand an der Tischkante ab. Das Brummen des Vollautomaten nahm ich nur noch am Rande wahr.

Der Ausdruck, mit dem mich Collin angesehen hatte, hatte sich in mein Gedächtnis gegraben wie ein Pfeil in mein Herz. Sein Blick war voll von Gefühlen gewesen.

Mein Herz war es noch.

Jolies Locken tauchten in meinem Augenwinkel auf. »Wann ist er gegangen?«

Ich lachte leise, nahm den Latte und zog anschließend eine Tasse hervor, die ich ihr vor die Nase hielt.

»Er duscht gerade«, antwortete ich. Jolie öffnete begeistert den Mund, ehe sie losquietschte und stark mit einem anhaltenden Tinnitus konkurrierte. »Jolie!«

Plötzlich hielt sie inne und legte sich den Handrücken an die Stirn. »Zum Glück war ich nicht da. Meinen Freunden beim Sex zuzuhören, steht nicht auf meiner Bucket List.«

»Eine Bucket List ist —«

Sie winkte ab. »Weiß ich doch.«

»Und wo warst du so?«

»Du bist nicht die Einzige, die fantastischen Sex hatte.« Sie verdrehte die Augen, als hätte sie gerade in Mrs Millers Carrot Cake gebissen.

»Okay, ich glaube, das ist genug Info.« Ich ging um die Kochinsel herum und stellte die beiden Gefäße ab, bevor ich mich auf einen der Stühle setzte.

Ein schelmisches Grinsen zierte Jolies Lippen. Sie stützte sich auf die Tischplatte und fixierte mich über die Kochinsel hinweg. »Die zensierte Version.«

»Zensiert?« Ich dehnte das Wort absichtlich.

»Eine Lady genießt und schweigt.«

Ich blinzelte, schnappte mir den Spülschwamm und warf ihn nach ihr. Jolie beobachtete den Schwamm, der in einem hohen Bogen flog und mit einem nassen Klatschen das Regal über dem Vollautomaten traf. Ihre Mundwinkel zuckten. »Zum Glück ist Collin derjenige, der treffen muss.«

»Jolie Rae!«

»Habe ich da gerade meinen Namen gehört?«, ertönte eine männliche Stimme.

Ertappt sah ich zur Tür, in der Collin auftauchte und sich durch das feuchte Haar fuhr. Mein Blick wanderte an ihm entlang. Bis auf seine Jeans, die ihm tief auf den Hüften hing, hatte er nichts weiter an.

Absolut *nichts*.

»Hui, mir wird ganz heiß.« Jolie fächerte sich mit einer Hand Luft zu, was Collin wiederum ein Lachen entlockte. Er schlenderte auf mich zu, schlang die Arme von hinten um mich und drückte mir einen Kuss auf die Schläfe.

»Ist der für mich?«, fragte Collin.

Ich nickte. Er küsste mich, und noch mal, und noch mal, und *noch mal*, bevor ich ihn lachend wegdrückte.

»Okay, das sind mir zu viele Liebesbekundungen auf einmal.« Jolie schürzte die Lippen, schmiss mir den Spülschwamm entgegen und wandte sich zum Gehen.

»Was?« Collin lachte. »Dann hast du —«

Ich bedeckte seinen Mund mit der Hand. »Sag es nicht.«

Er nuschelte irgendetwas, aber ich zog nur die Brauen nach oben.

»O Mann«, sagte Jolie. »Ihr seid … süß.«

»Süß?«, fragte Collin, der meine Hand von seinem Mund gezogen und einen Kuss darauf gehaucht hatte.

»Ich glaube, ich habe gerade einen Zuckerschock. Davon muss ich mich erholen. Ich gehe dann mal nach oben.« Jolie war schon fast aus der Tür getreten, als sie sich noch einmal zu uns umdrehte. »Nach *ganz* oben. Behalte im Hinterkopf, dass ich an deiner Zimmertür vorbei muss, wenn ich ins Bad will.«

Sie zog mahnend die Stirn kraus und deutete mit dem Finger auf mich. Erneut schnappte ich mir den Spülschwamm und warf. Leider landete er mit einem lauten Klatschen auf der Tischplatte, was Jolie ein lautes Lachen entlockte, mit dem sie aus der Küche verschwand.

Wie in Zeitlupe rückte Collin in mein Sichtfeld. »Was war *das*?«

Ich schnaubte. »Ich sagte doch, ich kann nicht werfen.«

Ein Zucken seines Mundwinkels verriet, wie viel Beherrschung es ihn gerade kostete, nicht laut loszulachen. Er drückte mir einen Kuss an die Schläfe, zog sich den Hocker hervor und setzte sich, ein Bein ausgestreckt, das andere angewinkelt.

Ich steckte mir einen Löffel mit Milchschaum in den Mund, während ich Collins Oberkörper musterte. So, wie er neben mir saß, hätte er glatt einer Werbung für Kaffee entsprungen sein können. Oder für Jeans. Oder für irgendetwas anderes.

Der definierte Bizeps, der unter seiner Haut spielte. Die athletische Brust. Die festen Bauchmuskeln, die sich auch im Sitzen deutlich abzeichneten. Seine Hüftknochen, die in einem V in seinem Hosenbund verschwanden, genau wie die dunklen Härchen …

»Malia?« Collin zog meinen Namen in die Länge.

»Hm?« Ertappt hob ich den Kopf. Die Grübchen um seinen Mund stachen mir ins Auge. Ich blinzelte. Zwei Herzschläge vergingen, bevor ich vom Stuhl rutschte.

»Alles okay?«, fragte Collin, doch ich griff nur nach seiner Hand und zog ihn wortlos aus der Küche. Er ließ sich ohne

Widerrede mitziehen. »Was hast du vor?«

Ich warf ihm einen vielsagenden Blick über die Schulter. »Wir werden Jolie ärgern.«

Kaum dass ich die Worte ausgesprochen hatte, schnellte seine Hand unter meine Knie, die andere an meinen Rücken, und er hob mich hoch.

Und als ganz oben die Musik lauter gedreht wurde, waren wir schon längst in meinem Zimmer verschwunden.

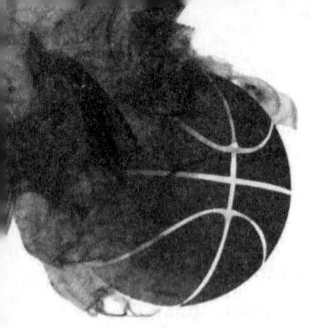

Kapitel 32

Collin

»Tut mir leid, dass Sie schon wieder Ihre Zeit opfern müssen, Mr Donovan. Sie haben heute wahrscheinlich anderes zu tun.« Mrs Patterson warf mir ein entschuldigendes Lächeln zu, aber ich schüttelte nur den Kopf.

»Sie wissen, wie gern ich die Jungs trainiere.«

»Danke.« Sie umfasste mein Handgelenk und drückte es kurz. Dann wandte sie sich ab. Das Klackern ihrer Absätze hallte vom Fußboden wider, während sie auf den Ausgang zusteuerte.

Den Blick auf das Spielfeld gerichtet, beobachtete ich die Jungs beim Warmlaufen und ging in Gedanken die Trainingsabläufe durch. Diese notierte ich nach und nach auf dem Klemmbrett, damit Mitch sie später nachvollziehen konnte.

Fünf Minuten später setzte ich die Pfeife an den Mund. »Jugo-Steps! Drei Schritte, ein Dribbling. Start von rechts! Miles, andere Seite.«

Sofort scharrten die Jungs auseinander, schnappten sich jeweils einen Ball und begannen mit der Übung, während ich an der Seitenlinie zum anderen Korb ging. Dort würde ich mit dem Einzeltraining beginnen.

Miles dribbelte hinter mir her. Er war einer der größten Spieler und eignete sich bestens für die Position als Center. Erwartungsvoll stemmte er sich den Ball in die Seite. »Ja, Coach?«

Ich musste mir den Anflug eines Lächelns verkneifen. »Spezielle Übung für dich als Center im Low Post. Kurzer Blick, Ball zeigen und Aktion starten. Zwei Schritte, ein Dribbling.« Ich machte ihm die Übung vor, während ich erklärte. »Der häufigste Fehler ist, im Dribbling ein Stück nach hinten zu springen. Achte deshalb immer auf dein Standbein.«

»Verstanden.« Miles nickte und positionierte sich, führte die Bewegungen aus.

»Du musst dem Gegner Zeit geben, auf die Täuschung hereinzufallen. Dein Blick muss mitspielen.« Ich deutete mit Zeige- und Mittelfinger erst auf meine Augen und dann auf seine. »Stell dich mit dem Rücken an den Block, Drop Step zur Baseline und Abschluss.«

Miles nickte, dribbelte den Ball an die Position und folgte meiner Anweisung. Die Arme vor der Brust verschränkt, beobachtete ich ihn und setzte kurz darauf die Pfeife an den Mund. »Nicht reinspringen. Denk an dein Standbein. Noch mal.«

Miles wiederholte die Übung, dieses Mal fehlerfrei. Ich nickte ihm zu und schnappte mir das Klemmbrett, auf das ich eine schnelle Notiz kritzelte.

»Was muss ich machen, um Einzeltraining zu bekommen?«

Überrascht sah ich auf. Malia stand vor mir, in einer schwarzen Jeans und einem weinroten Oberteil, die Hände in den Taschen ihrer Lederjacke vergraben. Sofort stahl sich ein Lächeln auf meine Lippen, während ich das Klemmbrett sinken ließ.

»Hey.« Ich überbrückte die Distanz zwischen uns. Legte ihr eine Hand ans Gesicht und drückte meine Lippen auf ihre. Sie fühlten sich unheimlich weich an und beförderten mich gedanklich zur letzten Nacht zurück. Auch wenn ich mir nichts sehnlicher wünschte, als in diesem Kuss zu versinken, löste ich mich von ihr.

Malia lächelte mich an, bevor sie an mir vorbei auf das Spielfeld spähte. »Als Wren meinte, ich dürfte beim Training zuschauen, dachte ich eigentlich, ich schaue *dir* beim Training zu.«

»Morgen Abend ist ein Spiel, wenn du Lust hast.«

»Das lasse ich mir nicht entgehen«, antwortete sie. Miles dribbelte auf uns zu. Malia starrte ihn augenblicklich mit offenem Mund an. Er nickte ihr zu, bevor ich ihm eine weitere Übung samt Bewegungsabläufen zeigte. Kaum war Miles wieder am Korb, zog Malia die Stirn kraus. »Herrgott, ihr seid alle so riesig.«

Ich lachte leise. »Kleine Basketballspieler sind eher die Ausnahme.«

Malia deutete mit einem Kopfnicken zum Spielfeld. »Sie sehen jung aus.«

»Sie sind von der Highschool.«

»Trainierst du sie freiwillig?«

»Offiziell gehört es zu meinem Studium, aber wenn Mitch ausfällt, übernehme ich auch seine Jungs.«

Ein Lächeln zeichnete sich auf Malias Lippen ab. »Genau das, was du machen möchtest.« Ohne etwas darauf zu erwidern, beobachtete ich die Jungs ebenfalls. »Ist es okay, dass ich hier bin?«

Bei ihrer Frage trat ich an sie heran und schob einen Finger unter ihr Kinn, hob es sanft an. »Mehr als okay.«

Damit überbrückte ich die letzte Distanz zwischen uns und küsste Malia, dieses Mal eindeutig länger. So lange, bis plötzlich Pfiffe und Gejohle durch die Halle schallten. Ich lachte in den Kuss hinein, schlang die Arme um Malia und zog sie noch näher an mich heran.

Die Pfiffe hörten nicht auf, wurden stattdessen lauter. Kaum hatten wir uns voneinander gelöst, vergrub Malia das Gesicht an meiner Brust. Ich hingegen spähte mit einem fetten Grinsen über die Schulter. »Weitermachen.«

Und als die Jungs grinsend ihre Übungen fortsetzten, drückte ich Malia einen Kuss auf den Scheitel. *Mein Mädchen.*

Ich rief noch zwei weitere Jungs zum Einzeltraining, bevor ich in das Gruppentraining einstieg. Malia hatte sich in der Zwischenzeit in die zweite Reihe der Tribüne gesetzt und die Füße auf die Stuhllehne vor sich abgestützt, den Blick auf das Buch in ihrem Schoß gesenkt. Ich ertappte mich immer wieder dabei, wie ich sie beobachtete. Als wäre sie schon immer ein Teil von allem gewesen. Ein Teil von mir.

Nach einer Stunde beendete ich das Training mit einem doppelten Pfiff. »Ab unter die Dusche!«

Die Jungs legten die Bälle zurück in die Halterung, schnappten sich Wasserflaschen und Handtücher. Nach und nach verließen sie die Halle. »Bis bald, Coach.«

Ich fuhr mir einmal durch das Haar, ehe ich den Arm schwungvoll herunterriss und kopfschüttelnd auf die Tribüne zuging. Vor Malia angekommen, stützte ich die Hände neben ihre Füße und neigte mich ihr entgegen. »Daran könnte ich mich gewöhnen.«

Sie sah auf. »Daran, dass du Coach genannt wirst?«

»Eigentlich meinte ich, dass du hier bist, aber … das auch.«

»Ich bin gern hier.« Eine leichte Röte zierte ihre Wangen. »Und du solltest dich auch daran gewöhnen.«

Ich grinste. »Dass du hier bist?«

»Eigentlich meinte ich, dass du Coach genannt wirst, aber … das auch.« Sie schenkte mir ein strahlendes Lächeln. Und obwohl ich alles daran liebte, wiederholte sich in meinem Kopf nur eines.

… dass du Coach genannt wirst …

»Erst einmal bist du dran.« Ich nickte zum Korb. »Zeit für deine Einzelstunde.«

Malia entgleisten die Gesichtszüge. »Wie bitte?« Sie blinzelte mich an. Ich hingegen zog abwartend die Brauen hoch. »Hast du vergessen, dass ich nicht werfen kann?«

»Du hast es mir heute Morgen noch einmal deutlich vor Augen geführt.«

»Siehst du.«

»Das kann ich so nicht stehen lassen.«

»Ich bin ein hoffnungsloser Fall.«

»Ich stehe auf Herausforderungen.« Ich grinste. Sie erwiderte nichts. Stattdessen zog sie die Füße von der Lehne und klappte das Buch zu. Doch bevor sie sich durch den Gang schlängeln konnte, hielt ich sie an der Hand fest. »Wir nehmen die Abkürzung.« Damit drehte ich ihr den Rücken zu und ging in die Hocke.

»Huckepack?«

Zur Antwort streckte ich die Hände nach hinten. »Klar.«

Keine Sekunde später legte sich ihre Hand auf meine Schulter. Mit einem Quietschen umklammerte sie mich, während ich mich in den Stand drückte und vor dem Ballständer anhielt. Malia löste die ineinander verschränkten Hände, streckte sie aus und nahm einen Ball aus der Halterung. Kaum hatte sie diesen in der Hand, kicherte sie.

Gott, ich liebte alles an ihr so sehr.

Vorsichtig setzte ich sie wieder auf die Füße und zeigte ihr, wie sie den Ball halten musste. Der erste Wurf ging geradlinig an die Wand.

Fuck, ich musste das Schmunzeln unterdrücken. Schnell joggte ich dem Ball hinterher. Noch während ich ihn vom Boden schnappte, biss ich mir auf die Wange, um das dämliche Grinsen aus meinem Gesicht zu bekommen.

»Ich weiß auch so, dass du lachst«, erklang Malia hinter mir.

»Gar nicht.« Meine zuckenden Mundwinkel straften mich Lügen, während ich auf sie zuging, was ihr wiederum ein Schnauben entlockte. Ich griff nach ihrer Hand und gab ihr den Ball. »Du denkst zu viel. Versuch mehr in die Hocke zu gehen und aus dem Handgelenk zu werfen.«

»Das sagst du so leicht.« Malia lachte. »Du spielst dein Leben lang. Du würdest sogar einen Krümel durch diesen Korb befördern.«

»Einen Krümel?«

»Sicher.«

Ich stellte mich hinter sie. Sie blickte mich über die Schulter an, ehe sie die Arme anhob und den Ball für die Flugbahn ausrichtete. Ich trat dichter an Malia heran, strich ihr vorsichtig das Haar zur Seite und küsste die Stelle unter ihrem Ohr.

Malia keuchte auf. »Collin.«

298

»Hm?«

»Ich kann so nicht denken.«

Ich schnaubte, drückte ihr einen Kuss auf die Schläfe und ließ eine Hand über ihr Schulterblatt an ihrem Rücken hinabwandern, bis ich ihr beide Hände an die Taille legte. »Auf drei.«

Malia nickte. »Okay.«

»Eins.« Ein Blick zu mir. »Zwei.« Einer zu ihr. »Drei.« Und der entscheidende nach vorn.

Ich hob sie hoch. Sie warf. Der Ball flog seine Linie, drehte sich auf dem Rand des Korbs und fiel zu Boden, ohne durch das Netz zu gehen. Malia lachte, drehte sich zu mir und schlang die Arme um meinen Nacken. »Fast.«

»Das üben wir weiter.«

»Du wirst ein toller Coach werden, Collin«, sagte sie leise. Während ihr Blick auf meinen traf, hatte ich das Gefühl, dass sie mich in diesem Moment sah. Als wäre sie die Erste, die mich *wirklich* sehen wollte. Wieso hatte ich in ihrer Nähe ständig das Gefühl, eine andere Seite von mir zeigen zu dürfen?

Meine *echte* Seite?

Ich strich Malia eine Strähne hinter das Ohr. »Glaubst du daran?«

Zwei Herzschläge lang sagte sie nichts, bis sie mir die Hand an die Wange legte und nickte. »Ich glaube an *dich*. Niemand ist für diesen Beruf besser geeignet als du.«

»Warum bist du dir so sicher?«

»Weil du es bist«, antwortete Malia. »Ich habe dich spielen und trainieren sehen. Du lebst für diesen Sport, egal in welcher Hinsicht.« Malias Hand rutschte von meinem Gesicht, legte sich stattdessen an meine Brust. Genau auf mein Herz. »Aber wenn du glücklich sein willst, musst du hiermit entscheiden.«

Sie lächelte mich an. Zwei Herzen, ein *Wir*.

Und mit einem Mal erkannte ich, was ich tun musste, um ein gleichwertiger Teil von diesem *Wir* zu bleiben.

Ich würde für mich einstehen müssen.

Kapitel 33

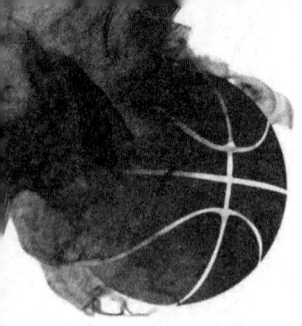

Collin

Manchmal glich das Leben einem Kartenhaus. Jahrelang baute man sich mühsam etwas auf, fügte etwas aus einzelnen Stücken zu einem Ganzen zusammen, nur um ein zerbrechliches Geflecht mit Erinnerungen zu füllen. Aber mit jeder neuen Karte gab es diesen einen Moment, der darüber entschied, ob das Kartenhaus präzise genug aufgebaut war oder durch eine falsche Bewegung in sich zusammenfallen würde.

Jetzt war einer dieser Momente.

Ich drückte die Tür hinter mir zu und ging geradewegs den Flur entlang. Schon von Weitem erkannte ich meinen Vater, der sich mitten in der Lounge des Wohnzimmers aufgebaut hatte, direkt vor dem schwarzen Ledersofa. Den Blick auf den Fernseher gerichtet, spulte er gerade eine Aufnahme vom vergangenen Training zurück. Bei meinem Eintreten sah er auf, begriff aber erst beim zweiten Hinsehen, dass *ich* es war, der in seinem Wohnzimmer stand. Nicht Lexie. Einen Anflug von Überraschung in den Augen, legte sich schon im nächsten Moment die Resignation darüber. »Was machst du hier?«

Noch bevor ich etwas erwiderte, legte er die Fernbedienung auf den Tisch und schloss die Knöpfe seines Anzugs.

»Ich muss mit dir reden.«

»In meinem Büro.«

»Es dauert nicht lang«, sagte ich schnell.

Vater hatte gerade die letzte der beiden Stufen genommen, den

Schlüsselbund bereits in der Hand. Wie in Zeitlupe drehte er sich zu mir um und musterte mich abwartend. Aber schon während sich sein Blick in meinen bohrte, spürte ich das unsichtbare Band, das er um meinen Hals legte und langsam festzog. »Nun denn, *Sohn*. Was ist so wichtig, dass du einfach hier aufkreuzt, anstatt dich für das anstehende Spiel vorzubereiten?«

»Meine Zukunft.«

In seinen Augen blitzte es auf, während er sich mir gegenüber aufbaute. »Mr Williams hat sich bereit erklärt, noch einmal für ein Gespräch anzureisen. Du wirst dich für die Unannehmlichkeiten entschuldigen und das Angebot annehmen, das er dir bereits unterbreitet hat. Das hatten wir doch schon geklärt.«

Mit einem lauten Zischen stieß ich den Atem aus. »Ich will das nicht mehr.«

»*Was* willst du nicht mehr?«

Deine Marionette sein.

Drei Worte, doch kein einziges brachte ich über die Lippen. Nicht unter dem sengenden Blick, mit dem mich mein Vater bedachte. Seit Jahren befand ich mich in der Schwebe zwischen Konfrontation und Akzeptanz, nur dass ich mich immer dagegen wehren wollte. Doch noch bevor ich die Worte aussprach, merkte ich, wie die Karte in meinen Händen zitterte, die ich bereit war, dem Kartenhaus aufzusetzen.

»Basketball ist mein Leben«, sagte ich mit fester Stimme, worauf mein Vater zustimmend nickte. »Aber ich will selbst darüber entscheiden, was ich aus meinem Leben mache.«

Irritiert schob er die Brauen zusammen, als hätte er sich gerade verhört. Bis er sich aus der Starre löste und anfing, den Kragen seines Hemdes zu richten. »Deine Vision lautet NBA.«

»Deine.« Ich sah meinem Vater fest in die Augen. »*Deine* Vision lautet NBA.«

Sekundenlang starrte er mich an und *fuck*, ich konnte nichts, absolut *nichts* aus seinen Gesichtszügen herauslesen. Nur langsam ließ er die Arme sinken. »Was soll das heißen?«

»Ich werde nicht in der NBA spielen.«

Er strich an seiner Krawatte entlang und belächelte mich. »Natürlich wirst du.«

»Nein, das werde ich nicht.«

Wieder hielt er inne. »Soll das ein Witz sein?«

Langsam, aber bestimmt schüttelte ich den Kopf.

»Wofür hast du die letzten Jahre gearbeitet?«

»Für das, was ich wirklich machen will.«

»Und was soll das bitte sein?«

»Ich will junge Menschen trainieren.«

Das Ticken der Uhr im Hintergrund zählte ich zwölf Sekunden lang, ehe ein lautes Lachen aus ihm herausbrach. »Der Schwachsinn, den du Studium nennst?« Mein Vater schüttelte den Kopf. »Es wird Zeit, dass du diesen Quatsch vergisst.«

»Dieser *Schwachsinn* wird vielen Sportlern zum Erfolg verhelfen. *Ich* will zu diesem Erfolg helfen.«

»*Du* bist der Sportler, der Erfolg haben wird.«

»Nein.« Ich festigte meinen Stand. Die Anspannung war in der Luft greifbar. »Nein, das bin ich nicht. Ich *will* es nicht sein.«

Als hätte mein Vater diese Worte nicht gehört, nahm er die Fernbedienung und drückte auf Play. »Du musst weiter an deiner Fußtechnik arbeiten, die ist immer noch unsauber.«

»Dad.«

Er fuchtelte mit der Fernbedienung in Richtung Fernseher. »Siehst du das?«

»Dad.«

»Genau das meine ich.«

Zum Teufel, er würde es nie verstehen.

»Dad!« Meine Stimme wurde lauter. »Hör endlich auf! Ich will nicht in die NBA. Ich wollte es nie.«

Mein Vater drehte sich langsam zu mir. »Überleg dir genau, was du sagst.«

Aber ich ignorierte seine Worte, tippte mir stattdessen an die Brust. »Ich habe dir alles gegeben, was ich geben konnte. Immer.«

Langsam kam er auf mich zu. Baute sich vor mir auf. Ich hasste es, dass ich den Kopf leicht heben musste, um ihm in die Augen sehen zu können. Er fixierte mich sekundenlang. »Dein *Alles* ist nicht genug.«

Mein Herz schlug mir bis zum Hals, während ich in das stechende Grün seiner Iriden sah. Das Gift, mit dem er mich seit Jahren quälte.

»Dann musst du damit leben«, sagte ich leise. Worte voller Bitterkeit und das Einzige, das ich erwiderte.

Zwölf tickende Sekunden.

Und dann stürzte mein Vater auf mich zu. Kaum dass er sich bewegt hatte, wich ich zur Seite aus, aber er drehte sich, packte mich an der Schulter. Ein Gerangel entstand. Nägel kratzten über Haut, eine seiner Manschetten riss ab. Sie fiel klirrend auf den Boden.

»Hör auf!« Ich stieß ihn von mir. Mein Vater stolperte zwei Schritte zurück, bevor er sich fing und mich für den Bruchteil einer Sekunde so überrascht anblinzelte, dass ich innehielt. Beide Hände zu Fäusten geballt, drückte ich die Zähne fest aufeinander. Mein Kiefer knackte. »Ich werde nicht in der NBA spielen, nur um *deinen* Traum zu leben. Komm damit klar.«

Ich war fertig mit ihm.

Plötzlich flog mein Kopf nach hinten. Schmerz explodierte in meinem Gesicht, das sofort taub wurde. Und ehe ich begriff, dass mich gerade seine Faust getroffen hatte, schlug er erneut zu. Ein nächster Hieb krachte mir in die Seite und presste mir die Luft aus den Lungen.

Nach Sauerstoff ringend, drückte ich die Hände gegen seine Schulter. Stieß ihn ein weiteres Mal zurück, nur um im nächsten Moment einen Schlag in die Rippen zu kassieren. Blindlings schlug ich zu und rammte ihm die Faust ins Gesicht. Es passierte so schnell, dass sein Körper unnatürlich taumelte. Schwer atmend und erschrocken zugleich richtete ich mich auf.

Fuck, ich hatte gerade meinen Vater geschlagen.

Benommen fasste er sich an die Lippe. Mehrere Sekunden lang starrten wir uns an. Duellierten uns wortlos, während sich mein Brustkorb hob und senkte.

»Ich werde nicht in der NBA spielen«, wiederholte ich und sah meinem Vater entschlossen in die Augen.

Dann wandte ich mich zum Gehen.

Ich hätte wissen müssen, dass er mich nicht einfach ziehen lassen würde. Doch ein kleiner Teil von mir glaubte an ihn, meinen *Dad*. Und egal wie klein die Hoffnung auch sein mochte, dieser Teil würde immer daran festhalten.

Mein Vater bekam meinen Pullover zu fassen, riss mich herum und stieß mich mit solcher Kraft nach vorn, dass ich ins Taumeln geriet. Bevor mein Kopf an die Kommode prallen konnte, fing ich mich mit einer Hand ab. Erneut packte mein Vater mich an den Schultern und schmetterte mich gegen die Wand. Riss mich zu sich, nur um mich ein weiteres Mal dagegen zu stoßen. Er rammte die Faust in meine Seite. Er schlug, schlug, schlug, bis ich zu zählen aufhörte.

Während der Schmerz alles von mir einnahm, sackte ich auf die Knie. Aber es waren nicht die Schläge, die mir äußerlich zugefügt wurden, sondern der Schmerz in mir, der meine Gedanken beeinflusste. Mein Herz traf.

Meine Seele brach.

Noch während mein eigener Vater mich auf den Rücken drückte, das Knie über meinen Beinen, fixierte ich seine Augen. Bis zu diesem Zeitpunkt war ich mir immer sicher gewesen, dass er sich nicht darüber im Klaren war, was er mir jedes Mal antat. Mit seinen Worten, seinen *Taten* in mir anrichtete. Mich von innen nach außen zerriss. Doch in diesem Moment erkannte ich, dass er genau wusste, was er tat.

Ich riss die Hände hoch. Packte mit der einen den Arm, der mich am Boden hielt, und stieß die andere gegen sein Gesicht. Ich drückte es zur Seite. Verrenkte ihm so den Hals, dass er nicht mehr sehen konnte, wohin er schlug.

Und als seine Schläge verebbten, nicht präzise genug trafen, stieß ich meinen Vater mit all meiner noch vorhandenen Kraft von mir.

Er fing sich auf, beinahe zeitgleich rutschte ich über den Boden zurück und beobachtete schwer atmend, wie mein Vater aufstand. Mit dem Handrücken wischte er sich über den Mund, kam auf mich zu und taxierte mich. Dann trat er mir mit voller Wucht in die Seite. Erst als ich mich vor Schmerz krümmte, ging mein Vater an mir vorbei.

Das Ticken der Uhr schien mir unendlich, während ich auf dem Boden kauerte und versuchte, mich auf meinen Herzschlag zu konzentrieren. Dieser hämmerte wild gegen meine Brust, in einem unregelmäßigen, schnellen Rhythmus, und zeigte mir mit jedem weiteren Pumpen, dass ich in einer wahr gewordenen Hölle lebte.

Langsam drückte ich mich vom Boden hoch, mit jedem Zentimeter fingen meine Arme mehr zu zittern an. Immer noch um Atem ringend, wischte ich mir mit dem Handrücken erst über den Mund, presste die Hand dann gegen die brennende Haut an meiner Stirn.

Die Schuhe meines Vaters tauchten in meinem Sichtfeld auf. Er trocknete sich die Hände mit einem Handtuch und starrte auf mich hinab. »Du wirst das Angebot annehmen. Und jetzt raus aus meinem Haus.«

Ich stolperte aus der Tür. Weg von dem Monster, das ich meinen Vater nennen musste.

Die Hände neben das Waschbecken gestützt, beobachtete ich, wie das hellrote Wasser still und leise in den Abfluss sickerte. Doch noch während die frischen Spuren verschwanden, brannten sie sich für immer in mein Herz.

Ich hob den Blick. Mein Oberkörper war übersät mit blauen

Flecken. Und mit jeder Minute, die verstrich, verfärbte sich meine Haut mehr. Ein skurriles Meer aus bunten Farben, und keine einzige davon war schön. Weder die Ursache noch die Tatsache oder die Erinnerung daran.

Ich schluckte hart. Zählte meine Herzschläge so lange, bis ich die Stille nicht mehr ertragen konnte. Langsam drückte ich mich vom Waschbecken hoch und fing an, meinen Oberkörper zu bandagieren.

Am nächsten Abend beäugte Wren mich skeptisch, die Arme vor der Brust verschränkt. »Was ist passiert?«

»Nichts.«

»Selbst wenn ich es dir abkaufen würde, prangt da eine frische Wunde auf deiner Stirn, die nebenbei gesagt gerade wieder anfängt zu bluten.« Er deutete mit dem Finger an meine Stirn, als ob ich nicht selbst wüsste, wovon er sprach. »Das ist nicht ›nichts‹.«

Nein, denn das ist alles.

Aber das sagte ich nicht. Stattdessen blieb ich stumm und schnürte mir meine Schuhe, bevor ich einmal gegen jede Sohle schlug. Beschissene Macke. Mich immer noch musternd, legte Wren mir langsam die Hand auf die Schulter. »Was ist los?«

Genervt schüttelte ich ihn ab. »Ich sagte doch, es ist nichts.«

»Collin, du —«

Ich riss den Kopf herum. »Lass mich in Ruhe.«

Kaum dass ich die Worte ausgesprochen hatte, bereute ich sie. Wren war mein Freund, meine *Familie*, und ich konnte an einer Hand abzählen, wie oft ich ihn so angefahren hatte. Doch statt mich zu entschuldigen, warf ich meine Sachen achtlos in den Spind. Aus dem Augenwinkel bemerkte ich Wrens Nicken, bevor er seine Wasserflasche griff und wortlos aus der Spielerkabine ging.

Ich stieß die Luft aus, zuckte im gleichen Moment vor Schmerz zusammen und stützte mich mit den Händen am Spind ab. Ich war in einer verfluchten Hölle, meinem *Leben*, gefangen. Und ich hatte keine Ahnung, wie ich ihr jemals entkommen könnte.

Gedankenlos wischte ich mir über das Gesicht, was mir ein unerträgliches Stechen durch den Kopf jagte, und fuhr mir stattdessen durch die Haare.

Den Blick auf den Boden geheftet, ging ich auf die Tür zu. Jeder einzelne meiner Schritte sandte einen Stromschlag durch meine Nervenbahnen. Die Bandage um meinen Oberkörper linderte den Druck von innen. Drückte genauso fest auf meinen Brustkorb, weshalb ich die Atmung flach hielt.

Dennoch spürte ich mit jeder Minute mehr, wie sich die Schwellungen gegen die Bandage drückten.

Obwohl ich wie jedes Mal, wenn ich die Schatten meines Vaters auf der Haut trug, als Erster in der Spielerkabine gewesen war, war ich heute der Letzte, der die Halle betrat. Noch während ich auf mein Team zuging, spürte ich das elektrisierende Gefühl in der Luft, das mit jedem Spiel intensiver wurde. Je weiter die Saison voranschritt, desto lauter wurde die Menge auf der Tribüne.

Die Worte des Coaches hörte ich nicht. Ich nahm meine Position ein und sah flüchtig zur Tribüne, in der Hoffnung, Malia zu entdecken. Allein ihre Anwesenheit würde mir etwas von den Schmerzen nehmen, die sich wie ein Schlangentoxin in meinem Körper ausbreiteten.

Bevor ich sie entdecken konnte, ertönte ein Pfiff. Mein Kopf fuhr herum, augenblicklich pochte es hinter meiner Stirn. Der Ball flog von Gavin zu Wren, der einen Gegner abwehrte und abspielte.

Sofort nahm ich an und dribbelte los, doch schon der erste Aufprall sandte eine derartig schmerzhafte Erschütterung durch meinen Brustkorb, dass ich um ein Haar aufgestöhnt hätte. Ich täuschte an und versenkte den Ball im Korb. Die Menge jubelte.

Doch das Hochgefühl in meiner Brust blieb aus, weil der betäubende Schmerz allgegenwärtig war.

Ich stützte die Hände auf die Knie und spähte zum Spielfeldrand. Mein Vater, wie immer in der ersten Reihe, hatte die aufgeplatzte Lippe zu einer schmalen Linie zusammengepresst. Ich drückte mich hoch und joggte ins Spielfeld, den Ball stets im Blick.

Noch ein Pfiff ertönte, gefolgt von einem Brüllen und tosendem Applaus. Der Ballwechsel war verdammt schnell, wahrscheinlich ein Ergebnis guten Krafttrainings, und ich erinnerte mich daran, dass ich genau das in der letzten Zeit ausgelassen hatte. Ich drückte mich erneut aus den Knien ab, nicht sicher, wann ich stehen geblieben war, und lief in Gavins Richtung.

Doch war es Blaine, der sich in mein Sichtfeld drängte. In einer vorgebeugten Abwehrhaltung konzentrierte er sich nicht auf den Ball, sondern starrte mich irritiert an. Sofort riss ich die Arme zur Seite, eine stumme Aufforderung für ihn, seine Aufmerksamkeit auf den Gegner zu richten. Doch statt selbst auf den Ball zu achten, glitt mein Blick über die Tribüne. Suchte die Augen meines Mädchens und brauchte ein Stück von dem Gefühl, das sie in mir auslöste.

Sie war nirgends zu sehen.

Ich hörte meinen Namen und drehte den Kopf. Für den Bruchteil einer Sekunde kniff ich die Augen zusammen, als das Licht mich blendete, und schirmte sie mit einer Hand ab. Ich nahm einen Atemzug. Stieß die Luft sofort wieder aus und hielt mir die stechende Seite. Der Ball flog an mir vorbei. Ich riss die Hände hoch, aber ein gegnerischer Verteidiger tauchte vor mir auf und schnappte ihn aus dem Stand. Fahrig wischte ich mir über das Gesicht. Kratzte mit den Nägeln über die Haut.

Es war verflucht warm in dieser Halle. Ich drehte mich um. Zerrte an meinem Kragen und fixierte noch einmal die Tribüne, die plötzlich zur Seite zu kippen schien. Meine Augen flogen umher, fanden die des Coachs am Spielfeldrand, der seine Cap abnahm und sich durch das lichte Haar fuhr.

Aus dem Augenwinkel bemerkte ich, wie jemand auf mich zu kam. Wren. Er sprach mit mir, das erkannte ich an den Bewegungen seiner Lippen. Dass er überhaupt mit mir sprach, obwohl ich ihn vorhin weggeschickt hatte, wunderte mich, aber er musste deutlicher reden. Ich verstand kein einziges Wort. Stattdessen war da ein dumpfes Pochen in meinen Ohren, so laut wie mein Herzschlag. So *schnell* wie mein Herzschlag. Doch mein Herz war irgendwo auf der Tribüne. Ich hob den Kopf. Mein Blick glitt durch die Menschenmenge und blieb endlich, *endlich* an *ihr* hängen.

Der Moment, in dem Malias Augen auf meine trafen, war so intensiv, dass ich all das fühlte, all das erkannte, was ich für sie empfand. Aber bildete ich es mir nur ein oder bekam ihr Lächeln einen Riss?

Dieser Augenblick war so quälend lang, dass ich hörte, wie er entstand. Dass ich fühlte, wie etwas in ihr brach.

Und mit ihr brach auch ich.

Es war einer dieser Momente, in dem ich genau spürte, wie mir die Karte aus den Händen glitt. Aber sie fiel nicht allein, sondern riss das ganze Kartenhaus mit sich. Alles, was ich mir bis hier hin aufgebaut hatte.

Ich sackte auf die Knie, weil der Schmerz alles von mir einnahm. Und während mein Sichtfeld immer mehr verschwamm, war das Einzige, an das ich denken konnte …

Du.

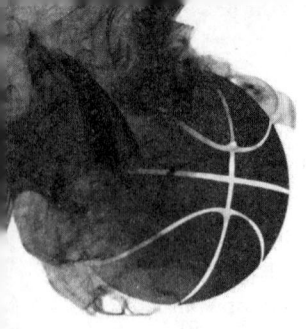

Kapitel 34

Collin

Malia, ich habe dir so vieles noch nicht sagen können und in diesem Moment bereue ich es mit jeder Faser meines Seins.

Oft war ich zu unsicher, was *ich sagen sollte. Immer sicher, dass ich etwas sagen wollte. Und jetzt weiß ich nicht, wie ich es dir sagen kann.*

Du stellst die richtigen Fragen, ohne sie auszusprechen. Gibst mir das Gefühl, meinen Weg zu gehen, obwohl ich auf der Stelle trete. Du glaubst an mich, wenn ich selbst nicht an mich zu glauben wage.

Du bist es, die mir das schenkt, wonach ich mich immer gesehnt habe. Ohne dass ich dich darum gebeten habe oder du dafür etwas verlangt hast. Ich möchte dir jeden Tag sagen, wie dankbar ich dir für all das bin.

Und selbst dann wäre es noch immer nicht genug.

»Mach die Augen auf, verdammt.« Lautes Stimmengewirr drang an meine Ohren. Jemand zerrte an mir. Das Pochen in meinem Kopf, auf meiner Haut, *in mir* gewann an Stärke und erschütterte mich beinahe wie die Naturgewalt eines Erdbebens.

Fuck, mir tat alles weh.

Etwas Kühles drückte sich an meinen Rücken, und ich stöhnte leise auf. Selbst durch das Trikot war die Kälte eine Wohltat. Benommen öffnete ich die Lider. Starrte an die Decke, aber das Licht blendete mich. Ich hob die Hand, um meine Augen abzuschirmen, doch allein diese Bewegung kostete mich Unmengen an Kraft.

»Collin.« Ich drehte den Kopf. Wren starrte mich an, pures Entsetzen in seinem Blick. Er sagte irgendetwas zu jemandem, ehe er mich wieder fixierte. »Hey, Kumpel. Kannst du aufstehen?«

Ich zwang mich zu einem Nicken, stützte mich auf einen Arm und spürte seine Hand an meinem Rücken. Noch während ich mich vom Boden hochdrückte, presste mir jemand ein Handtuch an die Stirn und fragte, ob ich es selbst halten könne. Ich blinzelte ein paar Mal, bis das Bild vor meinen Augen klar wurde.

Was, verfluchte Scheiße, ist passiert?

»Verdammt, du warst bewusstlos.« Wren.

Hatte ich das gerade laut gesagt? Fuck, mein Kopf.

Wrens Hand verschwand von meinen Schulterblättern, stattdessen hielt er sie mir hin. Ich ergriff sie. Wren zog mich auf die Beine, während um uns herum das Leben tobte und zeitgleich alles stillstand.

Malia.

Benebelt sah ich zur Tribüne, aber ihr Platz war leer. Keine Sekunde später schob Wren mich aus der Halle raus. Mein Blick fiel auf den Schiedsrichter, der mit jemandem diskutierte. War das etwa mein Vater? Seine Gesichtsfarbe hatte wieder dieses ungesunde Rot angenommen. Aus dem Augenwinkel erkannte ich den Coach, der sich durch die Haare fuhr. Er musste wirklich aufpassen, dass er sich nicht die letzten Haare ausriss. Bevor ich ihm das sagen konnte, wurde es leiser um mich herum.

Wren bugsierte mich in die Spielerkabine und drückte mich auf die Bank. Ein Sanitäter checkte mich durch, blendete mich mit dieser grausamen Taschenlampe und untersuchte die Wunde an meiner Stirn. Wren beobachtete uns wortlos, die Arme vor der Brust verschränkt.

»Können Sie es selbst ausziehen?«

Ich sah auf. »Was?«

Der Sanitäter deutete mit dem Finger darauf. »Ihr Trikot.«

311

Ich schüttelte den Kopf. Niemand durfte verletzt spielen. Wenn er die Bandage zu sehen bekäme, würde ich suspendiert werden. Obwohl ich keine Profikarriere anstrebte, wollte ich das keineswegs. Das war immer noch meine letzte Saison.

Ein Abschied, der keiner war.

Der Sanitäter nahm mein Kopfschütteln mit einem Nicken zur Kenntnis. Kurz darauf zog er eine Schere aus der Tasche.

Moment, was hat er vor?

Ich umfasste sein Handgelenk. Er musste mein Trikot nicht aufschneiden. Die Brauen des Sanitäters wanderten indes nach oben. Nur langsam ließ ich ihn los.

Er setzte die Schere an. Für den Bruchteil einer Sekunde schnellten seine Augen zu mir. Und während er auch die Bandage löste, starrte ich ins Leere.

Aus dem Augenwinkel bemerkte ich, wie Wren langsam die Arme senkte. Spürte das Entsetzen in seinem Blick, bevor er sich einmal durch das Gesicht wischte. Die Hände über dem Kopf verschränkt, ging er an mir vorbei zur Tür. Der Sanitäter hingegen ließ sich nichts anmerken. Tastete stattdessen meine Rippen ab, während er mit jeder Berührung einen Stromschlag durch mich hindurchjagte und ich die Zähne immer fester aufeinanderpresste.

»Ich lege Ihnen einen kühlenden Kompressionsverband an«, sagte der Sanitäter. »Sie haben Prellungen, aber die Rippen scheinen nicht gebrochen zu sein. Zur Sicherheit müssten Sie das noch einmal röntgen lassen.«

Ich reagierte nicht. So lange nicht, bis er seine Ausrüstung zusammenpackte und am Türrahmen mit jemandem sprach. Kaum dass die Stimmen verebbt waren, kam Wren auf mich zu. Hockte sich vor mich und sah zu mir auf. Die Arme hatte er auf seine Oberschenkel gebettet, aber kurz darauf spürte ich eine leichte Berührung an meinem Knie. Eine Aufforderung, ihn anzusehen. Und kaum dass ich es tat, konnte ich die Sorge in seinem Blick regelrecht *fühlen*.

»Wer war das?«

»Mr Donovan, Sie dürfen nicht einfach —«

Ich drehte den Kopf. Gavin hatte einen Arm vor die Tür geschoben, den mein Vater jedoch unbeeindruckt wegdrückte. »Genug ausgeruht.« Er riss meinen Spind auf und zog ein frisches Trikot heraus, das er mir in den Schoß schmiss. »Anziehen.«

Ich starrte ihn an, knüllte den Stoff zusammen. Hatte nicht die Kraft, auch nur irgendetwas zu sagen.

Wren richtete sich auf. »Ist das Ihr verdammter Ernst?«

»War ich jemals für Scherze zu begeistern?«, erwiderte mein Vater trocken.

Wren starrte ihn an, bevor er auf mich wies. »Haben Sie keine Augen im Kopf oder waren Sie nicht dabei, als Collin einfach umgefallen ist?«

Als hätte er nichts von Wrens Worten gehört, deutete mein Vater auf das Trikot in meinem Schoß. »Los.«

Und als ich nicht reagierte, zog er mich von der Bank hoch. Sofort riss ich mich von ihm los, jagte mit diesem Ruck eine Erschütterung durch meinen Körper. »Fass mich nicht an.«

Mein Vater krallte die Finger in meinen Arm. »Du wirst da jetzt rausgehen.«

Wren drückte ihn an der Schulter weg. Mein Vater wehrte sich, ohne meinen Arm freizugeben. Ein Gerangel entstand. Er holte aus, Wren packte sein Handgelenk.

Die Fassungslosigkeit stand ihm ins Gesicht geschrieben, mein Vater mahlte mit den Kiefern. Und während ich die beiden anstarrte, klopfte es.

»Jonathan Grant Donovan?« Zwei Officers traten durch die Tür. »Wir würden Ihnen gern ein paar Fragen stellen.«

»Ich habe keine Zeit für *Fragen*«, erwiderte mein Vater tonlos und streckte den Rücken durch.

»Gut, dann komme ich gleich zur Sache«, sagte einer der Polizisten. »Verraten Sie mir bitte, was los ist.«

»Nichts.«

»Sieht anders aus.« Er deutete auf uns.

Ich konnte den Schock spüren, der meinen Vater durchfuhr. Für den Bruchteil einer Sekunde verstärkte sich der Griff an meinem Arm. Dann ließ er mich ruckartig los, als hätte ich ihn eigenhändig verbrannt, und riss sich im gleichen Moment von Wren los.

»Verletzungen sowohl psychischer als auch physischer Art sind eine Straftat«, fuhr der Officer fort.

»Straftat?« Mein Vater schnaubte. »Kommen Sie mir nicht mit *Straftat*. Ich habe mir nichts zuschulden kommen lassen.«

Der Beamte musterte ihn mehrere Sekunden lang, bevor er einen Schritt an meinen Vater herantrat. »Warum haben Sie eine aufgeplatzte Lippe?«

Automatisch fasste er sich an den Mund. »Weil —«

»Gestern ist ein Anruf auf der Wache eingegangen, wegen eines kaum überhörbaren Streits.«

»Was interessiert mich das?«

Jetzt trat auch der zweite Officer einen Schritt näher. »Dieser Streit soll in Ihrem Haus stattgefunden haben.«

»Ich weiß nicht, wovon Sie reden«, antwortete mein Vater resigniert.

»Dann versuche ich, mich deutlicher auszudrücken. Haben Sie Ihren Sohn so zugerichtet?« Der Polizist ließ meinen Vater keine Sekunde aus den Augen.

Doch dieser lachte nur ungläubig auf. »Denken Sie wirklich, ich hätte etwas damit zu tun? Spinnen Sie nicht rum.«

»So eine heftige Auseinandersetzung dürfte Spuren hinterlassen haben.«

»Das Einzige, das Spuren hinterlassen wird, ist, wenn mein Sohn nicht weiter spielt. Ein Talentscout wartet da draußen.« Damit deutete mein Vater zur Tür. »Ich habe für solche Unterstellungen keine Zeit.«

»Nun … Wenn Sie nichts mit diesen Verletzungen zu tun haben, so wie Sie es sagen, dann dürfte es Ihnen sicherlich nichts ausmachen, wenn wir Ihnen in Ihrem Haus einen Besuch abstatten.«

Mein Vater schnaubte. »Selbst wenn ich etwas zu verstecken hätte, können Sie nicht einfach mein Haus betreten. Dafür bedarf es einen —«

Plötzlich zog der Beamte ein Papier hervor und hielt es demonstrativ in die Höhe. »Einen Durchsuchungsbefehl?«

Mein Vater starrte die beiden an. Noch nicht einmal sein Mundwinkel zuckte.

»Sind Sie sich bewusst, dass Ihnen allein für diese einmalige Tat bis zu fünf Jahre Haft drohen?«, fuhr der andere Polizist fort.

»Haft? Wegen eines Ausrutschers? Kommen Sie schon, das —«

Mein Vater erstarrte. Ich erstarrte.

Und die Luft in diesem Raum wurde auf einmal dünn.

Die Officers positionierten sich mit breitem Stand, eine Hand an die Waffe gelegt. »Ein Ausrutscher? Sie geben also zu, Ihren Sohn so zugerichtet zu haben.«

»Natürlich war es ein Ausrutscher, ich —«

»Nein«, ertönte eine Stimme von der Tür aus. Überrascht drehte ich den Kopf und entdeckte Blaine, der sich dort mit verschränkten Armen aufgebaut hatte. »Das war es nicht.«

Das Klicken der Handschellen war ein surreales Geräusch. Mein Vater wehrte sich, spuckte den Officers beinahe ins Gesicht, bis diese ihn fixierten und vor sich her aus der Spielerkabine schoben.

Während ich beobachtete, wie mein Vater abgeführt wurde, versuchte ich mir die Konsequenzen dessen bewusst zu machen. Es war raus. Er war weg. Und ich …

»Wie lange?« Wren stieß geräuschvoll die Luft aus.

Ich brauchte mehrere Sekunden lang, ehe ich den Blick von der leeren Tür reißen und stattdessen Wren ansehen konnte.

Er hatte die Arme vor der Brust verschränkt, die Stirn nachdenklich in Falten gelegt. Musterte mich, mit einer Mischung aus Sorge, Verwirrung und Verzweiflung in seinen grauen Iriden.

Jahrelang hatte ich die Taten meines Vaters über mich ergehen lassen, mit der Entscheidung, es für mich zu behalten. Wren war der letzte Mensch, der sich wegen meines Schweigens Vorwürfe machen sollte.

»Es spielt keine Rolle«, antwortete ich deshalb und zog meine Tasche aus dem Spind. Doch Wren stellte sich vor mich, sodass ich ihm nicht ausweichen konnte. Er hob langsam die Brauen, eine stumme Bitte.

»Wie lange?«

Langsam stieß ich die Luft aus. »Es hat kurz nach Moms Tod angefangen.«

Kaum wurde Wren die Bedeutung dieser Worte bewusst, verschränkte er die Hände im Nacken, blinzelte zur Decke und formte ein tonloses *Fuck*.

»Wren.« Ich berührte ihn am Arm. Erst als er darauf reagierte, schüttelte ich kaum merklich den Kopf. »Nicht.«

Damit zog ich ihn zu mir heran und legte die Stirn an seine. Wir kommunizierten, ohne ein Wort miteinander zu reden. Denn auch wenn es unausgesprochen zwischen uns schwebte, war damit alles gesagt.

»Hast du sie gesehen?«, fragte ich leise.

»Ich habe Malia Bescheid gesagt, dass du ...« Wren atmete einmal tief ein und wieder aus. »... dass du okay bist.«

Wenn ich heute nur noch eine Sache tun dürfte, dann würde ich mich dafür entscheiden, in ihre Arme zu flüchten. Doch das bedeutete auch, dass ich ihr alles würde erzählen müssen.

»Ich muss zu ihr.«

Schweigend betraten Wren und ich den Parkplatz. Und auch wenn jede meiner Bewegungen schmerzte, fühlte ich mich seltsam leicht. Ein Gefühl, das ich lange Zeit vermisst hatte.

Erst als Wren mich an der Schulter berührte, hob ich den Kopf. Mit einem Nicken deutete er nach vorn, ein leichtes Lächeln im Mundwinkel. Und als ich seinem Blick folgte, begriff ich endlich, was er meinte.

Wen ich sah.

Die Arme um sich geschlungen, hockte Malia am Rand des Gehwegs. Wren schlurfte mit dem Fuß über den Boden, worauf Malia aufmerksam wurde und sich beinahe im selben Moment hochdrückte.

Zwei Herzschläge lang hielt ich inne, bevor ich auf sie zuging. Viel zu schnell und doch zu langsam. Es war wie ein Sog, der mich in ihre Richtung zog, ein unsichtbares Band zwischen uns.

Wortlos kam sie auf mich zu. In ihren schönen braunen Augen zeichnete sich die Sorge ab. Sie schlang die Arme um mich. Sofort tat ich es ihr gleich, und auch wenn mich erneut der Schmerz durchfuhr, wollte ich nichts anderes, als sie noch näher an mich zu ziehen. Eine Hand an ihrem Kopf, bettete ich die Wange an diesen.

»Geht es dir gut?« Ihre Stimme war nur ein Flüstern, wurde beinahe vom Wind davongetragen. Aber manchmal brauchte es keine Worte, um zu kommunizieren. Ich nickte, drückte sie mit jedem Atemzug näher an mich.

Hielt sie fest, solange sie es brauchte. Hielt sie, solange sie es wollte. Solange sie *mich* wollte.

Und während ich sie in meinen Armen wiegte, wurde ich mir einer Tatsache bewusst. Im einen Moment war das Kartenhaus in sich zusammengefallen, aber in diesem fing ich an, das Fundament neu zu bauen.

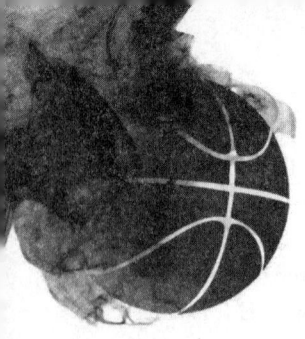

Kapitel 35

Malia

Gedankenverloren strich ich durch Collins Haar, der seinen Kopf an meine Seite gebettet hatte, während ich am Kopfteil seines Bettes lehnte. Collins Haut war blass, wodurch die Wunde an seiner Stirn an Präsenz gewann. Und obwohl seine Gesichtszüge im Schlaf vollkommen entspannt waren, erkannte ich die Erschöpfung darin.

Mir war schon immer bewusst gewesen, dass auch diese Seite in ihm schlummerte. Die Verletzlichkeit, bei der *er* Sicherheit brauchte. Doch ich hätte nicht ansatzweise ahnen können, was dieser Anblick in mir anrichtete.

»Du denkst zu viel.«

Ich senkte den Blick. Collin hatte die Augen geschlossen, aber ein leichtes Lächeln umspielte seine Mundwinkel.

»Stellst du dich nur schlafend?«, fragte ich leise. Sein kaum merkliches Kopfschütteln ließ mich ebenfalls lächeln. Nur langsam schlug er die Augen auf und fixierte mich.

»Du denkst zu viel.«

»Ich denke immer viel«, erwiderte ich leise.

Er griff nach meiner Hand, zog vorsichtig Muster über meine Haut. »Erzähl es mir.«

»Es ist nicht wichtig, ich —«

Ein Finger über meinem Mund brachte mich zum Schweigen. »Du bist *mir* wichtig. Also erzähl es mir.« Sein Finger glitt hinab. »Bitte.«

Ich zögerte. Doch als er mir wortlos zunickte, lenkte ich ein. »Ich hasse es, Angst um meinetwillen zu haben, aber als du ... als du zusammengebrochen bist, da war dieses Gefühl allgegenwärtig. Ich hatte Angst um dich. Und das hasse ich noch mehr als alles andere, denn es macht mir Angst.« Ich vergrub das Gesicht in der freien Hand.

Die Bewegung an der anderen verebbte. »Malia.«

Ich lachte ungläubig auf, denn ich verstand selbst nicht, was ich sagte. »Gott, ich rede Schwachsinn.«

»Malia.«

»Ergibt das überhaupt Sinn?«

Collin richtete sich auf, zog mir sanft die Hand vom Gesicht und legte einen Finger an mein Kinn. Bat mich, zu ihm aufzusehen. »Solange du es fühlst, ergibt alles einen Sinn.«

Er strich mir eine Haarsträhne hinter das Ohr. Mit dem Daumen fuhr er über meine Wange, bevor er seinen Kopf zu meinem neigte.

Der sanfte Druck, mit dem seine Lippen meine berührten, verstärkte sich, als er die Hand in meinen Nacken legte. Mich mehrere Herzschläge lang hielt, in denen er mir wortlos sagte, was er für mich empfand.

Dieser Kuss war nicht stürmisch. Es war einfach einer, bei dem sich scheu ein Mund auf den anderen drückte.

Dennoch bedeutete er mir in diesem Moment *alles*.

Und als Collin sich von mir löste, sah er mich an, als wäre dieser Augenblick seine eigene kleine Ewigkeit.

»Ich muss dir etwas sagen«, flüsterte er. Seine Augen tasteten mein Gesicht ab, auf der Suche nach Zuspruch, nach einem *Okay*. Aber weil ich nichts sagen konnte, zu überwältigt von diesem Gefühl in mir, nickte ich nur.

Collin lehnte sich zurück, die Hände an die Bettkante geklammert. Den Blick hatte er auf einen Punkt am Boden geheftet. Und während sich sein Brustkorb zweimal hob und senkte, mahlte sein Kiefer.

Ich hatte ihn schon öfter im Profil gesehen, als ich zu zählen vermochte. Dennoch war es dieses Mal anders. Intensiver als zuvor. Denn es war immer die Körpersprache, die mächtig genug war, eine Geschichte zu erzählen.

Diese hier war seine.

Nur langsam hob Collin die Arme, zog sich in einer schwerfälligen Bewegung sein Shirt über den Kopf. Er entblößte eine Bandage und begann, diese wortlos aufzuknoten. In diesem Moment erzählte er mir mehr von sich, als ich je zu hören erwartet hatte. Doch je weiter er das Band von seinem Körper wickelte, desto fester schloss sich eines um mein Herz.

Collin sagte kein einziges Wort, während die Bandage sich endgültig löste. Stattdessen ließ er die Male auf seiner Haut für sich sprechen. An manchen Stellen war sie gerötet, an den meisten dunkelblau bis violett verfärbt. Und genau dieses Farbenmeer war es, das mir die Kehle zuschnürte. Wie erstarrt ließ ich meine Augen seine Haut abtasten. Vorsichtig, aus Angst, ihn allein dadurch verletzen zu können.

»Mein Vater ist ein Monster.« Fünf Worte, begleitet von einem heiseren Kratzen in seiner Stimme. Ein Satz, dessen Bedeutung mich so sehr traf, weil es *ihn* verletzte. »Ich habe es nie jemandem erzählt«, flüsterte Collin. »Ich wusste nicht wie.«

Kaum dass er es ausgesprochen hatte, hob er den Kopf, seine Augen mit Tränen gefüllt. Es waren die Worte, *meine* Worte gewesen, als ich zum ersten Mal über Alec gesprochen hatte. Und während mein Verstand zu begreifen versuchte, was mein Herz schon längst wusste, sagte *ich* kein Wort.

Collin und ich waren gleich.

Jeder von uns hatte seine eigene Geschichte, die er nicht zu erzählen wagte. Zwei Herzen, zwei Wege. Und dennoch verliefen sie parallel.

Ich rutschte über die Matratze zu Collin hinüber. Wollte so vieles tun, so vieles sagen, aber Worte schienen mir genau jetzt überflüssig. Deshalb war alles, was ich tat, ihn in meine Arme zu ziehen. Seinen Kopf an meine Brust gebettet, war ich dieses Mal diejenige, die ihn hielt.

Sanft strich ich ihm durch sein Haar, wiegte uns vor und zurück, während er stumme Tränen weinte. Ich wusste, dass es nicht die sichtbaren Verletzungen waren, die ihn dazu brachten. Er weinte wegen den versteckten Wunden, die tief in seinem Herzen saßen. Die niemand sehen konnte, weil er sie für sich behalten hatte.

Und hier saßen wir nun. Zwei gebrochene Herzen, die sich einander hielten, im gegenseitigen Versuch, das andere zu heilen. Es irgendwie zusammenzuhalten, damit es nicht an all dem Schmerz zerbrach.

»Es tut mir leid«, flüsterte Collin an meiner Brust.

Sofort zog ich ihn näher an mich, drückte ihm einen Kuss in sein Haar und legte meine Wange gegen seinen Kopf. »Entschuldige dich nicht für das, was du fühlst.«

Collin drehte sich so, dass ich ein Stück von dem Eisblau brechen sehen konnte. Dann schlang er die Arme um meine Taille. Ließ sich mit mir fallen, in dem Wissen, dass wir uns auffangen würden.

Blinzelnd öffnete ich die Augen und blickte auf eine zerwühlte Seite neben mir. Ich brauchte einen Wimpernschlag lang, um zu begreifen, dass ich nicht in meinem eigenen Bett geschlafen hatte, und drückte mich von der Matratze hoch.

Die ersten Sonnenstrahlen schienen durch das Fenster und tauchten Collins Schlafzimmer in ein sanftes Licht. Es war so anders als mein eigenes. Wo meines beinahe antik wirkte, war seines modern und in einem schlichten Grau-Weiß gehalten.

Ich schlug die Bettdecke zurück. Meine nackten Füße trafen auf den kühlen Boden, während ich langsam durch das Zimmer ging. Leise zog ich die Tür auf.

Im Wohnzimmer strich ich über den grauen Stoff der Couch, auf dessen Lehne ein schwarzer Hoodie lag. Ich griff danach. Drückte ihn mir gegen die Nase und sog mit geschlossenen Lidern Collins Duft ein. Obwohl sein Geruch überall in der Wohnung hing, erfüllte er mich gerade so intensiv, dass alles in mir zu kribbeln begann.

Gedankenverloren lehnte ich mich gegen die Couch. Sofort fiel mein Blick auf ein Bild, das auf der Kommode vor mir stand. Einige Sekunden lang zögerte ich, ehe ich den Hoodie zurücklegte und stattdessen nach dem dunklen Rahmen griff. Das Foto zeigte eine jüngere Version von Collin und Lexie, die miteinander stritten. Ich lächelte darüber und strich mit den Fingerspitzen über sein Gesicht. Meine Augen wanderten weiter zu der Frau, die ihre Arme um die beiden gelegt hatte und in die Kamera strahlte. Lexie war ihr wie aus dem Gesicht geschnitten.

»Das ist meine Mom.«

Ertappt drehte ich mich um. Collin lehnte am Türrahmen, hinter ihm vermutlich die Küche, und hatte die Arme locker vor der Brust verschränkt. Ich musterte ihn, von seinen nackten Füßen über die graue Jogginghose und das weiße Shirt bis zu seinem Gesicht. Obwohl dieses erschreckend blass war und sich die Wunde an der Stirn deutlich abhob, war er wunderschön.

Gebrochen, aber wunderschön.

Collin stieß sich vom Türrahmen ab und kam auf mich zu. Blieb so dicht bei mir stehen, dass ich seine Wärme spüren konnte. Er fixierte erst das Bild, dann mich.

»Du hast ihre Augen«, stellte ich leise fest.

Schweigend hielt ich ihm den Rahmen hin. Collin jedoch nahm ihn mir nicht ab, sondern umfasste meine Hand und stellte ihn gemeinsam mit mir auf die Kommode zurück. Meine Hand immer noch in seiner, lächelte er mich traurig an. »Sie hätte dich geliebt.«

Und es war nur ein einziges Wort, das in meinen Gedanken widerhallte. *Hätte.*

Ein bitterer Ausdruck legte sich auf Collins Züge. Der Schmerz, der nun an die Oberfläche kam, sprang zugleich auf mich über.

»Mom war depressiv.« Collin rieb sich über die Stirn und presste dann die Lippen aufeinander. »Ich war jung. Ich habe die Anzeichen nicht erkannt. Aber ... er ist Schuld daran. Dass sie an ihm zerbrochen ist.«

»Du meinst, sie ...« Meine Lippen teilten sich, in dem Versuch, irgendetwas zu sagen. Bis mir bewusst wurde, dass ich es nicht ausdrücken *konnte*, egal wie sehr ich mich bemühen mochte.

»Sie wollte nicht mehr leben. Mom hat sich einfach aufgegeben.«

»Gott, Collin –« Mit der freien Hand stützte ich mich an der Kommode ab. Doch er legte den Arm um meine Schultern und zog mich zu sich heran. Sofort lehnte ich mich gegen ihn.

»Manchmal bin ich immer noch wütend auf sie, weil sie uns zurückgelassen hat ... Aber dann vermisse ich sie so sehr, dass die Wut in den Hintergrund rückt. Gott, ich habe so viele Fragen an sie und alle laufen auf dasselbe hinaus. Vielleicht dachte sie, dass sie mit dieser Entscheidung einen Schlussstrich unter allem setzen könnte. Aber als sie nicht mehr da war ... Es hat sich nichts geändert, Malia. Er hat einfach weitergemacht. Moms Tod war vollkommen sinnlos.«

»Du meinst, du wurdest jahrelang –« Ich brachte die Worte nicht heraus, der Kloß in meinem Hals versperrte ihnen den Weg. »Du hattest vier Stipendien. Warum bist du nicht gegangen?«

So wie ich.

»Was hätte das über mich ausgesagt? Wenn ich doch genau wusste, dass ... Nach Mom war ich der Nächste, Malia. Wenn ich gegangen wäre ... Ich hatte Angst, er könnte ihr das Gleiche antun wie mir.« Collin holte tief Luft, bettete sein Kinn auf meinen Kopf. »Ich hatte Angst, dass er Lex verletzen würde.«

»Du bist für Lexie geblieben?« Ich keuchte auf, als mir die Bedeutung dahinter bewusst wurde. Im selben Moment schlang

Collin die Arme fester um mich. Niemals hätte ich nur ansatzweise ahnen können, was für eine Geschichte hinter diesem Mann steckte. Der Mann, der mir immer Trost spendete, ohne etwas dafür zu verlangen. Der sich selbst zurückstellte, um für andere da zu sein.

»Ich bin für Lex geblieben, aber sie hat mich nie darum gebeten. Sie weiß nichts von alldem.«

»Du klingst wie ein großer Bruder«, murmelte ich gegen seine Brust.

»Ich *bin* ein großer Bruder.« Ich hörte das Lächeln in seiner Stimme. Den Stolz, der darin mitschwang.

Ich hob den Blick so, dass ich ihm in die Augen sehen konnte. Seine eisblauen Iriden schimmerten so hell wie der Himmel nach einem regnerischen Tag. Wenn die Sonnenstrahlen die Wolken durchbrachen und in einem atemberaubend schönen Lichtstrahl das Meer berührten.

Und als Collin einen Mundwinkel hob, Grübchen seinen Mund umrahmten, brach es wie eine Welle über mich herein. Collin war der selbstloseste Mensch, der mir je begegnet war. Voller Stärke, weil er den Mut hatte zu bleiben, als seine Mutter es nicht konnte. Das alles, um Lexie einen Teil dessen zu geben, was sie beide verloren hatten. Dieses geschwisterliche Band war so stark, dass ich es gar nicht zu beschreiben vermochte. Denn es war bedingungslos.

»Ja, das bist du wirklich.« Ich flüsterte die Worte und presste eine Wange gegen seine Brust. Blinzelte Tränen weg, die mir die Sicht nahmen und mich doch klarer sehen ließen als zuvor. Als könnte Collin diese dennoch sehen, küsste er mich auf den Scheitel und strich mir über den Kopf. »Alles okay?«

Ich nickte. »Ich verstehe es jetzt.«

Er lehnte sich zurück, versuchte auf mich hinabzuspähen. »Was meinst du?«

»Beständigkeit«, antwortete ich leise. »Du willst Beständigkeit. Für Lexie. Und für dich.«

Deine Familie.

Er zog träge Kreise auf meinem Rücken. »Ich will etwas, das bleibt.«

Ich hob den Kopf. Sah in die Augen des Mannes, der mich immer wieder auffing und mich hielt, ohne dass ich darum bitten musste. Ich hatte nicht gemerkt, wann es passiert war, wann es aufgehört hatte, anders zu sein, oder ob es jemals anders gewesen war.

Aber … ich war in ihn verliebt. Mit allem, was ich hatte, und mit allem, was ich ihm geben konnte.

Und wenn er mich ließe, würde ich ihm all das zeigen. Ich *wollte* es ihm zeigen. Meine Vergangenheit, meine Wünsche und meine Träume. *Mich.* Ich wusste, dass ich zurück nach Hause könnte, mit ihm an meiner Seite. Collin würde mein Fels in der Brandung sein, wenn ich Gefahr liefe, mich in alldem selbst zu verlieren.

Collin lächelte mich an, zog mich an sich. Ich schmiegte mich in seine Berührung. Um uns herum vollkommene Stille, waren es unsere Herzen, die ich als einziges Geräusch vernahm.

Zwei Herzen, die im Einklang schlugen.

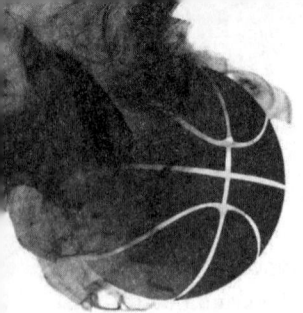

Kapitel 36

Collin

»Das sieht doch gut aus.« Hugo, unser Sportmediziner, nickte zufrieden. Langsam zog ich meinen Pullover herunter. »Wenn du keine Schmerzen mehr hast, kannst du nächste Woche wieder aufs Feld.«

Ich drückte mich von der Bank hoch. »Danke, Hugo.«

Er hob die Hand und wandte sich gerade zum Gehen, als Coach Westfield die Spielerkabine betrat. Nach einem kurzen Wortwechsel der beiden wandte sich der Coach an mich. »Bekomme ich meinen besten Spieler zurück?«

Ein leichtes Lächeln umspielte meine Mundwinkel. »Wenn Sie es wollen.«

Der Coach verschränkte die Arme vor der Brust, während er mich mit einem nachdenklichen Blick bedachte. »Wenn *du* es willst.«

»Meine letzte Saison«, erinnerte ich ihn.

»Deine letzte Saison.«

Noch während er sich umdrehte, hallten seine Worte in meinen Gedanken wider. »Wren ist mindestens genauso gut«, sagte ich etwas lauter.

Der Coach spähte über die Schulter, die Lippen zu einem angedeuteten Lächeln zusammengedrückt. Dann klopfte er zweimal gegen den Türrahmen und ging. Ich schulterte grinsend meine Tasche, bevor auch ich die Spielerkabine verließ. Auf dem Flur zog ich mein Smartphone aus der Jeans und tippte eine kurze

Nachricht.

(13:21) Ich: Alles okay. Darf nächste Woche
wieder spielen.

Ich musste nicht lange warten, bis die drei Punkte erschienen.

(13:22) Malia: Das ist toll! Ich freu mich.

Am Ende des Gangs blieb ich stehen und starrte auf die Tür zur Halle. Unschlüssig, *was* die Zukunft bringen würde, sicher, *dass* ich meinen Weg gehen würde, zog ich sie auf. Die Luft in der Halle war stickig, aber genau das war mir so vertraut, dass ich mich beinahe sofort wie zu Hause fühlte.

Mitten auf dem Spielfeld blieb ich stehen und ließ den Blick langsam vom Korb zurück zur Tribüne wandern. Das letzte Mal, als ich hier gestanden hatte, hatte ich genau dorthin gesehen. In Malias Gesicht, ihre Augen und irgendwie auch in ihr Herz.

Seitdem hatte sich so vieles geändert und doch war alles gleich. Basketball war mein Leben. Aber jetzt hatte ich selbst in der Hand, in welche Richtung ich mich bewegen würde.

Ich schnaubte mit einem Lächeln im Mundwinkel. Es war nur ein so winzig kleines Detail, aber genau das machte alles so enorm groß.

Es hatte sich *alles* geändert.

Am Spielfeldrand zog ich mir die Tasche von der Schulter und nahm einen Ball aus der Halterung. Auch wenn Hugo gesagt hatte, dass ich noch eine Woche warten solle, konnte ich nicht anders. Ich machte ein High-Dribbling und bewegte mich auf den Korb zu. Ohne Eile, ohne Druck. Den Korb im Fokus ging ich langsam in die Hocke und warf den Ball aus dem Handgelenk heraus, ehe er geräuschlos durch das Netz flog.

»Collin.«

Noch während ich mich umdrehte, schlangen sich zwei Arme um mich. Sofort empfing mich ein vertrauter Geruch, der mich stets begleitete, in meinem Blut und meinem Herzen. Ich erwiderte die Umarmung. »Hey, Lex.«

»Geht es dir gut?«

Ich nickte, immer noch das leichte Lächeln auf den Lippen. »So gut wie lange nicht mehr.«

Lexie drückte sich fester an mich, und genau das überraschte mich. »Du hättest es mir früher sagen sollen«, flüsterte sie gegen meinen Pullover.

Ich bettete die Wange an ihren Kopf. Wenn es nach mir gegangen wäre, hätte ich Lexie nichts erzählt. Ich wollte nicht, dass sie sich über Vergangenes Sorgen oder, viel schlimmer noch, Vorwürfe machte, so wie Wren es tat. Aber wenn ich wirklich ehrlich war, hatte ich es ihr um meiner selbst willen nicht erzählen wollen. Zu tief saß jeder Schlag und jede Verletzung, die mein Vater mir hinzugefügt hatte. Innerlich sowie äußerlich. Irgendwann würde es leichter werden, dessen war ich mir sicher, aber es würde niemals vollständig verschwinden.

Dieses Gefühl, dass alles zu geben manchmal nicht ausreichte.

Sanft strich ich Lexie durch das Haar. »Das ist nicht mehr wichtig.«

Kaum hatte ich die Worte ausgesprochen, erntete ich einen leichten Hieb gegen die Brust. »Sag das nie wieder! Du bist alles, was ich habe.«

Lexie funkelte mich wütend an, aber selbst das entlockte mir ein Schmunzeln. »Du wirst mich auch nicht los.«

Sie brummte. »Natürlich nicht. Nervensägen wird man nie los.«

»Nervensäge?« Ich lachte. »Ich glaube, du verwechselst mich gerade mit dir selbst.«

»Du lässt mich noch nicht einmal mehr los.« Lexie versuchte sich von mir zu lösen, aber ich schnaubte nur und zog sie näher an mich.

»Keine Chance.«

Sie atmete lange ein und wieder aus. »Kommt er wieder nach Hause?«

»Nein. Wird er nicht.«

»Gut.« Überrascht löste ich mich von ihr, doch sie schüttelte nur den Kopf. »Er ist vielleicht unser Vater, aber er ist nie ein richtiger Vater gewesen. An keinem einzigen Tag.«

»Nur wir zwei, hm?«

»Wir sind nicht allein. Wir waren es nie.«

Ein Blick genügte, um zu wissen, was sie meinte. *Wen* sie meinte. Unsere Freunde.

Unsere zweite Familie.

»Wann bist du so erwachsen geworden?«

Sofort zog Lexie die Brauen in die Höhe. Darauf antworten tat sie allerdings nicht. Stattdessen deutete sie mit einem Nicken hinter mich. Ich machte einige Schritte rückwärts, bevor ich mich umdrehte und mir den Ball schnappte. Ein paar Mal drehte ich ihn in den Händen, ehe ich wieder auf Lexie zuging.

»Wie war es in New York?«, fragte ich, doch sie schob nur die Hände in die Taschen und starrte auf einen Punkt zwischen uns. Erst nach mehreren Sekunden hob sie langsam den Kopf. »Lex?«

Sie wartete weitere Augenblicke. Dann zuckte ihr Mundwinkel. »Ich hab das Praktikum.«

In einer schnellen Bewegung warf ich den Ball über die Schulter, schlang die Arme um Lex und wirbelte sie herum. Sie lachte, stieß mir im nächsten Moment allerdings die Faust in den Rücken. »Du hast gerade den Korb getroffen und noch nicht mal hingesehen!«

»Anfängerglück.«

Lexies Lachen erfüllte die Halle. »Wie soll ich da bitte mithalten?«

»Jüngere Geschwister sind dazu da, um es besser zu machen.«

Kaum hatte ich die Worte ausgesprochen, befreite Lexie sich aus meinen Armen und nahm den Ball auf. Sie grinste, dribbelte ihn vor sich her und versenkte ihn anschließend im Korb.

»Nicht schlecht.«

Lexie schnaubte und passte den Ball zu mir. Ich nahm an und warf.

»Gavin fragt nach einer Kaffeepause«, sagte Lexie, auf einmal mit ihrem Smartphone in der Hand. Dabei erwischte sie den Ball und lenkte ihn in meine Richtung.

Ich schmunzelte. »Bin dabei.«

Lexie tippte eine Nachricht, während ich den Ball zurück in die Halterung legte. Dann holte ich ebenfalls mein Smartphone hervor und öffnete den Chat mit Malia.

(13:46) Ich: Zeit für einen Kaffee?

Während ich meine Tasche schulterte und mit Lexie zusammen die Halle verließ, starrte ich immer wieder auf das Display. Die blauen Häkchen erschienen genau in dem Moment, in dem wir aus dem Gebäude hinaustraten.

»Kaffee klingt gut«, ertönte es ein paar Meter vor mir. Ich hob den Kopf. Malia strahlte mich an, das Smartphone noch in den Händen. »Aber ich kann mir nur einen zum Mitnehmen holen.«

»Hey.« Sofort ging ich auf sie zu und zog sie in die Arme.

»Wie geht's dir?«

»So gut wie lange nicht mehr«, antwortete ich ehrlich und lächelte sie an. Dann küsste ich sie, nur um sie noch näher bei mir zu haben. Wie konnten sich Lippen nur so verflucht weich anfühlen?

»Ich gehe lieber, bevor mir schlecht wird.« Lexie machte ein Würgegeräusch neben uns. Doch als ich hoch spähte, warf sie mir ein Grinsen über die Schulter zu.

»O Mann«, murmelte Malia und legte die Stirn gegen meine Brust. Ich konnte mir ein Lachen nicht verkneifen. Ruckartig zuckte Malia zurück. »Bist du glücklich?«

Ich verschränkte die Hände hinter ihrem Rücken. »So glücklich wie lange nicht mehr.«

Sie legte die Wange an meine Brust, eine Hand über mein Herz. »Ich meine hier. Wegen Basketball. Bist du glücklich, Collin?«

Ein paar Sekunden lang überlegte ich. Wollte mir sicher sein, nur um sie nicht anzulügen.

In den letzten zwei Wochen hatte ich vermehrt Kontakt mit Mr Williams gehabt. Die Einladung zu den *Sacramento Kings* und damit auch nach Kalifornien stand. Trotzdem wusste ich, dass ich als Spieler in der NBA nicht glücklich sein würde. Nicht, wenn ich endlich die Chance hatte, meinen Traum zu verwirklichen.

Malia hob den Kopf, musterte mich geduldig. Schließlich nickte ich langsam. »Ich weiß jetzt, was ich will und was ich machen muss, um dieses Ziel zu erreichen. Ich bin glücklich. Trotzdem wird mir schwer ums Herz, weil das hier meine letzte Saison ist. Das letzte Jahr am College.« Ich ließ den Blick zur Fakultät schweifen. »Wenn ich darüber nachdenke, macht mir das eine Scheißangst.« Ich schnaubte und wischte mir über den Mund. »Ergibt das überhaupt Sinn?«

Eine kleine Ewigkeit lang versank ich in Malias dunkelbraunen Augen. Dann stahl sich ein Lächeln auf ihre Lippen. »Solange du es fühlst, ergibt alles einen Sinn.«

Gott, wie ich diese Frau liebe.

Ich senkte meinen Mund erneut auf ihren. Von *ihr* würde ich mit Sicherheit nie genug bekommen.

»Mir wurde ein Kaffee versprochen«, lachte sie in unseren Kuss hinein.

»Kommt sofort. Also, gleich.« Ich nuschelte an ihrem Mund, woraufhin sie die Arme um meinen Hals schlang. Keine Ahnung, wie lange wir hier, mitten auf dem Campus, ein Knäuel aus Armen und Beinen waren, aber einfach alles daran fühlte sich leicht ein. Echt.

Ich hatte gelogen, als ich sagte, dass ich glücklich sei. Denn *Glück* beschrieb noch nicht einmal ansatzweise, was ich gerade empfand.

Endlich fühlte ich mich frei. Von allem.

Ich griff erneut nach Malias Hand und hauchte ihr einen Kuss darauf. »Ein Kaffee zum Mitnehmen? Was hast du heute noch vor? Kann ich mitmachen?« Meine Lippen verzogen sich zu einem Grinsen.

»Collin.« Malia lachte mich an, bevor sie das Gesicht in meinem Pullover vergrub.

»Die Antwort war nicht ganz eindeutig. Bitte versuchen Sie es noch einmal.«

Ihr Lachen, das in diesem Moment an meine Ohren drang, spürte ich nicht nur an meiner Haut, sondern auch überall in mir. Dieser Klang wärmte mein Herz.

»Ich habe noch einen Kurs, den ich lieber nicht haben würde.«

»Okay«, sagte ich gedehnt und Malia drückte sich von mir. »Tut mir leid, wenn ich das sage, aber das klingt irgendwie nicht nach dir. Du liebst dein Studium.«

»Diesen Kurs liebe ich nicht.« Ein nachdrückliches Kopfschütteln folgte, bevor sie geräuschvoll die Luft ausstieß. »Ich würde überall lieber sein.«

»Kein Problem. Ich kann dich entführen.«

Malia schnaubte. »Jolie würde mich mit Sicherheit trotzdem finden.«

»So so, Jolie hat also ihre Finger im Spiel.«

»Ich weiß nicht, was in mich gefahren ist, aber ich habe ihr gegenüber am Anfang des Semesters angedeutet, einen Kurs mit ihr zusammen belegen zu wollen. *Ein einziges Mal.*«

Noch während wir den Weg entlangschlenderten, ihre Hand fest in meiner, zog ich überrascht die Brauen hoch. »Oh.«

»Ja. *Oh.* Seitdem sitze ich da mit ihr fest.«

»Bei Jolie und solchen Aussagen muss man vorsichtig sein.« Ein Grinsen zupfte an meinen Mundwinkeln.

Malia hingegen presste die Lippen fest aufeinander, bevor sie langsam nickte. »Und weißt du, was das wirklich Schlimme daran ist? Ich habe zugestimmt, *bevor* ich mich schlaugemacht habe, um was es in diesem Kurs geht. Es ist also komplett meine eigene Schuld.«

»Das klingt spannend«, sagte ich leichthin, doch Malia warf mir nur einen Seitenblick zu. »Oder vielleicht auch nicht?«, setzte ich mit einem Lachen hinterher.

»Es ist die reinste Katastrophe.«

»Was ist das für ein Kurs?«

Malia schürzte die Lippen. »Plastisches Gestalten.«

»3D-Formen. Das ist doch spannend.«

Kaum hatte ich die Worte ausgesprochen, bedeckte Malia die Augen mit einer Hand. »Wieso weiß das eigentlich jeder außer mir?« Ich biss mir sofort auf die Wange, um das Lachen zurückzuhalten. Ganze zwei Sekunden hielt ich durch. »Ernsthaft, wieso?«

»Ich habe eine Schwester, die in diesem Zweig studiert. Was hast du dir darunter vorgestellt?«

»Was ich mir definitiv *nicht* vorgestellt habe, ist, dass ich etwas formen muss, wozu weder mein Kopf noch meine Hände fähig sind.«

Ich grinste. »Jeder Künstler hat klein angefangen.«

»Künstler.« Malia griff sich in die Haare. »Ich habe mich schon damit abgefunden, dass ich durchfallen werde.«

Ich blieb stehen, sie allerdings nicht, weshalb sie mit einem überraschten Laut zu mir zurückfederte. Sofort zog ich sie an mich und nahm ihr Gesicht in beide Hände. »Malia Evans, ich kenne niemanden, der so fleißig ist wie du. Du wirst diesen Kurs rocken.«

»Sagte er zu einem Bücherwurm.«

Und während sie mir ihr strahlendes Lächeln schenkte, küsste ich sie.

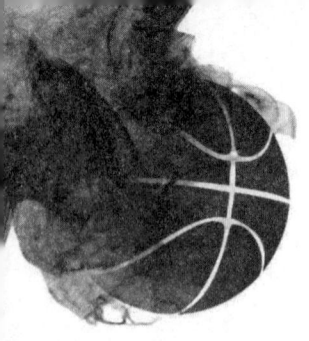

Kapitel 37

Malia

Den Ellbogen auf die Mittelkonsole gestützt, hielt Collin meine Hand und zog träge Kreise auf meiner Handfläche. Im Hintergrund lief leise Musik, während das apricotfarbene Haus zu meiner Rechten auftauchte. Selbst im Dunkeln wirkte es schön. Heimisch. Wie ein *Zuhause*.

Collin parkte seinen Pick-up am Straßenrand. Mit einem Lächeln wandte ich mich zur Seite. »Danke, dass du mich gefahren hast.«

»Kein Problem.«

Ich gab ihm einen schnellen Kuss, doch Collin hatte andere Pläne. Er zog mich zu sich heran und küsste mich so innig, dass ich, kaum dass wir uns voneinander gelöst hatten, an seinen Lippen lächeln musste.

»Bis dann«, sagte er leise und strich mir eine Strähne zurück. Ich stieg aus, schloss die Tür und ging auf das Haus zu. Noch im Gehen drehte ich mich zu ihm um. Collin grinste sein Halbgrinsen und hob leicht die Hand, bevor er den Wagen wendete.

Ich bekam das Lächeln gar nicht mehr aus dem Gesicht. Die letzten Tage hatte ich beinahe ausschließlich mit ihm zusammen verbracht und war zwischendurch nur zu Hause gewesen, um mir frische Kleidung zu holen. Ich liebte es, in seiner Nähe zu sein. Mit ihm zusammen zu sein.

Während ich auf die Veranda zusteuerte, klimperte der Schlüssel in meiner Hand. Doch je näher ich der Tür kam, desto langsamer wurde ich. Das Gefühl, das eben noch überall in mir präsent gewesen war, wurde mit jedem Schritt von einem anderen abgelöst. Schlagartig fühlte ich mich unwohl, ein Schauer lief mir über den Rücken. Aufmerksam blickte ich in alle Richtungen.

Doch ich war allein.

Zwei Herzschläge lang hielt ich den Atem an. Dann steckte ich den Schlüssel ins Schloss.

Kaum hatte ich das Haus betreten, scannte ich den Eingangsbereich. Alles schien wie immer. Das Unwohlsein verebbte genauso schnell, wie es eben noch gekommen war.

Der Raum wurde in das sanfte Licht der Lampe getaucht, die neben dem Spiegel stand. Aus dem Augenwinkel nahm ich mich darin wahr, während ich meinen Rucksack abstellte. Gedankenlos schmiss ich den Schlüssel auf den Tisch und steuerte die Treppe an.

»Ich bin wieder da«, rief ich, bekam aber wie erwartet keine Antwort. Jolie machte sich mittlerweile genauso rar wie ich, aber ich nahm es ihr nicht übel. Trotzdem freute ich mich schon jetzt auf den nächsten Mädelsabend.

Ich umfasste gerade die Klinke meiner Zimmertür, als ich etwas hörte. Horchend neigte ich den Kopf zur Seite. Erst als ich mir sicher war, mir das Geräusch nur eingebildet zu haben, drückte ich die Tür auf – und hielt inne.

Da war es wieder.

Nur langsam ließ ich den Türgriff los und drehte mich um. Der Boden knarrte unter meinem Gewicht, während ich die Arme leicht vom Körper spreizte. Eine natürliche Fluchthaltung, die mir bewusst machte, dass ich jetzt gehen sollte.

Jeder Horrorfilm fing so an. Ein Mädchen hört ein Geräusch und wird unsicher, folgt diesem Geräusch aber blindlings. Und dann taucht, welch Überraschung, in der nächsten Ecke ein Mensch mit Kettensäge oder, noch schlimmer, ein Zombie auf.

Gott, bitte kein Zombie.

Wahrscheinlich war ich genauso naiv wie dieses Mädchen, denn ich ging langsam auf die Treppe zur nächsten Etage zu und spähte hinauf. Die Tür war angelehnt. Schnell schnappte ich nach dem Stockschirm, der neben mir an der Kommode lehnte, und hob ihn mit beiden Händen über die Schulter.

Vor der Tür verharrte ich. Versuchte durch den Spalt zu sehen, aber er war zu schmal. Meine Hände waren mittlerweile nass, mein Herz schlug mir bis zum Hals.

Sei mutig.

Ich verstärkte den Griff um den Schirm. Und als ich erneut ein Geräusch hörte, tat ich genau das, was jedes naive Mädchen tat.

»Ich komme jetzt rein.«

Meine Vernunft hatte das Gesicht bereits in den Händen vergraben und schüttelte den Kopf. Mit einem leisen Quietschen drückte ich die Tür auf, bereit zum Ausholen.

Doch beinahe im selben Moment fiel mir die Kinnlade herunter. Seit ich hier wohnte, hatte ich diesen Raum kein einziges Mal zu Gesicht bekommen. Hatte nicht gewusst, was Jolie die ganze Zeit über hier oben trieb und versteckte.

Jetzt würde ich es vermutlich auch nicht mehr erfahren, denn der Raum erstreckte sich in einem einzigen Chaos.

Auf einmal schienen meine Füße wie festgefroren. Langsam senkte ich den Schirm. Griff stattdessen mechanisch nach meinem Smartphone und brauchte mehrere Anläufe, bis meine schweißnassen Finger endlich die richtigen Ziffern trafen. Ich verharrte an Ort und Stelle, bis mich ein einziger Gedanke einholte. Was, wenn derjenige, der das getan hatte, noch im Haus war?

Ich muss schleunigst hier weg.

Instinktiv wandte ich mich zum Gehen und hielt mir das Telefon ans Ohr. Das Freizeichen ertönte bereits, als ich plötzlich ein Schluchzen vernahm. Erschrocken fuhr ich herum.

In der Ecke kauerte Jolie auf dem Boden, den Kopf auf die Knie gebettet. Einzig und allein ihr bebender Körper verriet, dass sie weinte. Ich war so schockiert und erleichtert zugleich, sie wohlauf zu sehen, dass ich den Schirm fallen ließ und automatisch auflegte.

Keine Sekunde später zog ich meine Freundin in die Arme. Hielt sie fest, während sie sich an mich klammerte und weinte. So bitterlich schluchzte, dass mir selbst die Tränen in die Augen traten. In einem gleichbleibenden Rhythmus wiegte ich sie in den Armen. »Schhh. Ich bin da. Es ist okay.«

Ich konnte nur hoffen, dass sie das Zittern meiner Stimme nicht hörte. Immer wieder murmelte ich beruhigende Worte. Strich ihr behutsam über den Kopf und starrte fassungslos in den Raum hinein. Überall lagen zerbrochene Leinwände, von denen jede einzelne Farbe trug. Tausend kleine Einzelteile, die sich wie ein gemaltes Meer über den dunklen Holzboden fächerten.

»Wir müssen die Polizei rufen«, flüsterte ich gegen ihren Scheitel, doch Jolie schüttelte vehement den Kopf.

»Keine Polizei.« Sie klang panisch.

»Jolie.« Ich fasste sie behutsam an den Schultern und brachte sie so dazu, mich anzusehen. »Wir müssen. Wenn hier jemand eingebrochen und vielleicht sogar noch —«

Plötzlich polterte es. Sofort riss ich den Kopf herum, während das Adrenalin explosionsartig durch meine Adern schoss. Das Geräusch kam von unten. Ich zögerte nicht lange und drückte Jolie fahrig mein Telefon in die Hand. »Ruf die Polizei. Sofort.«

Ohne eine Antwort abzuwarten, ging ich auf die Tür zu und lauschte. Instinktiv schnürte ich meine Boots auf, schlüpfte aus den Schuhen und schlich mich mit dem Schirm in der Hand die Treppe hinunter. Eine Stufe nach der anderen.

Kaum hatte ich den Treppenabsatz erreicht, hörte ich sie. Schritte. Da waren verdammte Schritte.

Panisch drückte ich mich an die Wand. Atmete so schnell, dass ich kurzzeitig Angst hatte, an Ort und Stelle zu hyperventilieren. Erst nach mehreren Sekunden traute ich mich, um die Ecke zu spähen. Ich erkannte gerade noch einen Schatten, und die Bewegung der Haustür.

Dann fiel sie ins Schloss.

Ich setzte einen Fuß vor den anderen. Hastete die Treppe hinunter, ohne mir wirklich darüber im Klaren zu sein, was ich imstande war zu tun.

Es passierte automatisch, ohne nachzudenken, vollkommen gegen meine Natur. Ich ignorierte die Panik in meiner Brust. Das dumpfe Pochen in meinem Kopf. Den Knoten in meinem Magen. Ich riss die Haustür auf.

Und starrte ins dunkle Nichts.

Mehrere Herzschläge lang waren meine schweren Atemzüge das Einzige, das ich wahrnehmen konnte. Genauso wie die Punkte, die vor meinen Augen flimmerten.

Bin ich lebensmüde geworden?

»Sind Sie Miss Morrison?«

Ich zuckte bei der fremden Stimme zusammen. Zwei Schatten lösten sich aus dem nur spärlich beleuchteten Vorgarten und kamen auf die Veranda zu. Kurz darauf blickte ich in zwei mir ebenso unbekannte Augenpaare. Zwei Polizisten hielten mir ihre Marke vor die Nase.

»Miss?«

Ich brauchte einen Moment, bis ich endlich den Kopf schüttelte. »Nein, aber ich wohne hier. Malia Evans.«

»Nun, Miss Evans. Es wurde ein Notruf aus diesem Haus abgesendet. Der Anrufer hat sich nicht gemeldet, sondern aufgelegt.«

Wieder brauchte ich etwas, bis ich begriff, was der Mann gerade gesagt hatte. Dann nickte ich schnell. »Ja, das war ich. Ich habe angerufen.« Ich zog die Tür weiter auf, damit die Officers eintreten konnten. »Es tut mir leid, ich war in Panik. Ich bin gerade nach Hause gekommen, aber bei uns wurde eingebrochen und —«

»Es war kein Einbruch«, ertönte plötzlich eine Stimme. Irritiert warf ich einen Blick über die Schulter und begegnete Jolies, die gerade die Treppe hinunterkam. »Das ist ein Missverständnis. Du bist aus dem Raum gestürmt, ehe ich es dir sagen konnte.« Mit einem traurigen Lächeln wandte Jolie sich an die Officers. »Es besteht kein Grund zur Sorge.«

»Aber —«

»Das da oben ist meine Schuld«, unterbrach Jolie mich erneut. »Ich war es.«

Unschlüssig darüber, was ich davon halten sollte, wandte ich mich den Polizisten zu, die genauso unsicher zu sein schienen wie ich.

»Sollen wir uns umsehen, Miss?«

Wieder warf ich Jolie einen Blick zu. Diese nickte nur. »Wenn es dich beruhigt.«

Zwanzig Minuten später verabschiedeten sich die Polizisten. Sie hatten nichts gefunden. Keine Einbruchspuren. Nichts, das ungewöhnlich schien.

Mit einem unguten Gefühl schloss ich die Tür und lehnte mich dagegen. Den Blick starr geradeaus geheftet, beobachtete ich mich im Spiegel.

Ich wusste doch, was ich gesehen hatte. Was ich *gehört* hatte. Das konnte ich mir nicht eingebildet haben.

Und was, wenn doch?, flüsterte mir meine innere Stimme zu. Ich rieb mir über die Augen. Massierte mir die pochenden Schläfen. Bis eben hatte ich nicht gezweifelt. Doch jetzt gerade fiel es mir schwer, Realität und Angst auseinanderzuhalten.

In der Küche klirrte es. Sofort stieß ich mich von der Tür ab und folgte dem Geräusch.

Jolie stand an der Kochinsel und setzte gerade ein Glas mit brauner Flüssigkeit an die Lippen. Mein Blick huschte zu der halb geleerten Flasche, dann verzog ich unwillkürlich den Mund. »Seit wann trinkst du Brandy?«

Unsanft schob Jolie das Glas auf die Tischplatte zurück. Ihre Gesichtszüge waren vollkommen verzerrt. »Ist das erste Mal.« Sie schüttelte sich. »Schmeckt furchtbar und brennt wie Hölle.«

Zögerlich lehnte ich mich an die Küchenzeile und musterte Jolie. »Erzählst du mir, was los ist?«

»Ich habe einen echt beschissenen Tag hinter mir, das ist los.« Damit setzte Jolie das Glas erneut an den Mund.

»Jolie —«

Plötzlich knallte sie das Glas auf den Tisch. »Ich will nicht darüber reden.« Unsere Blicke trafen sich. »Bitte«, setzte sie flüsternd hinterher. Der Ausdruck in ihrem Gesicht war so flehend, dass ich nur nicken konnte.

Mehrere Minuten, die sich wie Stunden anfühlten, sagten wir nichts. Meine Gedanken rasten. Spulten die Bilder in meinem Kopf immer wieder von Neuem ab und analysierten jede Szene von vorn bis hinten. Bis ich kein Gefühl mehr dafür hatte, was wirklich passiert war und was nicht.

»Bleibst du heute hier?« In Jolies Stimme hatte sich ein gleichgültiger Unterton geschlichen, der durch die vorangegangene Stille an Bitterkeit gewann.

Sofort nickte ich, doch Jolie mied es weiterhin, mich anzusehen. Selbst in ihrem Profil erkannte ich ihre rot unterlaufenden Augen und ihr Make-up, das sich in getrockneten Schlieren über ihre Wange zog. War es ihr die letzten Tage auch schon so gegangen, und ich hatte es durch meine Abwesenheit nur nicht bemerkt?

»Wollen wir einen Film gucken?« Vermutlich war das ein eher kläglicher Versuch, sie von diesem Abend abzulenken. Von ihren Gedanken, welche das auch immer sein mochten.

Jolie nickte zögerlich, doch ihre Stimme klang teilnahmslos. »Klingt super.«

»Ich gehe mich umziehen. Schenkst du mir auch so einen ein?« Ich wies auf die Flasche.

Jolie wirkte augenblicklich so, als hätte sie in eine Zitrone gebissen. »Lass uns lieber auf Wein umsteigen.«

»Für Wein bin ich immer zu haben.« Ich grinste und machte auf dem Absatz kehrt. Einige Minuten später spähte ich ins

Wohnzimmer. Dort fand ich Jolie mit angezogenen Beinen auf der Couch vor, reglos starrte sie ins züngelnde Feuer. Sie hatte schon zwei Gläser bereitgestellt, nur der Wein fehlte.

Ich holte eine Flasche aus dem Keller. Kaum war ich wieder oben, stach mir mein Schlüssel ins Auge. Ohne zu zögern nahm ich ihn und schloss die Haustür ab. Auch wenn die Polizisten nichts gefunden hatten, fühlte ich mich in diesem Moment so sicherer.

Erst als ich die Tür noch einmal geprüft hatte, wandte ich mich ab.

Und erschrak, weil ich in etwas Feuchtes trat.

Reflexartig riss ich den Fuß hoch und kräuselte die Nase. Auf einem Bein balancierend, zog ich mir die nasse Socke vom Fuß. Das Schwarz war nun mit Weiß und Rot besprenkelt. Ich schnaubte leise, denn es fehlte nur die zweite Socke und dann würden sie zu meinem Pullover –

Ruckartig hob ich den Kopf und warf mir über die Eingangshalle einen Blick im Spiegel zu. Blieb an dem weißen Hoodie hängen, den ich mir von Collin stibitzt hatte und seitdem gern zu Hause trug. Die Farben, in die ich getreten war, waren genau dieselben wie die des Pullovers.

Drei Stunden, zwei Weinflaschen, die Jolie beinahe im Alleingang getrunken hatte, und einen Film später hievte ich sie die Treppe hoch. Ich hatte wirklich Mühe, das Gleichgewicht für uns beide zu halten und nicht zusammen mit ihr einen Salto rückwärts zu machen. Wankend riss Jolie eines der Bilder von der Wand, das mit einem lauten Klirren die Stufen hinunterpolterte.

»Hups.« Jolie quiekte. Es hörte sich vielmehr an wie ein Hicksen. »Muss ... ich aufräumn.«

Sie versuchte sich in meinem Arm zu drehen, doch ich schob sie weiter hoch. »Ich mache das weg, alles gut.« Ich wechselte umständlich die Seite, ehe ich mir Jolies Arm um den Hals legte. »Halt dich am Geländer fest.«

Jolie verfehlte es ein paar Mal, bevor ihre Hand es schließlich fand. »Herri…sch isse aunoch.«

»Nur wenn es sein muss«, murmelte ich.

Verdammt, Jolie war so betrunken, dass ich nicht wusste, ob ich darüber lachen oder weinen sollte. Es glich einem Kraftakt, sie die Treppen hochzuhieven, so sehr stemmte sie sich gegen mich.

»Du bissoll.« Jolie lachte. Dann senkte sie den Kopf und kurz darauf erfüllte ein Schluchzen die Eingangshalle.

Ich biss die Zähne aufeinander und bugsierte sie in ihr Bett, wo sie sich ganz klein zusammenkrümmte. Sofort krabbelte ich neben sie. Kaum dass ich die Arme um sie gelegt hatte, klammerte sie sich an mich wie eine Ertrinkende.

Ich hielt sie so lange, bis sie eingeschlafen war. Erst dann verließ ich ihr Zimmer und ging stattdessen in meins. Eigentlich hatte ich heute noch etwas lernen wollen, doch durch das ganze Chaos hatte ich die Zeit völlig aus den Augen verloren. Instinktiv griff ich in meine Hosentasche, doch mein Smartphone war nicht da. Ich suchte das Zimmer danach ab, bis mir einfiel, dass ich es Jolie vorhin in die Hand gedrückt hatte. Sie musste es oben liegen gelassen haben.

Mit einem mulmigen Gefühl ging ich die Treppe hoch. Ich fuhr mir durch die Haare, während ich in den Raum hineintrat. Dieser Anblick tat mir in der Seele weh. Erinnerungen bahnten sich einen Weg an die Oberfläche, doch ich schob sie entschlossen von mir.

In der Ecke entdeckte ich mein Telefon unter einem kaputten Stück Leinwand. Ich bückte mich danach, und hielt kurz darauf inne. Behutsam strich ich über die Malerei. Ein abstraktes Werk mit mehreren Schichten. Was war bloß passiert, dass Jolie so etwas Schönes kaputt machte?

Verschiedene Farben stachen mir ins Auge. Viele Blautöne auf neutralem Grau, und mittendrin eine Mischung aus Rot und Weiß.

Ich starrte auf das Stück in meiner Hand und dann an mir hinunter auf den roten *Edens*-Schriftzug. Ich hatte keine Ahnung, wieso ich mich jetzt daran erinnerte, aber …

Blaines Zeichnung.

Ruckartig stand ich auf und verließ den Raum. In meinem Zimmer nahm ich das Notizbuch und schlug die Doppelseite mit der Zeichnung auf. Die rot unterlegte Narbe prangte immer noch wie ein Mahnmal darin. Instinktiv griff ich mir an die Schläfe, fühlte die glatte Haut, deren Ursprung mich erst hergebracht hatte.

Langsam strich ich über die Zeichnung. Fuhr mit den Fingerspitzen die Umrisse nach, die Grundierung und die Schattierung. Ich nahm das Notizbuch in die Hand, hob eine Seite mit zwei Fingern an und hielt diese gegen das Licht. Winkelte sie an, wendete und drehte sie. Nichts. Was zum Teufel könnte Blaine gemeint haben?

Das Summen meines Smartphones unterbrach meinen Gedankengang, der bisher ins Leere gelaufen war. Automatisch sah ich auf das Display.

(21:46) Collin: Ich vermisse dich jetzt schon.

(21:46) Collin: Ich glaube, ich bin ein anhänglicher Freund.

Bei dem Wort *Freund* musste ich schmunzeln. Kaum hatte ich die Nachricht geöffnet, flogen meine Finger über die Tastatur.

(21:46) Ich: So, so, du bist also mein Freund?

(21:47) Collin: Ich hoffe es jedenfalls.

(21:48) Ich: Ich vermisse dich auch.

Ich wollte das Smartphone gerade zurücklegen, als es zu vibrieren begann. Sofort nahm ich den Anruf an und Collin erschien auf dem Display. »Hey.«

»Hey.« Lächelnd lehnte ich das Telefon an einen Stapel Bücher. Collin ließ sich zurück auf sein Kissen fallen und hielt das Smartphone so, dass er von seiner Nachttischlampe angeleuchtet wurde. Er blickte kurz zur Seite, ehe er einen Arm hinter dem Kopf verschränkte.

»Mein Bett ist so groß, wenn du nicht da bist.«

»Irgendwann wirst du dich freuen, wenn du das Bett für dich hast.«

»Niemals«, sagte Collin gedehnt und grinste. Ich ließ mich davon anstecken, sank in den Stuhl zurück, die Hand auf der Zeichnung. Langsam strich ich darüber. »Was ist los?«

Mein Blick huschte zu Collin. In den letzten Wochen hatte ich schon so oft mitbekommen, dass er aufmerksam war. Doch ich war immer wieder erstaunt darüber, *wie* aufmerksam er tatsächlich war.

Ich wackelte unentschlossen mit dem Kopf. »Jolie geht es nicht gut. Und die Polizei war da.«

Sofort setzte Collin sich auf. »Was ist passiert? Geht es dir gut?«

Ich erzählte ihm die Kurzversion, doch einzelne Details ließ ich aus. Collins Brauen zogen sich mit jedem Wort mehr zusammen, die Anspannung stand ihm sichtlich ins Gesicht geschrieben.

»Komm zu mir«, bat er schließlich leise.

»Ich kann nicht. Jolie —« Ich riss den Kopf zur Seite, als es polterte. Kurz darauf knallte eine Tür. Sofort zuckte ich zusammen, und als ich Würgegeräusche hörte, seufzte ich auf. »Wie aufs Stichwort. Ihr geht es nicht gut.«

Sorge breitete sich auf Collins Gesicht aus. »Was ist mit ihr?«

»Sie hat —« Erneute Würgegeräusche. Ich schob den Stuhl

zurück, stand auf und nahm das Smartphone in die Hand. »Ich muss nach ihr sehen. Mach dir keine Sorgen.«

»Malia, warte.« Sofort hielt ich inne. Zwei Sekunden vergingen, in denen Collin einen tiefen Atemzug nahm. »Du bedeutest mir alles.«

Ich spürte einen Ruck, der mich durchfuhr. Der mir sagte, dass es mir genauso mit Collin ging. Dass ich die Bedeutung dahinter *fühlte*. Meine Wangen wurden warm, seine Worte füllten mein Herz.

»Du mir auch, Collin.« Ich lächelte. Selbst dann noch, als das Display schon längst schwarz war. Trotzdem spürte ich das Eisblau seiner Augen immer noch auf mir.

Im Bad hielt ich Jolie die Haare zurück und streichelte ihr den Rücken, während sie im Wechsel weinte und sich übergab. Gefühlt vergingen Stunden, bis ich sie wieder ins Bett stecken konnte, ohne Angst haben zu müssen, dass sie im Schlaf ersticken könnte.

Ich schloss die Tür hinter mir. Massierte mir den Nacken, bevor ich den Schreibtisch aufräumte und das Notizbuch beiseiteschob. Ich nahm mir Schlafsachen aus der Kommode und band mir gerade die Haare zusammen, als mein Blick erneut auf das Notizbuch fiel. Nur langsam zog ich den Zopf fester. Aus diesem Winkel sah die Zeichnung irgendwie anders aus. Ich blinzelte.

Moment, was …

Ich ging zum Schreibtisch. Drehte das Notizbuch so, dass die Zeichnung kopfüber stand, und beugte mich hinunter. Aus schmalen Augen starrte ich auf das Papier und fuhr mit den Fingerspitzen über die Striche. Ruckartig richtete ich mich auf. Nahm das Buch in die Hände und hielt es auf Armeslänge von mir weg.

Ist das ein Gesicht?

Langsam zog ich das Buch zu mir heran. Kniff die Augen noch etwas mehr zusammen, bevor ich es erneut von mir weghielt und die Bewegung wiederholte. Schnell schnappte ich mir einen Stift, zog die Kappe mit den Zähnen herunter und zeichnete die Umrisse, die ich zu erkennen vermochte, nach.

Langsam legte ich das Buch ab, die Kappe immer noch im Mund und den offenen Stift in der Hand.

Es war wirklich eines.

Warum verdammt war da ein zweites Gesicht?

Kapitel 38

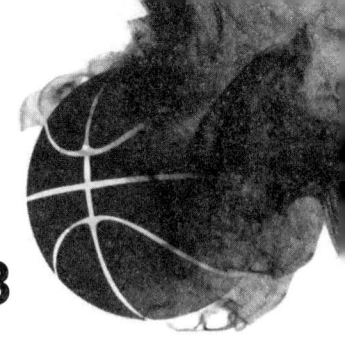

Malia

Mit der Schulter drückte ich die Tür auf. Kühler Wind peitschte mir ins Gesicht, wirbelte meine Haare durch die Luft. Ich zog den Kragen meines Mantels höher und sah mich um, bis ich an eisblauen Augen hängen blieb. Collin trug einen schwarzen Windbreaker, den er bis zum Kinn hochgezogen hatte, eine hellblaue Jeans und schwarze Stiefel.

Ich eilte die Treppe zu ihm hinunter. Er hatte die Hände in den Hosentaschen vergraben und begrüßte mich mit einem strahlenden Lächeln, das meine Knie beinahe zu Butter werden ließ. Für den Bruchteil einer Sekunde hatte ich wirklich gedacht, dass ich wortwörtlich einknicken würde. Vor Collin blieb ich stehen und legte den Kopf in den Nacken. Er strich mir eine Strähne hinter das Ohr. Eine Geste, die sich in mein Herz geschlichen hatte.

»Hey«, sagte er leise.

Beinahe instinktiv schlang ich die Arme um seine Taille und stellte mich auf Zehenspitzen. Schon als meine Lippen seine streiften, fing es überall in mir zu kribbeln an. Zuerst war der Kuss sanft, passte sich aber schnell dem schneidenden Wind um uns herum an. Collins Arme umhüllten mich wie eine schützende Mauer und ich lehnte mich völlig in unseren Kuss hinein.

Plötzlich ertönte ein Pfiff. Ein lang gezogener Pfiff, und als mir bewusst wurde, dass dieser uns galt, löste ich mich von Collin.

»Holla, ihr müsst aufpassen, dass ihr nicht wegen Erregung

öffentlichen Ärgernisses von der Uni fliegt«, hörte ich eine Stimme sagen. Kurz darauf entdeckte ich Wren, der uns verschlafen angrinste und Collin damit ein belustigtes Schnauben entlockte.

»Du siehst müde aus«, stellte ich fest.

»Lange Nacht.« Wren wirkte zerknirscht und fuhr sich einmal durch das Haar, das in einem wilden Chaos in alle Richtungen abstand. Der Wind verstärkte dieses Bild nur noch.

»Ich will es gar nicht wissen«, murmelte ich.

Collin wechselte einen Blick mit Wren, der sich nahezu im selben Moment zu mir hinunterbeugte. »Ich glaube schon.«

Demonstrativ schüttelte ich den Kopf. »Nein. Behalt deine Affären für dich.«

»Sicher? Ich bin mir sicher, du würdest ihn lieben.«

»Ihn?« Überrascht zog ich die Brauen nach oben. Bis zu diesem Zeitpunkt war ich davon ausgegangen, dass Wren ausschließlich mit Frauen verkehrte.

Verkehrte. Um Himmelswillen. Kopfkino, geh aus. Ich schüttelte den Kopf, um die Bilder aus meinen Gedanken zu vertreiben.

Collin stieß ein Lachen aus, Wren hingegen verkniff sich ein Schmunzeln. Mein Blick wanderte langsam zwischen den beiden hin und her. Als es mir dämmerte, verschränkte ich die Arme vor der Brust. »Du ziehst mich schon wieder auf, oder?«

Allein Wrens Grinsen war Antwort genug. »Du machst es mir zu leicht.« Er zog sein Smartphone aus der Hosentasche und tippte kurz darauf herum. »Darf ich dir die große Liebe meines Lebens vorstellen?« Bevor ich etwas erwidern konnte, hielt er mir sein Telefon hin. Ich starrte auf das Display. Blinzelte, bevor ich zu Wren spähte und wieder zurück. Das Foto zeigte eine Miniaturausgabe von Wren selbst. »Das ist Fynn. Mein kleiner Bruder.«

»Du hast einen Bruder?«

»Jepp. Ich will mich ja nicht selbst loben, aber ich bin ein toller großer Bruder.« Mit einer nachdrücklichen Bewegung hielt er mir das Smartphone hin, wahrscheinlich weil man mir genau ansehen konnte, dass mein Herz schmolz. Kaum hatte ich das Telefon in der Hand, zog ich das Bild mit zwei Fingern größer.

»Wie alt ist er?«, fragte ich.

Wren grinste stolz. »Vier.« Ich senkte den Blick erneut und schob den Kopf wie eine Schildkröte nach vorn. Es war unheimlich niedlich, wie Fynn von Wren umarmt wurde und beide in die Kamera grinsten. Sie hatten die gleiche Nase und die gleichen stahlgrauen Augen. Nur hatte Fynn im Gegensatz zu Wren blonde Engelslocken. »Tja, so schnell bist du abgeschrieben, Kumpel.«

Ich schielte hoch. Wren klopfte Collin auf die Schulter, der sich schulterzuckend die Hände in die Hosentaschen schob.

»Solange die Nächte für mich bleiben.« Collin fixierte mich unverwandt, worauf ich zweimal blinzelte.

»Okay, genug Männergerede.« Ich drückte Wren nachdrücklich das Smartphone gegen die Brust, was den beiden ein lautes Lachen entlockte.

Eine halbe Stunde später saßen wir im *C&B*. Ich hatte die Beine auf das weiche Sofa gezogen, während ich meinen Kaffee mit beiden Händen umklammert hielt. Wren neben mir, Collin mir gegenüber, Lexie und Jolie neben ihm. Hier zusammen mit allen zu sitzen, hatte sich genauso in meinen Alltag geschlichen wie diese Menschen selbst. Ich wusste nicht, ob es an Rosehollow lag, an der *Violet Hill* oder an meinen Freunden. An Collin.

Aber ich fühlte mich endlich wieder *zu Hause*.

»Mistmistmist.« Wie von einer Tarantel gestochen, schoss Jolie vom Sessel hoch und klopfte an ihre grüne Jeans. Vorne, hinten und wieder vorne. »Hat jemand mein Smartphone gesehen?«

»Oh, Weltuntergang.« Wren wedelte mit der Hand, als hätte er sich verbrannt.

Jolies Augen schnellten zu ihm. »Das ist nicht witzig.«

Wren musste sich das Grinsen sichtlich verkneifen. Jolie schnappte nach ihrer Tasche und wühlte darin herum. Ohne Vorwarnung kippte sie den kompletten Inhalt auf den Tisch. Gefühlt schossen wir alle zeitgleich nach vorn, um die Gläser und Tassen vor diesem Überfall zu retten.

»Jolie Rae!« Lexie schüttelte die Hand aus, vermutlich weil ihr Kaffee übergeschwappt war. »Den wollte ich gern trinken.«

»Ich kaufe dir einen neuen«, murmelte Jolie, während sie sich durch den Tisch wühlte.

Ich schnappte mir einen Kugelschreiber aus dem Chaos. »Den hab ich schon gesucht.«

Plötzlich richtete Jolie sich auf. »In meiner Jacke.« Sie drehte sich einmal um sich selbst, ehe sie nach ihrer Jacke griff und das Smartphone hervorzog. Sichtlich erleichtert ließ sie sich auf das weiche Polster zurückfallen. »Puh, Glück gehabt.«

»Du solltest wirklich nicht so viel vor dem Teil hängen. Du bist total abhängig.« Lexie bedachte sie mit hochgezogenen Brauen.

»Stimmt.« Wren nickte.

Dieser erntete sofort einen Hieb von Jolie. »Du hockst selbst ständig davor.«

»Ich recherchiere.«

Jolie starrte ihn entgeistert an. »Mach ich auch!«

Lexie schnaubte. »Du schreibst mit deinem Lover.«

»Ryder«, zischte Jolie. »Er heißt Ryder.«

»Okay«, sagte ich gedehnt. »Alles auf Anfang.«

Jolie rümpfte die Nase, tippte etwas auf ihrem Smartphone und steckte es anschließend in die Jackentasche zurück.

»Jolie, würdest du …« Lexie ließ ihre Hand großflächig über dem Tisch kreisen.

»Oh, ja, stimmt.« Jolie schoss nach vorn, hielt ihre Tasche an die Tischkante und schob alles mit dem Arm hinein. Ich fuhr mir bei diesem Anblick durch die Haare und Collin wischte sich mit beiden Händen durch das Gesicht. Diese Frau war einfach unglaublich.

Dann, als wäre nichts gewesen, atmete Jolie einmal tief ein und wieder aus. Machte dabei eine theatralische Geste von ihrer Brust zu ihrem Hals und zurück bis zu ihrem Bauch. Auf einmal klatschte sie in die Hände. »Es ist Freitag.«

Lexie blickte genervt auf. »Lass mich raten, du willst tanzen gehen?«

Kaum hatte sie die Frage ausgesprochen, fing Jolie zu grinsen an und nickte. Beinahe im selben Moment hörte ich links von mir ein Stöhnen. Wren ließ den Arm auf die Lehne fallen. »Schon wieder?«

»Was? Was soll man denn hier auch anderes machen?« Grummelnd verschränkte Jolie die Arme vor der Brust und sank in den Sessel hinein.

»Solche Worte von dir«, erwiderte Lexie, was ihr einen bösen Blick von Jolie einbrachte.

Diese wiederum verzog den Mund, als immer noch keiner von uns auf ihr Vorhaben einging. »Also?«

Niemand reagierte.

»Hör auf, so zu gucken. Das hält ja keiner aus«, sagte Lexie.

Jolie trommelte mit den Händen auf der Lehne herum. Wippte mit ihren Füßen auf und ab. Plötzlich schoss sie nach vorn. »Och kommt schon, Leute.«

»O Mann.« Collin musste das Lachen sichtlich unterdrücken.

»Bitteee«, quengelte Jolie weiter.

»Okay!« Wren klatschte auf seinen Oberschenkel. »Du hast gewonnen.«

Jolie grinste triumphierend und lehnte sich in dem Sessel zurück, während sie an ihren Armbändern herumspielte. »Warum nicht gleich so?«

Mein Blick schnellte zu ihr. Es war gerade mal ein paar Tage her, dass ich sie vollkommen aufgelöst gefunden hatte. Es war beinahe erschreckend, wie normal sie sich jetzt verhielt.

Als ob nie etwas passiert wäre.

Lexie stand auf und griff nach ihrer Tasche. »Ich muss noch in die Schmiede. Um acht?«

»Acht Uhr klingt gut.« Collin nickte Lexie zu, bevor diese an ihm vorbeiging und ihm einmal durch die Haare wuschelte. Sofort zuckte er zusammen. »Hey!«

»Rache ist süß.« Lexie verkniff sich das Grinsen und winkte noch einmal. »Nicht einschlafen.«

»Das war mein Stichwort.« Wren drückte sich ebenfalls hoch und rieb sich über die Augen. »Muss mich dringend aufs Ohr hauen. Bis später.«

Und schon war er weg.

»Toll, und wer nimmt mich jetzt mit?«, fragte Jolie von ihrem Platz aus.

Langsam hob ich die Hand. »Ich?«

Sofort schüttelte Jolie den Kopf. »Ich muss noch einmal nach der Skulptur sehen, die ist gerade im Brennofen.«

»Dann warte ich oder hole dich ab.«

»Ich kann dich mitnehmen«, sagte Collin an Jolie gewandt. »Mitch ist immer noch krank. Oder schon wieder, keine Ahnung. Ich übernehme heute seine Jungs.«

Ich schmunzelte leicht. »Freust du dich etwa darüber, dass er krank ist?«

»Niemals«, sagte Collin gedehnt. »Okay, vielleicht ein bisschen.«

»Ihr seid echt komisch. Alle beide«, kam es von Jolie.

»Wir *beide* sind dein Fahrservice, also —«

»Bin schon ruhig.« Mit einer Handbewegung verschloss Jolie sich den Mund und widmete sich wieder ihrem Smartphone, dieses Mal ohne einen halben Nervenzusammenbruch.

Collin rutschte neben mich und legte mir einen Arm um die Schulter. Ich lehnte mich gegen ihn und er küsste meine Schläfe. »Möchtest du nachher mit zu mir kommen?«

»Ein Wochenende mit dir lasse ich mir nicht entgehen.«

»Zuckerschock«, sang Jolie leise vor sich hin, was Collin ein Grinsen und mir ein Lachen entlockte.

Zu Hause drückte ich die Haustür auf, schmiss den Schlüssel auf den kleinen Tisch und steuerte die Treppe an.

Kurz nachdem Jolie zur künstlerischen Fakultät aufgebrochen war, hatte ich Collin zur Halle begleitet. Ich war schon beinahe am Parkplatz gewesen, als ich meinem Professor in die Arme gelaufen war. Er hatte mir verraten, dass unser Antiquariat nun eine Originalausgabe von Jane Austen verwahrte. Auch wenn ich die Bibliothek mittlerweile mit einem unguten Gefühl betrat, hatte ich sie mir unbedingt ansehen müssen. Also war ich über meinen Schatten gesprungen.

Und darauf war ich stolz, denn mein Bücherherz quoll immer noch über. Für mich hatte sich dieser Abstecher gelohnt, in jeder Hinsicht.

Ich nahm zwei Stufen auf einmal und erreichte schnaufend den Treppenabsatz. Dort angekommen ertappte ich mich dabei, wie ich kurz innehalten musste. Ich musste dringend wieder etwas für meine Kondition tun. Dass ich nicht mehr surfen gehen konnte, machte sich so langsam bemerkbar. Flüchtig sah ich von der Empore zur Haustür hinunter, bevor ich auf mein Zimmer zuging und auch hier die Tür aufdrückte.

Sofort schlug mir der Geruch der vielen Bücher entgegen, der sich mit dem der Möbel vermischte. Ich zog eine Schublade auf, entnahm ihr ein paar Klamotten und stieß sie mit dem Fuß zu. Achtlos stopfte ich die Kleidung in meinen Rucksack und verließ mein Zimmer so schnell, wie ich gekommen war.

Ich eilte die Treppe hinunter. Noch im Gehen streifte ich mir den Rucksack von der Schulter, den ich an der Haustür abstellte, und ging in das Wohnzimmer. Kaum dort angekommen, flog mein Blick über das Mobiliar. Wo hatte ich meine Lederjacke hingelegt? Während ich das Wohnzimmer wieder verließ, zog ich mein Smartphone aus der Gesäßtasche und öffnete den Chat mit Jolie. In der Eingangshalle blieb ich stehen. Meine Finger flogen über die Tastatur.

> **(17:43) Ich: Weißt du zufällig, wo meine Lederjacke ist?**

Kaum hatte ich die Nachricht gesendet, wurde sie auch schon als *gelesen* angezeigt. Und schon fing Jolie zu tippen an.

(17:44) Jolie: Kann sein, dass sie in meinem Zimmer liegt.

Ich schnaubte und tippte eine Antwort.

> **(17:44) Ich: Wie die da bloß gelandet ist.**

(17:45) Jolie: Ganz vielleicht habe ich sie mir ausgeborgt.

(17:45) Jolie: … aber nur vielleicht.

(17:45) Jolie: :D

Erneut fing Jolie zu schreiben an, doch als ich den Kopf hob, entdeckte ich meine Jacke bereits an dem Stuhl in der Küche. Kaum hatte ich diese betreten, atmete ich mit einem leisen Zischen aus und tippte eine neue Nachricht.

> **(17:46) Ich: Dein Versuch, mich auf Schnitzeljagd zu schicken, ist missglückt. Ich hab sie.**

(17:47) Jolie: Hör auf, mir sowas zu unterstellen!

(17:48) Ich: Würde ich niemals tun.

(17:48) Jolie: Nee, niemals.

(17:48) Jolie: :D

Ich legte das Smartphone mit dem Display nach unten auf die Arbeitsplatte. Aus dem Kühlschrank nahm ich mir eine Flasche Limo, öffnete sie und ging wieder um die Kücheninsel herum. Ich trank gerade einen Schluck, als mein Smartphone erneut vibrierte.

Himmelherrgott, es hörte gar nicht mehr auf.

In der Erwartung, eine weitere Nachricht meiner Mitbewohnerin mit einer Horde Emojis angezeigt zu bekommen, lehnte ich mich vor und fischte nach meinem Smartphone.

Wie sehr ich mir diese Emojis nur gewünscht hätte.

Kaum hatte ich das Display zu mir gedreht, konnte ich regelrecht fühlen, wie mir die Gesichtszüge entgleisten. Denn statt einer neuen Nachricht von Jolie waren es vier Buchstaben, die mir vom Display entgegensprangen, zusammen mit einem Gesicht, an das ich schon länger nicht mehr gedacht hatte. *Alec.*

Ich wollte das Smartphone von mir schmeißen, meine Vergangenheit einfach loslassen und mit ihr all das, was mich verfolgte. Aber stattdessen spielte sich alles, *alles* in meinem Kopf von Neuem ab. Doch das wirklich Schlimme daran war, dass ich mich dabei ertappte, wie ich mich an all die guten Erinnerungen klammerte, genauso wie ich es gerade mit dem Smartphone machte.

»Nimm endlich ab, Lia.«

Mir rutschte die Flasche aus der Hand. Glas splitterte. Und nicht nur das Glas vor meinen Augen zerbrach, sondern auch etwas tief in mir.

355

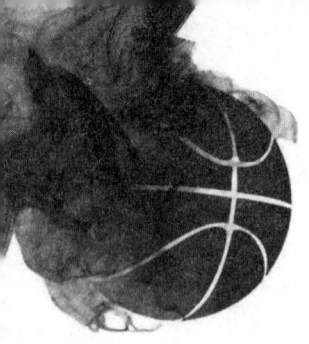

Kapitel 39

Malia

Erschrocken fuhr ich herum, wich im selben Moment zurück und stieß dabei mit dem Rücken gegen den Stuhl. Er fiel zu Boden. Limo verteilte sich über meine Schuhe, benetzte meine Jeans. Und das ohrenbetäubende Scheppern ging in unerträgliche Stille über.

Während das Summen meines Smartphones das einzige Geräusch in der Küche war, beschleunigte sich nicht nur meine Atmung, sondern auch mein Herzschlag. Und obwohl ich diesen nicht wirklich hören konnte, war er das lauteste Geräusch von allen.

Erst als das Vibrieren verstummte, löste sich ein Schatten hinter der Tür. Nicht irgendein Schatten, sondern *mein* Schatten.

»Alec.« Meine Stimme war nur ein Flüstern und doch war es ein stummer Schrei. *Sein* Name hallte noch auf meinen Lippen nach, bis es um uns herum beängstigend ruhig wurde.

Ein Zuhause ist ein Ort, von Geräuschen umgeben. Das Leben eine Welt, von Klängen erfüllt. Aber manchmal ist es die Stille, die den größten Lärm verursacht. Ein innerer Sturm, der im Verborgenen tobt, bis er auf einmal auf dich zurast und du genau weißt, dass du keine Chance hast, ihm zu entfliehen.

Ich befand mich inmitten eines solchen Sturms.

Alec sah mich aus dunklen Iriden an, das kantige Gesicht von schwarzen Locken umrahmt. Mit halb gesenkten Lidern musterte er mich, von oben bis unten und zurück, bis er an meinem

Gesicht hängen blieb. Langsam neigte Alec den Kopf, den Mund zu einer schmalen Linie verzogen.

Ich hatte es bereits gewusst, noch bevor ich mich umgedreht hatte. Ich hatte es geahnt. Aber ihn nach Wochen, nach Monaten zu sehen und ihm einfach wieder gegenüberzustehen, nach dem, was zwischen uns passiert war … Gott, nach all dem, von dem ich dachte, es würde ein *Für-immer* sein. Nie hatte ich geglaubt, diesen Gedanken irgendwann einmal loslassen zu müssen.

Bis er von allein in seine Einzelteile zersprungen war.

Alec bewegte sich auf mich zu. Und je näher er mir kam, desto mehr drückte ich mich gegen die Arbeitsplatte. Unsicher, was ich tun sollte. Sicher, dass ich etwas tun *musste*.

»Wo ist dein Freund?«

Sprachlos darüber, dass er von Collin wusste, teilten sich meine Lippen ohne mein Zutun. *Nicht bei mir.*

Wieder neigte Alec den Kopf, dieses Mal zur anderen Seite. Sein Mundwinkel zuckte. »Gut.«

Eine Armeslänge vor mir blieb Alec stehen. Mich erreichte eine Woge Kardamom, die ein schmerzlich vertrautes Ziehen in meiner Brust auslöste und mir zugleich die Luft zum Atmen nahm.

Die Finger immer noch um das Smartphone gekrallt, wagte ich nicht, mich zu bewegen. Das Glas knirschte unter Alecs Schritten, bevor er mir beinahe behutsam mein Telefon aus der verkrampften Hand zog. Seine Augen lagen auf mir, während ich meine fest auf seine Brust richtete, die von einem schwarzen Langarmshirt verhüllt war. Mein Blick huschte zu seiner Hand, bevor er mein Smartphone in seine Jeans steckte, die genauso schwarz wie meine war.

In diesem Moment war Alec mir so nahe, dass meine Augen zu brennen begannen. Ich blinzelte die Tränen weg und mit ihnen all das Gefühlschaos, das in mir tobte, und schluckte.

»Ich habe dich vermisst.« Seine tiefe Stimme, von einem heiseren Unterton begleitet, hüllte mich ein. Keine Sekunde später zog er mich in seine Arme, vergrub die Nase in meinem Haar. »Hast du *mich* vermisst?«

Nein.

»Ja.« Meine Stimme klang genauso fremd, wie ich mich gerade fühlte. Ich zwang mich dazu, die Arme um Alec zu legen. Er zog mich fester an sich. Die Tränen wegblinzelnd, biss ich die Zähne so fest aufeinander, dass ich zu zittern anfing.

Ich wollte schreien, aber meine Stimme blieb stumm. Ich wollte rennen, aber meine Beine bewegten sich nicht. Ich wollte fliehen, aber *er* ließ es nicht zu.

Hinter seinem Rücken ballte ich die Hände zu Fäusten. Ich zählte fünfzehn Sekunden, in denen Alec mich hielt. Dann ließ er mich abrupt los, als hätte er sich an mir verbrannt.

Glas knirschte. Er bewegte sich. *Ich* wollte raus aus dieser Küche, losrennen, einfach *weg*. Doch ich tat nichts von alldem. Stattdessen krallte ich die Finger an die Arbeitsplatte hinter mir. Und so stand ich hier. In einem Meer aus Scherben, einem Déjà-vu meines Albtraums, und blickte meiner Angst direkt ins Gesicht.

Atme, Malia. Atme.

»Wie bist du hier reingekommen?«

»Schlüssel«, antwortete Alec trocken.

»Was?« Meine Stimme war viel zu hoch. Viel zu unwirklich. Viel zu …

»Du versteckst ihn immer an der gleichen Stelle.«

Ich schloss für zwei Sekunden die Augen. »Das gibt dir nicht das Recht, hier einfach aufzukreuzen.«

»Nicht das Recht«, wiederholte Alec tonlos. Ich schluckte. Nickte. Er kam näher, zwang mich mit seiner Präsenz, ihn anzusehen. »Ich habe jedes Recht, hier zu sein.«

Und mit diesen Worten bewegte er sich wie selbstverständlich zum Kühlschrank, zog zwei Flaschen Limo heraus und hielt mir eine davon hin. Wie in Zeitlupe griff ich danach. Ich verspürte nicht annähernd so etwas wie Durst. Stattdessen wurde mir übel. Alec hingegen trank die Limo beinahe in einem Zug aus.

Langsam stellte ich die Flasche hinter mich und schüttelte leicht den Kopf. »Nicht *hier*.«

»Bei dir«, entgegnete Alec und stellte die Flasche mit einem lauten Geräusch ab. Hielt sie fest und schob sie über die Arbeitsplatte, während er um die Kochinsel auf mich zukam.

Ich machte einen Schritt zur Seite, aber er bewegte sich mit mir. Wie ein Tanz, dessen Choreografie ich kannte, ohne sie auch nur einmal vorher gesehen zu haben.

»Was machst du hier, Alec? Du solltest –«

»Du bist gegangen.«

Ich bin gerannt.

Ich nickte langsam.

»Warum?«

»Kannst du dir das nicht denken?« Ich machte einen Schritt vor und deutete auf meine Schläfe. »Du hast mir wehgetan, Alec. *Wirklich* wehgetan.«

Dann hielt ich inne, senkte den Blick und presste die Lippen fest aufeinander. Plötzlich verspannte Alec sich neben mir. Er ließ die Flasche los und zog ein Smartphone aus der Tasche. *Mein* Smartphone.

»Kian«, sagte Alec. Sofort wurde ich hellhörig. »Warum ruft er dich an?«

»Du weißt warum«, antwortete ich leise.

»Nein.«

»Er –«

»Weiß er, wo du bist?« Alecs Nasenflügel bebten.

Ja. Ich schluckte die Wahrheit hinunter.

»Nein«, sagte ich stattdessen. Alec starrte mich kühl an. »Ich lüge nicht.«

Doch er kam mir noch näher, die Augen zu schmalen Schlitzen zusammengekniffen, und neigte sich zu mir herunter. »Ich weiß, wann du lügst, Lia.«

Ich schluckte. »Alec, bitte, du —«

Er trat einige Schritte von mir zurück. Gott sei Dank, mehr Luft zum Atmen.

»Wieso hast du es *ihm* gesagt?«

»Ich —«

»Es hat mich wahnsinnig gemacht! Nicht zu wissen, wo du bist.«

»Alec.«

»Verdammt! Es hört einfach nicht auf. Es *hört nicht auf*!« Er raufte sich die Haare, riss verzweifelt an ihnen. Plötzlich schmetterte er eine Hand gegen den Schrank. Ich zuckte zusammen. Mein Smartphone fiel zu Boden. »Weißt du, wie es ist, jemanden zu suchen, jemanden zu *brauchen*, und er ist nicht da? Weißt du das?«

»Alec.«

»Du warst einfach weg …«

»Al—«

»Du bist einfach gegangen …«

»Alec!«

»*Du bist gegangen*!« Er fuhr zu mir herum. Die Augen hatte er weit aufgerissen, ein Schimmern in ihnen, aber alles andere an ihm war wie erstarrt. »Warum?«

Ein Flüstern. Und für den Bruchteil einer Sekunde glaubte ich, ihn zu sehen. Ihn *wirklich* zu sehen. So ist das nun mal, wenn man jemandem bedingungslos vertraut hat. Du erkennst die Reue, ohne dass er etwas sagen muss. In seinem Blick, in seiner Haltung und in seiner Körpersprache. Und auch wenn er dich zutiefst verletzt hat, überwiegen für diesen einen Moment die guten Erinnerungen.

Bis es dir erneut den Boden unter den Füßen wegreißt.

Alec fasste sich an den Kopf. Kniff die Lider zusammen, das Gesicht vor Schmerz verzerrt. Er hielt inne. Und ich wartete. Eine Sekunde zu lang. Plötzlich schnellte Alec vor. Ich stolperte zur Seite. Glas knirschte.

Und ich rannte.

»Malia!« Mein Name kam ihm nur als Grollen über die Lippen, und er wurde mit jeder Silbe lauter. So unerträglich laut. Doch noch bevor ich die Haustür erreichen konnte, bekam er mein Handgelenk zu fassen. Er riss mich herum, packte mich an beiden Armen. Seine Hände zitterten, doch sein Griff blieb fest. »Geh nicht.« Seine Stimme brach. »*Bitte.*«

Als ich nicht reagierte, griff Alec nach meinem Handgelenk. Zerrte den Ärmelsaum nach oben und entblößte das schwarze Lederarmband. Plötzlich drang ein erleichtertes Lachen aus seiner Kehle. »Du trägst es noch.«

»Alec«, flüsterte ich. »Du tust mir weh.«

Sofort ließ er mich los. Ich wich zurück, die Sicht von Tränen verschleiert. Und mit jedem Blinzeln lösten sie sich mehr, bis sich die erste von ihnen den Weg über meine Wange bahnte.

Alec fuhr sich mit beiden Händen durch die Haare. Unsere Blicke trafen sich. Er kam einen Schritt auf mich zu, die Hände flehend verschränkt. »Lia, es tut mir leid, ich –«

»Nein.« Ich machte zwei Schritte zurück. »Komm mir nicht zu nahe.« Er verharrte. Mit all der Kraft, die ich aufbringen konnte, hielt ich seinem Blick stand. »Du musst gehen.«

Und mit diesen Worten konnte ich sehen, wie es brach. Das Band, mit dem er mich an sich gekettet hielt. Seine Lippen teilten sich, schlossen sich, teilten sich erneut. »Was?«

»Du musst gehen.«

»Ich … muss?«

»Ja, Alec.« Ich nickte. »Du hast mir wehgetan. Du weißt, was das bedeutet.« Irritiert musterte er mich. Lange genug, um es verstehen zu wollen. Nicht lang genug, um es ändern zu können. »Geh.«

Er blinzelte. Erst als er sich von mir abwandte, wirklich auf die Haustür zuging, stieß ich die Luft aus. Viel zu schnell. Viel zu erleichtert.

Viel zu *naiv.*

361

Alec fuhr herum. Stürzte auf mich zu. Ich drehte mich zur Seite und stolperte die Treppe hinauf. Doch schon bei der dritten Stufe packte er mich an den Schultern. Stieß mich gegen die Wand.

»Wir gehören zusammen, Lia. Ich gehe nur mit dir.«

Er krallte die Finger an meinen Hals. Ich zählte achtzehn Herzschläge, in denen er mir die Luft zum Atmen nahm.

Es heißt nicht umsonst, dass man so weit weglaufen kann, wie man will. Wenn dich etwas verfolgt, wird es dich früher oder später einholen.

Das hier war mein *Früher-oder-Später.*

Im einen Moment schlug mein Herz noch. Und im nächsten zerbrach es in tausend Teile.

Kapitel 40

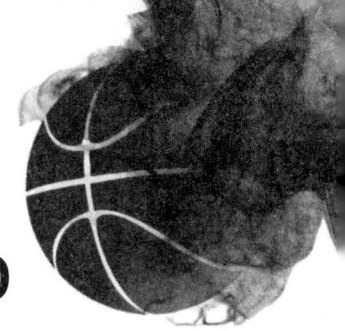

Collin

Ich stürzte durch die Tür. Sofort packte ich den Typen an den Schultern und riss ihn zurück. Weg von Malia, die in sich zusammensackte und laut nach Luft schnappte. *Fuck*, alles, was ich hörte, war ihr Keuchen.

Ich stolperte über den Treppenabsatz. Der Typ fiel rücklings auf mich. Verdammt, er presste mir mit seinem Gewicht die Luft aus den Lungen. Er rollte sich von mir herunter. Ich sog Luft ein und drückte mich hoch. Der Typ war so schnell auf den Beinen, dass ich zurückweichen musste. Er kam auf mich zu, die Hände zu Fäusten geballt. Holte aus. Ich wehrte ab und stieß ihn zurück.

Der Typ taumelte nach hinten, doch er griff nach meiner Jacke. Ich strauchelte. Verlor erneut das Gleichgewicht und fiel mit ihm. Mit beiden Händen fing ich mich am Boden ab. Keine Sekunde später stieß ich mich hoch. Schwer atmend machte ich einen Schritt zurück, den Typen behielt ich weiter im Blick. Ich würde nicht zulassen, dass er Malia noch einmal zu nahekommen konnte.

Langsam griff ich hinter mich, spürte kurz darauf ihre Hand an meiner. Sie war eiskalt. »Alles okay?«

Ich warf einen Blick über die Schulter. Malia nickte kaum merklich. *Fuck*, sie war ganz blass. Aus dem Augenwinkel beobachtete ich, wie der Typ sich vom Boden hochstemmte. Dieser verfluchte Drecksack. Kaum hatte er sich zur vollen

363

Größe aufgerichtet, ließ er den Kopf so kreisen, dass sein Nacken ein paar Mal knackte.

Er war ungefähr genauso groß wie ich, vielleicht ein paar Zentimeter kleiner, aber nichts davon, absolut *nichts* gab ihm das Recht, Malia gegen ihren Willen anzufassen. *Fuck*, ihr die Kehle zuzudrücken und ihr die Luft zum Atmen zu nehmen. Mein Brustkorb hob und senkte sich, den freien Arm hielt ich vor dem Körper angewinkelt.

Ich wusste nicht, was mich in diesem Moment mehr erschütterte. Die Art und Weise, wie er sich vor uns aufbäumte, oder dass er noch nicht einmal irgendetwas zu seiner Verteidigung sagte.

Verflucht, was für eine Verteidigung? Dieser Typ hatte Malia angegriffen. Selbst wenn er auf Knien vor ihr her rutschen und sie anflehen würde, könnte ich diesen Menschen nicht mit anderen Augen sehen. Ich biss die Zähne fest aufeinander und mahlte mit den Kiefern.

»Collin«, flüsterte Malia.

»Geht's dir gut?«, fragte ich zwischen zusammengebissenen Zähnen.

Sie lehnte die Stirn an mein rechtes Schulterblatt. Kurz darauf spürte ich ihr Nicken. »Wo ist —«

»Ryder?«, ertönte plötzlich eine Stimme. Malia riss ruckartig den Kopf herum. Ich zog verwirrt die Brauen zusammen. Jolie stand mit großen Augen in der Tür und starrte den Typen vor uns direkt an. »Was machst du hier?«

Dieser ignorierte sie und sah stattdessen unverwandt zu uns. Zu mir. Zu *Malia*, die ich mit meinem Rücken hoffentlich, so gut wie es ging, verdeckte.

»Wie hast du ihn genannt?« Hinter mir ein Flüstern.

Jolie blinzelte. Wechselte den Blick irritiert von einem zum anderen, bis ihre Aufmerksamkeit wieder auf dem Typen lag. »Was ist hier los? Warum bist du hier?«

»Lia«, sagte der Typ, Ryder, wer auch immer. Ob als Antwort auf Jolies Frage oder um Malias Aufmerksamkeit zu bekommen, konnte ich nicht deuten. Er machte eine kaum merkliche Bewegung in unsere Richtung. Ein Blick von mir genügte, um ihm zu verstehen zu geben, dass er erst an mir vorbei musste.

Und das konnte er sich wirklich in den Arsch pfeffern.

Malias Hand verkrampfte sich an meiner. Und wenn ich mich nicht irrte, veränderte sich die Luft. Malia keuchte hinter mir. »Das hast du nicht getan.«

Ich spürte, wie sie zu dem Typen spähte. Obwohl ich nichts sehnlicher wollte, als mich zu ihr umzudrehen und mich zu vergewissern, ob *wirklich* alles okay war, tat ich nichts dergleichen.

Es war verflucht still geworden. Und manchmal war es genau das, was einen am meisten erdrückte. Dennoch hatte ich das Gefühl, als würde in diesen Sekunden, Minuten, dieser verfluchten *Ewigkeit* ein stummes Gespräch stattfinden, von dem ich kein einziges Wort vernehmen konnte. Und als der Typ nur mit seinem Mundwinkel zuckte, hörte ich etwas brechen.

War es Malias Herz? Oder war es doch mein eigenes?

Plötzlich drückte sie sich an mir vorbei. Ich wollte sie zurückhalten, aber ihre Hand glitt aus meiner. Malia ging direkt auf den Typen zu.

Und für den Bruchteil einer Sekunde stolperte mein Herz.

Dann stieß Malia den Typen an die Brust. »Das ist nicht dein Ernst!« Er rührte sich kaum, machte noch nicht einmal einen Schritt zurück. »Sag mir, dass du das nicht getan hast!« Immer noch nichts. Sie stieß ihn an. Und noch einmal. Und wieder. »Alec, verdammt!«

Alec.

Alec. Alec. Alec. Dieser Name wiederholte sich in Dauerschleife in meinem Kopf. Mein Herzschlag beschleunigte sich. Auf einmal pochte es nicht mehr in meiner Brust, sondern irgendwo in meinem Hals. Ich musste Malia irgendwie von diesem Typen, von *Alec* wegbekommen, bevor er ihr noch einmal etwas tun konnte.

Nicht noch einmal.

Fuck.

Plötzlich schoss Adrenalin durch meine Adern. Meine Muskeln, nein, alles spannte sich an. Ich ballte die Hände zu Fäusten.

Und als Alec mich fixierte, erkannte ich ihn. Diesen starren Blick, der in Momenten wie diesen anscheinend zu keiner menschlichen Regung fähig war. Ich konnte nichts dagegen tun, dass mein Mund sich teilte, meine Fassungslosigkeit nach außen kehrte.

»Du.« Leise genug, um meine Beherrschung zu bewahren. Laut genug, dass Malia zu mir herumfuhr. Ihre Haare wirbelten um ihren Kopf herum, voller Energie. Doch war es die Zerbrechlichkeit in ihren Augen, die ihre Stärke mit jedem weiteren Wort zu ersticken drohte.

Er war der Mann, der mir vor das Auto gelaufen war.

Und genau dieser legte gerade den Arm um Malias Schulter, deren Augen sich schon weiteten, bevor er sie an sich zog. Ihre Körpersprache signalisierte, dass sie nichts von alldem wollte. Er war der Einzige, der es nicht begriff oder schlichtweg ignorierte..

»Lass sie los.« Ich knurrte, doch Alec zeigte sich unbeeindruckt.

»Nur weil du mit ihr vögelst, ist sie nicht dein Besitz«, sagte er tonlos.

»Alec«, zischte Malia.

»Sie ist niemandes Besitz.« Ich sagte die Worte leise, ein drohender Unterton in der Stimme. Verflucht, so hatte ich mich noch nie angehört, noch nicht einmal meinem Vater gegenüber. »Deshalb sollte man sie wie das Kostbarste behandeln. Und nicht verletzen, so wie du es getan hast.«

Kaum hatte ich die Worte ausgesprochen, huschte ein Schatten über sein Gesicht. Er ließ Malia los, als hätte sie ihm gerade ein Messer in den Rücken gerammt. Sofort wich sie von ihm weg, wollte zurück zu mir, doch er riss sie am Arm herum. »Du hast es ihm gesagt?«.

Sie keuchte. »Alec.«

»Du hattest kein Recht dazu!«

»Alec, du tust mir —«

Ich stolperte nach vorn. Packte ihn am Handgelenk, woraufhin er Malia losließ. Sie wich zurück. Und jedes Mal, wenn er versuchte, nach ihr zu greifen, stellte ich mich schützend vor sie. Wehrte seine Bewegungen so lange ab, bis er seinen Blick in meinen bohrte und mich an den Schultern nach hinten stieß. Ich geriet ins Straucheln. Er holte aus. Im letzten Moment trat ich zur Seite, packte seinen Arm und zog ihn auf seinen Rücken. Alec griff nach hinten. Drehte sich und stieß mich von sich.

Doch dann bekam ich seinen anderen Arm zu fassen. Mit aller Kraft schob ich Alec an die Wand. Der Tisch neben uns wackelte.

»So was tut man seiner Freundin nicht an!« Ich brüllte ihm ins Ohr, doch er drehte den Kopf weg.

Niemandem tut man so etwas an.

Ich stieß Alec das Knie in die Kniekehlen. Sofort sackte er zusammen. Ich zögerte nicht und stemmte mich mit meinem Gewicht gegen ihn, drückte ihn hinunter, bis er flach auf dem Boden lag.

»Collin!«

Ich presste eine Hand auf Alecs Kopf, drückte sein Gesicht seitlich auf den Boden. Mit der anderen Hand fixierte ich seine Handgelenke auf dem Rücken, schob mein Bein über seine Oberschenkel. Wie konnte man nur so feige sein, eine Frau, seine Freundin so sehr zu verletzen, dass die Narbe noch heute sichtbar war? Wie konnte man so besessen sein, danach auch noch hier aufzutauchen und sie genau damit zu konfrontieren?

»Collin, *bitte*.«

Die Art, wie Malia meinen Namen sagte, schloss sich so fest um mein Herz, dass es mir all die Luft aus den Lungen presste. Um Atem ringend, sah ich auf.

»Er ist mein Bruder«, stieß Malia aus. Ihr Brustkorb hob und senkte sich, beinahe so, als wäre sie kurz davor, an ihren eigenen Worten zu ersticken. »Alec ist mein Zwillingsbruder.«

Fuck.

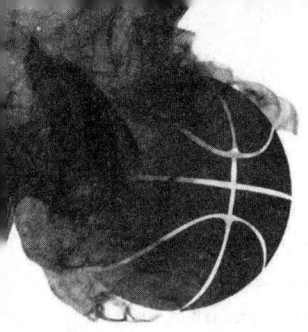

Kapitel 41

Malia

Ein Zwilling ist ein Teil von einem Ganzen. Die Bedeutung dahinter ist so simpel wie auch kompliziert. Ein Leben mit einem Gefährten, der immer an deiner Seite sein würde, in guten wie in schlechten Zeiten. Ein Mensch, der dich besser kennt als andere zu verstehen vermögen, weil es die Vorstellungskraft derer übersteigt. Doch die Tatsache, mit jemandem zusammen aufzuwachsen, ist nicht alles. Denn *alles* ist, was man unwiderruflich mit dem anderen teilt.

Die Art und Weise, wie man mit der anderen Hälfte seines Herzens umgeht. Wie man kommuniziert, ohne etwas sagen zu müssen, und eine Antwort bekommt auf eine Frage, die man sich zuvor noch nicht einmal selbst zu stellen vermochte.

Dieses *Alles* waren Alec und ich.

Wir waren ein *Das*, was doppelt vorkommt. Ein auferlegtes Miteinander in einem nie ausgesprochenen Versprechen, dieses auf ewig zu teilen. Und die Tatsache, dass nichts mehr so zwischen uns war, wie es sein sollte oder könnte, brach mein Herz jeden verdammten Tag aufs Neue.

Stumm entschuldigte ich mich bei Collin, der auf Alec hockte und ihn mit seinem ganzen Körpergewicht fixierte. Der Ausdruck in Collins Augen schoss sich wie ein Pfeil direkt in mein Herz.

Ich hätte es dir sagen sollen.

»Er ist dein Bruder?« Seine Stimme, stark und schwach zugleich, versetzte mir den finalen Stoß. Ich nickte langsam.

»Alecsander Evans«, antwortete ich leise, bevor ich zu Jolie schielte, die immer noch regungslos an der Tür verharrte. Meine Mitbewohnerin. Meine Freundin, deren Welt vermutlich genau in diesem Moment zusammenbrach.

»Ryder«, knirschte Alec zwischen zusammengebissen Zähnen und versuchte sich hochzudrücken, was ihm durch Collin nicht gelang. »Ich heiße Alec Ryder.«

»Wie bitte?«

»Unser Vater.«

Noch nicht einmal mehr fähig zu blinzeln, starrte ich auf die schwarzen Locken, die in Alecs wutverzerrtes Gesicht fielen. Die Augen auf mich gerichtet, bestätigte er mir innerhalb eines Sekundenbruchteils, dass nichts daran gelogen war.

»Du hast seinen Nachnamen angenommen?«

»Ja«, antwortete Alec. »Kurz nachdem du mich allein gelassen hast.«

Ich fuhr mir durch die Haare, verharrte mitten in der Bewegung. Wir hatten keinerlei Verbindung zu unserem Vater. Das Einzige, was dieser uns gelassen hatte, war seine DNA. Er war noch vor unserer Geburt abgehauen, hatte Mom zusammen mit uns allein gelassen. *Charlie* war unser Vater, schon immer gewesen, seit ich denken konnte und auch schon davor.

»Warum?« Meine Stimme brach. Ich hatte keine Ahnung, dass Alec Kontakt zu unserem Erzeuger aufgenommen hatte, geschweige denn wusste ich, wo dieser sich überhaupt aufhielt. Wie er aussah oder wie er war.

»Du hast mich allein gelassen.«

»Du wiederholst dich«, sagte Collin trocken an Alec gewandt, woraufhin dieser sich erneut hochzudrücken versuchte.

»Du sitzt praktisch auf mir«, antwortete Alec kühl. »Ich kann so nicht denken.«

Collin starrte mich fassungslos an, weil Alec die Worte sagte, die auch meinem Wortlaut entsprachen. Dann konzentrierte Collin sich wieder auf Alec und murmelte ein leises *»Fuck«*.

Wieder beobachtete ich Jolie, die mittlerweile an der Tür hinuntergerutscht war, Mund und Nase mit den Händen bedeckte. Mein Blick schnellte zu Alec und wieder zurück.

Und als mir bewusst wurde, dass Jolie beinahe seit meiner Ankunft hier in Rosehollow mit einem Typen, mit ihrem *Lover*, wie Lexie ihn so schön nannte, zusammen war, brach alles über mir zusammen.

Langsam fixierte ich meinen Bruder. Dieser schien es zu bemerken, denn er drehte im selben Moment den Kopf auf dem Boden.

»Ich habe herausgefunden, wo du wohnst. Bei *wem* du wohnst«, antwortete Alec auf meine unausgesprochene Frage. Manchmal wurde mir immer noch schlecht davon, wie gut er mich kannte. »Nachdem ich dir deine Wohnung genommen habe, hast du trotzdem einen Weg gefunden, in diese Stadt ziehen zu können.«

»Du hast was?«, fragte ich entsetzt, als mir die Bedeutung seiner Worte bewusst wurde, und fasste mir an die Stirn. Nur wegen ihm war ich überhaupt bei Jolie gelandet. Und dann hatte er *sie* für seine Zwecke benutzt.

»Ich wollte, dass du zurückkommst. Nach Hause. *Zu mir.*«

Collin schnaubte. »Fuck, ist das krank.«

Langsam fasste ich mir mit beiden Händen an die Stirn und sank in die Knie. Wenn Collin nur wüsste, wie richtig er mit dieser Aussage lag, aber das konnte ich ihm jetzt nicht sagen. Nicht vor Alec. Denn er *war* krank. *Emotionale Instabilität* hatten es die Ärzte genannt, doch das hatte Alec für mich nie zu einem anderen Menschen gemacht. Es gehörte zu ihm, so wie er zu mir. Doch ich hätte nicht ansatzweise ahnen können, wozu ihn diese Krankheit einmal treiben könnte.

Und das alles nur, weil ich gegangen war. Weil ich ihn allein gelassen hatte, obwohl ich ihm versprochen hatte, es nicht zu tun.

»Du bist die ganze Zeit hier gewesen«, sprach ich das Offensichtliche aus.

»Ich war immer in deiner Nähe.« Alec hustete. Mein Blick schnellte von ihm zu Collin, der mich musterte. Mein Gedankenchaos erkannte, das zwischen Angst und Wehmut hin und her pendelte.

Mit einer stummen Frage beobachtete Collin mich weiter. Wartete so lange, bis ich schließlich nickte. Ein weiterer, langer Blick von ihm, ehe er sich langsam von Alec zurückzog.

Dieser schnappte laut nach Luft und drehte sich auf den Rücken. Atmete ein paar Mal ein und aus, bevor er sich hochstemmte und flüchtig zu Collin schielte, der sich neben ihm aufgebaut hatte. Allein an seiner Körperhaltung erkannte ich, wie angespannt er war.

Langsam drückte ich mich zurück in den Stand. Die Einzige, die es nicht vom Boden hoch schaffte, war Jolie, die apathisch in den Raum starrte. Mit dem Wissen, dass Collin mich nicht aus den Augen lassen würde, ging ich auf sie zu und schlang die Arme um meine Freundin.

»Jolie.« Keine Reaktion. Ich versuchte es erneut. So lange, bis sie reagierte. Wie in Zeitlupe drehte sie den Kopf, doch ihre haselnussbraunen Augen waren von einer beängstigenden Leere erfüllt.

»Es tut mir so leid.«

Und dann brach es aus Jolie heraus. Ich zog sie fester in die Arme, hielt sie, während sie sich an mich klammerte und ihr Schluchzen eine Zeit lang das einzige Geräusch in dieser Eingangshalle war. Fassungslos taxierte ich Alec, der uns beobachtete, als trüge er keinerlei Schuld daran.

Warum?

»Ich wollte in deiner Nähe sein.«

Collin neben ihm schnaubte, verschränkte die Hände hinter dem Kopf und drehte sich weg.

Und da ist dir nichts anderes eingefallen?«, zischte ich leise.

Alec riss die Arme zur Seite. »Was hätte ich denn sonst machen sollen? Wenn ich dich angerufen habe, hast du nicht abgenommen. Wenn ich dir geschrieben habe, hast du nicht geantwortet. Selbst unter der beschissenen anderen Nummer nicht.«

»Das warst du?«

Alec lachte ungläubig, drehte sich weg und fuhr so schnell wieder zu mir herum, dass ich zusammenzuckte. »*Natürlich* war ich das! Ich habe ständig versucht, mit dir zu reden, aber immer war jemand in deiner Nähe. Ich habe sogar in dieser verfickten Bibliothek auf dich gewartet, weil ich wusste, dass du irgendwann auftauchen würdest. Und dann warst du endlich da, allein, und dieser Affe mit der beschissenen Frisur setzt sich zu dir.« Alecs Hand schoss hoch und deutete auf seinen Hinterkopf. »Das andere Mal bist du einfach weggelaufen. Vor mir.«

Bei seinen letzten Worten entgleisten meine Gesichtszüge. Ich hatte es mir nicht eingebildet. Jemand war an diesem Tag in der Bibliothek gewesen. Nein, nicht jemand. *Alec.*

»Du hast es aussehen lassen, als wärst du niemals da gewesen«, sagte ich leise. Doch noch während ich die Worte aussprach, fiel es mir wie Schuppen von den Augen. »Du bist auch bei uns eingebrochen, oder?«

»Ich bin nie irgendwo eingebrochen.« Damit lag sein Blick nicht mehr auf mir, sondern auf Jolie.

Mit offenem Mund starrte ich Alec an. Nicht mehr fähig, irgendetwas zu denken, geschweige denn irgendetwas anderes zu tun. Das Einzige, was ich wahrnahm, waren seine Worte. Geständnisse, die ich nie hatte hören wollen. Von denen ich mir sicher gewesen war, dass jeder andere es hätte sein können. Doch wieder war er es, der mir all das angetan hatte.

Ich drückte meiner Freundin einen Kuss auf die Schläfe, bevor ich mich von ihr löste und aufstand. »Ich habe gedacht, dass ich verrückt werde.«

Alec lachte auf, bevor er leise vor sich hin murmelte. »Jetzt weißt du, wie es sich anfühlt.«

Langsam schüttelte ich den Kopf. *Ich kann nicht einmal annähernd nachempfinden, was du fühlst.*

Niemand weiß das.

Auf einmal griff Alec sich in die Haare, tigerte dabei durch die Eingangshalle. Plötzlich stieß er einen Schrei aus, fuhr zu mir herum und kam auf mich zu. Jolie wimmerte. Collin zuckte zusammen, doch Alec war schneller. Alles in mir schrie danach zu rennen, aber ich blieb. Wappnete mich für einen Schlag, für irgendeine Art von Schmerz.

Und ich bekam Schmerz, denn Alec schlang die Arme um mich. Für den Bruchteil einer Sekunde war ich so erschrocken darüber, dass es mir die Luft aus den Lungen presste. Collin zischte leise.

Ich kannte diese Art von Alecs Stimmungsschwankungen, die fehlende Impulskontrolle. Collin hingegen kannte sie nicht. Woher auch? Hätte ich ihm auch nur ansatzweise von Alec erzählt, *wirklich* von ihm erzählt, dann …

Alec drückte mich fester an sich. Ich keuchte auf, während er die Nase in meinem Haar vergrub und ich das Kinn dadurch auf seine Schulter betten musste. Zeitgleich starr vor Angst und hin und hergerissen darüber, was ich fühlen sollte, ballte ich die Hände an den Seiten zu Fäusten.

Er war mein Bruder.

Aber gerade *weil* er es war, konnte er so nicht weitermachen. *Ich* konnte so nicht weitermachen. Denn Angst vor einem Menschen, der Familie bedeuten sollte, der Familie *war*, sollte nicht die Grundlage sein. Ich sollte keine Angst empfinden müssen, wenn er in meiner Nähe war. Nicht *diese* Art von Angst.

Ich suchte Collins Aufmerksamkeit, jeder Muskel seines Körpers schien angespannt. Er musste die stumme Bitte in meinen Augen erkennen, denn er näherte sich uns, legte behutsam die Hand auf Alecs Schulter. »Lass sie los.«

Die Umklammerung verstärkte sich. »Nein.«

»Du nimmst ihr die Luft zum Atmen.« Collin versuchte Alec an der Schulter von mir wegzuschieben, doch dieser schüttelte seine Hand ab. Die Bewegung schoss ebenfalls durch meinen

Körper, bescherte mir durch die unnatürliche Haltung ein Stechen im Kopf. »Alec.« Er verharrte, sein Körper an meinem. »Willst du ihr wieder wehtun?«

Collin sprach leise. Für den Bruchteil einer Sekunde verspannte Alec sich erneut, bevor er sich von mir löste. Collin taxierte Alec die ganze Zeit über, legte die andere Hand auf seinen Bauch und schob ihn sanft, aber bestimmt von mir.

Mein Brustkorb hob und senkte sich sichtbar, während ich die beiden beobachtete. Doch genau dieser Anblick zerriss etwas tief in mir. Ich hatte immer eine Welt gewollt, in der das Gute überwog. Denn egal wie schlecht etwas auch sein mochte, ich würde immer das Gute darin sehen *wollen*.

Alec war mein Zwilling. Er war der eine Mensch, der ich war. Ich war der Mensch, der er war. Von Anfang an hätte ich wissen müssen, dass er mein Verschwinden nicht tatenlos akzeptieren würde.

Ich kannte diesen Menschen.

Und doch war er mir fremder denn je, weil zuletzt das Schlechte überwogen hatte.

»Alec.« Ich wartete, bis er den Kopf hob, den er bis eben noch auf den Boden gerichtet hatte. Alecs Augen lagen auf mir, verletzt, gerissen und verwundbar. Irgendwo darin schlummerte das Gute in ihm, dessen war ich mir sicher. Es musste nur seinen Weg zurück an die Oberfläche finden. »Das muss aufhören.«

Es waren vierzehn Atemzüge, in denen niemand von uns etwas sagte. In denen wir uns nur ansahen in einem stummen Austausch von Gefühlen. Schon einmal hatte ich genau so vor ihm gestanden und diese Worte ausgesprochen, woraufhin ich alles hatte zurücklassen müssen, was ich liebte.

Doch vor etwas oder jemandem davonzulaufen, war einfach und gleichermaßen schwer. Denn egal, wie weit man läuft, solange man es weiter im Herzen trägt, wird es dich verfolgen. Immer wieder, bis es dich einholt oder du dich diesem stellst. Ich wollte nicht mehr weglaufen.

Nicht noch einmal.

»Lass dich endlich behandeln. *Bitte.*« Ich atmete tief ein. Flehte Alec beinahe an. Doch in diesem Moment wich die Verletzlichkeit in seinen Augen Schmerz und purem Entsetzen.

Verrat.

Alec riss sich aus Collins Griff. Schoss vor. Und plötzlich drehte meine Welt sich schneller, als gut für mich war. Er riss mich an sich, stieß mich von sich. Ich fiel. Schmerz explodierte. Überall auf meiner Haut, in meiner Brust, in meinem Herzen, als ich der Länge nach auf dem Boden landete.

Hinter mir ein Gerangel, Gebrüll und Stöhnen.

Aber alles, was ich hörte, war mein Herz. Im Gegensatz zu damals brach es nicht, sondern setzte einen Teil von sich wieder zusammen. Denn jetzt wusste ich, dass es nicht an mir lag. Dass es niemals an mir gelegen hatte und auch nicht an ihm. Ich hatte nichts falsch gemacht, und Alec ebenso wenig. Denn er konnte nichts dafür.

Genauso wenig wie ich.

Mit beiden Händen drückte ich mich vom Boden hoch, ignorierte den Schmerz in meinen Knochen. Stattdessen spähte ich über die Schulter. Alec lag am Boden und Collin hockte wieder auf ihm. Sein besorgter Blick traf auf meinen.

Alles okay?

Ich nickte. Ich war schon einmal am Boden gewesen. Doch dieses Mal stand ich wieder auf. *Alles okay.*

Ich schlang die Arme um mich selbst. Umarmte mich, weil der Mensch, der mich mein Leben lang aufgefangen hatte, mich nicht halten konnte. Während ich genau diesem Menschen nachsah, wie er, die Hände auf dem Rücken fixiert, mit einem Officer auf einen Wagen zuging, breitete sich in mir das Gefühl von Wehmut aus.

Das Gefühl von Schuld.

An unserem einundzwanzigsten Geburtstag hatte Alec eine Vorsorgevollmacht unterschrieben, die besagte, dass ich für ihn entscheiden dürfte, wenn er dazu nicht in der Lage sein sollte. Wenn er sich gegen etwas sträubte oder andere verletzte.

Weil du mich am besten kennst, hallten seine Worte in meinen Gedanken wider. Bis heute hatte ich krampfhaft daran festgehalten, diesen Schritt niemals zu gehen. Ich hatte gehofft, dass Alec selbst die Entscheidung treffen würde, sich in Behandlung zu begeben. Stattdessen zwang er mich ein letztes Mal, etwas zu tun, das ich nicht tun wollte.

Denn jetzt und hier fühlte ich mich, als hätte ich ihn verraten.

Ich starrte auf die Straße. Auch dann noch, als der Wagen schon längst verschwunden war. Alec würde immer mein *Alles* sein, auch wenn es schmerzte.

Leise drückte ich die Tür hinter mir ins Schloss. Sofort ging ich auf Jolie zu, die sich in einer Ecke zusammengerollt hatte, und hielt ihr die Hände hin. Wortlos zog ich sie auf die Beine. Sie ließ es geschehen, aber ihr Blick war vollkommen leer. Und anstatt mich anzusehen, ging sie nur an mir vorbei.

Die Scherben knirschten unter ihren Schritten, als sie die Küche betrat. Sie knallte ein Glas auf den Tisch, in das sie wieder diese braune Flüssigkeit schüttete, es in einem Zug leerte, bevor sie sich erneut einschenkte.

»Jolie.«

Doch sie ignorierte mich. Stattdessen griff sie nach der Flasche und ging ohne ein Wort auf die Treppe zu.

»Sie wird wieder«, hörte ich Collin hinter mir sagen. »Jolie ist stärker, als sie denkt.«

»Ich hoffe, du hast recht«, antwortete ich leise, während ich ihr nachsah. »Das ist alles meine Schuld.«

Collin legte mir die Hand auf die Schulter. »Nichts davon ist deine Schuld.«

Ich drehte mich um. »Doch. Wäre ich nicht hergekommen, würde es Jolie jetzt nicht so gehen.«

Langsam trat Collin an mich heran, strich mir eine Strähne hinter das Ohr. »Jolie war schon immer viel allein. Glaub mir, sie ist froh, dich zu haben. Und ich bin es auch.«

Ich spürte das Brennen in meinen Augen, noch bevor er zu Ende gesprochen hatte. »Es tut mir so leid, Collin.«

Er schlang die Arme um mich, eine Hand an meinem Kopf, die andere an meinem Rücken. »Ich hatte solche Angst um dich.«

»Ohne dich wüsste ich nicht —«

»Sch.« Er zog mich fester an sich. »Du bist in Sicherheit.«

Ich krallte die Finger in seinen Pullover, ehe ich die Arme um ihn legte und mich an seine Brust drückte.

In diesem Moment erkannte ich, dass das Gefühl von Sicherheit nicht an einen Ort gebunden war, sondern an Vertrauen. An den Menschen, mit dem man dieses Band knüpfte. Denn sich sicher zu fühlen und wirklich sicher zu *sein*, waren zwei verschiedene Dinge. Der Unterschied lag im Detail, die Bedeutung dahinter war enorm.

Und ich hatte in Collin einen Menschen gefunden, der mir beides schenkte.

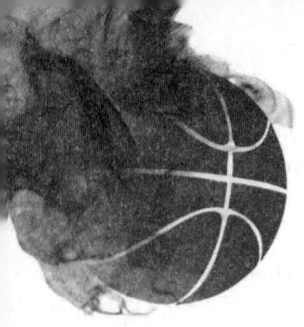

Kapitel 42

Collin

Der Pick-up kam schlitternd zum Stehen. Seit einer Woche regnete es beinahe durchgehend, und wahrscheinlich hätte ich vorsichtiger fahren müssen. Doch das ungute Gefühl in mir hatte die Achtsamkeit immer mehr in den Hintergrund gerückt. Kaum hatte ich die Wagentür zugedrückt, lief ich den Weg zum Haus entlang.

Mit einem besorgniserregenden Blick erwartete Jolie mich an der Tür. Ihre Haut war leicht gerötet, dunkle Ringe lagen unter ihren Augen. Noch im Vorbeigehen drückte ich ihre Schulter.

Ich nahm zwei Stufen auf einmal, während ich die Treppe hinauflief. An Malias Zimmertür angekommen, klopfte ich erst leise an, ehe ich eintrat.

Malia saß auf dem Boden. Sie lehnte am Fußende ihres Bettes, die Arme um den Körper geschlungen, den Blick ins Leere geheftet. Ich brauchte keine drei Schritte, um bei ihr zu sein.

»Hey«, sagte ich leise, während ich mich zu ihr auf den Teppich setzte und sie an mich zog. Gott, sie war eiskalt. Ich griff hinter mich und zerrte die Decke vom Bett, legte sie um uns, ohne Malia loszulassen. Dann drückte ich sie an mich und hauchte ihr einen Kuss auf den Scheitel. Minuten vergingen, in denen sie wortlos hielt, bis sie sich an mich lehnte und mir eine Hand auf die Brust legte. »Hast du die ganze Nacht hier gesessen?«

Sie nickte.

»Warum hast du mich nicht angerufen? Ich wäre sofort hergekommen.«

»Ich weiß«, flüsterte sie neben mir.

»Okay.« Vorsichtig legte ich ihr die Hand an die Wange, strich mit dem Daumen über die Haut. *Sieh mich an, Malia.* Sie tat es. Dunkle Schatten lagen unter ihren Rehaugen, die tränenverschleiert schimmerten. Als hätte sie nur darauf gewartet, bahnte sich die erste Träne ihren Weg hinab. Behutsam wischte ich sie weg. »Was ist passiert?«

Malia warf den Kopf zurück und starrte an die Decke. »Manchmal habe ich das Gefühl, als wäre die Wunde noch da. Als würde sie sich immer dann bemerkbar machen, wenn ich nicht daran denke. Als dürfte ich diesen Teil von mir nicht vergessen.«

Dieser *Teil* namens Alec. Mir fiel es immer noch schwer, diese beiden Menschen miteinander in Verbindung zu bringen. Sie waren wie Tag und Nacht, innerlich sowie äußerlich. Dennoch waren sie Geschwister.

Und genau dieses Band kannte ich. Malia und Alec könnten unterschiedlicher nicht sein, aber die Zusammengehörigkeit bestand unwiderruflich. Somit auch die Sorge, die Angst und die Liebe zu diesem einen Menschen. Auch wenn ich nicht gut auf Alec zu sprechen war, verstand ich Malia.

Ich verstand sie nur zu gut.

»Du vermisst ihn, das ist ganz normal. Er wird immer ein Teil von dir sein.« Ich dachte an Lexie. Ein Leben ohne sie wäre für mich unvorstellbar. Ich wollte mir nicht ausmalen, was Malia in den letzten Tagen und Wochen durchmachen musste.

Was ihr noch bevorstehen würde.

Es gab Tage, an denen es ihr gut ging. Und dann gab es Momente wie diesen. Sie hatte mir immer noch nicht viel von Alec erzählt, aber das war okay. Niemand konnte dieses Schweigen so gut verstehen wie ich. Aber sie sollte wissen, dass sie das nicht mehr allein durchstehen *musste*.

Ich würde an ihrer Seite bleiben, solange sie es wollte. Solange sie *mich* wollte. Solange sie *uns* wollte.

»Er hat nicht gelogen. Er war die ganze Zeit über da, Collin.« Malia wartete mehrere Augenblicke. Dann löste sie sich aus der Umarmung, griff neben sich und zog etwas hervor. Es war das Notizbuch, das sie beinahe genauso oft bei sich trug wie das Armband um ihr Handgelenk. Behutsam strich sie über die glatte Oberfläche des Einbands. »Das ist nicht irgendein Notizbuch. Ich schreibe zwar auch mal etwas für die Uni rein, aber … auch viele Gedanken. Texte. Manchmal habe ich das Gefühl, es ist so etwas wie ein Tagebuch.«

Malias Brustkorb hob sich. Dann stieß sie leise und lang den Atem aus, bevor sie das Buch öffnete.

Und als ich es begriff, legte ich die Hand über ihre. »Du musst es mir nicht zeigen.«

Nahezu im selben Moment drehte Malia ihre Hand und verschränkte sie mit meiner. »Ich will es dir aber zeigen.«

»Okay.«

Mit der freien Hand öffnete sie das Buch. Sofort fiel mir Malias Handschrift auf. Viele geschwungene Worte, und ich musste unweigerlich lächeln. Schlicht, mit kleinen Akzenten, die die Worte zusätzlich zu ihrer Bedeutung zu etwas Schönem formten.

»Ich muss ständig an diesen Abend denken und an das, was Alec gesagt hat. Und plötzlich war dieser Gedanke einfach da. Der Tag in der Bibliothek, an dem … ich Angst hatte. Und du auch.« Malia drückte kurz meine Hand. »Ich habe es dir nie erzählt, weil ich es bis gestern nicht als wichtig erachtet habe, aber … An diesem Abend war der Typ aus deinem Team auch da.«

»Wen meinst du?«

»Blaine.«

Überrascht zog ich die Brauen hoch. »Blaine?«

Malia nickte, bevor sie in ihrem Notizbuch herumblätterte und eine Seite aufschlug, auf denen unzählige Striche ineinandergriffen. Die einen intensiv, andere wiederum weich. Eine Zeichnung.

Und sie zeigte Malia.

Dieses Bild war atemberaubend schön. Während Malia selbst ganz in Schwarz gehalten war, wurde einzig und allein ihre Narbe mit einem roten Stift nachgezogen. Zwischendrin prangten geschwungene Linien in einem tiefen Violett, die in die Zeichnung passten und doch wieder nicht.

»Blaine hat es gezeichnet.«

Verwirrt schob ich die Brauen zusammen. Ich hatte keine Ahnung gehabt, dass er zeichnen konnte. Ich wusste, dass gewisse Grundkenntnisse für seinen Studiengang, dessen Schwerpunkt auch Lexie gewählt hatte, notwendig waren. Aber dass er *so* zeichnen konnte, war mir neu.

Mein Blick blieb an Malias Profil haften. Ihre geschwungenen Wimpern. Die kleine Nase. Ihre Lippen. Die Narbe. Blaine hatte sie beinahe eins zu eins getroffen.

»Unglaublich«, murmelte ich, woraufhin Malia zaghaft nickte und langsam den Blick senkte. Ich tat es ihr gleich und verfolgte den Weg ihrer Fingerspitzen über die Zeichnung. Bis sie schließlich in der unteren Ecke verweilten. Dort stand etwas.

»Ich habe lange nicht verstanden, was er mir damit sagen wollte.« Nachdrücklich tippte Malia auf die Worte.

Ich las sie leise vor. *»Jetzt siehst du, was ich sehe.«*

»Im Nachhinein begreife ich erst, wie oft er versucht hat, es mir zu sagen, aber ich habe es erst gestern verstanden.« Sie schnaubte leise. »Zu spät, aber besser spät als nie.«

»Was wollte er dir sagen?«

Sie blätterte zwei Seiten zurück. »Ich denke oft darüber nach, wie es ist, ein Zwilling zu sein. Ein Teil von einem Ganzen, und wenn dir genau dieser entrissen wird.«

Malia hielt mir einen Text hin. Ich lächelte traurig, während ich ein paar dieser Zeilen überflog. Sie spiegelte die Geste, ehe sie sich wieder ihrem Notizbuch widmete und zurück zu der Zeichnung blätterte.

»Blaine hat mehrfach gesagt, dass meine Worte etwas

bedeuten.« Sie atmete schwerfällig aus. »Das hier ist ein Kippbild.«
Malia musterte das Notizbuch in ihren Händen. Dann drehte sie
es langsam, bis die Zeichnung auf dem Kopf stand. »Erkennst du
es?«

Ich kniff die Augen zusammen und lehnte mich weiter zu ihr.
Die violettfarbenen Umrisse bildeten ebenfalls etwas ab. War das
etwa … »Ein Gesicht?«

Aus dem Augenwinkel registrierte ich Malias Nicken. »Ein
zweites Gesicht, Collin. Ich dachte, es ginge um die verschiedenen
Seiten eines Menschen. Schwarz und Weiß. Gut und Böse. Jetzt
weiß ich, dass ich es falsch interpretiert habe.« Sie strich noch einmal über die Zeichnung. »Es handelt sich wirklich um ein zweites
Gesicht. Und zwar um das meines Zwillings.«

Nur langsam löste ich den Blick von der Zeichnung, während
die Erkenntnis meine Gedanken vollständig einnahm. »Blaine hat
es gewusst.«

Malia drückte die Lippen aufeinander und zuckte zeitgleich mit
den Schultern. Langsam lehnte ich mich an die Bettkante. Griff
mir dabei in die Haare und starrte wieder auf die Zeichnung. Das
alles, während ich versuchte, mir die einzelnen Gespräche mit
Blaine in Erinnerung zu rufen.

Wenn es tatsächlich so sein sollte, hatte ich diesen Menschen
von Grund auf falsch eingeschätzt.

Und das seit Jahren.

Das vertraute Geräusch des Balls begrüßte mich, schon während
ich durch die Tür in die Halle trat. Noch am Eingang blieb ich
stehen und schob die Hände in die Hosentaschen, beobachtete
eine Weile die Bewegungen des Balls. Blaine dribbelte. Machte erst
einen Korbleger von rechts, dann einen von links.

»Beweg deinen Arsch, Donovan. Ich hasse Zuschauer.«

Ich schüttelte den Kopf, konnte mir das Grinsen dabei nicht

verkneifen. Langsam trat ich auf das Spielfeld. »Dann hast du dir die falsche Sportart ausgesucht.«

Blaine dribbelte den Ball im Gehen vor sich her und schnaubte. Dann warf er ihn von der Drei-Punkte-Linie direkt in den Korb.

»Ich habe mich nie bei dir bedankt«, sagte ich etwas lauter, um den Aufprall des Balls zu übertönen.

Blaine ging in Richtung des Balls und bückte sich danach. »Wofür?«

»Dass du meine Bitte ignoriert hast«, antwortete ich. Blaine stemmte sich den Ball in die Seite und fixierte mich, während er zu mir zurückkam. Ein langsames Zunicken folgte. Ein weiteres Mal drehte er sich und machte einen Korbleger aus dem Stand. »Und dass du Malia helfen wolltest.«

Blaine riss die Arme hinunter, immer noch mit dem Rücken zu mir. Der aufkommende Ball hallte von den Wänden wider. Sekundenlang sagte keiner von uns ein Wort.

»Hat es was gebracht?«, fragte Blaine, die Stimme leiser als zuvor.

»Sie ist in Sicherheit. Das ist alles, was zählt.«

Nach kurzem Zögern nickte Blaine und ging geradeaus auf den Ball zu, ohne sich zu mir umzudrehen. Dann warf er ihn noch einmal durch das Netz.

Mit dem Ball kam Blaine zu mir zurück. Unsere Blicke trafen sich. Langsam zog ich die Hand aus der Hosentasche und hielt sie ihm hin. Er hielt inne, beäugte mich skeptisch. Sekunden vergingen, ehe er mir entgegenkam und meine Hand ergriff.

»Danke. Für alles«, sagte ich.

Und meinte es genau so.

Mit beiden Händen in den Hosentaschen, drehte ich mich um. Keine Eile. Kein Druck. Ich richtete den Blick fest auf die Tür. Es gab nur eine Person, zu der ich jetzt wollte.

»Donovan«, ertönte es hinter mir. Überrascht sah ich über die Schulter. Blaine gab dem Ball Schwung und balancierte ihn auf dem Finger. »Das nächste Mal lösen wir das auf unsere Art.«

In einer schnellen Bewegung passte er mir den Ball zu. Ich fing ihn auf, machte ein Dribbling und versenkte ihn in dem Korb auf meiner Höhe. Sofort nahm ich den Ball auf und passte zu Blaine. Mit einem Grinsen dribbelte er, ehe er auf seiner Seite einen Korbleger machte. Ich drehte mich zur Tür, ebenfalls ein Grinsen im Mundwinkel.

Das nächste Mal.

Kapitel 43

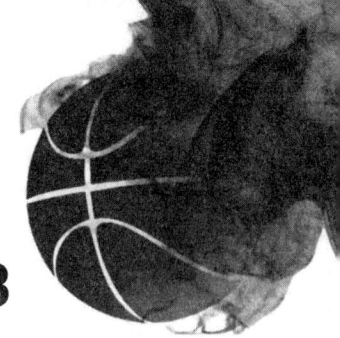

Malia

Ich hob den Blick in dem Moment, als jemand von hinten die Arme um mich schlang. Collin vergrub die Nase an meinen Hals, hauchte mir dort einen warmen Kuss unter das Ohr. »Hey.«

Ich lächelte. »Hey.«

»Lust auf Kaffee?«

»Ich sage nie *Nein* zu Kaffee.« Ich öffnete den Gruppenchat und tippte schnell eine Nachricht, bevor ich das Smartphone zurücksteckte und den Kopf zu Collin drehte. Er löste sich von mir und griff nach meiner Hand. Dann küsste er mich auf die Schläfe. »Alles okay?«

Collin zögerte einige Sekunden lang an, in denen er mich musterte. Dann nickte er, ein Schmunzeln in seinen Mundwinkeln. »Jepp.«

Wir ließen die sportwissenschaftliche Fakultät hinter uns. »Hast du schon was gehört?«

»Nein. Aber der Coach meinte, dass so etwas Zeit bräuchte.«

Ich drückte Collins Hand. »Ich glaube an dich. Und die wären ganz schon blöd, auf jemanden wie dich zu verzichten.«

Collin grinste amüsiert. »Jemanden wie mich?«

Demonstrativ ließ ich den Blick an ihm entlangwandern. »Ich meine, hast du dich schon einmal angesehen?«

Sein Grinsen wurde noch breiter. »Flirten Sie etwa gerade mit mir, Miss Evans?«

»Vielleicht.« Ich verzog den Mund zu einem Schmunzeln. Collin wiederum schüttelte lachend den Kopf und legte den Arm um meine Schulter. Sofort schlang ich meinen um seine Taille.

Vor dem *C&B* angekommen, drückte Collin die Tür auf und legte mir die Hand an den Rücken. Frisch gebrühter Kaffeeduft lag in der Luft. Nur langsam bahnten wir uns einen Weg zum Tresen, wo wir uns Kaffee bestellten und uns durch die Menge bis hin zur Treppe schlängelten. Mittlerweile störte es mich nicht mehr so sehr, mich durch das Gedränge zu schieben. Nicht wenn ich wusste, dass *er* direkt hinter mir war.

Lexie, Wren und Jolie, aber auch Gavin, Jake und Scott saßen bereits oben in der Lounge, jeder auf seine eigene Art beschäftigt. Ich ließ mich neben Jolie aufs Sofa fallen, Wren auf der anderen Seite neben mir, Lexie und Collin mir gegenüber. Gavin, Jake und Scott zwischen Lexie und Jolie.

Die letzten Tage hatte Jolie sich zurückgezogen, aber ich konnte es ihr nicht verübeln. Einen Teil von sich zu verlieren, den man an seiner Seite geglaubt hat, ist nie leicht. Das wusste ich mittlerweile zu gut. Es gab nur eine Sache, die ich bisher übersehen hatte. Ein Herz kann brechen, aber es würde immer diesen einen Menschen geben, der dazu bereit ist, es Stück für Stück zusammenzusetzen. Manchmal ist es ein Familienmitglied. Manchmal dieser Jemand, auf den man sein Leben lang wartet. Manchmal ist es aber auch schlichtweg ein Freund, der dir diesen verloren geglaubten Teil zurückgeben kann.

Ich griff nach Jolies Hand und drückte sie. Ihr Blick huschte zu mir. Ein leichtes Lächeln umspielte ihre Lippen, bevor sie meine Hand ebenfalls drückte.

Lexie zeichnete eine Skizze. Wren tippte auf seinem Smartphone herum, während Gavin Jake gerade irgendetwas auf seinem Handy zeigte. Scott war mit seinem Laptop beschäftigt. Collin lächelte mich an. Ich lächelte zurück.

Niemand von uns sagte etwas, bis …

»Es ist Freitag«, ertönte es neben mir. Alle fingen zu stöhnen an. »Ach kommt schon, Leute. Warum müsst ihr immer so reagieren?«

»Es hört einfach nicht auf.« Wren wischte sich mit beiden Händen durch das Gesicht.

»Neue Woche, neues Glück oder wie sagt man so schön?«, entgegnete Jolie.

Lexie fixierte sie. »Wann gibst du endlich auf?«

»Ich werde niemals locker lassen.« Jolies Armreifen klimperten, weil sie mit der Hand wedelte.

»Hartnäckig wie eh und je.« Collin schmunzelte. Er nickte kaum merklich und zog für einen Moment die Brauen hoch. *Sie ist stärker, als sie denkt.*

»Irgendjemand muss es ja sein«, sagte ich darauf und schielte mit einem Grinsen zu meiner Freundin.

»Also? Ich lade euch auch ein«, sagte Jolie bestimmt.

»Du lädst uns ein«, wiederholte Wren misstrauisch.

»Klar.«

»Uns alle.«

»Jepp.«

»Jeder Drink.«

»Hmhm.«

Collin lachte. »Du fährst harte Geschütze auf.«

Wren kniff die Brauen zusammen und schielte von Jolie zu mir, ehe er fragend den Kopf schüttelte. Ich zuckte nur mit den Schultern. Wren beäugte Jolie skeptisch. »Geht es dir gut?«

Für den Bruchteil einer Sekunde verkrampfte Jolies Hand an meiner, bevor sie sich räusperte. »Was für eine Frage, mir geht es immer gut.«

Erneut drückte ich ihre Hand. Lexie schob sich den Pullover über das Handgelenk und checkte die Uhrzeit. »Um acht?«

»Klingt gut.« Wren nickte, woraufhin Jolie sich langsam vorbeugte.

»Das war alles? Keine Widerrede?«

Lexie zog schmunzelnd die Brauen nach oben. »Hast du eine gehört?«

Jolie blinzelte, bevor sie mir ihre Hand entzog und sich die Armreifen zurechtschob. »Das war ja einfacher als gedacht.«

»Das wird *teurer* als gedacht«, korrigierte Wren sie.

»Was? Wieso?«

»Ein Abend auf deine Kosten.«

Jolie bohrte ihren Blick in Wrens, bevor ein Schmunzeln an ihren Mundwinkeln zuckte. »Noch nie etwas von antäuschen gehört? Gerade ihr«, sie deutete nacheinander auf jeden der Jungs, »müsstet das doch am besten wissen.«

Und während sie aufstand, klappten uns allesamt die Kinnladen herunter. Jolie grinste triumphierend, schnappte sich ihre Tasche und wedelte mit der Hand. »Bis nachher.«

»So was nennt man Foul«, rief Lexie entsetzt.

Wren drehte den Kopf langsam zu mir. Collin stieß ein Lachen aus und rieb sich mit drei Fingern über die Stirn.

»Die Frau ist unfassbar«, sagte ich mit einem Schulterzucken, bevor auch Wren zu lachen anfing. Lexie lehnte sich schmunzelnd in ihrem Sessel zurück, einen Fuß an den Tisch gestützt, die Skizze an den Oberschenkel gelehnt.

Collin rutschte neben mich und legte den Arm auf die Lehne hinter mir. Seine Finger zogen träge Kreise auf meiner Schulter, während ich mich leicht an ihn kuschelte und die anderen beobachtete. Ein warmes Gefühl durchflutete mich. *Dankbarkeit.* Ich war dankbar für all das hier, für mein Leben und für meine Freunde. Alles passierte aus einem Grund. Und es hatte einen Grund gegeben, warum ich genau in Rosehollow gelandet war. Bei all diesen Menschen, die mir das gaben, was ich so lange vermisst hatte.

Mein zweites Zuhause.

»Brauchst du noch etwas?« Collin küsste meine Hand und musterte mich von der Seite.

Ich verschränkte meine Hand mit seiner und schüttelte langsam den Kopf. »Ich habe alles, was ich brauche.«

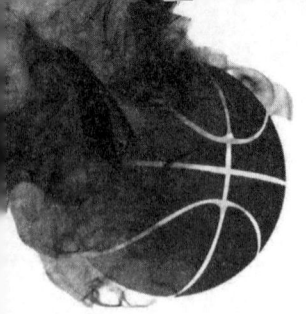

Epilog

Malia

Sieben Monate später

»Warte, warte, warte«, rief ich. Doch Collin wartete nicht. Er lag bäuchlings auf dem Surfbrett, paddelte mit der aufkommenden Welle mit, bereit, sich in den Stand hochzudrücken. Und während ich selbst auf meinem Brett lag, mich nur mit den Armen aufstützte und Collin beobachtete, zog er die Beine an den Körper heran und stemmte sich hoch.

Er hielt sich ganze vier Sekunden lang auf der Welle, ehe er das Gleichgewicht verlor und rücklings ins Wasser klatschte. Sofort paddelte ich in seine Richtung. Hielt inne, als er auftauchte und sich das Wasser aus dem Gesicht wischte.

Das strahlende Eisblau seiner Augen, mitten in dem Blau dieses Ozeans, raubte mir den Atem. Als würde der Himmel auf das Meer treffen, mit einem Blick auf die Unendlichkeit des Horizonts.

Collin strahlte mich an, ein umwerfendes Lächeln auf den Lippen, während er sich zurück auf das Board hievte und mir entgegenschwamm. Als wir nahe genug beieinander waren, setzte ich mich auf. Die Beine zu den Seiten von mir gestreckt, verschränkte ich die Arme vor der Brust.

»Das war gar nicht schlecht.«

Collins Lächeln verwandelte sich in ein schelmisches Grinsen. »Du findest es sexy.«

»Vielleicht«, erwiderte ich nur, aber er beugte sich schon vor und legte die Hand an mein Gesicht. Er zog mich zu sich, kam mir auf halbem Weg entgegen, während das Wasser um uns herumschwappte, und küsste mich.

»Du bist eine gute Trainerin.«

»Von wem ich mir das wohl abgeguckt habe?«

Collin lachte und glitt mit der Hand durchs Wasser. »Wenn ich das nur wüsste.«

»Willst du es noch mal versuchen?«

»Ich habe zu lange darauf gewartet, um es nicht noch einmal zu versuchen.«

»Wir sind gerade erst ein paar Minuten im Wasser.«

»Ich meine das Surfen an sich. Ich habe Jahre darauf gewartet.«

Sein Grinsen warf mich beinahe rückwärts ins Wasser, aber er hielt mir schon die Hand hin. »Zusammen?«

Ich lächelte. »Zusammen.«

Der Wind spielte mit meinen Haaren und blies mir die sanfte Brise des Meeres ins Gesicht. Es war schön, wieder hier zu sein. Ohne Ängste. Ohne Zweifel. Ich hatte alles an diesem Ort vermisst. Langsam spähte ich über die Schulter zu Mom und Charlie. Zu Kian, der beinahe jeden Tag mit uns verbrachte, seitdem ich wieder in Santa Cruz war. Zu Collin, der in diesem Moment mit meiner Mom lachte, die ihn kurz darauf in die Arme zog.

Ich hatte nie geglaubt, dass ein Herz vor Glück beinahe platzen könnte. Doch jetzt, in diesem Moment, glaubte ich daran. Mit einem Kloß im Hals blickte ich wieder auf das Meer hinaus, versuchte, ihn hinunterzuschlucken. Auch wenn es ein komisches Gefühl war, liebte ich alles daran.

»Hey.«

Diese Stimme fuhr mir immer noch durch Mark und Bein. Ich drehte mich um. Collin kam barfuß durch den Sand auf mich zu.

Er trug eine kurze Jeans und ein weißes Shirt, so schlicht wie mein weißes Kleid, das sich mit dem Wind bewegte.

Zwei Atemzüge. Zwei Herzschläge.

Ich blickte in die Augen des Mannes, der mein Herz im Sturm erobert hatte. Der nicht aufgegeben hatte und mich immer wieder auffing, wenn ich ins Stolpern geriet. Er nahm meine Hand in seine, bevor er mich zu sich heranzog und in einer fließenden Bewegung eindrehte.

Mit dem Rücken stand ich an seiner Brust, während er uns im Takt eines tonlosen Liedes wiegte, komponiert aus einer Melodie unserer Gefühle und unausgesprochener Worte.

Ich lehnte mich gegen Collin und genoss es, von ihm gehalten zu werden. Ich war glücklich. So glücklich wie lange nicht mehr, und *er* war der Grund.

Vielleicht würde er meine kleine Ewigkeit sein.

Collin drehte mich aus. Und wie er mich dann ansah, war *alles*.

Er trat näher an mich heran, nahm mein Gesicht in beide Hände und küsste mich. Sanft, innig und so voller Gefühl, dass ich schwören könnte, mir würden in der nächsten Sekunde die Beine wegknicken. Würde er mich nicht immer noch halten, wäre genau das vermutlich auch passiert. Behutsam strich Collin mir eine Haarsträhne hinter das Ohr.

»Ich muss dir etwas sagen.«

Collins Augen tasteten mein Gesicht ab, auf der Suche nach Zuspruch, nach einem *Okay*. Aber weil ich nichts sagen konnte, zu überwältigt von diesem Gefühl in mir, nickte ich nur.

»Ich liebe dich, Malia Evans.« Seine Stimme, begleitet von einem heiseren Kratzen, hatte sich noch nie so stark und verletzlich zugleich angehört. Fünf Worte. Drei von ihnen wurde eine magische Bedeutung nachgesagt. Aber in diesem Moment wusste ich, dass nichts, absolut nichts davon magisch war. Alles daran war *echt*.

»Ich liebe *dich*, Collin«, flüsterte ich. »Mit allem, was ich habe.«

Ein Lächeln spielte an seinen Mundwinkeln, ein Spiegelbild

meiner selbst. Dann küsste er mich erneut, bis er die Arme um mich schlang und mich herumwirbelte.

»Das wollte ich die ganze Zeit schon tun«, sagte er leise in mein Ohr. Ich lachte. Selbst dann noch, als ich schon längst wieder Sand unter den Füßen spürte.

»Sagst du es noch mal?«, fragte ich mit einem Grinsen auf den Lippen, das er schnell erwiderte, während er mit dem Daumen über meine Wange fuhr.

»Von jetzt an …« Und dann, einfach so, wurde nach der ganzen Zeit mit ihm zusammen aus dem *Jetzt* ein »Immer.«

Collin

Freiheit. Ein unscheinbares, zweisilbiges Wort. Nur eins von vielen in unserem Wortschatz, mit einer schnellen und leichten Aussprache. Aber die Bedeutung, die hinter diesem Wort steckt, ist nicht schnell und mitnichten leicht.

Denn diese zu erreichen, sie mit jeder Faser seines Seins zu spüren, ist alles.

Im gleichmäßigen Takt prallten meine Füße auf nassen Sand, während ich den Strand von Santa Cruz entlanglief, vorbei an der Promenade, die zu dieser frühen Zeit noch so gut wie nicht besucht war. Wir hatten Anfang Juli, und es war bereits morgens ganz schön warm. Viel wärmer, als ich es aus Rosehollow kannte. Und der salzige Wind, der mir ins Gesicht peitschte, erfüllte mich mit Leichtigkeit.

Fünf Atemzüge erlaubte ich mir, daran zu denken. In den letzten Monaten hatte sich mein Leben um hundertachtzig Grad gedreht, und doch war es genauso wie vorher. Ich hatte meinen Abschluss gemacht. Direkt danach war ich mit Malia nach Kalifornien geflogen, um ihre Familie zu besuchen. Eine Familie, nach der ich mich lange Zeit gesehnt hatte, genauso wie nach dem Gefühl, das gerade durch mich hindurchströmte. Das Gefühl, frei zu sein.

Eines, für das es sich immer zu kämpfen lohnt.

Seit zwei Wochen pendelte ich zwischen Santa Cruz und Sacramento. Ich war kein Spieler der *Sacramento Kings,* sondern machte dort meine Trainerlizenz. Bald würde ich meine eigene Basketballmannschaft trainieren dürfen. Lange Zeit hatte ich nicht mehr darauf gehofft. Doch jetzt war ich mir sicher, dass man alles erreichen kann, wenn man nur fest daran glaubt. Und wenn man einmal nicht selbst an sich glauben kann, wird es immer einen Menschen geben, der es für einen tut.

Schon von Weitem erkannte ich den Menschen, der diese eine Person in meinem Leben war. Mein Mädchen. Malia stieg gerade aus dem Meer, ihr Haar feucht von dem Salzwasser, das ihre sanften Wellen in wunderschöne, kräftige Locken verwandelte. In ihrem Arm hielt sie ihr Surfbrett, das sie kurzerhand in den Sand schmiss und von ihrem Fuß löste.

Malias Blick traf auf meinen, während sie in ihr Haar griff und mich anlächelte. Ihre zierliche Figur in diesem Surfersuit zu sehen, ließ mich lächeln. Ich liebte alles an dieser Frau, aber … Gott, diese Beine.

Sie war diejenige gewesen, die sich getraut hatte, etwas mehr in mir zu sehen als nur das Bild, das ich allen gezeigt hatte. Durch sie hatte ich erkannt, dass man für sich selbst einstehen musste. Dass man sich bei alldem nicht selbst vergessen durfte.

Freiheit war alles im Leben. Aber noch schöner war es, sie zusammen mit einem Menschen genießen zu können, der dich genau das fühlen ließ. An diesem Gedanken hielt ich fest. Fing ihn ein, um nichts davon vergessen zu müssen. Zusammen mit dem Gefühl, das mich zu Malia hinzog, als wäre sie das Licht am Ende eines dunklen Tunnels. Der hellste Stern am Nachthimmel. Ich wollte diesen Augenblick erleben. Für sie. Für mich.

Für uns.

Und deshalb rannte ich.

Ende

Danksagung

Ein Buch schreiben – das schaffe ich *niemals*. Ein Gedanke, der mich manchmal bis an den Rand der Verzweiflung getrieben hat, denn man steckt Unmengen an Arbeit und noch viel mehr Herzblut in etwas, das nur *vielleicht* einmal von anderen gelesen werden kann. Doch *irgendwann* kommt man an diesen Punkt, an dem man zu glauben anfängt und an diesem Traum festhält. So lange, bis der Zeitpunkt zu einem *Jetzt* wird. Und ganz plötzlich, einfach so, bekommen meine Worte ihr eigenes *Immer*.

Jede Idee durchläuft einen Kreislauf, den man entweder fortführen oder durchbrechen muss. Man geht seinen Weg und es wird immer Menschen geben, die dir auf diesem Weg die Hand halten.

Ohne dich, liebe Yvonne, würde ich noch heute zwischen dem *Niemals* und dem *Vielleicht* festhängen. Ich danke dir von ganzem Herzen, dass du mir einen Teil deiner Zeit schenkst und ein offenes Ohr für mich hast.

Meine kleine Alli, du wusstest von Anfang an, dass die Geschichte von Malia und Collin *irgendwann* in die Welt hinausgetragen wird. Du hast mit ihnen zusammen gelacht, gelitten und auch etwas geweint. Danke für die vielen Stunden, in denen du den beiden ein Gesicht gegeben und sie zum Leben erweckt hast. Deine Kunst bedeutet etwas. Danke auch an meine anderen beiden Testleserinnen Laura und Marie – ich würde euch meine Worte immer wieder anvertrauen.

Vanessa, Sandy und Jasmin vom VAJONA Verlag – ihr habt nach nur einem Pitch an meine Idee und an mich geglaubt. Danke an Désirée und Maddie, die diesem Buch den Feinschliff verpasst haben. Durch euch alle wird mein *Irgendwann* zu einem *Jetzt*.

Ein großer Dank geht an meine Familie, die mich *immer* unterstützt. Besonders danke ich dir, Mama, weil du bedingungslos an mich glaubst. Danke an Evelyn, denn du bist die Schwester, die ich nie hatte. Meine Seelenverwandte und mein Zwilling.

Und dann bist da noch du, Philipp. Du bist der Anker, der mich an Ort und Stelle hält, wenn ich das Gefühl habe, davonzuschwimmen. Ich wüsste nicht, wo ich ohne dich wäre. Du bist mein Held.

Es geht spannend weiter mit …

DESTROY – The Silent Lies

26. Juli 2023

Weitere Romane im VAJONA Verlag
Liebesromane

Ein Soldat, der auf eine Frau trifft, die sein Leben
grundlegend verändert ...
von *Vanessa Schöche*

UNBROKEN Soldier

Vanessa Schöche
456 Seiten
ISBN 978-3-948985-66-0
VAJONA Verlag

»Das Leben ist nicht nur kunterbunt, Ava.«
»Es ist aber auch nicht nur schwarz-weiß, Wyatt.«

Ava und ich kommen aus verschiedenen Welten.
Alles an ihr ist rein, farbenfroh und hell. Und damit nun einmal das
absolute Gegenteil von mir und meinem Dasein. Während sie jede
träumerische Aussicht aus ihren noch so kleinen Venen zieht, bin ich
Realist.
Sie muss verstehen, dass nicht alles im Leben kunterbunt ist. Ava will
mich retten. Das spüre ich ganz deutlich. Aber sie sollte begreifen,
dass ich gar nicht gerettet werden will. Und noch viel wichtiger: Dass
ich nicht gerettet werden kann, selbst wenn ich wollte.

Eine Geschichte voll ewiger Liebe, prägendem Verlust und tiefer Vergebung von *Vanessa Schöche*

Meine Hoffnung im Mondschein

Vanessa Schöche
400 Seiten
ISBN 978-3-987180-79-8
VAJONA Verlag

VERÖFFENTLICHUNG: 12. Juli 2023

Josias und ich teilten in jener Nacht unsere größten Geheimnisse. Man sollte meinen, dass uns das zu etwas Besonderem gemacht hätte. Doch dann, als wir uns jetzt nach über zehn Jahren wiedersehen, erkennt er mich nicht. Weil er sich scheinbar nicht einmal die Mühe gemacht hat, außerhalb seines Bestseller-Ruhms an mich zu denken. Und wie naiv ich doch war, dass ich in dieser Zeit tagtäglich mindestens einen Gedanken an ihn verschwendete. Denn jetzt stellt sich heraus: Josias war die reinste Zeitverschwendung und all seine Geschichten, die meine Gefühlslage beim Lesen immer wieder ins Wanken brachten, ebenso ... Meine Hoffnung im Mondschein. Das Mädchen vom See. Wie könnte ich Annylou jemals vergessen. Sie ist der Grund, dass ich jeden Tag ein bisschen mehr sterbe. Weil sie aus meinem Leben verschwunden ist und unauffindbar war. Bis heute. Dabei hat mit ihr alles angefangen, was an Bedeutung gewann. Denn manchmal braucht man nur die eine Person, die an einen glaubt. Nur diese eine. Dann ist es egal, dass zig andere es nicht tun. Annylou ist dieses eine Wesen, das an mich glaubte.

Eine Geschichte über schlechtes Timing und die große Liebe von Bestseller-Autorin *Kandi Steiner*

A Love Letter to Whiskey

Kandi Steiner
400 Seiten
ISBN 978-3-987180-49-1
VAJONA Verlag

VERÖFFENTLICHUNG: 16. August 2023

Ein ergreifender und internationaler Bestseller über zwei Liebende, die gegen den Fluch des schlechten Timings kämpfen.

Jamie macht süchtiger, als es Whiskey jemals könnte. Und jetzt stand er auf meiner Türschwelle, genau wie ein Jahr zuvor. Nur gab es diesmal keinen Regen, keine Wut, keine Hochzeitseinladung - es gab nur uns. Aber wir können hier nicht anfangen. Nein, um die Geschichte von Jamie und mir richtig zu erzählen, müssen wir zurückgehen. Zurück zum Anfang. Zurück zum allerersten gemeinsamen Tropfen. Zum allerersten Zusammenprall. Dies ist meine Liebeserklärung an Whiskey. Ich hoffe, er liest sie. Ich hoffe, Jamie liest sie.

Der fesselnde Auftakt einer royalen Geschichte von
Maddie Sage

Imperial – Wildest Dreams

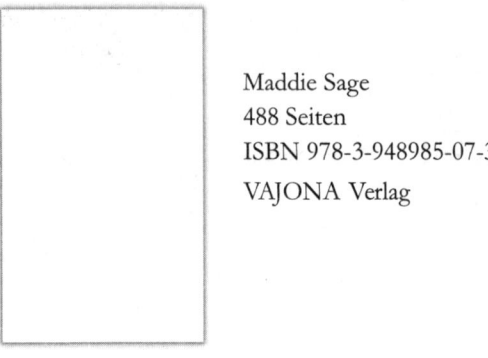

Maddie Sage
488 Seiten
ISBN 978-3-948985-07-3
VAJONA Verlag

»Wem sollen wir in einer Welt voller Intrigen und Machtspielchen noch vertrauen? Lassen wir unsere Gefühle zu, stürzen wir alle um uns herum ins Verderben.«

Nach einer durchzechten Nacht reist Lauren gemeinsam mit ihrer feierwütigen Freundin Jane für ein Jahrespraktikum ins Schloss des Königs von Wittles Cay Island. Und das, obwohl ihr der Abschied von ihrer Familie alles andere als leichtfällt, denn diese ist ihr größter Halt, nachdem ihr Vater vor fast vier Jahren spurlos verschwunden ist.

Am Hof sieht Lauren sich jedoch mit zahlreichen Problemen konfrontiert, allen voran mit Prinz Alexander, dessen Charme sie wider Willen in den Bann zieht. Dabei ist der Königssohn bereits der englischen Prinzessin versprochen worden, die vor nichts zurückschreckt, um ihren Anspruch auf Alexander und den Thron zu sichern. Dennoch kommen sich Lauren und der Prinz immer näher, ohne zu ahnen, in welche Gefahr sie einander dadurch bringen. Bis plötzlich Laurens verschollener Vater auftaucht und sie feststellen muss, dass die Folgen seines Verschwindens weiter reichen, als sie je für möglich gehalten hätte.

Die neue Reihe von *Maddie Sage*
Liebe. Schauspiel. Leidenschaft.

EVERYTHING – We Wanted To Be 1

Maddie Sage
450 Seiten
ISBN 978-3-948985-45-5
VAJONA Verlag

»Schauspiel war für mich so viel mehr als meine Leidenschaft. Es war das Ventil, das ich brauchte, um all die Schatten meiner Vergangenheit erträglicher werden zu lassen.«

Die Welt von Blair besteht aus aufregenden Partys und glamourösen Auftritten. Als Tochter eines Hollywoodregisseurs besucht sie eine der renommiertesten Schauspielschulen in LA. Doch so sehr sie sich anstrengt – ihre Bemühungen, endlich ihre eigene Karriere voranzubringen, bleiben erfolglos, obwohl sie seit Monaten von einem Casting zum nächsten hechtet.
Am Morgen nach einer Benefizgala verspätet sie sich für das Vorsprechen einer neuen Netflixserie. Während des Castings begegnet sie dem Schauspieler und Frauenschwarm Henri Marchand, den sie von der Gala am Vorabend wiedererkennt. Ausgerechnet er ist ihr Co-Star und meint, ständig seinen französischen Charme spielen lassen zu müssen.
Die Chemie zwischen den beiden stimmt auf Anhieb, sodass Blair unerwartet eine Zusage für eine der Hauptrollen erhält. Nicht nur die beiden Charaktere kommen sich mit jedem Drehtag näher, auch Blair und Henri fühlen sich immer mehr zueinander hingezogen. Aber kann sie dem Netflixstar wirklich vollkommen vertrauen?

Der packende Auftakt der WENN-Reihe
von *Jasmin Z. Summer*

Erinnerst du mich, wenn ich vergessen will?

Jasmin Z. Summer
ca. 450 Seiten
ISBN 978-3-948985-72-1
VAJONA Verlag

**»Sie will die Vergangenheit endlich ruhen lassen.
Doch dann kehrt er zurück und will sie genau daran erinnern.«**

Sieben lange Jahre sind vergangen, seit Holly von ihrer ersten großen Liebe verlassen wurde. Ohne jegliche Erklärung, ohne jeden Grund. Doch mit Connors Rückkehr werden nicht nur all die unbeantworteten Fragen, sondern auch die dunklen Geheimnisse wieder ans Licht gebracht. Fragen, auf die sie schon längst keine Antworten mehr will, und Geheimnisse, die alles verändern könnten. Was, wenn die Gefühle noch da sind, aber das Vertrauen bereits zerstört ist? Und was, wenn eigentlich alles ganz anders war, als es damals zu sein schien?

Die leidenschaftliche **Es braucht**-Reihe von
Jenny Exler ...

Es braucht drei, um dich zu vergessen

Jenny Exler
ca. 420 Seiten
ISBN 978-3-948985-76-9
VAJONA Verlag

**»Momente wie diesen wollte ich in ein Marmeladenglas
einschließen, es gut verpacken und mitnehmen, um es zu
öffnen, wenn ich mich schlecht fühlte.«**

New York, der Ort, an dem Träume wahr werden. In meinem Fall:
An der Juilliard studieren und Tänzerin werden. Genauso wie meine
Mom – vor ihrem Tod. Ich hatte nur mein Ziel im Blick. Jedenfalls
bis dieser aufdringliche Schnösel Logan Godrick auftauchte und er
mich wortwörtlich aus dem Rhythmus brachte. Für ihn ging es nicht
um Perfektion, sondern um Leidenschaft. Logan öffnete mir die
Augen, zeigte mir eine Welt abseits von Fleiß und Erfolg. Er half mir,
meinen eigenen Rhythmus zu finden. Dieser aufdringliche Schnösel
zeigte mir das Leben. Aber was passiert, wenn das Lied, das uns
verbindet, mich zum Stolpern bringt? Wenn alles anders ist, als ich
immer dachte? Wenn ein falsch gesetzter Schritt all die Lügen
aufdeckt und alles zum Einsturz bringt?

Die neue Reihe von *Vanessa Fuhrmann*
Ein ganz besonderes Setting

SADNESS FULL OF Stars (Native-Reihe Band 1)

Vanessa Fuhrmann
ca. 450 Seiten
ISBN 978-3-987180-23-1
VAJONA Verlag

Die Sterne am Himmel zeigen uns immer den Weg. Sie lassen uns niemals im Stich. Genauso wenig wie der Adler. Er spannt die Flügel, um uns zu zeigen, wie frei jeder einzelne Mensch eigentlich sein sollte.

Freiheit und Naturverbundenheit – das ist es, was Sunwais Leben prägt. Sie gehört den Citali an, einem indigenen Volk Amerikas. Trotz der Reservate und der modernen, schnelllebigen Welt versuchen die Citali noch immer, so nah wie möglich an den früheren Wurzeln der Native Americans zu leben. Technik und Modernität sind Sunwai fremd. Doch eines Tages trifft sie Johnny, der im Zion-Nationalpark campen und wandern möchte, um seinen Traumjob und seine familiären Probleme in Los Angeles zu vergessen. Sunwai ist fasziniert von Johnny und beide wollen die Welt des jeweils anderen kennenlernen. Dabei kommen sie sich gefährlich nahe. Doch was, wenn Johnny so sehr gebrochen ist, dass er Sunwai mit sich in die Tiefe und fort von ihrer Familie ziehen könnte?

Die koreanische **YOURSELF**-Reihe von Mara Schnellbach ...

Tiefgründig. K-Dramen. Poesie.

A way to YOURSELF

Mara Schnellbach
ca. 420 Seiten
ISBN 978-3-948985-95-0
VAJONA Verlag

**»Mutherz an.
Feiglingskopf aus.«**

Die südkoreanische Tanzstudentin Seon Ahri genießt mit ihren Drillingsgeschwistern das Leben in der Stadt Daegu. In ihrem zweiten Studienjahr steht das Partnertanzen im Mittelpunkt zur Aufgabe und sie landet mit dem noch fremden Jeong Taemin in einem Team. Was für die beiden zunächst eine Herausforderung ist, wird plötzlich zu einem leichten Gefühl und sie beginnen sich schüchtern, aber sicher ineinander zu verlieben. Eine erste Liebe wie in all den romantischen K-Dramen – so scheint es.

Doch unvermittelt bricht das Leben über Ahri zusammen und reißt die Drillinge auseinander. Während sie verzweifelt versucht, ihr brechendes Herz zusammenzuhalten, will und kann Taemin die junge Tänzerin nicht vergessen. Zusammen versuchen sie wieder aufzustehen, um sich nicht selbst zu verlieren ...

Fantasyromane im VAJONA Verlag

Episch. Atemberaubend. Emotionsgeladen.

Der Auftakt einer noch nie dagewesenen Fantasyreihe
von *Sandy Brandt*

DAS BRENNEN DER STILLE – Goldenes Schweigen

Sandy Brandt
ca. 450 Seiten
Band 1
ISBN Paperback 978-3-948985-52-3
ISBN Hardcover 978-3-948985-53-0
VAJONA Verlag

»Früher hätte sich die Menschheit durch ihre Lügen fast ausgerottet –
die Überlebenden haben geschworen, dass es nie wieder so weit
kommt. Heute erscheint jedes gesprochene Wort narbenähnlich auf
der Haut. Die Elite herrscht stumm, während die sprechende
Bevölkerung als Abschaum gilt.«

Olive und Kyle kommen aus zwei verschiedenen Welten.
Die achtzehnjährige Olive lebt in einer Welt, die von absoluter Stille und
Reinheit geprägt ist. Selbst unter der stummen Oberschicht gilt sie als Juwel.
Kyle dagegen trägt tausende Wörter auf der Haut und ein gefährliches
Geheimnis im Herzen.
Als sie gemeinsam entführt werden, sind sie überzeugt, der andere sei der
Feind. Sie ahnen nicht, dass dunklere Intrigen gesponnen werden. Olive will
ihr Schweigen wahren, um nicht der geglaubten Sünde zu verfallen. Und
Kyle weiß, dass es für ihn tödlich enden wird, wenn das stumme Mädchen
hinter sein Geheimnis kommt. Beide müssen entscheiden, welchen Preis sie
für ihre Freiheit zahlen wollen – und ob sie einander vertrauen können …

Magisch. Düster. Emotionsgeladen.

Die neue Fantasy-Saga von *Sandy Brandt*

THE TALE OF WYCCA – Demons (Band 1)

Sandy Brandt
450 Seiten
ISBN 978-3-987180-86-6
VAJONA Verlag

VERÖFFENTLICHUNG: 11. Oktober 2023

Die Dämmerung setzt ein und mit ihr erheben sich die blutigen Gestalten zu Ehren des Veri-Festes. Sie sammeln sich um ihren König. Denn er ist das Blut, das den Neuanfang verkündet.

Der Preis für die Stadt Avastone war Blut. Blut, das auf ewig durch den Fluss Mandalay fließt, um den Frieden zwischen Menschen und Wycca zu wahren. Als Raevan Tennyson gegen seinen Willen König wird, ist er gezwungen, das Ausmaß seiner Kräfte zu verbergen. Denn jahrhundertelange Kriege haben die Furcht der Menschen vor den Wycca genährt. Und Raevan ist der tödlichste unter ihnen. Doch die Menschen in den Straßen Avastones schmieden eine Waffe, die den König vernichten soll. Um den Thron und sein Leben zu retten, sucht Raevan nach der legendären Blutkrone. Die Spur führt ihn in die berüchtigte Sternengasse, die wegen des Schwarzmarkts für Magie kaum jemand zu betreten wagt. Doch nicht nur die Dunkelheit lockt Raevan. Obwohl er verheiratet ist, verliert er sein Herz an die Menschenfrau Azalea. Er weiß, jede Berührung kann tödlich enden. Denn auf Ehebruch mit dem König steht die Todesstrafe.

Eine Steampunk-Fantasy-Reihe von *Nika V. Caroll*, die einzigartig und atemberaubend zugleich ist. Märchenhafte Elemente treffen hier auf spannendes und packendes Setting.

SPIEGELKRISTALLE – Über schwarze Schatten und Metallherzen

Nika V. Caroll
ca. 450 Seiten
Band 1
ISBN Paperback 978-3-948985-63-9
ISBN Hardcover 978-3-948985-64-6
VAJONA Verlag

»In dieser Geschichte gibt es keine Prinzessin, die aus einem hohen Turm gerettet werden muss – denn dies ist kein Märchen!«

Vor Tausenden von Jahren wurde die Insel Yumaj durch einen Fluch in zwei Teile gespalten – den gesegneten und den verfluchten. Während sich die einen als Auserwählte betrachten, sehnen sich die anderen nach Rache. Umgeben von magischen Maschinen und unvollkommenen Menschen ist dem Spiegelkönig jedes Mittel recht, um endlich wieder frei zu sein. Dabei sieht er seine einzige Chance darin, Akkrésmos freizulassen: Ein Monster, das die Welt ins Chaos stürzen soll.

Als die Schattentänzerin Eira und ihre Freunde von dem Plan des Spiegelkönigs erfahren, setzen sie alles daran, ihn von seinem Vorhaben abzuhalten. Doch dieser scheint jeden ihrer Schritte bereits zu kennen. Und bevor es Eira verhindern kann, ist sie tief in die Machenschaften der Insel verstrickt und längst Teil eines viel größeren Plans.

<u>Romantasy im VAJONA Verlag</u>

Meerjungfrauen, wie du sie noch nie gesehen hast …
Der neue Roman von *Tanja Penninger*

Das Lied der See

Tanja Penninger
Ca. 400 Seiten
ISBN: 978-3-987180-67-5
VAJONA Verlag

Im Morgengrauen hatte ich ihn gefürchtet. Zur Mittagsstunde hatte ich ihn gehasst. Im Abendrot hatte ich mich verliebt.

Es ist mitten in der Nacht, als eine feindliche Armee ins Schloss eindringt und Prinzessin Angelina mit ihrer Zofe Emilia fliehen muss. Ein Fluchtschiff soll sie zu Angelinas Verlobtem, dem Kaiser der Goldenen Inseln, bringen. Kaum den Feinden entkommen, wird das Schiff jedoch von Seeräubern überfallen. Die beiden Frauen finden sich an Bord eines Piratenschiffes wieder und es sind ausgerechnet die tiefen meerblauen Augen des attraktiven Kapitäns Hektor Lewis, die Angelina mehr und mehr in ihren Bann ziehen. Eine bevorstehende Meuterei, ein wütender Sturm, zerstörte Schiffe und feindliche Piraten sind dabei ihre geringsten Probleme. Denn gerade als Angelina dabei ist, Hektor ihr Herz zu schenken, stößt sie auf ein dunkles Geheimnis.

Folge uns auf:

Instagram: www.instagram.com/vajona_verlag
Facebook: www.facebook.com/vajona.verlag
Website: www.vajona.de